Rose

Van Rosita Steenbeek verscheen eveneens

De laatste vrouw
Schimmenrijk
Ontmoeting in Venetië
Ballets Russes
Intensive care
Siciliaans testament
Ander licht
Kleuren van Rome
Amsterdam-Delphi
Rome (Thuis in Rome, Terug in Rome & Parels van Rome)

Rosita Steenbeek

Rose

Een familie in oorlogstijd

Ambo|Anthos
Amsterdam

MIX
Papier van verantwoorde herkomst
FSC® C004472

De auteur ontving voor het schrijven van dit boek een werkbeurs van het Nederlands Letterenfonds.

Eerste druk 2015
Zevende druk 2016

ISBN 978 90 263 2681 3

Omslagontwerp Bloemendaal & Dekkers
Omslagillustraties © Nationaal Archief / Spaarnestad Photo / fotograaf onbekend (achtergrondbeeld), privé-archief Familie Hugenholtz (portret)
Binnenwerkillustraties © Photothek Willy Römer / ullstein bild / Getty Images (p. 110); Spaarnestad Photo / Hollandse Hoogte (p. 112); Dana Richard Koll / dpa / Corbis / Hollandse Hoogte (p. 304); overige illustraties privé-archief Familie Hugenholtz
Foto auteur © Mark Kohn

Verspreiding voor België:
Veen Bosch & Keuning uitgevers nv, Antwerpen

Voor mijn moeder

Voorwoord

'Die vrijer van je hoef ik hier niet meer te zien,' zei mijn vader tijdens de maaltijd, lang geleden.

Mijn grootmoeder Rose stond op en zei: 'Als hij hier niet welkom is dan is mijn huis jullie huis.'

Dat maakte indruk.

Ik hield van mijn oma. Ze straalde rust uit maar er hing ook iets van de grote wereld om haar heen. Ik had het gevoel dat ze wist waar het om ging in het leven.

Tot lang na haar dood was ik ervan overtuigd dat ik haar goed had gekend, maar op een zeker moment begon ik te beseffen dat dat niet zo was.

Er stonden altijd koffers in de gang. Wanneer ik vroeger bij mijn oma speelde was dat vaak aan de voeten van ooms en tantes uit São Paulo, New York en Israël die Duits spraken met elkaar, maar ik vroeg me nooit af hoe ze op die verre plekken waren terechtgekomen. Ook niet waarom die knopen van Amerikaanse legeruniformen op het juwelenkistje van mijn oma zaten. Het stond op een tafeltje naast het grote ledikant waarboven in een gouden lijst Ruth 1:16 te lezen was: 'Uw volk is mijn volk en uw God is mijn God.' Ik vond het spannend om in het kistje te kijken. Het had verschillende verdiepingen. De bovenste twee bestonden uit vakjes waar ringen in lagen, oorbellen, broches met kleurige stenen. In één vakje lag de ring met rode granaatjes in de vorm van een rozet die ik op mijn achttiende verjaardag van haar zou krijgen. Wanneer je die twee lagen met vakjes eruit haalde kwamen er lange kettingen tevoorschijn, een glinsterende haarband en een sierlijk sigarettenpijpje. Zonder dat ik het wist gingen de gouden jaren twintig door mijn kinderhanden.

Hoe had ze die beleefd in Duitsland? Hoe was ze door de Eerste Wereldoorlog heen gekomen en wat had ze meegemaakt in de Tweede? Hoe was het om als meisje, opgegroeid in de wereldstad Keulen, in een Nederlands dorpje te belanden? Waarom vertelde ze wel over haar moeder en nooit over haar vader?

Het flesje 4711 dat naast het juwelenkistje stond had ik altijd voor lief genomen. Pas veel later begreep ik dat deze eau de cologne de band met haar verleden levend hield.

Aanvankelijk was ik te klein om haar die vragen te stellen, daarna te druk met mijn eigen leven. Toen mijn eerste boek verscheen zei mijn vader al dat ik me in oma moest verdiepen. Het heeft een tijd geduurd voordat ik begreep waarom.

Op mijn zoektocht ontdekte ik nog een ander kistje, waarvan Duitse soldaten ooit dachten dat er een radio in verborgen zat. Het bleek een schat aan brieven te bevatten. In die brieven las ik behalve over de in Heidelberg ontvlamde liefde tussen mijn grootouders, over Wangeroog en, wat zelfs mijn moeder niet wist, dat haar moeder tot haar vijfentwintigste naar de synagoge ging en zich niet kon voorstellen dat ze met een niet-Joodse man zou trouwen.

Ik begon te schrijven over mijn grootmoeder maar regelmatig nam ze het van me over door zelf het woord te nemen als de jonge Rose.

1

Wangeroog, 1920

'Door de knieën. Voeten naar binnen en naar buiten. Ja! En nu opzij.'

Neef Erwin onthult haar de geheimen van de charleston. Geen plechtige walsen meer maar een uitbundige dans die de vrijheid viert, de nieuwe tijd. Erwin heeft hem geleerd tijdens zijn bezoek aan Amerika en binnenkort zal de charleston heel Europa in zijn vitale ritmes meesleuren. Erwin is de langste van haar neven, slank, met vriendelijke donkere ogen in zijn magere gezicht, zijn zwarte haren achterover gekamd, een snor zoals de mode voorschrijft.

Rose moet zich concentreren en tegelijk laten gaan, een evenwicht zoeken tussen overgave en controle en als dat er is, wordt ze gedragen door de muziek, de handen van haar neef, zijn lach, en al die familie om haar heen. De tafels met kandelaars, boeketten en resten van het dessert staan in een halve kring rond de dansvloer. Sommige ooms en tantes zitten nog te praten of snoepen van de taarten die zijn uitgestald op kristallen schalen met hoge voet.

Nu Rose het te pakken heeft valt haar blik op haar ouders die ook samen dansen, volkomen op elkaar ingespeeld. Een opvallend paar in de gouden lijst van een wandhoge spiegel, haar moeder klein, het zwarte haar losjes opgestoken, grote donkere ogen waar altijd vermaak in fonkelt kijken op naar haar vader, die rijzig is en blond. Daar komt zij uit voort, uit die liefde.

Het orkest speelt steeds dynamischer omdat iedereen zo geestdriftig danst. Ook de dirigent en de blazers deinen mee.

Erwin heeft zijn bruid even verlaten voor haar, zijn nichtje Rose.

Ze ging vaak met hem wandelen langs het strand, aan het eind van de middag wanneer de hemel zienderogen verkleurde, maar nu laat hij haar rondjes draaien, met haar armen zwaaien, haar benen om beurten in de lucht.

De andere bruidsparen dansen met elkaar.

Nog steeds staan er mensen door de ramen te gluren. Drie broers zijn getrouwd met drie zussen. Heel het eiland is uitgelopen om een glimp op te vangen van het feest en van de bruiden met glinsterende haarbanden, lange parelkettingen die zwieren langs de opspringende franje van hun jurk.

De officiële huwelijksvoltrekking heeft plaatsgevonden onder het baldakijn en de hemel van Setterich bij Aken, waar de drie bruiden zijn geboren. Nu vieren ze hier verder, alleen met de familie, op het eiland van de bruidegoms, dat voor feesten is gemaakt.

Rose geniet na alle doorstane oorlogsangsten. Ook om Erwin waren ze bezorgd geweest. Rakelings dansen ze langs een oom die heelhuids uit de loopgraven van Ieper is opgedoken en nu wegens heldhaftig gedrag een IJzeren Kruis op zijn pak draagt.

Wanneer het nummer is afgelopen keert Erwin terug naar zijn bruid. Rose gaat zitten en kijkt naar het spektakel op de dansvloer dat, door het gebogen koper van de musici, vervormd als in lachspiegels weerkaatst wordt.

Wie had gedacht dat ze hier weer zo uitgelaten zouden zijn.

Elke zomer verruilde Rose met haar broertje Hans, haar vader en haar moeder Keulen voor de zee en het strand van Wangeroog. Ze logeerden altijd bij tante Röschen, haar moeders oudste zus, *Onkel* Moritz en hun zes zonen in hun hotel Villa Rosa. Het fijnste vond Rose het als iedereen er was en als ze met al die vijf zussen – nou ja, tante Clara niet want die zat in Amerika – en twee broers van haar moeder aan het strand lagen en ze kon kijken naar overeenkomsten en verschillen tussen hun gezichten en lijven. Dan luisterde ze naar de verhalen en roddels van de zussen, hun plagerijen en grappen, en dan aten ze 's avonds met elkaar aan een lange tafel in Villa Rosa.

Vóór 1914 had de oorlog Rose slechts een onaangenaam gespreksonderwerp geleken totdat, kort na de moord in Sarajevo op Franz

Ferdinand van Oostenrijk en zijn vrouw, hun vakantie moest worden afgebroken, de paradijselijke zomer ineens voorbij was en haar vader, ooms en neven werden opgeroepen voor de krijgsdienst.

Haar ouders dansen het beste van allemaal. Wanneer ze onder de kroonluchter door zwieren, lijkt haar vader nog blonder.

Ze ziet hoe hij af en toe hapert met een been. Haar vader had veel zwaarder gewond kunnen zijn, of dood, zoals zijn broer. Oom Friedrich had bij zijn afscheid gezegd dat hij zeker zou terugkomen. Hij zou iets voor haar meenemen, een steentje of een bloem voor haar herbarium, ontsproten aan Russische grond. Een paar maanden later stonden de kranten vol van de geweldige overwinning op de Russen bij Tannenberg maar oom Friedrich was dood. In kranten en op pleinen werd gejubeld maar zij waren in de rouw. Haar vader, die gewoonlijk vol verhalen zat, zei bijna niets meer en ze had hem voor het eerst zien huilen. Lange tijd had hij een zwarte band om zijn arm gedragen.

Vanmiddag werd bij de lunch tussen alle feestelijke toespraken door om stilte gevraagd, de naam van haar oom werd genoemd en ook die van Roses neef die gevallen is bij Lille. Daarom is tante Lea, een andere zus van haar moeder, altijd in het zwart en heeft neef Theo het voortdurend over vertrekken naar Amerika. Hier herinnert alles hem aan zijn broer. 'Bovendien kan het weer oorlog worden,' zegt hij. 'De armoede, de werkloosheid, de woede over het verdrag van Versailles.'

Nu het buiten donker is zien al die loerende ogen achter de ramen, die neuzen tegen de ruiten, er vreemd uit. De gordijnen zijn niet dichtgetrokken maar hangen gedrapeerd in zijden banden aan weerskanten van de ramen. Rose ziet in de verte af en toe het licht van een voorbijvarende boot. Het hele eiland praat over de drievoudige bruiloft van de broers die ze hier hebben zien opgroeien, en ook over de modieuze kleren van de familie.

Toen Roses moeder en haar vijf zussen nog thuis woonden, in Delmenhorst waar hun vader een modehuis had, stonden de mensen met Pesach voor de synagoge te kijken wanneer die uitging om aan de kleding van de zes zusjes Leeuwarden te zien wat de nieuwe mode zou worden. De kleren vielen soepel om hun goedgebouwde lijf, niet groot met een slanke taille, smalle handen en voeten en vrouwelijke vormen. Hun twee broers hebben net als hun vader een modezaak.

Na de oorlog was het moeilijk om aan stoffen te komen, maar haar moeder heeft zoals altijd toch een mooie jurk voor haar gemaakt, van gordijnen uit de vroegere babykamer, en net zo een voor haar twee nichten en medebruidsmeisjes. Alle drie zijn ze genoemd naar hun oma Rosette die ze niet hebben gekend.

Haar nichtjes hebben de confetti bij elkaar geveegd die ze vanmiddag met hun drieën uitstrooiden over de bruidsparen, en gooien die nogmaals over de mensen heen. Rose kijkt naar de rode snippers die neerdwarrelen. Wat hebben haar vader, al die ooms en neven meegemaakt en gezien aan de fronten? Sommigen zijn gesneuveld, anderen gewond, en uiteindelijk had Duitsland de oorlog verloren. Wat voor zin heeft het gehad? Al die zwaar beschadigde jonge mannen in de straten van Keulen. Even ziet ze de confetti veranderen in spatten bloed. Misschien komt het door het glas wijn dat de neven haar hebben ingeschonken, al heeft haar moeder gezegd dat ze daar met haar vijftien jaar nog te jong voor is.

Vanmiddag tijdens de maaltijd bleven de neven Rose maar complimenten maken, vooral Theo, haar tafelheer, die zijn blik van de bloemen in haar haren over haar jurk naar haar witte schoenen liet gaan. Uit verlegenheid keek ze weg naar de snel veranderende lucht. Bij het voorgerecht was de hemel blauw met een voor april krachtige zon, maar er kwamen wolken aandrijven die donkerder werden, zich uitbreidden en grillige figuren vormden. De golven rolden aan in schuimige strepen en de zee leek een bokaal vol sekt. Telkens opnieuw werden er tussen de gangen door gelukwensen uitgesproken, net als een paar weken geleden na de huwelijksinzegening.

De laatste jaren zaten er meestal legerofficieren in Villa Rosa, maar nu, begin april, wordt heel Villa Rosa bewoond door de familie. De afgelopen zomer liepen er voor het eerst weer badgasten door de straten in plaats van militairen, kazernes zijn omgebouwd tot hotels, maar er is nog veel kapot.

Iedereen klapt.

Het strand van Wangeroog

De drie bruidegoms dansen rondjes om hun bruiden, zeven maal, zoals de bruiden deden op de huwelijksdag, het oude ritueel dat duidelijk maakt dat de man het centrum is van het gezin. Maar haar neven zijn van een nieuwe tijd.

Wat had ze in angst gezeten om hen, toen ze werden opgeroepen voor het leger. Gelukkig hoefden ze niet ver weg maar moesten ze hier de kust bewaken. Aan de oostkant van Wangeroog is de vaargeul naar Wilhelmshaven waar de keizerlijke oorlogsvloot lag. Ze hadden de toren die meer dan drie eeuwen lang storm en kolkende zee had doorstaan moeten opblazen om de vijand dit oriëntatiepunt te ontnemen. Haar neven waren er allemaal bij geweest, eind december 1914. Natuurlijk was die vernietigingsactie pijnlijk, vertelden ze, maar het was ook opwindend om de robuuste toren uit elkaar te zien spatten. De eerste explosie was niet genoeg geweest, er moest een tweede lading explosieven komen om de oude toren te veranderen in een berg puin.

In het begin was de oorlog voor hen een spannende tijd geweest, maar de verhalen werden geleidelijk aan minder opgetogen toen het ernaar uitzag dat Duitsland niet zou winnen. Nu wordt er helemaal niet meer gesproken over de oorlog, alleen over weggaan.

Een van de vijf zussen van haar moeder is in 1903 al vertrokken naar New York. Als neef Theo emigreert, zal zijn moeder waarschijnlijk meegaan. Theo is haar enig overgebleven zoon.

De in het zwart gehulde tante Lea, over wier gezicht altijd een schaduw ligt nu ze niet alleen haar man maar ook een van haar twee zonen verloren heeft, zit aan tafel driftig te praten met haar zus, tante Mathilde.

'Ga mee, daar is de nieuwe wereld.'

'Maar ik hou van de oude,' werpt tante Mathilde tegen. 'Hier ben ik thuis.'

'Thuis, ach wat is thuis. Voor mij is Duitsland een kerkhof geworden,' reageert tante Lea. 'Bij jullie ben ik thuis, en bij Theo.'

'Ik begrijp dat je met je zoon mee wilt, maar voor mij ligt dat anders.'

'Ik wil hier nog wel een paar tantes overhouden hoor,' zegt Rose. Ze is opgelucht dat tante Mathilde niet weggaat, haar favoriete tante omdat ze altijd blijmoedig is en laconiek, net als haar moeder. Maar haar lach is uitbundiger, ze is meer aan het woord. Ook tante Mathilde heeft een IJzeren Kruis gekregen, omdat ze in de oorlog een huis had gesticht voor Joodse weesjongens.

'Rose, wat zit je te dromen. Kom, dans met me!' Een tweede bruidegom strekt zijn hand naar haar uit en even later wervelt ze met een volgende neef tussen de dansende familie door.

Wanneer de dirigent een teken geeft voor het *changez* danst ze voor het eerst van haar leven met haar vader. Zijn hand op haar rug, de hare op zijn schouder, de andere hand in de zijne – zo voert hij haar mee in een foxtrot. Ze kijkt naar zijn ernstige lichtgroene ogen die ze van hem heeft geërfd, net als de lichte huid. Het zwarte haar heeft ze van haar moeder.

'Je bent de mooiste van allemaal,' zegt haar vader.

Hij knijpt even in haar hand.

'Blijf je nu bij ons in Keulen?'

'Een paar dagen, dan moet ik weer naar Hamburg.'

'De oorlog is toch voorbij?'

Zijn been werd kapotgeschoten bij Verdun maar hij kon zich nog nuttig maken in de organisatie van de graandistributie voor het leger. Hij werd in Hamburg gestationeerd waar hij een kamer vond bij een oorlogsweduwe. Rose had zo gehoopt dat hij na de oorlog weer gewoon bij hen in Keulen zou komen wonen, maar het importeren van koffie dat hem voor de oorlog voortreffelijk afging was voorbij.

'Ik hoop dat je een goede man vindt.'

Haar vader zegt het terwijl hij over haar heen kijkt. Zijn haren zijn als een gouden aureool, een blinkende helm.

De bruidsparen dansen, haar neef Theo laat nicht Rosette met de rode haren rondjes draaien, maar hij kijkt naar haar, al de hele avond. Rose is erg op hem gesteld en bewondert hem. Binnenkort studeert hij af als arts.

'Ga met me mee,' zegt hij nu hij na een nieuwe wisseling eindelijk met háár danst. 'Naar New York, daar is toekomst. Hier gaat het fout.'

Er staat een stevige bries wanneer ze met een groepje nog even naar zee wandelen. Het eiland is klein, acht kilometer lang en één kilometer breed. Vijfduizend jaar geleden was de berg zand zo hoog geworden dat die boven het water uitstak en dat was het begin van Wangeroog. Door stormen en stromingen schoof het telkens een stukje op en werden eerdere sporen van bewoning uitgewist.

Jassen waaien op, hoeden worden op het hoofd gedrukt. Gelach klinkt uit boven het gieren van de wind. De schoongewaaide hemel is vol sterren en de maan legt een zilveren loper over het water. Iedereen klemt zich aan elkaar vast. Gearmd lopen ze langs de branding.

2

Hamburg, zomer 1921

Nog eenmaal loopt Rose alleen door het huis, door de hoge kamers met de gebeeldhouwde plafonds, door de keuken, de hal, terwijl de vloer onder haar voeten kraakt. Nog één keer om het voor altijd vast te leggen. Ze probeert alles in zich op te nemen, de geur, de lichtval, het uitzicht. Door het raam ziet ze zowel de brede statige Teutoburger Straße als de Alteburgerstraße. Vanwege dit strategische punt had een Engelse oorlogsfotograaf anderhalf jaar geleden gevraagd of hij vanuit hun huis foto's mocht maken van de begrafenis van de moeder van burgemeester Adenauer. Rose had naast hem gezeten en samen hadden ze gekeken naar de trage zwarte rouwstoet die aan hun huis voorbijtrok. Burgemeester Adenauer, die een paar jaar eerder zijn vrouw had verloren, liep met twee zoontjes achter de baar. Ze had ook even door de lens gekeken. Als dank dat hij bij hen op de eerste rang had mogen zitten maakte hij de volgende dag foto's van Rose, in haar bruidsmeisjesjurk met een grote bos bloemen in haar armen, een strik in het haar.

Er wordt kwaad gesproken over al die Engelse soldaten in de stad terwijl de oorlog voorbij is. Het hoofdkwartier van de Engelse bezettingsmacht zit sinds eind 1918 in Keulen. Er is een Engelse bioscoop en dagelijks verschijnt *The Cologne Post*. 'Wat moeten ze hier?' klonk het steeds agressiever. 'Op ons passen alsof we kleine kinderen zijn! Ongemanierd stelletje dronkenlappen, opdonderen naar dat eiland van ze.' De mensen waren uitgeput, vel over been, overal zag je bedelaars en steeds meer mensen konden hun huur niet langer betalen.

Rose in haar bruidsmeisjesjurk

Regelmatig waren er opstootjes en rellen, ook als ontlading. De Engelsen op wie zo gefoeterd werd, hadden voedselhulp gegeven toen ze al die uitgehongerde kinderen barrevoets door de straten zagen lopen.

Rose staat stil in haar kamer die kleiner lijkt zonder haar spullen, haar bureau, de boeken. Zestien jaar van haar leven is dit haar plek geweest. '*A pretty young girl*' had de fotograaf haar genoemd.

In de kamer van haar broertje Hans gaat haar blik meteen naar de verfvlekken op de grond. Ze hebben gewacht met hun vertrek uit Keulen tot hij zijn school had afgemaakt. In Hamburg gaat Hans naar de Kunstnijverheidsschool omdat hij goed kan tekenen en schilderen. De kamer van haar ouders is kaal zonder de prenten aan de muur en het grote ledikant waar ze vroeger weleens tussen hen in kroop. De keuken waar het altijd lekker rook, en waar ze haar moeder vaak heeft geholpen bij het koken en bakken, het balkon waar ze graag zat te lezen, nu zonder planten. Het geeft haar een gevoel van beklemming dat dit allemaal definitief voorbij is.

Ze recht haar rug. Haar vader is belangrijker dan het huis. En nu hij in Hamburg moet blijven is het beter zo. Ze zijn daar ook dichter bij Wangeroog, Bremen en Delmenhorst, dichter bij de familie.

Haar moeder had een advertentie in de krant gezien voor een driehoeksverhuizing. Mensen uit Bremen wilden naar Keulen en mensen uit Hamburg naar Bremen. Zij gaan naar het vrijgekomen huis in Hamburg en zo zullen ze weer herenigd worden met haar vader.

Het leven zal weer vrolijk zijn zoals voor de oorlog. Haar vader komt steeds minder thuis en als hij komt hebben haar ouders vaak ruzie, wat vroeger nooit gebeurde. Ze doen of er niks aan de hand is maar Rose heeft het meteen door. Vroeger lachten ze veel meer, haalden elkaar aan, kusten. Het komt door de spanningen van de oorlog, zeggen ze, de geldproblemen. In Hamburg zal alles goed komen.

Ze zal haar nichtje Rose missen, haar moeder noemt haar vaak Rose II, die hier in Keulen woont. Gelukkig kunnen ze samen de zomer doorbrengen op Wangeroog. Ook haar vriendinnen zal ze missen, maar ze komt hier logeren en haar vriendinnen bij haar in Hamburg. Eigenlijk had ze gedacht dat ze altijd in Keulen zou blijven wonen. Ze houdt van deze stad, van de Rijn die erdoorheen stroomt, de Dom, het theater, de musea, de drukke straten. Bovendien zijn de Keulenaren altijd te porren voor feesten, kerstmarkten, handelsbeurzen, carnaval, zelfs tijdens de afgelopen moeilijke jaren. Rose had zich voorgesteld dat ze met een Keulse man zou trouwen, een kunstminnende man met wie ze een abonnement zou hebben op opera en theater, met wie ze naar feesten zou gaan, lezingen en dansavonden, met wie ze grote reizen zou maken, het liefst per boot. Ze dacht dat haar kinderen hier zouden opgroeien, in haar stad en in de buurt van hun grootouders.

Het afscheid is moeilijk, maar als ze eenmaal in de trein zit en wegrijdt uit Keulen komt er een gevoel van lichtheid over haar, van opwinding, van verbazing ook. Zo makkelijk is verhuizen. Je verzamelt je spullen en trekt de deur achter je dicht. Het huis is het decor geweest van een gelukkige tijd maar het is maar een decor. Nog sterker voelt ze hoe ze verbonden is met haar moeder, haar broer en met haar vader. Dat is haar thuis.

Haar ouders hebben eerder een nieuwe start gemaakt toen ze er samen vandoor waren gegaan naar Londen. Haar vader was nog getrouwd met een vrouw die zijn leven verzuurde. Hij was te vroeg aan dat huwelijk begonnen, misschien omdat zijn moeder stierf toen hij heel jong was. Ze hadden nog geen kinderen toen hij de juiste tegenspeelster tegenkwam op toneelclub Thalia: Gretchen Leeuwarden, haar moeder.

Rose heeft medelijden met haar vader als ze zich voorstelt hoe hij als klein jongetje naar het graf van zijn moeder ging in de hoop dat ze terug zou komen. Zijn jeugd was droevig en kil geweest in tegenstelling tot die van haar moeder, die uit een groot en warm gezin komt. De zes zussen en twee broers zijn verknocht aan elkaar en aan hun ouders. Alles wat gevierd kan worden wordt gevierd, verjaardagen en huwelijken, de Joodse feesten, Pesach, Poeriem, Chanoeka, maar ook Kerstmis en Pasen. Ze liggen met elkaar aan het strand van Wangeroog en zwemmen in de zee. Roses vader is charmant maar soms kan hij tijden stil zijn of ineens uitbarsten, in vrolijkheid of woede. Haar moeder heeft een groot gevoel voor humor maar blijft altijd rustig, laconiek. Het is humor met een lang verleden.

Weer herenigd zullen ze alle problemen aankunnen. Hans zal iets kunstzinnigs gaan doen en zij zal, nu ze de *Höhere Mädchenschule* heeft afgemaakt, verder gaan met de Handelsschool en tegelijk werk zoeken als stenotypiste. Het liefste had ze arts willen worden. Ze wil mensen helpen. Maar de studie medicijnen is duur en door de oorlog is hun financiële situatie minder rooskleurig geworden.

Nu zal Rose haar ouders helpen een nieuw leven op te bouwen in Hamburg. Ze loopt over van werklust maar ze heeft ook het gevoel of ze met vakantie gaat.

Ze houdt van reizen met de trein, onbekende mensen dicht bij elkaar in een wagon, allemaal onderweg. Het gevoel van avontuur, verandering, het onbekende tegemoet. Later zal ze grotere reizen maken, ook naar Heidelberg waar haar neef Theo heeft gestudeerd.

Wanneer de trein een tussenstop maakt komt er een jong paar binnen dat schuin tegenover haar aan de andere kant van het gangpad gaat zitten. Het gezicht van de man is misvormd. Een deel van zijn kaak is weggeslagen, hij mist een oog en het andere is dof. De vrouw pakt zijn ongehavende hand.

Het station van Hamburg is monumentaal, met een enorme gewelfde aankomsthal, het station van een metropool. Daar staat haar vader, punctueel als altijd, op het perron. Rose vliegt hem om de hals. Hij kust haar moeder die haar arm door de zijne steekt. Een tram zal hen met een omweg naar hun nieuwe huis voeren zodat ze meteen een indruk krijgen van de stad. Hamburg is spectaculair, met weidse straten, grote gebouwen en schepen op de Elbe die nog groter zijn. Ook de straat waar hun nieuwe huis aan ligt bevalt Rose meteen. Breed met aan weerskanten bomen, net zoals in Keulen. Er is een nieuw en prachtig hoofdstuk aangebroken. De oorlog is voorbij en zij zijn weer samen.

Wanneer ze aankomen bij het juiste adres ziet het huis er bewoond uit.

‘Misschien klopt het nummer niet of de straatnaam,’ oppert haar moeder.

'Is het de bovenwoning?' vraagt Hans.

'Nee, dit is het,' weet haar vader zeker. 'Dit is het huis waar ik geweest ben.'

Ze bellen aan. Na enige tijd verschijnt een man. Hij herkent haar vader. Ze drukken elkaar de hand.

'Mijn vrouw en kinderen. Het lokt hen nu al aan.'

'Heeft u de brief niet ontvangen?' vraagt de man. Hij kijkt ongemakkelijk.

'Welke brief?'

'De verhuizing gaat niet door.'

'... niet door?'

Rose voelt zich met de hele familie voor gek staan.

'Komt u binnen.'

Het huis heeft ruime lichte kamers met hoge plafonds, grote ingebouwde boekenkasten, een erker met uitzicht op een tuin. Rose had hier graag willen wonen.

Wanneer ze theedrinken en de man en zijn vrouw herhalen hoe erg ze dit misverstand vinden, zien ze achter het raam de verhuiswagen voorrijden, precies zoals afgesproken.

Nee, de familie zal niet later vertrekken, het hele verhuisplan is van de baan. De man heeft onverwachts werk gekregen hier in Hamburg.

'Er komt vast een nieuwe gelegenheid voor woningruil,' troost de mevrouw.

Die komt er niet want het huis in Keulen is vergeven aan de mensen uit Bremen die daar ook vandaag zouden intrekken.

'Waarom ben je niet nog een keer langsgegaan?' vraagt haar moeder wanneer ze weer op straat staan.

'Alles leek geregeld. Door jou.'

De blije sfeer is weg. De gezichten van haar ouders staan strak.

'En nu?'

'Misschien kunnen we tijdelijk naar het adres waar ik kamers huur.'

Haar vader moet het eerst bespreken met de hospita en begeleidt hen naar een paviljoen aan het water waar ze kunnen wachten.

Achter het raam liggen boten aangemeerd waarmee je een rondvaart kunt maken.

'Dat gaan we binnenkort een keer doen,' belooft haar vader geforceerd opgewekt.

De hospita vindt het goed. Voor een korte tijd kunnen ze bij haar terecht. Ze gaan met de familie naar haar toe.

Een jonge vrouw verwelkomt hen.

'Wat een voorrecht om kennis met u te maken,' zegt ze terwijl ze hen begroet. Ze heeft een regelmatig gezicht omlijst door kort blond haar. Ze lacht maar lijkt gespannen. Dat is te begrijpen met zo'n invasie.

'Bent u de dochter?' vraagt de jonge vrouw terwijl ze Rose de hand drukt.

'Ja, u ook?'

De vrouw lacht weer.

'Dit is mevrouw Richter,' verduidelijkt haar vader haastig.

Rose is even stil. Ze ziet dat haar moeder verkilt.

'Ik verwachtte een ouder iemand, een oorlogsweduwe.'

'Dat ben ik ook, helaas.'

Ze waren net getrouwd, hadden dit huis betrokken en toen werd haar man opgeroepen. Hij sneuvelde in 1916 aan de Somme.

Rose krijgt een kleine kamer die ze moet delen met Hans. Ze kan het goed vinden met haar broer maar is gehecht aan een eigen plek waar ze kan lezen zo lang ze wil. Hans heeft heimwee naar Keulen, hij mist zijn vrienden.

De spullen die gisteren nog in de Teutoburger Straße stonden worden nu hier naar binnen gedragen en opgeslagen in de garage. Het grote ledikant krijgt een plek in de kamer waar haar vader in zijn eentje had gebivakkeerd. Niet alles wordt uitgepakt want ze zullen spoedig iets anders vinden.

Maar dat blijkt niet eenvoudig.

'Er is niet veel geschikt aanbod,' zegt haar vader, 'en bovendien is onze financiële situatie achteruit gegaan. Ook jullie opleidingen moeten worden betaald.'

'Mijn cursussen Frans en Engels kan ik zelf betalen,' zegt Rose die een kantoorbaantje heeft gevonden. Ze vindt het fijn om zelf geld te verdienen. Moeder Gretchen gaat op zoek naar handwerkopdrachten. Ze had de hospita eerst willen helpen in de keuken maar dat gaf spanningen.

Hamburg is een stad die qua grandeur kan wedijveren met Keulen, een wereldhaven. Met haar vader is ze een lange trap afgedaald en onder de Elbe door gewandeld door een tunnel met gebeeldhouwde vissen in witbetegelde muren en liften voor koetsen. Af en toe gaat ze met een vriendin naar het Alsterpaviljoen als er muziek wordt gespeeld, vitale meeslepende muziek waarop wordt gedanst door modieus geklede mensen, vrouwen met korte kapsels en haarbanden met veren. Na afloop van de middag vol muziek en dans wandelen ze onder de Alsterarkaden door, de lange rij bogen uitlopend in zuilen die langs het water staan, waar Rose zich in het buitenland waant.

Die sierlijke galerij is ook een toevluchtsoord voor mensen die daar slapen, drinken, kreunen en soms schreeuwen. Er zijn veel jonge mannen bij in uniform, de ene met een lege broekspijp, de ander met een lege mouw, allemaal met lege ogen, hun pet als bedelnap. Pensioenen voor oorlogsinvaliden zijn besteed aan wapentuig. Ook voor medicijnen en pijnstillers is geen cent meer over. Wanneer Rose zich buigt om een kleurig briefje in een grauwe pet te leggen, kijkt ze even in het knappe gezicht van een jongeman. '*Danke schöne Dame, alles Gute.*'

'De roden hebben ons verraden!' klinkt het ook hier, net als in Keulen, en dan stormt er weer zo'n stel opgewonden kerels met dreunende pas door de straten, óók voormalig militairen maar wel militairen die het er beter van hebben afgebracht.

'Weg met de Republiek!' De mensen schrikken, drukken zich tegen de muur, vluchten een portiek in. Anderen joelen mee: 'We zijn verraden!' Duitsland zou de oorlog gewonnen hebben als de communisten met hun revolutie en de linkse Weimarregering de boel niet hadden gesaboteerd. Vlak voor de glorieuze overwinning van Duitsland hadden die misdadige regeringsleiders vrede gesloten. De meeste mensen geloven dit gretig. Staatssecretaris Matthias Erzberger, die als eerste het vredesverdrag ondertekende, werd deze zomer tijdens een wandeling in een kuuroord waar hij verbleef om te bekomen van een eerdere aanslag door aanhangers van extreemrechts met een reeks schoten vermoord. De vrijkorpsen, mannen die niet meer in staat zijn een gewoon leven te leiden, mogen geen wapens dragen maar ze slaan er graag op los.

Ook thuis heerst geen lieve vrede.

'Kunnen we niet apart eten?' vraagt Rose aan haar vader. 'Ik vind er niks aan zo.' De hospita zit er altijd bij, wat de sfeer gespannen maakt.

'Dat is niet aardig tegenover mevrouw Richter. Ze geeft ons een dak boven het hoofd.'

'Daar wordt ze toch voor betaald?'

Rose verlangt terug naar de geanimeerde maaltijden waarbij honderduit werd gepraat. Af en toe spreken haar ouders Engels met elkaar. Dan ziet ze hoe mevrouw Richter achterdochtig haar ogen samenknijpt. Rose heeft een lesboek Engels gekocht en ze vraagt bekenden of ze misschien een huis weten.

Hans lijkt het zich minder aan te trekken. Hij heeft plezier in zijn opleiding en zit veel te tekenen.

De maaltijden zijn toneelstukjes. Niet alleen haar ouders acteren maar zij ook. Uit de verte ziet ze zichzelf zitten en hoort ze zich af en toe wat zeggen maar eigenlijk zou ze willen roepen: Mens, laat ons met rust! Of tegen haar vader: Laten we hier weggaan.

Er wordt gepraat over de politieke toestand, de bloedig neergeslagen opstand van de communisten een paar maanden geleden, de vechtlustige vrijkorpsen, de dreiging van nieuwe staatsgrepen. En er wordt gemopperd over de onmogelijk hoge herstelbetalingen, over de Engelse militairen die je nog steeds overal ziet.

'De prijzen worden elke dag hoger,' zegt Gretchen. 'Er belanden steeds meer mensen op straat.'

Wanneer Rose op een dag thuiskomt, hoort ze de harde stem van de hospita. Haar vader praat zacht. Op haar tenen sluipt ze door de gang tot aan de deur van mevrouw Richters huiskamer.

'Niet afgesproken.'
'Rustig maar.'
'... zo niet langer.'
'... oplossing.'
'... zeg je al zo lang.'
Rose staat roerloos met bonzend hart.
'... niet zo luid.'
'... en ik als huishoudster.'
Als de deur opengaat zal Rose doen of ze net komt aanlopen.
'... bedaren.'
'... Altijd alles toedekken!' klinkt het luid. 'Ga maar terug naar die Jodin van je.'
'Rustig liefje. Je weet dat ik het doe om de kinderen.'
'... Zij of ik.'
Rose wil de deur openzwaaien maar dat doet ze niet, ze gaat de voordeur uit, naar buiten.

Voortdurend klinken de woorden in haar hoofd, wanneer ze 's avonds bij elkaar aan tafel zitten en doen of er niks aan de hand is. Ook in het Alsterpaviljoen, met de glunderende koppen van de musici, echoot het door de swingende muziek heen als valse noten: 'Ik doe het om de kinderen.'

Dat hoeft hij niet, dat wil ze niet. Als ze een eigen huis hebben zal het goed komen. Haar moeder moet iets weten. Haar gezicht blijft gesloten als ze naar hem kijkt. Rose vindt het te pijnlijk om te zeggen wat ze heeft gehoord. 'Ga terug naar die Jodin van je!' Waar sloeg dat op?

Op een avond komt haar moeder naar hun kamer omdat ze wil praten. Gretchen gaat op het ene bed zitten, Rose en Hans zitten op het andere. Ze doet de plafonnière uit zodat in het licht van de schemerlamp de kamer minder ongezellig lijkt.

'Het is niet fijn hier.'
Rose en Hans knikken.
'Maar het is op het ogenblik onmogelijk iets anders te vinden in Hamburg.'
'Laten we naar Keulen teruggaan,' zegt Hans.

'Dat kan helaas niet, ons huis is bezet en ook daar is het moeilijk iets nieuws te vinden. Tante Röschen weet waarschijnlijk een geschikt huis in Bremen. Daar hebben jullie weer een eigen kamer.'

'Reist Vati dan op en neer?'

'Hij blijft hier.'

Rose verkrampt. 'We zouden toch weer samen zijn?'

Haar moeder kijkt ernstig, gespannen.

'Laat Vati meegaan, hij kan werk vinden in Bremen.'

'Nee lieve kind, het kan niet.' Het gezicht van haar moeder staat strak.

Hij moet weg bij die vrouw, bij die heks. Rose heeft het gevoel dat haar wereld wankelt.

Gretchen met Rose en Hans

Hans blijft rustig. 'Dan reist Vati heen en weer en gaan wij hem bezoeken in Hamburg,' troost hij zijn zus. Hij trok altijd al meer naar zijn moeder dan naar zijn vader.

Nog een tijdje duurt de martelgang van het toneelspel tot Röschen laat weten dat het huis in Bremen vrijkomt. Als moederlijke oudste zus was ze meteen voor Gretchen op zoek gegaan en met succes. Rampzalig vindt Rose het. Ze wil niet weg uit Hamburg, ze wil niet weg bij haar vader. Weer samen zijn, daar ging het om.

Ze staart in het donker terwijl Hans naast haar ligt te slapen. Datgene wat ze als onaantastbaar fundament had ervaren, is weg. In een wereld waar je voortdurend op je hoede moet zijn, waar je door iedereen verraden kunt worden, waar gevaarlijke laster wordt rondgestrooid, waar knokploegen door de straten sluipen op zoek naar prooi, waar mensen elkaar aftuigen, martelen, doodslaan, ook na de oorlog, was haar liefdevolle thuis de plek waar ze zich geborgen wist en waar ze nog geloofde dat de mens ook goed kon zijn. 'Jullie zijn het liefste wat ik heb,' zei hij zo vaak. Maar wat stelde die liefde voor. Een acteur was hij, een komediant! Niet voor niks had haar moeder hem ontmoet op een toneelvereniging. Een kletsmajoor. Ze had hem zo bewonderd om zijn edele karakter. Hij was zo zorgzaam, zo gevoelig, zo attent. Hij zou voor hen willen sterven zei hij, zover ging zijn liefde, en zij had die romantische praat geloofd. Zo verontwaardigd was hij over de leugens die werden rondgestrooid over de Weimarregering die verantwoordelijk zou zijn voor het verliezen van de oorlog. Al die tijd dat hij in Hamburg woonde en hen in Keulen bezocht met zijn cadeautjes had hij tegen hen gelogen.

Als de oorlog voorbij was zouden ze samen zijn zoals vroeger. Was hij maar gesneuveld, denkt ze en ze schrikt van die gedachte.

Nooit meer samen aan tafel, samen verjaardagen vieren en met vakantie gaan, samen verrassingen kopen voor haar moeder en dan ergens koffiedrinken met taart, nooit meer samen onder de Elbe. En toen haar ouders dansten? Het mooiste paar waren ze, zwierig en harmonieus. Rose had het vaak over haar vader, met haar vriendinnen, haar nichten en neven, met Rose II. Hoe zorgzaam hij was, hoe oprecht, hoe grappig, hoeveel hij wist, hoe talentvol hij tekende, wat een prachtig boek hij heeft gemaakt voor haar moeder. Kortom, de ideale man. Met zo'n man zou ze willen trouwen. Hij wilde haar beschermen, zei hij, en haar moeder en Hans. Ze staat voor gek, ook ten opzichte van zichzelf. Het is griezelig dat je je zo kunt vergissen in je eigen vader. Alles lijkt zinloos en leeg, zelfs de vrede.

Omdat Rose nooit meer met haar vader alleen is stelt ze voor om hem te vergezellen wanneer hij naar het postkantoor moet. Ze zal het zo terloops mogelijk aansnijden.

Hij biedt haar zijn arm en zo wandelen ze de straat uit. Vanzelfsprekend voelt het vertrouwd, zo liepen ze altijd door de straten van Keulen. Haar vader zegt dat hij trots is dat ze zo'n lovend getuigschrift heeft gekregen van haar chef en hij zegt dat ze daarmee in Bremen snel weer een nieuwe baan zal vinden. Daar zal haar lieftallige verschijning zeker toe bijdragen. 'Ga door met je Engels, ook daar zul je veel plezier van hebben.'

'Hoe vind je het om naar Bremen te gaan?'

Hij haalt zijn arm uit de hare en legt die om haar schouder. Zo moet die arm haar moeder weer omhelzen.

'Lieve Rose, mijn werk is hier maar we zullen elkaar blijven zien.'

Ze schudt zijn arm af, blijft staan en kijkt hem aan. 'Je blijft dus bij dat mens.'

'Niet zo praten. Ze heeft veel voor ons gedaan.'

'Ze heeft alles kapotgemaakt.'

'Lieve Rose, je begrijpt het niet.'

'We zouden weer samen zijn.'

'Dat zijn we ook.'

'Dan moet je met ons mee.'

'Dat kan niet.'

'Omdat je het niet wilt!' roept ze. 'Als je ons in de steek laat wil ik je nooit meer zien. Nooit meer!' Ze kijkt haar vader strak aan.

'Ik laat jullie niet in de steek.'

Ze draait zich om en loopt terug naar huis terwijl de tranen over haar wangen rollen.

3

Bremen, voorjaar 1922

Ze wilden de ezel doodslaan omdat hij te oud was, maar hij ontsnapte en zou stadsmuzikant worden in Bremen. Hij kwam een hond tegen die ook dood moest omdat hij te zwak was om mee te gaan op jacht. De ezel speelde luit en de hond zou op de pauken slaan. Een kat die verzopen moest worden omdat hij geen muizen meer ving wilde ook meedoen, en nummer vier was een haan die zo ontsnapte aan de soep.

Een prachtig sprookje vond Rose het dat haar vader Hans en haar voorlas uit het sprookjesboek van Grimm. Net als de dieren zullen haar moeder, Hans en zij er in Bremen wat van maken.

Toen haar moeder nog in haar ouderlijk huis in Delmenhorst woonde, ging ze hier naar concerten en theater, musea, winkels of liep ze zomaar wat rond over de grote pleinen en door de smalle steegjes van de Schnoor met de synagoge. Hier ging ze naar theaterclub Thalia waar ze haar fatale tegenspeler tegenkwam.

Het nieuwe huis ligt aan een stille straat met lindebomen, iets buiten het centrum. Het heeft hoge kamers, een verwilderde tuin en op de eerste verdieping een balkon met uitzicht op boomgaarden. De meubels die een hele tijd ingepakt zijn geweest, krijgen weer de ruimte, de klok die in Keulen tikte en galmend sloeg gaat er hier mee verder. Schilderijen en foto's worden aan de muur gehangen, maar niet die waar vader Carl op staat. Wel de borden die hij had meegenomen van de Wereldtentoonstelling in Parijs. De foto die de Engelse fotograaf maakte van Rose in haar bruidsmeisjesjurk, de foto van haar moeder met haar vijf zusjes en het portret van haar grootouders.

In minder dan een halfuur loopt Rose naar het hart van de stad door lommerrijke straten, langs stijlvolle huizen met tuintjes achter smeedijzeren hekken. De laatste tijd moet ze om de drie stappen haar voet op een voeg tussen twee tegels zetten anders zal ze haar vader nooit meer zien. Ze weet dat het onzin is maar toch moet ze het doen. Hetzelfde overkomt haar bij het lezen van een boek. Dan fluistert een stem in haar dat ze tien bladzijden moet terugbladeren om de bovenste regel van die pagina hardop uit te spreken wil ze haar vader terugzien.

Steeds vaker kijkt ze naar zichzelf van een afstand: een jonge vrouw, niet groot, slank, met smalle enkels en polsen, slanke handen en voeten, een stevig achterwerk, zwart haar, lichtgroene ogen met oranje stippen, 'een lentewei vol bedwelmende papavers' zoals neef Theo zei, een niet zo grote rechte neus en een mond met scherpe cupidoboog in een blank gezicht met hier en daar een sproet. Ze loopt met kwieke stap door Bremen en het lijkt of ze weet waar ze naartoe gaat. Maar vaak weet ze dat niet en vraagt ze zich af wie er door haar ogen loert. Telkens iemand anders. Ze is niet meer dat kleine meisje in het harmonieuze gezin dat erop vertrouwde dat alles ging zoals het moest gaan.

Vroeger was ze ervan overtuigd dat haar land werd geregeerd door wijze mannen die het beste met haar volk voorhadden. Toen de oorlog uitbrak dacht ze dat dat dan wel nodig zou zijn, dat de Engelsen en Fransen slecht waren en Duitsland zich moest verdedigen. Ze las over grote overwinningen in België, wat haar trots maakte, maar na vier jaar bloedige strijd was het ineens voorbij en hadden al die overwinningen gek genoeg geleid tot een nederlaag, tot armoede, verlies van stukken land en tot een vernederend vredesverdrag. Haar oom en neef waren dood, haar vader had een gat in zijn been.

Voor de oorlog was de keizer de vanzelfsprekende leider van het land, tegen wie iedereen opzag en van wie bescherming uitging, net zoals van de legeraanvoerders met hun ernstige gezichten. Ze blijken helemaal niet wijs te zijn, zich niet te hebben laten leiden door verstand maar door gevoel, eerzucht, geldingsdrang, rancune, frustratie, minderwaardigheidscomplexen.

Had de keizer zich wel moeten bemoeien met het Oostenrijks-Servisch conflict? Natuurlijk kwamen de Russen in beweging om de Serviërs te steunen en toen vonden de Duitse legeraanvoerders het een slim idee Ruslands bondgenoot Frankrijk aan te vallen, wat alleen maar kon via België. Ze was trots op haar keizer, ze bewonderde hem, fier in zijn fraaie uniform. Theo zei dat hij meer afweet van uniformen dan van een land besturen.

Na de oorlog was zijn beeltenis ineens overal weg.

Ook haar vader bleek niet de man te zijn die ze dacht dat hij was.

Ze steekt de Wezer over en ziet in haar herinnering die andere grote rivieren voorbij stromen, de Rijn van Keulen en de Hamburgse Elbe, alle uitmondend in de gelukzalige zee van Wangeroog.

Aan de overkant van de Wezer loopt ze graag langs de middeleeuwse huisjes waar ze voor haar gevoel elk moment de Bremer Stadsmuzikanten kan tegenkomen, om even later voor het immense beeld van Roland te staan die daar aan de voet van het majesteitelijke Raadhuis al sinds 1404 de vrijheid symboliseert.

Rose vindt met haar getuigschrift en haar ingetogen charme spoedig een baan als secretaresse bij verzekeringsmaatschappij Securitas. Hans maakt nieuwe vrienden en ook vriendinnen op de Kunstnijverheidsschool en zit veel te schilderen op zijn kamer. Vader Carl stuurt geld maar niet voldoende. Het is haar moeders eer te na om meer te vragen. Twee dagen in de week werkt ze in een boekhandel, twee middagen geeft ze handwerkles aan een groep jonge vrouwen en ze krijgt ook opdrachten voor het maken van feestjurken en hoeden. Ze is een van de eerste vrouwen in Bremen die zich met de fiets verplaatst. De krant plaatst zelfs een foto, waarvan Rose hoopt dat haar vader die onder ogen krijgt.

Er zijn veel meer vrouwen op straat dan vroeger en ook de fabrieken zijn volgestroomd met vrouwen. Wanneer Rose een vrouwelijke trambestuurder ziet, een vrouw achter een kraam, een vrouw die kranten verkoopt, sigaretten, vraagt ze zich af waar hun mannen het leven lieten, hun broers, hun zonen. Bij Tannenberg, Ieper, Lille, Verdun, de Marne of de Somme? Spatte hij uiteen door vuur uit een kanon, is hij leeggebloed, doodgevroren, opgevreten door de ratten?

Rende hij misschien het mitrailleurvuur tegemoet om ervanaf te zijn? Ze kan de gedachten niet stoppen. Steeds meer verhalen en beelden dringen door, via kranten, tijdschriften, mondelinge verslagen, van troepen die moesten oprukken over een tapijt van lijken en gewonden. 'Dagen en nachten liepen we,' hoorde ze een man vertellen in de rij bij een kraam, 'uitgeput, smerig, zonder eten en drinken. In de nacht bereikten we een rivier. We sprongen erin, wasten ons, dronken. Toen we de volgende ochtend wakker werden zagen we dat de rivier vol dreef met lijken en dat het water donker kleurde van het bloed.'

En waartoe? Deze oorlog zou een einde maken aan alle oorlogen. Vredelievend voelt het nog niet aan op de pleinen, in de straten. En dan loopt haar vader ook nog weg.

Maar ze wil zich haar leven niet laten ontnemen, niet door die vechtlustige gekken, niet door haar vader. Ze wil leven, met hart en ziel en zinnen. Ze wil ontdekken, ontmoeten, dansen. Ze wil reizen, ze wil helpen, ze wil er zijn voor haar moeder. Ze wil vrolijk zijn en onbezorgd.

Gelukkig hebben ze weer een eigen huis. Ze werken hard en zullen laten zien waartoe ze in staat zijn, ook zonder hem. Er worden etentjes georganiseerd met vrienden en vriendinnen van haar moeder, de buren en met ooms en tantes. Toch kijkt Rose vaak vanuit de verte toe, vervreemd. Alleen tijdens een theatervoorstelling of een concert valt ze soms samen met zichzelf. Toen ze op muziekles ging en een instrument mocht uitkiezen, wist ze het meteen. Die rondbuikige luit. Tijdens een concertavond van middeleeuwse muziek was ze in vervoering gebracht door de klank en vorm van het instrument, en de oude tijden die je ermee kunt oproepen.

Ze zingt er ook bij, liederen van middeleeuwse minstrelen, Walther von der Vogelweide, volksliedjes en gedichten van Heine, *Ich weiß nicht was soll es bedeuten Daß ich so traurig bin.* Haar vriendinnen dringen erop aan dat ze een muziekopleiding gaat doen en gaat optreden voor publiek, maar het gehoor van vrienden en familie vindt ze genoeg. Ze merkt dat ze verlegener is dan vroeger.

Af en toe komt haar vader langs om met haar en Hans te wandelen. Hij neemt altijd iets mee, voor Rose meestal een boek. Na afloop dringen ze erop aan dat hij mee naar binnen gaat, thee drinken of iets eten voordat hij weer naar Hamburg vertrekt.

'Vati, we hebben versgebakken Bremer Klaben.'

Rose hoopt dat de beheksing wordt verbroken wanneer hij eenmaal binnen is, en hij zich herinnert dat hij bij hen hoort. Maar hij wil nooit mee. Na zijn vertrek is ze altijd van slag.

Vroeger rende ze hem met gespreide armen tegemoet. Haar spontaniteit is weg en ze heeft het gevoel dat dat ook in de rest van haar leven doorsijpelt. Je moet dus echt voor iedereen op je hoede zijn. Nee, niet voor haar moeder.

Soms kijkt ze haar vader na als ze hem ziet weglopen. Wat zoekt hij bij die andere vrouw? Ze vindt haar niet aardig, niet grappig. Ze heeft wel een knap gezicht en mooi goudblond haar maar haar moeder vindt ze mooier en aparter en heel veel leuker.

'Ze is jong,' verklaart haar moeder, 'en hij kan de reddersfiguur zijn, de jonge weduwe troosten. Mannen houden van de heldenrol.'

Rose bewondert haar moeder omdat ze nooit klaagt. Ze doet er alles aan om het huis tot een warm nest te maken. Voor de oorlog was ze een bloeiende beminde vrouw die er altijd elegant uitzag in zijde,

Carl Lehmkuhl, Roses vader

Gretchen Leeuwarden, Roses moeder

kant en fluweel, die speels was, Carl over zijn hoofd, zijn hand streelde, haar armen om zijn hals sloeg, hem plaagde, uitdagend was en dan weer teder. Ze waren zo aan elkaar gewaagd. Altijd was ze aandachtig, altijd maakte ze de problemen lichter door een grapje. Wat doet haar vader met al die herinneringen? Haar moeder is afgedankt, ingewisseld. Het fotoboek dat hij haar moeder gaf staat in de kast, versierd met zelfgemaakte tekeningen. Op de eerste pagina prijkt een groot hart, gevormd door de tekst dat dit boek de herinneringen aan hun liefde altijd zal koesteren.

Haar moeder spreekt er liever niet over. Ze leeft in het hier en nu, en met een blik op de toekomst. Klagen over de dingen die voorbij zijn is tijdverspilling, vindt ze.

Rose ontvangt brieven van haar vader waarin hij vraagt hoe het gaat, en waarin hij haar aanspoort haar best te doen zodat ze carrière zal maken. Doe zelf je best, denkt ze geërgerd. In de laatste regels schrijft hij altijd dat hij van haar houdt en haar mist. Ze antwoordt dat hij, als dat zo is, terug kan komen.

Maar dat doet hij niet en na een paar maanden maakt Rose geen brief van hem meer open. Ze gooit ze ongelezen en zonder te verblikken in het vuur. Hij heeft haar verraden, hij heeft haar moeder verraden. Hij heeft Hans in de steek gelaten, die toen nog maar twaalf was. Haar broer, die er laconieker onder is, ziet zijn vader nog wel en komt altijd thuis met veel lieve groeten en cadeautjes.

Rose vindt het onverdraaglijk haar vader op deze manier te ontmoeten, alsof hij een vreemde is geworden, een meneer die zijn best doet. Een slijmbal.

Heimelijk hoopt ze dat hij, als ze het contact verbreekt, haar gaat missen, wroeging krijgt.

'Hij is nog steeds je vader. Ik verbied je niet contact te hebben,' zegt haar moeder.

'Alleen als hij terugkomt zal ik met hem praten. Anders niet. Nooit meer.'

Ze zegt het onbewogen en verandert van onderwerp.

De boeken die ze van hem kreeg bewaart ze wel, met de ex librissen die hij speciaal voor haar had laten ontwerpen; een tekening van een jonge vrouw op een bankje onder een boom, een opengeslagen boek op haar schoot. De vrouw kijkt de verte in alsof ze overdenkt wat ze net las. Haar naam eronder, Rose Lehmkuhl. Boeken zijn haar toevluchtsoord. Ze staan boven haar bed op een rij, gebonden uitgaven, werken van Goethe, Schiller, Heine, Rilke, Thomas Mann, Else Lasker-Schüler, Hölderlin. Ook het eerste boek dat ze van haar vader kreeg, de sprookjes van Grimm.

Er is nog een man die brieven stuurt, met steeds meer postzegels erop vanwege de inflatie: haar neef Theo Goldschmidt. Binnenkort zal hij afstuderen als bacterioloog. Toen ze een paar jaar geleden, kort na de oorlog, de Spaanse griep had met heel hoge koorts, kwam hij elke dag kijken hoe het met haar was, en om adviezen te geven. Er gingen heel veel mensen aan dood. Ook een vriendinnetje van Rose. 'Vraag maar of er iets is wat ze zou willen eten,' had haar moeder gezegd. Ze had wel een gebakken visje gelust. Dat had Rose haar gebracht en kort daarna was ze gestorven. Ze moet nog veel aan haar denken. Dan ziet ze haar voor zich met sterren op haar wangen toen ze samen naar de carnavalsoptocht gingen kijken. Niet lang daarna lag ze met een mager wit gezichtje in een kist.

De dag waarop er een schok door het land gaat vanwege de moord op minister van Buitenlandse Zaken Rathenau, staat Theo onverwachts op de stoep en vraagt of ze met hem meegaat om iets te drinken in de Ratskeller.

Gearmd wandelen ze door de straten. Theo is lang en slank, loopt kaarsrechtop. Zijn bewegingen zijn ontspannen. Hij heeft een langwerpig, altijd glad geschoren gezicht met een hoog voorhoofd, donkerblond haar waarvan hij de krul er zoveel mogelijk uitkamt. Hij lijkt niet op de Leeuwardens maar meer op de Goldschmidts. Het enige wat ze herkent van zijn moeder zijn de ernstige ogen met die fonkeling van pret af en toe. Ze bewondert hem om zijn natuurlijke waardigheid. Hij beklaagt zich nooit over het verlies van zijn enige broer aan wie hij zo gehecht was en van zijn beminde vader die rabbijn was en wiens hart het verdriet om de dood van zijn oudste zoon niet kon dragen. Door weeklagen en zelfmedelijden krijgen we ze niet terug, zegt hij.

'Rathenau ging vanochtend met de auto naar zijn werk en is vanuit een andere auto doodgeschoten.'

'Maar waarom?'

'Hij was voor het aflossen van de herstelbetalingen en hij onderhandelde met de Sovjet-Unie, in Rapallo, waarmee hij die nieuwe staat erkende. Rusland zag af van herstelbetalingen door Duitsland en Duitsland deed afstand van alle bezittingen in het voormalige Rusland. Dat viel niet best bij de nationalisten. Bovendien was Rathenau een Jood en rijk.'

Rose moet twee stappen zetten bij elke stap van hem. Aan voegen tussen tegels denkt ze nu niet.

Wanneer ze in de buurt van de grote markt komen, horen ze geschreeuw. Op het plein aan de voeten van het Rolandsbeeld staan mensen met spandoeken en rode vlaggen, voornamelijk jonge mannen: 'Moordenaars van het recht! Lafaards, criminelen!' Een andere groep schreeuwt nog harder. 'Weg met de Joods-communistische samenzwering!'

Theo drukt haar arm steviger tegen zich aan. Ze kijkt met verbazing naar dit tafereel, de agressieve koppen.

'Rathenau was toch geen communist?'

'Integendeel.'

Net wanneer ze met elkaar op de vuist willen gaan verschijnt de politie die de groepen uit elkaar drijft. Theo en Rose gaan de Ratskeller in en zetten zich aan een van de grote houten tafels onder de gewelven.

Theo bestelt sekt. Hij zegt dat ze er in het licht van de kaarsen ravissant uitziet.

Ze tikken de glazen tegen elkaar en drinken op een voorspoedige toekomst.

'Begrijp je waarom ik hier weg wil, naar Amerika?' Hij pakt haar hand. 'En lieve Rose...'

Hij onderbreekt de wat plechtig begonnen zin om haar te complimenteren met haar slanke handen.

'Je zou me zo gelukkig maken als je met mij meeging en mijn vrouw werd.'

Ze voelt dat ze bloost. Al een tijdje heeft ze de indruk dat zijn gevoelens verder gaan dan de familieband. Ze raakt altijd een beetje in verwarring wanneer ze hem ziet. Ze bewondert hem om zijn karakter. Hij heeft principes, is intelligent en bescheiden. Zijn manier van bewegen en zijn fijnzinnige gezicht trekken haar aan. Maar met hem trouwen?

Na een korte stilte antwoordt ze: 'Ik kan mijn moeder niet in de steek laten.'

'Je moeder gaat mee, net als de mijne.'

'En Hans dan?'

'Ook.'

'Maar waar leven we van?'

'Ik heb al contact met een ziekenhuis in New York. In Amerika is alles mogelijk, daar is de toekomst.'

'Maar we zijn neef en nicht. Het kan niet.'

'Er zijn zoveel geslaagde huwelijken tussen neef en nicht, met gezonde kinderen.'

'Ik kan het niet Theo, nu niet.'

'Het overvalt je. Laat het bezinken.'

'Maar waarom wil je weg uit Duitsland? Weg van de familie, Wangeroog.'

'Kijk wat er vandaag is gebeurd! En wat eraan voorafging. Andere moorden, die op Rosa Luxemburg en Karl Liebknecht. Onlangs is een studievriend van me doodgeschoten, alleen maar wegens zijn communistische sympathieën. Overal liggen de vrijkorpsen op de loer. Jonge mannen die de oorlog hebben verloren, daar niet mee kunnen leven en die hun onvrede afreageren door te moorden. Het land gist van frustratie en agressie. Het kan zich als een virus uitbreiden.'

Ze heeft hem nog nooit zo ernstig zien kijken. Hij heeft gediend in het leger en nu gaat hij naar hun overwinnaars.

'Lieve Rose, als het te snel voor je is ga ik vast vooruit. Ik zal je veel schrijven in de hoop dat je me terugschrijft. Eén woord van jou en ik kom je halen.'

Ze neemt nog een slok.

'Ik wil je Heidelberg laten zien. Breng voor mijn vertrek nog een bezoek met je moeder en met de mijne. Dan leid ik jullie rond. Het is echt een stad voor jou en een plek die veel van je favoriete dichters de mooiste regels heeft ontlokt.'

Wanneer Rose het haar moeder vertelt, zegt Gretchen: 'Die Theo. Maar je trouwt natuurlijk niet met je neef.'

'Theo verzekert dat het geen probleem is. Daar is toekomst en hij is bang dat het hier fout gaat.'

'Mensen hebben gezien dat er niks dan ellende komt van oorlog.'

'Hij wil jou en tante Lea en Hans natuurlijk meenemen.'

'Lieve kind, wat moet ik daar in dat vreemde land aan de andere kant van de wereld? Waar moeten we van leven?'

Ze kan het niet, haar moeder verlaten. En zelf wil ze ook niet weg uit Duitsland. Inmiddels is ze zich thuis gaan voelen in Bremen. Dit is haar land waar ze veel van houdt, hier spreken ze haar eigen taal. Hier liggen haar wortels, hier hoort ze. Meeslepend vindt ze haar werk niet maar ze verdient geld waarmee ze haar avonturen kan kopen, in theaters, muziektempels en musea.

Af en toe koopt ze een boek en ze gaat ook weleens langs bij de deftige chocolatier Hachez, om haar moeder en Hans op chocoladeblaadjes te trakteren.

Haar moeder werkt met plezier in de boekwinkel, heeft succes met haar fijne handwerken, net zoals Hans met zijn schilderingen op meubels en op doek. Haar broer is altijd meer iemand geweest van het beeld dan van het woord. Hij leest weleens een roman maar in zijn zelfgemaakte boekenkast staan vooral atlassen, kunstboeken en boeken over vogels en andere dieren, zoals de reeks van *Brehms Tierleben* met de fraaie illustraties. Vaak heeft hij geen rust om te lezen, hij wil bezig zijn, iets maken. Onderhoudend converseren kan hij ook. Hij is ordelijk zoals Rose, laat nooit iets slingeren en kan alles repareren.

Regelmatig gaan ze gedrieën een weekend terug naar Keulen. Dan logeren ze bij de tantes en praat Rose bij met haar nichtje Rose II die haar altijd om de hals vliegt en haar 'mijn zusje' noemt. Ze hebben dezelfde lengte en hetzelfde zwarte haar, maar daar houden de overeenkomsten ook op.

Helaas hebben tante Hanna en oom Rudolf, de ouders van Rose II, een nieuwe bovenbuurman, ene meneer Joseph Goebbels. Hij werkt bij een bank en schrijft in zijn vrije tijd toneelstukken. 'Omdat niemand ze wil opvoeren doet hij dat waarschijnlijk zelf,' spotten de zussen. Op luide toon houdt hij hele verhalen terwijl hij rondloopt, waarbij je kunt horen dat hij mank is. Regelmatig stoten ze met de bezem tegen het plafond. Gek worden ze ervan. Tante Hanna, de jongste van de zusjes, is al zo gevoelig. Ze heeft altijd een waaier in haar tas voor het geval ze dreigt flauw te vallen.

Hans logeert bij tante Mathilde in haar huis met weesjongens die niet alleen een soort broers zijn geworden van haar ene zoon Julius, maar ook vrienden van Hans. Hij komt dan altijd vol verhalen thuis en met stukken Bijbeltekst die hij daar in het Hebreeuws uit zijn hoofd heeft geleerd.

Rose ziet hoe haar moeder plezier maakt met haar zusters. Vooral met tante Mathilde, die net als zij veel gevoel voor humor heeft en ook door haar grote liefde is verlaten. 'Eigen schuld, we zijn gewoon gevoelig voor de verkeerde mannen,' zeggen ze vrolijk.

Nu en dan komt er nog een brief van haar vader, maar die verdwijnt, met de postzegels vol nullen, regelrecht in het haardvuur.

Schrikbarend snel verliest het geld zijn waarde, niet alleen moeten er steeds meer postzegels op de brieven maar ook wordt Roses salaris vaker uitgekeerd. Soms zelfs om de paar dagen. Ze rent dan naar de bakker om een brood te kopen want de kans bestaat dat ze er de volgende dag nog maar één bolletje voor krijgt. Mensen zeulen met tassen vol bankbiljetten en duwen kruiwagens levensmiddelen over de stoepen wanneer ze inkopen doen voor een maand. Het geld vervluchtigt tussen je vingers. Als in een kwaadaardig sprookje verandert de waarde van de dollar in een mum van 100.000 mark in een miljard en meer dan een biljoen. De ene na de andere winkel sluit de deuren, spaargeld blijkt verdwenen. Met de dag worden de mensen zenuwachtiger. Rose vraagt zich benauwd af waar dit moet eindigen, terwijl haar broer de kleurige ontwerpen van de bankbiljetten prijst.

Er verschijnen steeds meer bedelaars op straat maar ook profeten die verlossing prediken. Een kleine groep, vooral jonge mensen, weet het spel met aandelen gewiekst en snel te spelen en is plotseling heel rijk. Rose hoort over plunderingen, rellen en ziet steeds vaker demonstraties. Er is even opwinding om een nieuwe staatsgreep van extreemrechts onder aanvoering van een zekere Adolf Hitler in een bierkelder te München, maar de revolutie wordt neergeslagen.

Het Ruhrgebied is weer bezet om de Duitsers ertoe te dwingen de herstelbetalingen te voldoen, wat leidt tot patriottische leuzen en gloedvolle eden van trouw aan het vaderland. Hopelijk krijgt Theo geen gelijk; Rose rekende erop dat alles na de oorlog alleen maar bergopwaarts zou gaan. Ze leest steeds vaker in de krant maar die stelt haar niet gerust.

De sfeer in de stad heeft iets onwerkelijks en opgewondens, maar thuis bewaren ze de rust en houden ze vast aan de rituelen. Op vrijdagavond ontsteken ze twee kaarsen als verwelkoming van de sabbat. Er is extra feestelijk gekookt voor de vrijdagavond en de zaterdag. Hans spreekt de kidoesj uit, de zegening over de sabbatdag, en de zegen over de wijn. Daarna spreekt hij de zegen uit over het brood. Ondanks de zorgelijke tijden en de ernst in de gesprekken blijft er ook altijd een zekere lichtheid, waar niet alleen haar moeder maar ook haar broer talent voor heeft.

Verzekeringsmaatschappij Securitas overleeft de crisis niet, gaat failliet en Rose is haar baan kwijt.

4

Bremen, 1924-1929

'Het oude geld was uit esthetisch oogpunt een stuk meer waard,' zegt Hans. De kleurige bankbiljetten worden vervangen door grauwe van 1 rentemark en je kunt er nog dingen voor kopen ook. Amerika geeft Duitsland lucht met het Dawes-plan dat de herstelbetalingen vermindert en weer de mogelijkheid biedt leningen af te sluiten.

In januari 1924 vindt Rose een baan als directiesecretaresse bij een groot energiebedrijf. Opnieuw verbaast ze zich erover hoe vlug alles gaat. Winkels die in 1923 hadden moeten sluiten zijn nu weer open en er wordt geproost op het vertrek van de Franse en Belgische troepen uit het Ruhrgebied.

De sombere sfeer heeft plaatsgemaakt voor hoop en zelfs uitbundigheid. Er openen steeds meer bars waar muziek wordt gespeeld, vitale vrolijke muziek waar met graagte op wordt gedanst, in jurken die steeds korter worden, lichter van kleur en bestrooid met glasparels. Rose gaat uit in een kunstzijden creatie, blauw als het lapis lazuli uit de tombe van Toetanchamon die onlangs is ontdekt en die vanuit het diepe verleden kleur en gloed geeft aan de hedendaagse mode. Samen met haar vriendinnen laat ze de schaar in haar haren zetten, als teken dat er een nieuwe tijd is aangebroken. Ze drinken cocktails in jazzcafés, praten over een betere wereld, delen toekomstdromen en soms roken ze een sigaret met een lang en sierlijk sigarettenpijpje. Er wordt gemopperd over 'de nieuwe vrouw' die sinds ze kiesrecht heeft zou zijn losgeslagen. Vrouwen roken op straat en sommige snuiven zelfs een lijntje cocaïne. Rose gaat mee in de euforie maar haar verantwoordelijkheidsgevoel verlaat haar nooit. Ze denkt aan haar baan en aan haar moeder die ze geen zorgen wil verschaffen. Op tijd toomt ze zich in. Net als haar lach die stralend is en uit het hart komt, waarbij haar gezicht oplicht, en haar ogen glinsteren als groen calciet, maar die nooit lang duurt en geen geschater wordt. Als het mooi weer is gaat ze weleens kanoën of roeien op de Wezer met vriendinnen of met Hans die heel sportief is en ook tochten maakt op zijn nieuwe racefiets.

Steeds vaker gaat Rose naar de bioscoop, meestal samen met Hans en soms gaat Gretchen mee. De filmindustrie bloeit, bioscopen schieten uit de grond en zitten altijd vol. De mensen willen afleiding en avontuur, ze willen gruwen, dromen, lachen. Ze ziet *Das Cabinet des Dr. Caligari*, een horrorfilm uit 1920 met tussenteksten in hoekige letters. *Nosferatu* van Friedrich Wilhelm Murnau en *Dr. Mabuse, der Spieler* van Ernst Lang, maar ook vrolijke liefdeskomedies waarin zelfs blote borsten zijn te zien, want de censuur is afgeschaft.

Er zijn tentoonstellingen waar Rose vaak met haar broer naartoe gaat, zoals de expositie van schilders uit de kunstenaarskolonie te Worpswede. Paula Modersohn Becker maakt veel indruk met haar expressionistische portretten van kinderen en van haarzelf. De manier van schilderen is gewaagd, krachtig, uitdagend. Zoals die van Van Gogh, die ze met haar vader was gaan bekijken toen ze nog een kind was. De catalogus die ze toen kreeg had ze na zijn verraad in een vlaag van woede willen weggooien. Het was haar gelukt zich te beheersen.

Ze bewondert de oude meesters maar tegenwoordig wordt ze meer geraakt door de modernen. Op de doeken herkent ze haar eigen onrust. Ze houdt van Emil Nolde en Paul Klee, hun felle kleuren, wilde vormen, energie. Ook van Franz Marc en August Macke, wier onstuimige liefde voor het leven van hun schilderijen knalt en die beiden eindigden in het grauwe bloeddoorlopen slijk van een slagveld. Vaak ziet ze de blauwe paarden voor zich van Franz Marc, droompaarden onder een regenboog, de maan in hun lijf. En *Der blaue Reiter* van Kandinsky met die ruiter die voortstormt door een felgekleurd en raadselachtig land.

’s Avonds in bed leest en herleest ze de expressionistische gedichten van Else Lasker-Schüler, een Joodse dichteres die zich in Berlijn in de kunstenaarsscene beweegt en bevriend was met Franz Marc over wie ze schreef, haar Blaue Reiter die werd geveld. De verzamelde gedichten kreeg ze van haar moeder.

Roses nieuwe chef vindt haar zo bekwaam en toegewijd dat hij haar behalve als zijn privésecretaresse ook aanstelt 'voor moeilijke kwesties'. Maar goed dat hij niet weet over de stappen die ze op weg naar het sollicitatiegesprek moest zetten op de voegen en dat ze onrustig wordt wanneer de stapeltjes op haar bureau niet helemaal recht liggen.

De twee andere secretaresses, Lotte en Else, worden vriendinnen met wie ze naar het theater gaat, concerten of de film en ook weleens uit dansen. Hans is thuis in het uitgaansleven, hij kent elk nieuw café chantant of cabaret. Ze vragen hem te helpen bij de inrichting of om aanplakbiljetten te ontwerpen. Hij kan goed dansen en heeft succes bij de meisjes. Hij is voorkomend, geestig en altijd elegant gekleed, perst zelf zijn broeken, poetst zijn schoenen en houdt zijn glanzende zwarte haar gezond met Birken Haarwasser. Nooit gaat hij de deur uit zonder hoed.

Het ontbreekt Rose niet aan aandacht maar ze blijft gereserveerd, flirten ligt haar niet. Toch zou ze meer avontuur in haar leven willen, niet alleen tijdens theater-, café- en bioscoopbezoeken. Nu ze haar hart en ziel niet in haar werk kwijt kan zoals dat gebeurd zou zijn wanneer ze arts of verpleegster was geworden, waarbij ze niet zou hoeven te twijfelen aan de zin van wat ze deed, moet er iets anders gebeuren. Misschien zou ze voor een tijdje een baan kunnen vinden op een passagiersschip, dan is ze veel op zee en kan ze tegelijk vreemde landen leren kennen. Maar voorlopig kan ze haar moeder niet in de steek laten.

Ze hebben nu niet alleen meer contact met de zusters van haar moeder, maar ook met haar broers. Oom Nathan zien ze geregeld want hij woont in het nabijgelegen Oldenburg. Om oom Willy te bezoeken moeten ze een lange treinreis oostwaarts maken, naar Mutzschen bij Leipzig. Oom Willy is gelukkig getrouwd, ook met een Roos: Rosa Marcuse, een intelligente vrouw met een grote boekenverzameling. Na aankomst in Mutzschen praten ze eerst een paar dagen bij, veel over de familie, terwijl ze samen tafelen of naar het nabijgelegen kasteel wandelen. Wanneer oom Willy en tante Rosa met vakantie gaan leidt Gretchen met ferme hand de modezaak.

Als Rose oom Willy ziet in zijn fraaie pak moet ze altijd denken aan de loopgraven die hij heeft overleefd, in de modder met rondom opspattend bloed, hersenen en ledematen. Daar heeft ze hem op Wangeroog over horen vertellen tegen zijn zwager, terwijl hij niet wist dat het ook haar oren bereikte. 'Het diepste van de hel.' Het blijft haar bezighouden, dat een mens in staat is daarna gewoon de draad weer op te pakken.

De zomer van 1924 brengen ze zoals altijd door op Wangeroog.

Het is een prettige reis, vooral dat laatste stuk met het treintje door de moerassen waarbij het soms lijkt of ze over water rijden in een wereld die steeds stiller en weidser wordt. Bij het station staan de jongens van Villa Rosa hen op te wachten met gebruinde gezichten en houten karren voor de bagage. Heerlijk is het om de zeelucht op te snuiven, de bekenden weer te zien, thee te drinken in de grote serre van Villa Rosa met tante Röschen en Onkel Moritz en verhalen uit te wisselen.

De eerste keer dat Rose na haar vaders vertrek de rieten korven terugzag op het strand, trof dat haar pijnlijk omdat ze daar zoveel jaren bij elkaar hadden gezeten, haar vader, moeder, Hans en zij, als in een kabouterhut, luisterend naar het aanrollen van de golven.

De meeste neven wonen niet meer op het eiland maar komen wel terug voor de zomer. De drie bruidegoms zijn allemaal vader geworden; Erwin van twee zoontjes, Harry en Richard beiden van een dochter. Alle drie zijn ze de hele dag met hun kinderen aan het spelen. Rose kijkt geamuseerd en ontroerd naar zoveel vaderlijke passie. Zou ze zelf kinderen krijgen? Ze denkt aan hoe ze hier een paar jaar geleden danste met haar vader die haar een goede man toewenste. En aan die andere dans denkt ze, met Theo, die ze een paar maanden geleden uitzwaaide in de haven van Hamburg.

'Wees niet boos op me Rose, maar je maakt me zo gelukkig met je tranen,' zei hij.

Ze kijkt naar de wankele stapjes van haar neefjes en nichtjes. Alles is in voortdurende verandering, net als dit eiland.

Als ze ziet hoe tante Röschen en Onkel Moritz elkaar aanraken, blikken wisselen van verstandhouding, voelt ze haar moeders pijn. Dat heeft ze altijd wanneer ze in de aanwezigheid van haar moeder een aanhankelijk echtpaar ziet, vooral als ze wat ouder zijn. Een nieuwe man zou haar moeder goed doen, zoals tante Mathilde.

De familie is in rep en roer door het bericht dat tante Mathilde gaat trouwen. Nadat ze ook voor de laatste jongens uit haar weeshuis een nieuw onderkomen had gevonden, had ze Keulen verlaten en was teruggekeerd naar haar geboorteplaats Delmenhorst. Daar heeft ze banden aangeknoopt met Nathaniël Heger, een achterneef die al zijn hele leven in Delmenhorst woont waar hij een kledingatelier bezit. Nadat anderhalf jaar geleden zijn vrouw was gestorven, hebben Mathilde en Nathaniël elkaar beter leren kennen en ontdekt dat ze de rest van hun leven willen delen.

Wanneer ze het kleine station van Delmenhorst binnenrijden moet Rose denken aan haar grootvader die hier ooit aankwam. Roses overgrootouders kwamen oorspronkelijk uit Amsterdam maar waren naar Winschoten verhuisd waar een grote Joodse gemeenschap was. Nadat zeven van hun acht kinderen jong gestorven waren en ook hun moeder Rosalie, trok de enige die het leven had behouden, Levi Nathan Leeuwarden, met zijn vader de Duitse grens over om daar een nieuw begin te maken. Hij stichtte een modezaak in Delmenhorst, trouwde met Rosette Polack en samen kregen ze twee zonen en zes dochters. Het was een hecht gezin totdat moeder Rosette op haar drieënvijftigste uit hun midden werd weggerukt. Vier jaar later stierf vader Levi Nathan. De zes zusters en twee broers waren nog meer op elkaar aangewezen. Villa Rosa op Wangeroog waar tante Röschen, de oudste zus, inmiddels woonde met haar man en zes zonen werd het nieuwe familiehuis.

Het huwelijk van Mathilde en Nathaniël zou bescheiden worden gevierd maar doordat alle broers en zusters er zijn wordt het vanzelf een groot feest. Uit zijn vorige huwelijk heeft Nathaniël twee volwassen zonen van wie er een, Wilhelm, bij hem werkt op het atelier. De andere zoon is er niet omdat hij het niks vindt dat hun vader hertrouwt, zo gaat het gerucht.

Na de huwelijksplechtigheid wandelen ze met de familie naar het kerkhof om het graf van hun ouders te bezoeken.

Wanneer ze aankomen bij de steen met de namen Rosette Polack en Levi Nathan Leeuwarden erop, gaan ze er in een halve kring omheen staan en spreken een gezamenlijk gebed uit. '*Hij die vrede maakt in zijn hoge sferen, zal ook vrede maken voor ons en voor het gehele huis van Israël.*' Iedereen legt een klein steentje op het graf. Rose kijkt naar de gebeeldhouwde roos boven de namen en voelt zich over de dood heen met haar grootmoeder verbonden. Als ze ooit een dochter krijgt zal ze haar ook noemen naar haar moeder.

Bij het diner gaat Rose met opzet in de buurt van de ook nu in het zwart gehulde tante Lea zitten om zo het laatste nieuws over Theo te horen, maar het blijkt dat zij zelf beter op de hoogte is dan zijn moeder. De baan in het ziekenhuis bevalt hem en New York is zo duizelingwekkend groot dat Keulen en Bremen daarbij vergeleken provinciale stadjes lijken.

Rose denkt terug aan de seidermaaltijd die ze hier in Delmenhorst vele malen hebben gevierd, vaak met Theo erbij. Ze vindt het een van de leukste feesten. Op de tafels staan seiderschotels met speciale gerechten zoals mierikswortel waarvan de tranen je in de ogen springen, waarmee de bittere slavernij in herinnering wordt geroepen; en verder een bruin zoetig mengsel van noten en fruit, charoset, dat lijkt op de specie waarmee hun voorgeslacht in Egypte stenen moest metselen, en peterselie dat lente betekent en een ei als symbool voor het leven. En matses natuurlijk, brood dat geen tijd kreeg om te rijzen.

Rose moet altijd zo lachen om de snelheid waarmee de teksten worden gelezen en gezongen. Telkens als een oom zei dat er een glas wijn gedronken moest worden, lui achteroverleunend zoals hun onderdrukkers dat deden, verzuchtte Theo: 'Hè hè, nou begin ik het weer leuk te vinden.'

'Wordt het niet eens tijd dat jij een bruidegom vindt, Rose?' vraagt tante Mathilde.

'Aanbidders genoeg,' zegt haar moeder.

'O ja, Rose? Vertel,' reageert tante Lea terwijl haar weemoedige ogen oplichten.

'Mutti kletst maar wat.'

'Geen geheimen, dat had je beloofd,' roept nicht Rose II.

'Collega's van haar werk. Haar chef.'

'Theo is ook altijd verrukt van zijn liefste nicht,' zegt tante Lea.

Als na het diner de muziek losbarst danst Rose met de enige zoon van haar nieuwe oom Nathaniël die op het feest is, Wilhelm. Een knappe jongeman, charmant, en ook de moderne dansen heeft hij soepel in de benen. Rose vraagt waarom zijn broer er niet is.

'Te kort na de dood van onze moeder. Bovendien vindt hij het maar niks dat je tante Mathilde Julius kreeg zonder getrouwd te zijn en dat ze Joods is.'

Rose is zo verbijsterd dat ze geen woord kan uitbrengen. Joods, wat heeft dat ermee te maken?

'Terwijl onze vader half Joods is en wij dus voor een kwart,' voegt Wilhelm eraan toe.

Het geeft Rose een beklemmend gevoel. Ze herinnert zich dat een paar jaar geleden een kunsthandelaar die een tentoonstelling wilde organiseren van het eiland Borkum was weggejaagd omdat hij Joods was.

Nadat Wilhelm haar naar de stoel naast Rose II heeft begeleid en met een buiging afscheid heeft genomen, fluistert haar nicht: 'Is die Wilhelm niet wat voor jou? Jullie zagen er mooi uit samen.'

'Hij heeft een voorkeur voor heren.' Tante Mathilde, die erg op Wilhelm gesteld is, heeft ook zijn vriend leren kennen die van plan is naar Chili te emigreren. Ze zijn bang dat Wilhelm hem volgt. 'Maar verder is hij de ideale man.'

De liefde is een gewild gespreksonderwerp en het verschijnsel van de vluchtige affaire komt steeds vaker voor. Het hangt in de lucht, die zindering. De muziek en de dansvloeren lokken. Iedereen heeft ervaren hoe abrupt het lot kan kantelen dus het leven moet bij de lurven worden gegrepen, hier en nu. Haar vriendinnen zijn af en toe verliefd, broer Hans heeft zijn escapades maar Rose is niet licht ontvlambaar.

‘En Theo?’ vraagt Rose II als ze weer eens in Bremen logeert.

‘Hij blijft mijn dierbare neef.’

Rose zou wel een man willen die op Theo lijkt, een man met idealen. Ja, ze zou ook kinderen willen, een hecht gezin. Maar dat ze zal trouwen is minder vanzelfsprekend dan voordat haar vader hen verried. Als ze niet iemand tegenkomt met een betrouwbaar karakter blijft ze liever alleen.

‘Natuurlijk vind je een man!’ roept Rose II. ‘Maar nu zijn we nog vrij, kom nichtje, dans met me!’ en ze trekt Rose mee in de wervelende jazz.

Rose II wil ook een man met idealen, maar ze zal daarnaast werk maken van haar eigen idealen. Ze zal rechten gaan studeren en wil in de politiek. Hun naamgenoot Rosa Luxemburg is haar grote voorbeeld.

‘Het is ellendig met haar afgelopen,’ zegt Rose.

‘Maar als er geluisterd was naar haar oproep tot algehele staking, haar oproep aan allen om te verklaren: “Wij nemen de wapens niet op tegen de Fransen,” dan hadden we Erich nog gehad en jij je oom en een paar miljoen anderen waren niet nodeloos een miserabele dood gestorven. Het mag nooit meer gebeuren, zo’n oorlog.’

‘Dat gebeurt ook niet,’ weet Rose zeker.

De Engelsen hebben met een afscheidsparade Keulen verlaten. Het gaat met Duitsland nu de goede kant op. Ze mogen weer meedoen op het wereldtoneel sinds Duitsland is toegetreden tot de Volkenbond en ze kunnen zelfs weer een beetje trots zijn nu hun Stresemann met zijn Franse collega de Nobelprijs voor de Vrede heeft gekregen.

‘Maar de werkloosheid is nog rampzalig en er zijn onruststokers,’ zegt Rose II. ‘Mensen die rellen willen, spanning en sensatie. Stakkers die niet weten wat ze met hun leven moeten. Die vrede kennelijk maar saai vinden.’

5

Heidelberg, zomer 1929

'Alt-Heidelberg, du feine,
Du Stadt an Ehren reich.'

Roodbruine villa's liggen tegen de groene bergen, de glanzende Neckar in het midden waarover een lange brug met ronde bogen zich uitrekt die de oevers met elkaar verbindt.

'Am Neckar und am Rheine
Kein' andre kommt dir gleich.'

Else luistert met een glimlach als Rose weer eens citeert. Dit is het hoogtepunt van hun reis die hen met boot, bus en trein langs de Rijn en de Neckar voerde. Rose heeft haar vriendin Else haar geboortestad Keulen laten zien. Ze bezochten het Goethehuis in Frankfurt, wandelden door kleine stadjes, oude burchten, door de bergen, kwamen heelhuids langs de Lorelei waar Rose een gedicht van Heinrich Heine voordroeg, ervoeren de echte *Reinstimmung* en ook de rijkdom en variatie van het Duitse land.

De zon schijnt in haar gezicht en op haar blote armen terwijl Rose naar de stad kijkt waarover ze zoveel heeft gehoord, waar zoveel grote geesten hun kennis hebben verdiept en die zoveel kunstenaars heeft ingefluisterd. Haar neef Theo heeft niets te veel gezegd. Rose had hem geschreven over haar reis. Hij betreurde het dat hij niet als gastheer en gids kon optreden maar overlaadde haar met adviezen. 'Eerst wat rondslenteren door het centrum,' raadde hij aan. Natuurlijk moesten ze het slot bezoeken en wandelen over de Filosofenweg. Hij schreef waar ze de beste koffie konden drinken en dan moesten ze daar een Heidelberger Studentenkus bij nemen. Aanbevelenswaardig was ook een tochtje over de Neckar met de boot die vertrok bij de Alte Brücke.

Ze beginnen met de koffie en zo'n rood verpakte chocoladekus die ze langzaam laten smelten op hun tong. Rose koopt er nog een voor haar moeder, die nu in Villa Rosa vakantie viert met een paar zussen. Heidelberg zou ook een stad voor haar zijn.

Er zijn veel jonge mensen op straat, uit eethuizen en dranklokalen klinkt muziek.

Aan het eind van de middag zullen ze een boottocht maken maar eerst gaan ze het slot bezoeken dat vorstelijk op de schuine bergwand troont, ook weer in die warmrode steen die afsteekt tegen het groen van de heuvels.

Ze dwalen door de deels verwilderde tuinen en door wat de soldaten van Lodewijk XIV hebben overgelaten van dit reusachtige slot waar tussen de dertiende en de zeventiende eeuw aan is gebouwd. Wat een drang is dat in mensen, altijd weer te willen verwoesten, denkt Rose.

Ze wandelen verder langs de meer of minder gehavende torens van het kasteel terwijl Rose zich voorstelt hoe Goethe hier liep, Hölderlin, Eichendorff. Van deze majesteitelijke positie, tachtig meter boven de stad, hebben ze een glorieus uitzicht over de Neckar en de oude brug en kunnen ze zien dat hun rondvaartboot al klaarligt.

Terwijl ze de lange brede trap afdalen klimmen twee heren diezelfde trap omhoog en wanneer ze hen passeren nemen beiden hun hoed af.

'Echte *gentlemen,*' zegt Rose.

'Zag je hoe die ene, de slankere naar je keek? Zijn mond viel open.'

'Ach, klets niet.'

Ze hebben al een kaartje voor de boot maar er is nog tijd om langs het water te wandelen, in de schaduw van de bomen. Rose kijkt naar de glinstering van de voorbij stromende Neckar en weer vervloeit die in haar gedachten met eerdere rivieren die door haar leven stroomden. Af en toe wordt er gezwaaid vanaf een voorbijvarende boot.

'Kijk.' Rose wijst naar een bordje waar een pijl op staat en 'Filo-

Alte Brücke in Heidelberg, geaquarelleerd door Roses broer Hans

sofenweg'. Daar wil ze ook nog naartoe.

Ze zijn de eersten die aan boord gaan zodat ze een plek kunnen uitzoeken vooraan op het dek. Precies op het afgesproken tijdstip maakt de boot zich los van de wal, wat Rose altijd een prettige sensatie vindt.

'*Halt! Zurück!*' klinkt het vanaf het dek.

Er komen twee heren aangerend.

De kapitein is zo aardig terug te varen en weer aan te leggen. Onder dankbetuigingen stappen de heren aan boord. Het zijn dezelfde mannen die op de kasteeltrap zo charmant hun hoed hadden afgenomen. Ze kijken rond op zoek naar een plaats en Rose ziet dat de slankere man met het zwarte haar zijn ogen openspert wanneer hij hen ontwaart. Hij komt naar hen toe, blijft voor Rose staan, neemt zijn hoed af, steekt zijn hand uit, kust de hand van Rose en zegt: '*Fräulein ich liebe Sie.*'

Rose moet lachen. 'Dat is snel,' reageert ze met een spottende uitdrukking op haar gezicht.

'Sommige dingen zijn meteen duidelijk,' zegt de man. 'Vanaf het moment dat ik u zag op de kasteeltrap laat uw beeld mij niet met rust. Ik wilde u achterna rennen maar werd tegengehouden door mijn broer. Dat ik u hier tref wil zeggen dat het zo moet zijn.'

Hij spreekt in een mengeling van correct en minder correct Duits, maar Rose begrijpt alles en ze is geamuseerd door zijn spontaniteit. Zijn gedrag vormt een verrassend contrast met zijn heerachtige, in een keurig pak gestoken verschijning en zijn ernstige gezicht met de regelmatige trekken.

Hij vraagt of de plaatsen tegenover hen vrij zijn en stelt zich voor als Gerhard Hugenholtz. De andere man komt ook naderbij en drukt de vrouwen de hand.

'Mijn broer Willem.'

De broer ziet er eveneens keurig uit, groot en wat gezet maar met een knap gezicht. *Herr* Gerhard steekt zijn wandelstok naar voren waar metalen plaatjes op zitten van de steden die ze hebben bezocht.

De boot glijdt over het water maar ze kijken nauwelijks om zich heen.

Rose observeert de man tegenover haar. Gerhard moet een stuk ouder zijn dan zij, tegen de veertig schat ze hem. Hij doet haar een beetje aan haar familie denken met dat zwarte haar en die donkere ogen, zijn niet zo grote gestalte. Hij lijkt geen avonturier. Zijn blik is niet die van een verleider maar open en vriendelijk. Misschien vergist ze zich.

'Bent u Frans?'

'Nee, we komen uit Nederland.'

'U ziet er niet Nederlands uit.'

'Oorspronkelijk komt de familie uit Bentheim.' Vandaar zijn Duitse naam, Hugenholtz.

Haar nicht Rosette had onlangs ook een Nederlander ontmoet met wie ze nu een serieuze romance lijkt te hebben.

Willem is advocaat in Leiden en Gerhard predikant in twee kleine plaatsjes onder de rook van Amsterdam, Ransdorp en Schellingwoude.

Pfarrer, dat is het laatste wat ze dacht van deze in een elegant licht pak gestoken man.

'Mijn grootvader kwam ook uit Amsterdam,' zegt Rose. 'Bent u luthers?'

'Nee, *Niederländisch* Hervormd. En u *Fräulein* Rose, bent u luthers?'

'Joods.'

'Interessant. Daarmee is het allemaal begonnen.'

Ze vertellen over hun reis, hun werk.

'Rose is de steun en toeverlaat van de directeur,' zegt Else.

Dat kunnen de heren zich voorstellen. Af en toe kijken ze naar de groene oevers, de villa's met veranda's, kerkjes, het glanzende water en spreken ze over de schoonheid van het land, de voortreffelijkheid van het weer en het toeval van deze ontmoeting dat geen toeval is.

Na een uurtje varen maakt de boot een stop om de gelegenheid te geven door de natuur te wandelen. Herr Gerhard staat meteen aan de zijde van Rose en biedt haar zijn arm. Herr Willem vergezelt Else maar zonder haar een arm te geven.

Rose lacht in zichzelf. Daar loopt ze zomaar gearmd met een Nederlandse dominee langs de oevers van de Neckar. Haar moeder heeft haar nog zo gewaarschuwd: 'Kijk uit voor vreemde mannen.'

'Neemt u mij niet kwalijk dat ik zo voortvarend was, maar mijn broer is uiterst doortastend als het om mooie vrouwen gaat en ik moest hem dus voor zijn.'

Hij wil meer weten over haar grootvader uit Amsterdam, over de stad waar ze woont, over haar familie. Rose vertelt over Bremen, over al die zussen van haar moeder en hun hechte band, over Delmenhorst en over haar geboortestad Keulen.

Gerhard luistert aandachtig.

'We gaan ook vaak naar Wangeroog.'

'Wat is dat?'

'Een paradijselijk waddeneiland.'

'Daar word ik graag eens door u rondgeleid.'

'Dan zijn we gauw klaar want het is heel klein.'

Ze praten over hun reis, met als hoogtepunt het legendarische Heidelberg.

'Ik wil ook nog naar de Filosofenweg,' zegt Rose.

'Mag ik u dan uitnodigen om daar vanavond een wandeling te maken? Wij vertrekken morgen. Ik neem aan dat u en uw vriendin de

De bus naar Heidelberg. Gerhard is de opzij buigende man voorin. Links naast hem zijn broer Willem

maaltijd gebruiken in het hotel. Om acht uur haal ik u op en dan breng ik u weer veilig terug.'

In hun hotelkamer doet Rose met gloeiende wangen verslag aan Else. 'Hij is zo hoffelijk, zo aandachtig. Uit roeping is hij predikant geworden. Hij komt uit een goede familie, met een vader die eveneens dominee was, maar Gerhard heeft ook in achterbuurten gewerkt en doet veel voor armen en zieken.'

Gerhard had haar een verhaal uit zijn studietijd verteld. Toen na zestig jaar trouwe dienst een Utrechtse voddenboer met pensioen ging had Gerhard, die daar theologie studeerde, hem gevraagd wat zijn grootste wens was. Dat bleek een rondrit door de stad in een landauer met de burgemeester en de theologiestudent. Gerhard had geregeld dat er een koets voorreed waarin de jubilaris met bolhoed, de burgemeester en hijzelf door Utrecht waren gereden met een afsluitende ontvangst op het gemeentehuis.

Telkens denkt Rose aan de wei waar Gerhard zijn jasje voor haar had neergevlijd en zelf naast haar was gaan zitten in het gras. Hij had een bloem voor haar geplukt, haar lang aangekeken, gezegd dat ze zulke mooie eerlijke ogen had.

Zijn voorvaderen kwamen uit Duitsland en sinds de Reformatie leverde elke generatie predikanten.

'En daarvoor?' had ze gevraagd.

'Roofridders.'

'Dat is nog goed te merken,' had ze gezegd.

Else maakt zich geen zorgen over hun avondlijke wandeling. Een dominee, wat wil je nog meer. Hij zal als een herder op zijn schaapje passen.

Wanneer Rose om acht uur het hotel verlaat, staat Gerhard haar op te wachten. Hij biedt haar zijn arm. De late zon doet de oude brug, het kasteel en de hele stad rood opgloeien. De avond is zoel, vogels zingen in de bomen, Rose steekt haar arm door de zijne en zo wandelen ze richting de Filosofenweg. Het is een stevige klim over de omhoog kronkelende weg langs in het groen verscholen villa's. De lucht geurt, de zomer beleeft haar hoogtepunt.

'Dus hier wandelden, dachten en discussieerden de geleerden en filosofen,' zegt Gerhard.

'Mijn neef Theo die in Heidelberg heeft gestudeerd, vertelde dat de weg haar naam dankt aan de studenten die hier hun romantische escapades ondernamen en vroeger ook wel "filosofen" werden genoemd.'

De zon staat heel laag als ze aankomen bij de Filosofentuin waar hun een fabelachtig uitzicht wordt geboden op het slot.

Even staan ze zwijgend te kijken. Dan citeert Rose: *'Aber schwer in das Tal hing die gigantische, Schicksalskundige Burg nieder bis auf den Grund.'*

Gerhard kijkt haar verrast en bewonderend aan.

'Hölderlin.' Ze lacht verlegen. 'Ik lees graag en hou erg van poëzie.'

Later wil hij alles horen, zegt hij, over haar favoriete schrijvers en boeken.

Gerhard stelt voor om op het bankje te gaan zitten. Hij maakt de tas open die hij aan een riem schuin over zijn borst draagt, haalt daar een roze pakket uit met een strik eromheen en geeft het aan Rose. Uit de feestverpakking komt een hart van chocola.

'Wat lief, Gerhard,' en ze geeft hem spontaan een kus op zijn wang.

'Ik hoop dat je zo een zoete nasmaak bewaart.'

'Wat ben je toch een grappige man.'

'Ik ga een bekentenis doen.'

'Ik ben benieuwd.'

'Toen ik theologie studeerde nadat ik besloten had om predikant te worden, nam ik ook het besluit niet te trouwen om me zo volledig aan de gemeente te kunnen wijden. Mijn broers verklaarden me voor gek maar ik twijfelde niet. Toen ik vanmiddag met Willem die kasteeltrap beklom vroeg hij weer: "Gerhard, weet je echt zeker dat je niet wilt trouwen?"

"Ja," herhaalde ik, "dat weet ik zeker," maar op dat moment zag ik jou en toen voegde ik eraan toe: "Tenzij ik nog eens zo'n vrouw tegenkom." Ik had zo'n spijt dat ik je niet achterna was gestormd.'

Rose is stil, haar hart slaat snel. 'Dat is een mooi verhaal,' zegt ze en merkt hoe afstandelijk het klinkt terwijl ze Gerhard had willen omhelzen.

'Het is de waarheid.'

Hij pakt haar hand en kijkt haar aan. 'Lieve Rose, het is vandaag 14 juli 1929.' Hij is even stil en zegt dan: 'Zullen we ons op 14 juli 1930 verloven? Dan zal ik je elke dag schrijven.'

Rose kijkt hem aan, verbaasd. Hij lijkt het te menen.

'*Du bist wirklich ein komischer Mann.* En als het naar wederzijds genoegen is,' zegt ze met een ironisch lachje, 'kunnen we 14 juli 1931 trouwen.'

'Dat kan ik niet anders dan bezegelen met een kus.'

Een grote zomerse storm jaagt door haar leven. Alles ligt overhoop en stroomt. Wat zal haar moeder opkijken.

6

1929-1930

Met het hart en de mond vol van de reis maar vooral van de ontmoeting keert Rose terug naar Bremen. Haar moeder krijgt een uitvoerig verslag, luistert geduldig en denkt dat het een vakantieliefde is, hoewel de stapel ansichtkaarten die op Rose ligt te wachten ook haar imponeert. Uit elke plaats die Gerhard na hun ontmoeting nog bezoekt, heeft hij haar een kaart gestuurd en na zijn terugkeer in Ransdorp is hij daarmee doorgegaan. Aandachtig bekijkt Rose de kaarten van de plek waar hij woont. Ze leest ze vele malen, bestudeert zijn krachtige evenwichtige handschrift en schrijft hem onmiddellijk terug.

Ze vertelt dat ze als afsluiting van hun vakantie op het schip De Bremen van Bremen naar Bremerhafen voeren, en dat ze tussen de spreuken in vele talen waarmee de wanden waren gedecoreerd meteen de Nederlandse zocht en erin slaagde die te vertalen. *Tot mijn onaangename verrassing lagen er veel Engelse schepen in de haven. Ik dacht dat die nu allemaal naar huis waren. Maar daar wil ik mijn kop niet over breken, liever beantwoord ik jouw vragen.*

Mijn vader is niet dood zoals je dacht, maar mijn ouders zijn al acht jaar niet meer bij elkaar. Er zijn dingen gebeurd die ik je liever mondeling vertel. Ik kan je wel zeggen dat mijn geweldige moeder ons meer liefde geeft dan veel ouders samen. Wel heb ik gemerkt dat het moeilijker is iemand aan het leven te verliezen dan aan de dood.

Ze schrijft over haar broer die reclametekenaar is, schilderijen maakt die hij volgens haar tentoon zou moeten stellen en dat hij sinds kort een vriendin heeft, Herta. Rose stuurt Gerhard vrijwel elke dag een brief of kaart. Op papier durft ze opener te zijn dan toen ze met hem op de Filosofenweg liep. Ze schrijft dat ze hem mist, dat ze heimwee naar hem heeft, dat ze hem kust, helaas niet in het echt.

Op een dag krijgt ze vijf kaarten uit Monnickendam, waarvan ze er een paar aan haar broer leent omdat hij er een schilderij van wil maken.

Ze schrijft terug: *Vandaag is mijn chef van vakantie teruggekomen. We hadden elkaar zes weken niet gezien. Weet je wat hij zei? 'U lijkt nog op degene van voor de vakantie maar uw ogen zien eruit alsof u zich in stilte over iets verheugt.' Ik heb me in zwijgen gehuld en het aan de vakantie toegeschreven.*

Wanneer haar moeder haar 's ochtends wekt, springt ze meteen uit bed, vol verwachting van nieuwe post en ideeën over wat ze Gerhard zal schrijven. Kaarten van Schellingwoude en Ransdorp, Edam, Holysloot en Marken kruisen die van de grote steden Bremen, Keulen en Hamburg. Weilanden, grazende koeien, molens, kerktorens aan de horizon worden uitgewisseld met het vijftiende-eeuwse Raadhuis van Bremen, de Dom van Keulen, de Alsterarkaden in Hamburg. Een laantje te Oegstgeest waar Gerhard vakantiedagen doorbrengt bij zijn moeder, wordt beantwoord met een brede Bremer allee. Een roeibootje op een plas scheert langs een plaatje van oceaanstomer De Bremen, met op de achterkant de tekst: *De Bremen is mooi maar de kleine vuurspuwende Neckardampfer beviel me meer.*

Maar dan krijgt Rose een koekje van eigen deeg en rolt vanuit Nederland een kleurenkaart van de Statendam, de trots van de Holland-Amerika Lijn, in de Bremer brievenbus met de wens nog eens op dat vuurspuwende stoombootje te varen als man en vrouw.

Er komen ook kaarten binnen zonder afbeelding met alleen mededelingen als: *Binnenkort hoor je meer van me. Moet nu naar Schellingwoude voor ziekenbezoek. Gisteren naar het eiland Marken voor mijn eerste begrafenis, een meisje van achttien. Intens droevig. Heb geprobeerd troost te brengen.*

Of: *Deze dagen zeer bezet geweest maar denk altijd aan je. Veel zieken- en kennismakingsbezoekjes.* Rose heeft de kaart van Nederland bij de hand en volgt hem op zijn reizen, met de fiets naar Buiksloot, per stoomtram naar Monnickendam en vervolgens met de boot naar Marken waar hij waarneemt, sinds de dominee daar weg is.

Ze spreken af dat Gerhard het volgende jaar naar Bremen komt en dat hij Rose daarna een week meeneemt naar Nederland. Gerhard schrijft in het Duits en Rose merkt dat hij soms handig een paar regels van haar brief overneemt, maar steeds vaker voegt hij stukjes toe in het Nederlands. *Ik heb mijn best gedaan om het laatste Hollandse blaadje woord voor woord te ontcijferen. Ik zou hem graag in jouw taal beantwoorden maar zover ben ik nog niet.* Op geen enkel taleninstituut wordt Nederlands gegeven en daarom gaat Rose zelf aan de slag met een studieboek dat tot haar stille plezier in Heidelberg is uitgegeven.

Gerhard vertelt dat hij net als Rose een lieve moeder heeft maar dat zijn vader, die ook dominee was, in Axel in Zeeuws-Vlaanderen, en van wie hij heel veel hield helaas jong is gestorven. Zijn oudste broer Han is eveneens predikant, in Ammerstol, ook wel het Moskou aan de Lek genoemd. Zijn broer Henk woont met vrouw en kinderen in Frans Indochina waar hij een suikerplantage en een suikerfabriek bezit. Broer Willem, die ze kent, is advocaat in Leiden en dan heeft hij nog een ongetrouwde zus Gemma die het liefst had gewild dat haar broers ook ongetrouwd bleven. Ze heeft piano en zang gestudeerd maar werkt nu als verpleegster in een ziekenhuis in Amsterdam. Zijn broer Coenraad met wie hij de sterkste band had, is verongelukt toen hij als student op het station van Rotterdam tussen twee treinstellen door liep.

Tijdens maatschappelijk werk zag ik zoveel ellende dat ik besloot voor predikant te gaan studeren. Jezus zei dat we God moeten liefhebben boven alles en onze naaste en zelfs onze vijanden als onszelf. Wat zou de wereld er anders uitzien als de mensen dat in praktijk zouden brengen. Door mijn prediking probeer ik mensen daartoe aan te zetten en tegelijk vecht ik tegen schijnvroomheid. Het verhaal gaat dat mijn voorvader met Luther uit het klooster ontsnapte en dominee werd, zoals alle generaties na hem. Ik hoop dat ik niet de laatste ben.

Vanmiddag ga ik met mijn huishoudster, een beste vrouw, als een tweede moeder, met de roeiboot naar Schellingwoude om wat mensen te bezoeken. Als jij mijn vrouw bent gaan we samen naar de zieken.

Aan het eind van de brief stelt hij de vraag of Rose denkt dat ze in Jezus zal kunnen gaan geloven. *Ik verlang naar een vrouw die met mij vanuit een gezamenlijk geloof in God en zijn zoon Jezus wil leven tot steun van andere mensen.*

Ze leunt een tijd achterover in haar stoel, staat op om in de keuken een kop thee te zetten en neemt die mee terug naar haar kamer.

Daar pakt ze een blanco vel papier van de stapel. Na de liefdesbetuigingen en woorden van dank voor brief en kaarten, schrijft Rose: *Je vraagt me of ik met jou God en Jezus Christus zou kunnen liefhebben. Wij hebben toch dezelfde God? In Hem geloof ik. Maar of ik in Jezus kan geloven als Zijn zoon? Zou het niet raar zijn wanneer ik met een gladjes 'ja' zou antwoorden? Van de ene op de andere dag van religie veranderen dat kan ik niet. Ik ben niet streng in de Joodse godsdienst opgevoed. Dat kon niet want mijn vader is Evangelisch. Mijn moeder is bij het huwelijk Joods gebleven en heeft Hans en mij in haar geloof grootgebracht omdat zij de kinderen opvoedde. Mijn moeder heeft ook de Evangelische feesten met ons gevierd, uit respect voor mijn vader en ook om ons geen buitenstaanders te laten zijn. Ik kan het kerstfeest niet meer wegdenken. Maar toen ik een keer hoorde dat een Jodin zich had laten dopen, was ik geschokt. Nu niet meer. Vandaag zou ik dat ook kunnen, niet meteen uit overtuiging maar uit liefde voor een man.*

Rose koopt het Nieuwe Testament en gaat aan de studie zoals Gerhard haar heeft gevraagd. Ook de christelijke geloofsleer wordt haar studiemateriaal. Beide verbergt ze voor haar moeder. Haar vriendinnen vertelt ze niets. Eerst wil ze zelf onderzoeken of ze in staat is tot zo'n stap. Ze ergert zich aan vrouwen die zich te veel naar de man schikken, zichzelf wegcijferend, tot zorgende schaduw. Met dat soort vrouwen is ze niet opgegroeid. Maar als ze met Gerhard door het leven wil, heeft ze geen keus. Zijn leven en werk vallen samen met zijn geloof. Eigenlijk is ze ook wel nieuwsgierig.

Rose schrikt wanneer ze in de krant leest dat minister Stresemann van Buitenlandse Zaken op drieënvijftigjarige leeftijd onverwacht is overleden. Hij had Duitsland economisch op de rails geholpen en de Weimarrepubliek weer gezag gegeven. Die inspanning was kennelijk te groot geweest. Kort daarna, op 24 oktober 1929, stort de beurs in. Er ontstaat paniek, mensen verdringen zich voor de banken en er breken rellen uit. Rose wordt door haar baas op een zeer vertrouwelijke missie naar Hamburg gestuurd, met een koffer bankbiljetten die ze ergens moet afleveren zonder er met wie dan ook over te praten. Het streelt haar dat haar chef zoveel vertrouwen in haar heeft. Als ze in haar eentje in de trein zit stelt ze zich voor dat ze doorreist naar Amsterdam en onverwacht bij Gerhard in dat kleine dorp voor de deur staat. Ze zou grote reizen met hem willen maken, samen terug naar Heidelberg of naar Wenen, daar op de Oriënt-Express stappen en kijken hoe achter de ramen het land, de steden en de mensen steeds exotischer worden. Ze zou met hem de schatten van de farao's willen zien. Niet alleen de reportages in tijdschriften en kranten, ook de oosters getinte gedichten van Else Lasker-Schüler hebben haar benieuwd gemaakt. Ze zou met Gerhard aan boord willen gaan van een schip, over de wereldzeeën varen en 's nachts slapen onder de sterren.

Maar ze gaat naar Hamburg waar ze haar vader tegen het lijf kan lopen. Ze merkt dat het haar gespannen maakt. Hoe zal ze reageren? Net doen of ze hem niet ziet? Hem afstandelijk begroeten? Dag meneer, hoe maakt u het? En als hij die vrouw aan zijn arm heeft?

In Hamburg drinkt ze koffie onder de Alsterarkaden terwijl ze Gerhard een kaart schrijft met die Italiaans aandoende bogen erop en de wens hier ooit met hem te lopen. Ze doet er nog een kaart bij van het neorenaissancistische stadhuis. Sinds ze Gerhard heeft ontmoet lijkt het gemis van haar vader iets minder te zijn.

Wanneer ze terugloopt naar het station ziet ze dat een paar armzalig geklede mannen die zich verwarmen bij een vuurtje met geweld worden weggejaagd door kerels in bruine uniformen. 'Lapzwansen! Ga eens wat doen. Communisten zeker, of Joden?!' schreeuwen ze.

'En wat voeren jullie dan uit?' zou ze willen roepen.

Ook Theo schrijft haar. Soms liggen de brieven naast elkaar op haar bureau, West 353 Fiftieth Street New York en die andere waarop alleen Ransdorp Amsterdam staat. Er hoeft geen straat of nummer bij, dominee Hugenholtz is genoeg.

Theo dringt er opnieuw op aan dat ze naar New York komt, het liefst met de hele familie want alles wijst erop dat het fout gaat in Duitsland. De berichten in de krant zijn inderdaad verontrustend, massale werkloosheid, honger, kindersterfte en de sfeer op straat wordt agressiever. Met de dood van Stresemann en de ineenstorting van de beurs lijken de gouden tijden alweer voorbij en de hoop op een betere toekomst vervliegt. Miljoenen mensen zijn hun baan kwijt nu de fabrieken door het uitblijven van Amerikaanse leningen niet kunnen blijven draaien. Er zijn demonstraties waarbij met rode vlaggen wordt gezwaaid maar vaak worden die uiteengeslagen door aanhangers van de extreemrechtse NSDAP. Hun aanvoerder Hitler buit de wanhoopsstemming uit door samen met de Duits-nationalen tegen de herstelbetalingen van leer te trekken. De nationaalsocialisten marcheren door de straten met spandoeken waarop kreten staan als: '*Wir werden siegen!*' 'De communistische partij wordt door Joden geleid!' 'De vrede van Versailles was hoogverraad!' 'Geen *pfennig* voor de herstelbetalingen!' 'De profiteurs moeten opgehangen, de communisten verpletterd!' 'Een stem voor Hitler is een stem voor de toekomst!' Hitler spreekt klare taal, hoort Rose de mensen zeggen, Hitler geeft ons zelfvertrouwen.

Rose heeft Theo niet over Gerhard geschreven omdat ze het nog te vroeg vindt en ook te moeilijk. Wat ze voor hem voelde is niet te vergelijken met de storm die Gerhard in haar heeft losgemaakt. Ze hoeft zich toch niet schuldig te voelen? Ze heeft nooit beloftes gedaan en ook in haar brieven bleef ze terughoudend. Hij is haar dierbare neef.

Theo raadt haar uit bezorgdheid aan zich te laten dopen.

'Ik zou nooit kunnen aarden in Amerika,' zegt haar moeder. 'En je gaat je geloof toch niet verloochenen? Het zal allemaal wel loslopen.'

Een paar dagen later gaat Rose met haar moeder naar Villa Rosa, waar ze de volgende zomer Gerhard mee naartoe hoopt te nemen. De sfeer daar is bedrukt. Tante Röschen en Onkel Moritz hadden een groot bedrag geschonken voor de nieuwe sporthal op Wangeroog maar ontvingen onlangs het bericht dat ze niet welkom zijn op de opening.

'Gaven ze een reden op?' vraagt haar moeder.

'Nee, maar die kennen we, het is omdat we Joods zijn.'

Ook Onkel Nathan, de oudste broer van haar moeder, wordt het leven en werk zuur gemaakt door pesterijen. Hij dankt God dat zijn dochter, Roses roodharige nicht Rosette, na de mislukking van haar eerste huwelijk serieuze omgang heeft met een Nederlander. Ze zijn van plan om te trouwen en in Scheveningen te gaan wonen. Rosettes dochtertje Sofia blijft voorlopig bij haar grootouders.

Roses ongerustheid groeit. 'Maar hoe reageren jullie vrienden?' vraagt ze. 'Komen die niet in opstand?'

'Ze zijn bang.'

Neef Erwin overweegt om te verhuizen naar Setterich, een stuk zuidelijker, ter hoogte van Maastricht vlak bij de Nederlandse grens, waar zijn schoonouders wonen. De Joodse gemeenschap is er goed geïntegreerd. Vlak voordat hij zijn Selma ontmoette was hij naar Amerika geweest om te onderzoeken of ze daar zouden kunnen wonen, maar Selma was te zeer gehecht aan Duitsland.

Ze schrijft niet aan Gerhard over deze problemen in de familie. Misschien zou hij gaan twijfelen of hij wel met een Joodse vrouw moet trouwen. Voor haar moeder verzwijgt ze haar voornemen om van geloof te veranderen.

Rose antwoordt Gerhard dat ze vanzelfsprekend weleens een Evangelische kerkdienst heeft meegemaakt, onlangs nog toen een vriendin trouwde in de Liebfrauenkirche. Ze had nog nooit zo'n pakkende preek gehoord als van deze oude dominee, maar ze schrijft niet dat ze zich op de Joodse bruiloft van haar nichtje Rosette toch meer thuis had gevoeld. De rituelen, teksten, melodieën verbonden haar met haar familie en met haar voorouders. Ze zaten met de vrouwen dan wel boven achter een balustrade, maar dat gaf ook intimiteit en na afloop voegden ze zich bij de mannen. Zij konden de mannen begluren, andersom niet.

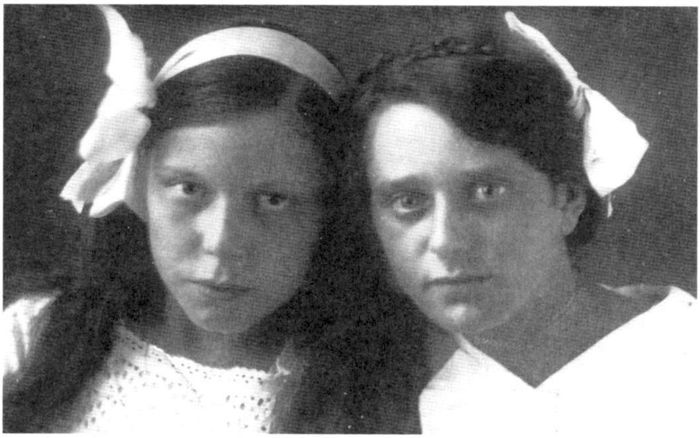

Rose met haar nichtje Rosette

Heb geduld met me liefste Gerhard, ik kan mijn hele denken, mijn hele geloof niet van vandaag op morgen veranderen. Ik ging ervan uit dat ik met een Joodse man zou trouwen maar ik ben jou tegengekomen. Jij bent mijn grote liefde en ik begrijp dat je, met jouw beroep, een vrouw naast je moet hebben die dit geloof deelt. Wacht tot ik je uit eigen overtuiging zeggen kan wat Ruth zei: 'Jouw God is mijn God, en jouw volk is mijn volk.'

Ze kan zich geen ander beroep bij Gerhard voorstellen, hij is een zielzorger. Gerhard is ervan overtuigd dat ze een perfecte domineesvrouw zal worden, wat Rose zelf ook denkt, al is ze nog niet zo vroom als het een *Pfarrerin* betaamt. *Als er een God is moet hij me horen want inniger bidden dan ik doe is niet mogelijk.*

Ze schrijft hem over haar leven, haar werk, haar lessen op de luit, een toneelstuk dat ze zag over Goethe en zijn liefde voor de domineesdochter Frederike, over een film waar ze samen met haar broer naartoe ging met tapdansers die van de ene tafel op de andere sprongen, en over Amerikaanse jazz in een café. Extatisch wordt ze als ze schrijft over de zeppelin die over Bremen vloog terwijl de klokken van de Dom beierden en alle vlaggen wapperden. Ze hoopt dat de 'luchtreus' ook over Nederland zal zweven. De drie vliegtuigen die hem begeleidden leken kleine vogeltjes. Telkens herhaalt ze hoe intens ze zich verheugt op 1930, het jaar waarin ze elkaar weer zullen zien.

Om de winter zo snel mogelijk door te komen heeft ze zich ingeschreven voor een reeks avondlezingen op de Volkshogeschool. Onder meer over Chaos en Kosmos en Het gezicht van het moderne drama. Ze is leergierig en *tüchtig*, wil alles kort opschrijven en later uitwerken.

Rose heeft de secretaresse van de Nederlandse consul bereid gevonden haar Nederlands te leren. Vooral in het tweede deel van de les lachen ze wat af want dan doen ze conversatie. Helaas is haar moeder het er niet mee eens. *Het maakt me verdrietig iets tegen de zin van mijn moeder te doen. Ze denkt dat het verspilde tijd is. Het is ook moeilijk te geloven dat twee mensen na luttele uren samenzijn weten dat ze hun leven willen delen.*

Op gezette tijden leest ze de Nederlandse dorpskrant. *Wat een boef-*

jes die schoolkinderen in Schellingwoude, dat ze de muren en deuren hebben vol getekend.

Gerhard stuurt haar ook Nederlandse krantencommentaren op de toestand in Duitsland, die als zorgwekkend wordt gezien, en een artikel van zijn broer Han over het pacifisme. Mensen moeten ervan doordrongen worden dat geweld altijd en in alle omstandigheden voor iedereen tot verlies leidt, schrijft hij. Han heeft in 1915 mede het Dienstweigeringsmanifest opgesteld en moest voor de rechtbank verschijnen. Daar had hij de woorden van Luther geciteerd: 'Hier sta ik, ik kan niet anders.' Hij is een van de oprichters van Kerk en Vrede, een beweging die zich inzet voor ontwapening en geweldloosheid. Han heeft onder meer vredesautotochten georganiseerd. Het komt Rose utopisch voor maar ze is onder de indruk van de gedrevenheid van de beide broers. Eens moet de spiraal van geweld doorbroken worden, is hun heilige overtuiging. 'De wapens moeten de wereld uit.'

De meeste mensen zijn niet slecht, schrijft Gerhard, maar lauw en onwetend. Ze moeten bewust worden gemaakt, het vuur in hen moet worden aangewakkerd. Toen hij voor het eerst Pinksteren zou vieren in Ransdorp en een teleurstellend aantal mensen in de kerk aantrof, rende hij zonder talmen naar de touwen en luidde de brandklok. In een mum kwam het hele dorp toegestroomd, de politie voorop, waarna Gerhard zo'n gepassioneerde preek hield dat de Heilige Geest wel neer moest dalen.

Wanneer hij geen tijd heeft brieven te schrijven tuimelen de kaarten over elkaar heen, die wanneer Rose aan het eind van de middag thuiskomt op de plek liggen waar voor haar is gedekt. Op een dag komen er negen kaarten uit Edam. Tussen de waterplassen, kaasmarkten, grazige weiden en molens rijst daar plots de profeet Micha op die vanaf zijn kleurige ansichtkaart het volk van Israël tot bekering maant. 'Hij heeft u bekendgemaakt, o mens, wat goed is en wat de HERE van u vraagt: niet anders dan recht te doen en getrouwheid lief te hebben, en ootmoedig te wandelen met uw God.'

Gerhard wil nog een foto waar haar onvergetelijke bruine ogen duidelijk op staan. Haar broer Hans belooft dat hij Gerhard kleurenonderricht zal geven. Zijn eigen ogen zijn donkerbruin maar die van zijn zuster toch echt lichtgroen, wat je inderdaad niet verwacht bij haar zwarte haar.

Rose is geërgerd wanneer Gerhard het bezoek dat hij in mei zou brengen wil opschuiven naar juli.

Wat werk betreft is het rustiger want dan is het hooitijd en iedereen, ook de jeugd, helpt mee op het land. Verder moet ik rekening houden met juffrouw Lancée, mijn trouwe verzorgster bij wie ik tien jaar in pension was in Utrecht en die mij nu helpt in de pastorie. Ze leeft ook erg mee met mijn gemeente en leidt de meisjesvereniging. Elke woensdagavond komen de meisjes bij elkaar om te handwerken voor de armen. Juffrouw Lancée is erg aan mij gehecht. Behalve mij heeft ze alleen twee zusters die in een tehuis wonen voor oude dames in Friesland. Ik zou het prettig vinden wanneer ze bij ons kon blijven. Ze zal je in alles tot steun zijn. Zij beheert mijn huishouding zuinig en eist zelf heel weinig.

Maar dat zou Rose juist zelf willen doen, leiding geven aan het huishouden, netjes en zuinig maar ook met sfeer en stijl zoals ze leerde van haar moeder. In de gemeente wil ze een actieve rol spelen. Die juffrouw hebben ze helemaal niet nodig.

Ze leest de *Christelijke Geloofsleer* met het woordenboek erbij. *Ik dacht altijd dat ik nooit in staat zou zijn een ander geloof aan te hangen. Het leven neemt je steeds weer bij de neus. Vaak vraag ik me af of het verloochening is van het Joodse geloof. Dan zeg ik tegen mezelf: maar er is maar één God. Zou het Hem iets uitmaken of ik als jodin of christin in hem geloof?*

Het kost haar grote moeite te geloven dat de Messias, op wie al duizenden jaren wordt gewacht, bijna tweeduizend jaar geleden al geboren is. Bovendien merkt ze weinig van die Messiaanse tijd.

'Komt u straks even bij mij op de kamer,' verzoekt Roses chef wanneer ze op kantoor arriveert. Zijn gezicht staat ongewoon strak.

Wanneer ze naar hem toe gaat, is hij nog steeds niet de charmante man die ze kent. Ernstig gebaart hij haar te gaan zitten.

'*Fräulein* Lehmkuhl, ik heb iets ongewoons met u te bespreken.'

Ze zal haar baan toch niet kwijtraken?

'Ik heb beloofd het hier niet met u over te hebben maar ik breek die belofte omdat ik weet dat u goed bent in het bewaren van geheimen.'

'U maakt me nieuwsgierig.'

'Er is iemand langs geweest die informatie over u vroeg.'

Ze is even stil van verbazing en vraagt dan: 'Wat voor iemand en wat wilde hij weten?'

'Een detective, gestuurd door de familie Hugenholtz.'

Haar hart gaat sneller slaan maar rustig reageert ze: 'Dit is inderdaad ongewoon.'

Ze heeft het gevoel dat de directeur met achterdocht naar haar kijkt. Alsof ze een dubbelleven leidt. Dat doet ze ook, maar in alle eer en deugd.

'Heeft de detective uitgelegd wat de reden was van zijn speurwerk?'

'Nee, maar hij wilde weten of u verkeer met mannen heeft en uit wat voor gezin u komt.'

Daar kan Gerhard toch niet achter zitten? Alles was open en transparant. Zou ze zich zo in hem vergissen?

'Ik heb verteld dat u een keurige jongedame bent, een zeer bekwame en toegewijde secretaresse en dat u een beschaafde moeder heeft.'

'Dank u,' zegt ze, nog steeds beduusd.

Ze durft haar chef niet te vragen of het misschien met haar Joodse achtergrond te maken heeft.

'Hij kwam niet namens de dominee?'

'Namens de familie. U weet dus dat u met achterdochtige mensen te maken heeft. Dat wilde ik u alleen laten weten.'

Het blijft door haar hoofd malen. Zou de familie werkelijk willen onderzoeken of hun goedgelovige Gerhard misschien in de klauwen van een lichtzinnige juffrouw was gevallen? Of was het toch haar Joods-zijn? Op straat wordt de Jodenhaat steeds zichtbaarder. Rose ziet hoe een jonge kerel in het gezelschap van een paar vrienden op de grond spuugt wanneer twee oude Joodse mannen voorbijlopen met hun zwarte hoeden.

Ze zal zo spoedig mogelijk een afspraak maken met die dominee, *Pastor* Groscurth, om te vragen of het mogelijk is zich door hem te laten dopen.

Rose schrijft Gerhard niet over haar nichtje Rosette, die onlangs trouwde met een Joodse Nederlander, maar wel over Rose II, het nichtje uit Keulen dat bij haar logeert.

Ik laat Rose II de hele stad zien en oefen zo vast voor jou. Met Pasen ga ik met haar naar de kerk want zij is Evangelisch. Rose II is uitbundig, zo helemaal mijn tegendeel, alhoewel we vaak voor zussen worden aangezien. Het is het vertrek geweest van mijn vader dat me ernstig heeft gemaakt. Ten slotte heeft ze nog een vraag: *Weet je moeder dat ik Joods ben?*

Als Gerhard haar antwoordt dat hij zijn moeder heeft verteld over haar Joodse achtergrond en dat zij alleen maar hoopt dat Gerhard in haar een lieve vrouw vindt die echt van hem houdt, is ze erg opgelucht. *Anders was ik niet graag naar Nederland gegaan.*

Op haar verjaardag, 14 mei, schrijft Rose aan Gerhard vanuit een woud van bloemen. Ook op haar werk kreeg ze zoveel boeketten dat haar chef haar met de auto naar huis liet brengen. Rose heeft briefpapier gekregen met afbeeldingen van Bremen. Het zijn er acht, één voor elke week die hun nog rest tot het weerzien. *Als je alle acht brieven hebt ontvangen weet je de weg al in Bremen.* Ze heeft een hotel gevonden niet ver bij hen vandaan. Vanuit hun raam zouden ze elkaar kunnen zien want er liggen alleen tuinen tussen die nu in bloei staan, evenals de boomgaarden achter hun huis.

Rond de pastorie van Ransdorp tiert het er eveneens welig op los, schrijft Gerhard. Hij houdt van tuinieren en heeft met extra toewijding in de rozentuin gewerkt.

7

14 juli 1930

Rose kijkt uit het raam naar haar land dat niet veel zal verschillen van het zijne, vlak als een rustige zee. Akkers, boerderijen en dorpen suizen langs onder een wolkeloze lucht. Mensen werken op het veld, een postbode fietst voorbij. Gelukkig zijn de Engelsen naar huis.

Bassum ligt slechts vijfendertig kilometer van Bremen. Daar zou ze op de trein uit Amsterdam stappen om zo het laatste stukje met Gerhard mee te reizen.

Ze staat al bij de uitgang als de trein vaart mindert. Ongeduldig wacht ze tot de deur met veel kabaal opengaat. Snel daalt ze het trappetje af, holt naar het andere perron, klampt een beambte aan die haar meedeelt dat de trein uit Nederland op tijd zal arriveren.

Ze draagt de jurk waarmee haar moeder haar verraste op haar verjaardag, door haarzelf gemaakt in de lichtgroene kleur van haar ogen met een lichtgroen hoedje erbij dat afsteekt bij haar korte zwarte haar. 'Om jouw Gerhard kleurgevoel bij te brengen.'

De rails aan haar voeten sidderen door het naderende gevaarte dat in de verte opdoemt in wolken van stoom. Ze kijkt of ze Gerhard uit het raam ziet hangen, maar de trein is lang en staat maar even stil dus ze stapt in. Uiterlijk is ze beheerst maar ze voelt hoe haar hart bonst in haar borst. Ze loopt terug naar de eerste wagon maar vindt hem daar niet. Dan begint ze aan haar expeditie door het wiebelende gangpad terwijl ze haar blik langs al die mensen laat gaan, die voor zich uit kijken of uit het raam, babbelen, op weg zijn naar hun werk, naar familie, naar een winkel, of naar een dokter. Ze hobbelen voort in kalme cadans, in rustige vanzelfsprekendheid. Zij is op weg naar haar wederhelft, naar de man aan wie ze haar leven geeft, voor wie ze zal bestaan, voor wie ze haar land en haar geloof zal verlaten.

Daar is hij! Ze ziet zijn ogen oplichten. Hij grist de hoed van zijn hoofd terwijl hij opstaat en haar omhelst. Hij drukt haar tegen zich aan: '*Liebste!*'

'Gerhard,' zegt ze zacht.

'Kom heel dicht bij me.' Met een arm om haar middel laat hij haar naast zich plaatsnemen, op de plek die hij had vrijgehouden. 'Je bent nog bekoorlijker. Dat heeft de liefde met je gedaan. *Meine blühende Rose.*'

Rose glimlacht en zwijgt.

'*Dies ist meine Frau,*' zegt hij tegen de oudere heer en dame die tegenover hen zitten en ook tegen de mensen aan de andere kant van het gangpad. 'Mijn aanstaande vrouw. We hebben elkaar ontmoet in Heidelberg.'

Rose zwijgt, is geamuseerd en ook ietsje gegeneerd door zijn openhartigheid.

'U bent een mooi paar,' complimenteert het oude stel.

Gerhard heeft Roses hand omklemd en streelt die.

'We gaan ons binnenkort verloven.'

Met een rappe beweging draait Rose haar hoofd naar hem toe.

'Binnenkort is het 14 juli.' Hij wendt zich weer tot de anderen: 'Op die dag hebben we elkaar ontmoet.'

'Maar Gerhard, dat is al bijna.'

'Dat gaan we regelen, lieveling. En op 14 juli 1931 trouwen we.'

Het verbaast Rose dat hij niet meteen de hele wagon uitnodigt.

Ze wijst als ze in de buurt komen van Delmenhorst. 'Daar groeide mijn moeder op in een groot gezin.'

'Wat verheug ik me daarop, kinderen.'

'Gerhard, *ruhig*.'

Als ze het paleisachtige station van Bremen binnenrijden wil Gerhard Rose uit de trein helpen, maar voor hij de kans krijgt staat ze al op het perron.

De medereizigers wensen hun geluk.

'Dat gaat gebeuren! Geef me nog een kus.'

'Gerhard, de mensen.'

Wonderlijk vertrouwd is het om haar arm door de zijne te steken, net als een jaar geleden aan de rand van de Neckar. Ze ziet weer voor zich hoe ze daar in de wei zaten, op het bankje aan de Filosofenweg, hoe de trein in Heidelberg hem van haar wegrukte.

Met de tram slingeren ze door haar stad. Sommige dingen denkt Gerhard te herkennen van het postpapier maar Rose plaagt dat voor hem wel meer onmogelijks tot de mogelijkheden behoort, zoals het vastleggen van de trouwdatum bij de eerste ontmoeting. Ze begeleidt hem naar het hotel, waar hij zijn koffer kan achterlaten.

'Loop even met me mee, *Schätzchen.*'

Rose had de kamer al gekeurd. Ze voelt zich opgelaten ten opzichte van de mevrouw aan de balie maar gaat toch met Gerhard mee.

Natuurlijk vindt hij de kamer *ausgezeichnet* en nog uitstekender als hij haar daar mag kussen. '*O, was bist du frech, Gerhard.*' Ze lacht en maant dat ze moeten opschieten. Haar moeder en broer wachten vol ongeduld en de maaltijd ook. Hoe zal haar moeder reageren?

'Wat heb ik dit vaak opgeschreven, Kornstraße 74.'

Rose belt aan als waarschuwing dat ze er zijn en doet de deur open. Als ze de hal binnengaan verschijnt moeder Gretchen in een volgende deuropening. '*Herzlich wilkommen Herr Pfarrer.*'

'*Ich bin Gerhard und Sie höffentlich bald meine liebe Mutter.*'

Ook Hans en Herta komen Roses geliefde begroeten. De mannen hebben hetzelfde postuur, zwart haar en donkerbruine ogen. Herta is een echte Duitse, donkerblond en blauwogig. Het meest ijverig wordt Gerhard onthaald door Loempi, Roses kleine witte hondje.

'Ik voel me hier meteen *zu Hause.*'

Het huis is aangekleed met de stoffen van Gretchens broer Nathan. Er staan sierlijke meubels en de muren zijn behangen met schilderijen en foto's. De tafel is feestelijk gedekt, een vaas rozen in het midden en door Hans getekende menu's naast de borden.

Gerhard bekijkt de foto's, van Roses grootouders, van moeder Gretchen met haar vijf zusters, van Roses drie neven met hun bruiden, de drie zusjes, en foto's van het strand van Wangeroog. Met aandacht kijkt hij ook naar de achtarmige kandelaar op de schoorsteenmantel.

'De chanoekia,' zegt Gerhard.

Het doet Rose goed dat hij de kandelaar herkent. Ze houdt van het feest van de lichtjes dat de herinwijding van de tempel van Jeruzalem herdenkt. Met de kaars uit de extra arm wordt elke dag een nieuwe kaars ontstoken, tot ze alle acht branden.

'1 Maccabeeën,' heeft Gerhard paraat. 'Het wonder van de olie.'

'Van mijn oma Rosette.'

Omdat het al laat is gaan ze meteen aan tafel. Rose is wat gespannen over het tafelgebed. Ze weet dat Gerhard altijd bidt en dankt bij het eten.

Hans staat op en zegent het voedsel, zingend in het Hebreeuws. Gerhard herkent sommige woorden: *Baroech atta Adonai*. Geprezen bent U, Eeuwige onze God Koning van de wereld.

De maaltijd is vrolijk en ontspannen, ook doordat Gerhard zich meteen op zijn gemak lijkt te voelen. Rose merkt dat hij goed valt bij haar moeder, die zijn spontaniteit waardeert en die hem waarschijnlijk ook een echte heer vindt. Gerhard looft de kokkin met koksmaatje Rose en de tekenkunst van Hans die het menu heeft verluchtigd met molentjes en rozen.

Samen vertellen ze nogmaals over die eerste blik, het Heidelberger Slot, het vuurspuwende stoombootje, de glanzende Neckar, de grazige wei, de Filosofenweg, het hart van chocola en het wrede afscheid.

'Het lijkt wel een roman,' zegt Rose.

'Met de titel: *De dominee die een roofridder bleek*,' reageert haar moeder.

Voordat Gerhard naar zijn hotel wordt begeleid, wil 'de roofridder nog even zien waar zijn Roosje zonder doornen slaapt'.

Het vertedert hem haar ledikant te zien. Hij kijkt naar haar keurig geordende schrijftafel, de vele boeken, zijn foto's op het nachtkastje waar ook het fotoboek van Nederland ligt dat hij haar stuurde. Van achter een rij boeken haalt ze de *Christelijke Geloofsleer* tevoorschijn en het Nieuwe Testament.

Hij kijkt blij verrast. 'Maar waarom moet je ze verbergen?'

'Ik heb mijn tijd nodig.' Voor hem is het vanzelfsprekend, voor haar niet. Hij moet er ook weer niet te licht over denken.

Omdat het al donker is, lopen Hans en Herta ook mee naar het hotel. De volgende ochtend zal Rose hem vroeg ophalen om samen de stad in te gaan.

Er volgen feestelijke dagen. De zon schijnt, arm in arm lopen ze langs de plaatjes van het briefpapier; de Böttcherstraße, de Ratskeller, de Roland. Gerhard vindt het een prachtige stad en ziet en hoort overal Bremer Stadsmuzikanten. Niet alleen de ezel, de hond, de poes en de haan, maar ook heel veel mensen maken muziek in cafés en op straat. Ze bezoeken de Dom waar Roses vader is gedoopt. Gezeten bij het eeuwenoude doopvont vraagt Gerhard of het niet mogelijk is weer contact te leggen.

'Het is belangrijk te kunnen vergeven, ook voor jou. Vergeving loutert.'

Rose zwijgt. 'En nu laat ik je de Liebfrauenkirche zien,' zegt ze terwijl ze opstaat. 'De kerk waar Pastor Groscurth vaak preekt.'

Gerhard is onder de indruk van de machtige kerk met de hoge glas-in-loodramen en zou daar zondag graag de dienst bijwonen.

Zwijgend zitten ze een tijdje in een bank, met de handen ineen laten ze de stilte op zich inwerken. Dit zal dus haar kerk worden. Even ziet ze voor zich hoe haar neven in de synagoge wel eens zwaaiden vanuit de diepte.

Ze wandelen over de pleinen en door de smalle straatjes, terwijl Rose vertelt over geschiedenis en achtergronden en Gerhard blijft zeggen hoe aanbiddelijk ze is. In het museum van de Bremense Paula Modersohn-Becker heeft hij vooral oog voor stille hoekjes waar hij haar kan kussen. Tussen de middag en 's avonds zorgt moeder Gretchen voor een maal met Joodse en Duitse specialiteiten, zoals fruitsoep met dotjes geklopt eiwit of kippensoep met knoedels. Rose neemt Gerhard mee naar de plek waar ze werkt en waar nu vanwege de vakantie bijna niemand is. Het is een groot modern gebouw. Rose heeft er een imposante kamer waar net als thuis alles keurig is geordend. Een moderne tikmachine staat op haar ruime bureau. 'Nu kan ik me in gedachten voorstellen hoe je hier zit en me stiekem schrijft op dat apparaat.'

Ze praten over hun familie, hun kindertijd. 'We waren boeven, mijn broers en ik. We hadden weddenschappen wie er het snelste tij-

Bremen

dens de door vader geleide kerkdienst van de achterste bank ongemerkt kon opduiken op de eerste rij. "De beesten van de dominee" werden we genoemd en misschien was ik wel het ergste.'

Gerhard denkt dat Rose als kind zo braaf was als hij stout, maar Rose had heus wel haar streken, verzekert ze. Dat heeft ze geërfd van haar moeder, die ze nog steeds kan uithalen.

'Je vader was zeker streng als een echte Pruis?'

'Nee, mijn moeder was strenger, maar altijd redelijk. Ze kon ons commanderen met een blik.'

Gerhard begrijpt dat ze de eerste jaren in Bremen terugverlangde naar Keulen, waar ze ondanks de oorlog een fijne jeugd heeft gehad, maar hoe ze langzaam toch van deze stad is gaan houden. Ze praten weer over de wonderbaarlijkheid van de ontmoeting, waarin Gerhard goddelijke leiding ziet, over het geloof. Er is nog zoveel dat Rose niet begrijpt.

'De zoon van God?'

'Ja, door Jezus komt God naar ons toe.'

Daar kan ze zich wel wat bij voorstellen maar dat Jezus is gestorven voor de zonden van de mensen begrijpt ze niet. Zijn de mensen dan, wat ze ook doen, bevrijd van schuld? En waarom de kruisiging?

God wilde toch juist geen mensenoffers en hield Abraham tegen op het moment dat hij zijn zoon Izaak zou doden?

Als Rose met Gerhard de synagoge binnengaat, voelt dat toch veel meer als thuis. Door het verleden dat ze er heeft, de melodieën en rituelen, de heilige arke met de Thorarollen. Het is een plek waar ze kracht verzamelt. 'Een week zonder sabbat is als een stad zonder parken,' las ze eens.

'Jezus maakte de God van Israël de God van iedereen die in Hem wil geloven. Denk en tob niet te veel. Doe goed en bid, dat is de kern. Dan komt de rest vanzelf.' Precies zoals ze geleerd heeft in haar Joodse opvoeding.

En telkens wil Gerhard haar omhelzen en in haar 'lieve, trouwe ernstige' ogen kijken.

'Donkerbruine,' plaagt ze.

Als ze weer gearmd door de straten wandelen, klinkt er geschreeuw dat steeds luider wordt. Gerhard omklemt Rose nog steviger. Een groep kerels in bruine hemden komt met grote stappen aangemarcheerd terwijl ze teksten scanderen: 'Moeder of kameraad? Mens of machine? God of duivel? Bloed of goud? Ras of bastaard? Volkslied of jazz? Nationaalsocialisme of bolsjewisme?' Gerhard heeft een diepe frons op zijn voorhoofd.

'Twee miljoen, stierven ze voor niets? Nooit! Frontsoldaten, Adolf Hitler wijst u de weg!' 'Vrijheid en brood, door de NSDAP!'

Rose ziet ze wel vaker. Soms komt het tot vechten. Het plaveisel trilt onder hun voeten.

'Ze kunnen het nog steeds niet verkroppen dat ze de oorlog hebben verloren. Bovendien zijn ze werkloos.'

'Zolang mensen kwaad met kwaad vergelden komt het niet goed,' is Gerhards stellige overtuiging.

Op een warme middag gaan ze roeien op de vijver in het Bürgerpark, waar ook een zwanenfamilie dobbert. Gerhard heeft getrainde armen doordat hij regelmatig naar Schellingwoude roeit. Daar, tussen de overhangende bomen, drijvend op de weerspiegeling van een wolkeloze hemel, onder de ogen van de zwanen, vraagt hij Rose nogmaals of zij zijn vrouw wil worden.

Dat wil ze, al vanaf de ontmoeting in Heidelberg.

'Dan gaan we ons 14 juli verloven.'

Dat is over tien dagen, als ze in Nederland zijn.

'We vieren het bij mijn moeder in Oegstgeest en volgend jaar het trouwfeest bij jouw moeder in Bremen.'

Rose zorgt ervoor dat er met spoed kaarten worden gedrukt en verstuurd. Vanaf dat moment is Rose zijn bruidje, zijn 'aanstaande zoete, lieftallige, wijze, ernstige vrouwtje'.

Moeder Gretchen verrast hen met een voorverlovingspartij, een feestmaal aan een door Hans met harten gedecoreerde tafel waaraan familie en vrienden die niet met vakantie zijn zich verzamelen. Gerhard schertst met tante Mathilde, die met haar man, oom Nathaniël, vindt dat Rose een gouden greep heeft gedaan en Gerhard ook.

Ze worden overladen met cadeaus en bloemen, wenskaarten en brieven. Per kerende post had Rose een brief ontvangen van haar vader die ze deze keer wel had geopend. Hij stuurde haar en haar verloofde *Herr Pastor* Hugenholtz de innigste geluk- en zegenwensen. Hij hoopt dat al hun verlangens in vervulling zullen gaan en dat hij eens de eer zal hebben met haar verloofde kennis te maken. Verder hoopt hij dat ze hem wat regels stuurt waarin ze vertelt hoe alles zo gekomen is en waar ze gaan wonen. Of ze de hartelijkste groeten wil overbrengen aan Hans en aan hun moeder.

'Misschien kan je vader op de bruiloft zijn,' stelt Gerhard voor.

Ze perst haar lippen op elkaar. Natuurlijk had ze gewild dat haar vader bij dat plechtige moment zou zijn, dat hij haar zag als bruid. Ze zou Gerhard aan hem willen voorstellen, trots dat zij zo'n goede man gevonden heeft. Ze zou willen dat Gerhard haar vader leerde kennen en zo weer een vader kreeg. Het kan niet, ze kan het niet. Ze stelt zich voor dat hij daar zit, ver verwijderd bij de vrouw met wie hij officieel nog is getrouwd. Het voelt als bezoedeling.

Ze is opgetogen dat haar moeder, die meestal een rap oordeel heeft over mensen en zich daarin zelden vergist, van Gerhard houdt.

Als ze in de trein naar Amsterdam stappen, zegt hij: 'Volgend jaar op deze dag reizen we naar Heidelberg, als man en vrouw.'

Wanneer ze na een tocht van vele uren, waarin ze de afgelopen dagen herbeleven, het station van Amsterdam binnenrijden merkt Rose op: 'Dus dat kunnen ze wel in dit kleine land, grandioze stations bouwen.'

Ze houdt van stations, het rumoer, de beweging, de geur, al dat aankomen en vertrekken. Daarom houdt ze ook van havens. Nu heeft Gerhard de leiding en hij voert haar naar de aanlegplek van de boot naar Schellingwoude.

Het schemert als ze over het IJ varen langs zeilschepen met een rood kleurende lucht erachter. Gerhard staat naast haar, zijn arm om haar heen terwijl ze zonder iets te zeggen uitkijken over het water. De boot legt aan in een klein haventje.

'Dominee!'

'Dat is de koster, die brengt ons met de roeiboot.'

Even later glijden ze door stille weilanden waar af en toe een koe haar kop opheft. In een regelmatig ritme plonzen de spanen in het kroos. Aan de oevers glimmen dotterbloemen en soms klinkt het gekwaak van vrijlustige kikkers. Ze droomde van oceaanstomers en nu vaart ze in een roeibootje door een boerensloot.

'Kijk!' Gerhard wijst naar een groot gebouw met een vierkante afgeplatte toren. 'Dat is de kerk van Ransdorp. Het geld was op voordat de toren klaar was of hij werd te zwaar voor het drassige land.' Geleidelijk wordt de kerk groter, veel groter dan Rose had gedacht terwijl het dorpje kleiner blijkt.

Ze varen over de weerspiegeling van de toren, gaan rechtsaf langs een houten ophaalbrug en komen op een vaart met aan beide zijden stroken gras en lage huizen. Alleen een enkele vogel is te horen, er is geen mens op straat.

De koster begint langzamer te roeien tot ze aanleggen voor een breed houten huis met stenen treden naar de voordeur en omlijst door struiken en bomen. Dat is de pastorie.

Morgen zal Gerhard de deur voor haar openen. Nu gaan ze naar zijn vrienden, de huisarts en zijn vrouw, waar Rose logeert en waar ze zullen eten.

Rose merkt dat haar mondhoeken omkrullen als ze zichzelf in dat bed ziet liggen tussen de naar groene zeep geurende lakens, midden

De kerk van Ransdorp

in het Nederlandse dorp, aan de voet van de kerk.

Zal ze hier kunnen wonen? Als de zon schijnt ja, als alles bedekt zal zijn met sneeuw en er geschaatst wordt op de bevroren sloten. Maar in de lange grijze maanden, onder de regen. Zal ze de lichten van de grote stad niet missen? Zo anders had ze zich haar leven voorgesteld, mondain en stads. Maar het belangrijkste is de liefde. Ze houdt zoveel van Gerhard en hij is geen provinciaals mannetje maar iemand met stijl. Hij komt uit een interessante, ruimdenkende familie. Ze zullen reizen maken en in een grotere plaats gaan wonen.

Amsterdam is dichtbij en Duitsland eigenlijk ook. Voor kinderen is het goed om op te groeien in een dorp, houdt ze zich voor, maar eigenlijk vond ze het geweldig om als kind in Keulen te wonen waar altijd zoveel te beleven was.

De volgende dag haalt Gerhard haar op en wandelen ze langs de vaart naar de pastorie. Ook vanbinnen is het huis minder plechtig dan ze had verwacht. Vanuit de serre kijk je uit op een schuurtje, de grote tuin en daarachter het eindeloze weideland. De huishoudster, juffrouw Lancée, is deze periode bij haar zusters in Friesland maar met Kerstmis zal Rose haar leren kennen.

Gerhard laat Rose zien waar hij studeert, aan het bureau van zijn vader waar haar foto een ereplaats heeft naast een stapel van haar brieven. Hij laat zien waar hij gaat slapen denkend aan haar en wakker wordt vol verlangen naar zijn verre Rose. Dan neemt hij haar mee naar de kerk die groot is en strak, met kale witte muren en houten banken op de grijze plavuizen. Banen licht vallen door de hoge ramen.

Hij pakt Roses hand en voert haar mee de preekstoel op. De treden kraken onder hun voeten.

'Wat toren je hier uit boven je kudde.'

'Een kus.'

Hij slaat zijn arm om haar middel en drukt zijn lippen op de hare.

Dat zal hem zondag extra vurig laten preken. Telkens weer breekt Gerhard door haar gereserveerdheid heen. Dat doet haar goed.

Nog hoger gaan ze, de toren op, over een smalle stenen wenteltrap, totdat ze het platte dak hebben bereikt. Rose blijft staan, zwijgend, draait langzaam rond. Tot aan de einders kijkt ze uit over groen land en grote vlakken blauw waar de lucht weerspiegelt in de plassen. Ook Amsterdam is goed te zien, de stad vanwaar haar overgrootvader ooit vertrok.

In de dagen daarna beklimt ze nog meer preekstoelen en nog meer torens, in Holysloot en Hoorn, Monnickendam en Marken waar ze zich verbaast over de huizen op palen en de mensen in klederdracht. Wonderlijk die drang om er allemaal hetzelfde uit te willen zien. Rose had vroeger op school al een hekel aan al diezelfde grijsgeruite schorten. Hier zijn de hesjes bont boven effen rokken, de gezichten vriendelijk onder kleurige mutsjes en donkere petten. Ze verplaatsen zich met bootjes en ook met de fiets over lege wegen langs plassen en sloten. Overal merkt ze hoe geliefd haar Gerhard is en hoe open hij de mensen tegemoet treedt.

Ze wandelen langs de grachten van Amsterdam en bezoeken de Nieuwe Kerk, waar Gerhard dit najaar ook zal preken. Op de Herengracht toont hij haar het huis waar zijn moeder is opgegroeid en waar hij als kind bij zijn grootmoeder logeerde. De dag daarna nemen ze de trein naar Leiden – weer zo'n mooie stad – waar Willem hen opwacht en hen ontvangt in zijn huis op het Rapenburg. Het is duidelijk dat hij een succesvol advocaat is. Rose dacht dat Gerhard een grap maakte over die honden en katten met wie hij het huis deelt en die zelfs met hem aan tafel mogen, als een soort Leidse stadsmuzikanten, maar het is echt waar! Ze zitten op de stoelen met de voorpoten over het tafelblad maar als er bezoek is houden ze dat niet lang vol, legt Wim uit. Net als zijn vader, die medeoprichter was van de Bond tegen de Vivisectie, komt Wim op voor degenen die geen stem kunnen laten horen. Hij is bezig met het ontwerp van een dierenwet. Rose verbaast zich steeds meer over dit land, waar ze niets merkt van de agressie die in haar eigen land steeds zichtbaarder wordt.

Voor een andere stem heeft Wim minder aandacht. Wanneer zijn zuster Gemma belt, begroet hij haar liefdevol, luistert even, zegt meewarig: 'Ach, is het zo lieve Gempie?' stopt de hoorn in de zak van zijn jasje en gaat door met het uitzoeken van papieren. Af en toe pakt hij de hoorn en herhaalt op die meewarige toon: 'Werkelijk, lieve Gempie?' en vervolgt zijn uitzoekwerk.

'De beesten van de dominee', Rose begrijpt dat de broers zo werden genoemd.

'Vangen!' roept Wim wanneer hij even later de kamer binnenkomt met een zak bonbons. De bonbon vliegt al en Gerhard vist hem uit de lucht. Ook Rose vangt de hare.

Willem begeleidt ze naar een winkel waar ze hun verlovingsringen kopen en brengt hen daarna met de auto naar Oegstgeest voor de kennismaking met moeder Hugenholtz.

Het huis ligt aan een stille laan. In tegenstelling tot de pastorie in Ransdorp is het interieur wél voornaam. Boven de schouw hangt een groot portret van een achttiende-eeuwse predikant met een lange grijze pruik op het hoofd, een voorvader van Gerhard, zijn hand rustend op de Bijbel. Ook moeder Hugenholtz, die dezelfde zwarte ogen heeft als Gerhard en nog steeds heel donker haar, heeft iets statigs, al is ze allerbeminnelijkst en noemt ze Rose 'mijn lieve kind'. Het komt niet alleen doordat ze vanwege de reuma in een rolstoel zit als op een troon maar ook door haar gebaren, manier van praten en haar blik. Ze heeft natuurlijk overwicht.

'Gerhard was een enorme boef,' zegt ze in uitstekend Duits, 'maar hij is tot bedaren gekomen en hij heeft een goed hart. Misschien wel het beste van al mijn kinderen.'

Een goede boef, wat wil ze nog meer.

Een paar dagen later zitten ze aan de feestdis onder het portret van Gerhards voorvader, samen met moeder Hugenholtz, Willem, zus Gemma en Gerhards oudste broer Han die erg op Gerhard lijkt, maar dan langer en magerder en die zich even charmant tegenover haar gedraagt als Wim. Met Esther, de vrouw van Han, vertaalster Frans, praat ze meteen over boeken. Rose leest vooral Duits maar *Madame Bovary* had ze met veel plezier gelezen.

Huishoudster Jans die al voor de familie werkte toen Gerhard werd geboren, heeft een oer-Hollands feestmaal bereid. Bouillon vooraf, daarna rollade met aardappelpuree, stoofpeertjes en spruitjes. Citroenpudding toe. Af en toe staat iemand op om het woord te voeren. Willem memoreert hun ontmoeting in Heidelberg en hoe Gerhard Rose net voor zijn neus wegkaapte, Han bidt voor hun huwelijksgeluk en dat het vrede mag blijven in de wereld, Gerhard somt de vele beminnenswaardige eigenschappen op van zijn verloofde, vertelt over zijn schoonmoeder en zwager in Bremen en voegt eraan toe dat hij het betreurt dat hun vaders dit niet meemaken, wat Rose een steekje bezorgt.

Dit is voor altijd, denkt ze bij zichzelf terwijl Gerhard de ring aan haar vinger schuift.

Gemma staat op. 'Voor de verloofden zal ik zingen, uit de *Liederkreis* van Schumann, opus 39.'

'Wat een *schöne Überraschung*!' roept Rose uit.

Gerhard in toga, Ransdorp

Gemma gaat achter de piano zitten en begint te spelen. Rose herkent de melodie. Met heldere stem en intiem ingehouden zingt ze: ‘*Dein Bildnis wunderselig, Hab ich im Herzensgrund.*’ Gerhard aait over Roses wang, pakt haar hand. Ineens heeft ze een sterk gevoel thuis te zijn in dit vreemde land, bij mensen die ze tot voor kort niet kende. Door dit lied, in haar taal. *Das sieht so frisch und fröhlich, mich an zu jeder Stund.* Was haar moeder er maar bij. *Mein Herz still in sich singet ein altes schönes Lied, das in die Luft sich schwinget und zu dir eilig zieht.*

Ze klapt, staat op en geeft Gemma een zoen. ‘Wat jammer dat je niet optreedt voor groter publiek.’

Na een paar jaar conservatorium in Antwerpen had ze het toch te werelds gevonden.

‘Ik wilde iets doen voor de medemens.’

‘Maar dat doe je toch? Met je pianospel en je stem kun je mensen ten diepste raken. Mij in elk geval.’

‘De verpleging geeft meer voldoening.’

In Ransdorp maakt Rose voor het eerst een dienst mee waarin Gerhard voorgaat. Voor het eerst ziet ze hem binnenkomen in zijn toga, terwijl de gemeente zingt:

Prijs den Heer' met blijde galmen;
Gij, mijn ziel, hebt rijke stof;
'k Zal, zo lang ik leef, mijn psalmen
Vrolijk wijden aan Zijn lof.

De gemeente zingt zonder enige terughoudendheid en Gerhard zingt mee, uit zijn hoofd.

'k Zal, zo lang ik 't licht geniet,
Hem verhogen in mijn lied.

Onder aan de preekstoel gaat Gerhard in gebed, dan klimt hij de trap op. Haar man, haar roofridder. Wat staat dat zwart met die witte bef hem goed.

Ze doet haar best de preek te volgen maar veel ontgaat haar. Wel hoort ze woorden van bemoediging en ze weet dat hij het zo werkelijk meent en voelt. Hij, het beest van de dominee, staat daar zo ontspannen en spreekt de mensen zo warm toe, als een vader.

Ze zingen een psalm van David en Rose zingt mee uit het kleine in leer gebonden psalmen- en gezangenboekje dat ze van Gerhard kreeg.

Na de zegen wil hij een speciale afkondiging doen en wel dat zijn aanstaande bruid in hun midden is en dat hij hoopt dat ze snel hier helemaal thuis zal zijn. Ze voelt het bloed naar haar wangen suizen, en naar haar hart.

8

Bremen, 1930

Nadat Rose in de trein naar Bremen is gestapt en Gerhard terug is gevaren naar Ransdorp komt de brievenstroom weer op gang, nog heviger dan daarvoor. In gedachten zijn ze voortdurend waar de ander is. Rose is bij Gerhard in de pastorie, zit op zijn schoot aan het bureau tijdens het maken van de preek, bevindt zich onder zijn gehoor in al die kerken, kust hem op de preekstoel, ook op die magistrale in de Nieuwe Kerk. Ze vergezelt hem op de fiets in zomerbries of regen, vaart door sloten en op de Zuiderzee. Gerhard ziet haar opstaan in haar jongevrouwenkamer, aan tafel grappen maken met haar moeder en met Hans, achter haar tikmachine op kantoor en wandelend door die grote stad.

Rose schrijft dat ze in de trein plezierig had gepraat met de oude heer die tegenover haar zat, maar ze laat weg dat hij haar gelukwenste met haar ontsnappingsmogelijkheid uit Duitsland, dat volgens hem op een nieuwe ramp afstevent. Hij kwam uit Berlijn, waar de sfeer almaar grimmiger werd. Steeds vaker zag je dat stompzinnige marcheren en hoorde je dom en dreigend geschreeuw.

Ze schrijft dat de hele stad is volgeplakt met *plakate* voor de aanstaande verkiezingen, want tijdens haar verblijf in Nederland is de regering voor de tiende keer ontbonden. Het blijkt al jaren een duivelse klus Duitsland te besturen, met al die spanningen die zich regelmatig ontladen in burgeroorlogachtige taferelen tussen links en rechts. *Ook de NSDAP is flink aanwezig met hakenkruisen, vuisten en haatpropaganda.* Eén affiche had haar zo geschokt dat ze er niet over kan schrijven. Ze schaamt zich: een hakenkruis boven een grote plas bloed met daaronder een slang die een davidsster op zijn kop heeft, een puntig zwaard erboven klaar om hem te doorboren. Langs de slang zijn woorden geschreven. Rose bleef, ook al voelde dat ongemakkelijk, voor het affiche staan en las: *woeker, Versailles, werkloosheid, oorlogsschuld, marxisme, bolsjewisme, leugens, bedrog, inflatie, Locarno, Dawes-Plan, Young-Plan, corruptie, vrouwenhandel, terreur, burgeroorlog.* Terwijl ze naar huis liep, zette ze haar voet na elke drie stappen op een voeg, iets wat ze al een tijd niet had gedaan.

Gerhard mist haar erger dan ooit, maar gelukkig is zijn huishoudster juffrouw Lancée terug om hem te troosten. Zonder haar was hij nooit predikant geworden, schrijft hij. In de moeilijkste tijden sprak zij hem moed in. Hij is een dag met haar naar Amsterdam geweest om een nieuwe mantel en een hoedje voor haar te kopen en de beide jeugdportretten van Rose, de kleine Roodkapje en het vierjarige Roosje met haar tweejarige broertje, in te laten lijsten.

Rose verkleed als Roodkapje voor carnaval

Juffrouw Lancée en ik dronken koffie in café Hag terwijl ik naar het tafeltje keek waar ik met jou zat. 's Middags waren we in de Tiergarten waar we het voederen zagen van de beren en de zeehonden. Ook zagen we twee aandoenlijke jonge leeuwen. In Artis aten we een broodje voordat we teruggingen naar Ransdorp. Voor beiden was die afleiding goed. Ik was verdrietig om jou en ook om juffrouw Lancée die mij van harte het geluk gunt dat ik in jou gevonden heb. Dat zij afscheid van me zal moeten nemen maakt haar bedroefd.

We hebben afgesproken dat je met Kerstmis in de pastorie logeert. Jij slaapt dan in de logeerkamer. Dat kan best nu juffrouw Lancée bij ons is.

Per kerende post schrijft Rose terug.

Lieve Gerhard, het is moeilijk voor me, aan de ene kant wil ik je in alles gelukkig maken, aan de andere kant kan ik niet al je wensen vervullen omdat ik het beste voor ons voor ogen heb. Natuurlijk zal juffrouw Lancée het niet verdragen dat ik de leiding in huis overneem en ook haar rol in de gemeente. Daarom moet ze een ander onderkomen hebben voordat ik mijn intrek neem in de pastorie, juist om pijnlijke situaties te voorkomen.

Intussen zijn er bij haar ernstiger dingen aan de hand. Tante Mathilde uit Delmenhorst komt een avond op bezoek maar er klinkt niet zoals gewoonlijk klaterend gelach van de zussen. Ze vertelt dat hun broer, oom Nathan, is uitgescholden op straat in Oldenburg, en dat bijna niemand meer bij hem koopt omdat hij Jood is. Roses neef Erwin is bijna klaar met de uitverkoop van zijn modezaak in Nordenham. Vrijwel voor niks willen de mensen nog wel kleding komen ophalen. Binnenkort verhuist hij naar Setterich, bij de Nederlandse grens.

Ze wil Gerhard hier niet mee belasten maar daardoor irriteert de kwestie Lancée haar des te meer. Als die vrouw hun het beste wenst, laat ze haar plaats dan kennen en niet met een verhuild gezicht inspelen op Gerhards gemoed.

Over Lancée spreekt Rose klare taal maar ze schrijft niet over de fakkeloptochten die haar zo beklemmen, de domme agressieve kreten. Ze schrijft dat ze de *Dreigroschenoper* heeft gezien, maar niet dat er gefloten werd en geroepen: 'De Joden weer die alles lelijk willen maken.'

Rose gaat op bezoek bij dominee Groscurth, die tot haar verrassing in de Gerhardstraße woont. Ze voelt zich meteen op haar gemak bij hem. Hij luistert vol aandacht en stelt vragen. Catechisatie vindt hij niet nodig, want Rose weet al veel van het Oude Testamant en ze studeert zelf in het Nieuwe. Hij zou graag een reeks gesprekken met haar hebben. Als Rose vraagt of ze al deel mag nemen aan het avondmaal, zegt hij dat dat mag als ze daar behoefte toe voelt. Wanneer ze zich aan het einde van hun serie gesprekken nog steeds wil laten dopen, zullen ze daarvoor een afspraak maken.

Vol geestdrift schrijft ze Gerhard over de ontmoeting. *Het enige moeilijke punt is dat ik mijn moeder nog niks heb verteld. Nu heb ik me voorgenomen het vanavond op te biechten. Ik wou dat ik het al achter me had.*

Met al die vreselijke affiches en de om zich heen grijpende Jodenhaat voelt het voor Rose als verraad. Het is alsof ze haar familie en geloofsgenoten in de steek laat, al is dat niet zo want op haar manier zal ze het Jodendom trouw blijven, het is een onvervreemdbaar deel van haar.

Liefste bruidje vertel het maar gauw aan je moeder. Ik begrijp dat je het moeilijk vindt maar het zal haar toch ook goed doen te weten dat wij samen willen leven voor het aangezicht van God, dezelfde die zij liefheeft, de God van Israël, de God van alles wat leeft?

Tegelijkertijd schrijft Rose: *Wat kan er toch veel gebeuren op één dag. Vanavond hoorden we per telefoon dat de broer van mijn moeder, oom Nathan, plotseling is overleden. Ik vertelde je dat mijn oom net een brief had geschreven om ons geluk te wensen met onze verloving. Hij was zo'n goede man.*

Samen met haar moeder gaat Rose naar de begrafenis in Oldenburg waar de hele familie die onlangs nog het huwelijk vierde van oom Nathans dochter, Rosette, elkaar nu verslagen begroet. Haar oom is bezweken aan een hartaanval. Hij had anonieme brieven gekregen waarin stond dat hij als *Jude* niet moest denken dat hij beter was dan anderen, en zijn winkel was beklad. Na de rouwdienst in de synagoge wandelen ze in een lange trage stoet naar de begraafplaats die een eind buiten de stad ligt. Onderweg vertellen behalve neef Erwin ook zijn broers Harry en Richard over de pesterijen.

'Wij denken erover te emigreren,' zegt tante Röschen.

'Weg uit Wangeroog?' reageert Rose geschokt.

Haar tante knikt.

'Waarheen?'

'Misschien Amerika, maar ook Palestina is een mogelijkheid.'

Wanneer ze samen de bekende gebeden uitspreken voelt Rose zich nog sterker verbonden met haar familie. De avond na het bezoek aan dominee Groscurth had ze het niet aan haar moeder verteld en nu durft ze het al helemaal niet meer.

Dominee Groscurth had gevraagd wat voor haar de essentie is van het geloof en op welke momenten ze er het meest mee bezig is. Ze had naar woorden gezocht, af en toe gestameld en realiseerde zich dat ze nooit gedwongen was geweest het te formuleren. Het belangrijkste was het geloof voor haar tijdens de hoogte- en dieptepunten van het leven, geboorte, huwelijk, ziekte, dood. Je samen klein voelen ten opzichte van iets groters. Je geborgen voelen. De hoop dat er een God is die een bedoeling heeft met de schepping en met jou. Een macht die je de kracht geeft om ethisch te leven waarbij je geholpen kunt worden door teksten uit de Bijbel. Ze had het gevoel dat die Bijbelfiguren familie van haar waren.

Terwijl het overlijdensbericht van oom Nathan onderweg is naar Theo Goldschmidt in New York, ontvangt Rose zijn brief met felicitaties voor haar en 'voor hem die de gelukkigste man op aarde zal zijn'. Ze brengt de wensen over aan Gerhard maar vertelt niet dat Theo eraan toevoegde dat hij zijn eigen toekomstdromen zal moeten bijstellen.

Gerhard schrijft Rose een troostende brief, maar weet niet van de antisemitische achtergronden van de dood van haar oom. Kortgeleden had Gerhard zijn zorg uitgesproken over het opkomende antisemitisme in Duitsland. Rose wil hem niet belasten met de ellende in de familie. Hij heeft het zo druk dat hij soms maar een paar uur per nacht slaapt. Hij preekt in vele kerken, ook in de grote kerk van Enkhuizen die ze samen bezochten en onlangs preekte hij in een weiland. Een paar mannen hadden het orgeltje uit de kerk gehaald en met paard-en-wagen over de door weilanden slingerende paden vervoerd naar Holysloot. Daar ging de organist op de boerenkar achter het orgel zitten en Gerhard stond op de bok, die als preekstoel diende. Intussen deed het paard, dat met een lang touw aan een boom was vastgebonden, zich te goed aan het malse gras. Sommige mensen hadden stoelen meegenomen van huis, anderen stonden. Het door Gerhard opgerichte koor zong onder leiding van een dirigent, alleen of met de samengestroomde schare. Terwijl de schemering inviel klonk over het weiland op die weemoedige melodie met langgerekte uithalen: '*Blijf bij mij Heer, want d'avond is nabij. De dag verduistert, Here, blijf bij mij! Als and're hulp m'ontbreekt, geluk m'ontvliedt. Der hulpelozen hulp, verlaat mij niet!* Rose had meteen het schilderij voor zich gezien van een *Landpredigt* gemaakt door Roy Mackenze, maar ze vermoedt dat de mensen onder Gerhards gehoor vrolijker hebben gekeken. De volgende keer zal een bevriende gereformeerde dominee meedoen aan de weilanddienst.

Gerhard houdt haar van alles op de hoogte, vergaderingen, feestelijke samenkomsten, doopdiensten en begrafenissen.

Dinsdag een schipper begraven. Vanuit het ziekenhuis trok de stoet in anderhalf uur stapvoets naar Zorgvlied. Op het kerkhof sprak ik over 2 Kronieken 30 vers 8: 'Geef de Heer de hand'. De koffiekamer zat vol met schippers uit alle uithoeken van het land. Gerhard leest haar brieven wel vijf maal en zet altijd een roos op zijn bureau. *Ik hoop je gauw heel veel kussen te geven op je lange zwarte lokken. Nu je het me vraagt, ja, ik vind het veel mooier dan kort. Het lijkt me zo goddelijk, mijn vrouw met lang loshangend donker haar. Maar als jij het anders wil dan doe je dat en ik zal je er even lief om hebben. Dag mijn bruid, mijn Godsgeschenk.* Hij verlangt er zo naar ook 's nachts samen te zijn. *Hoe vaak zal ik je 's nachts op je slapende ogen kussen, stevig mijn armen slaan om je heerlijke lijfje.* Zelfs toen hij in de Nieuwe Kerk van Amsterdam met de ouderling naar de preekstoel liep had hij het over haar, schrijft hij.

Als Gerhard de kans krijgt om via Venlo eenmalig een brief met de zeppelin naar Bremen te sturen, grijpt hij die meteen omdat Rose er zo juichend over schreef. Een ander spectaculair vervoermiddel gaat de Duits-Nederlandse grens over, de Do X, het watervliegtuig dat landt op de Zuiderzee bij Schellingwoude. Gerhard was erbij schrijft hij, en toen de Do X weer het luchtruim koos, had hij samen met de koster vlakbij gedobberd in de roeiboot. Het water zwalpte woest terwijl het gevaarte opsteeg als een reusachtige donkere vogel. Maar het hoogtepunt vond hij de nachtelijke gondelvaart, ter ere van de vijftigste verjaardag van de koningin, over het door lampionnen verlichte water voor de pastorie terwijl het koor boven op de toren van de kerk liederen zong.

Aan het eind van de brief vraagt hij: *Krijg ik voor juffrouw Lancée de foto van de Roland? Die van ons beiden in het bootje is voor haar te pijnlijk.*

Rose antwoordt dat ze niet begrijpt waarom de foto van hen in het bootje pijnlijk zou zijn. Dan zou elke foto waarop zij staat dus pijnlijk zijn.

Net zomin als juffrouw Lancée blij is met hun liefde is haar chef dat. Toen ze na werktijd aan Gerhard schreef, had hij opgemerkt dat ze beter kon gaan wandelen dan liefdesbrieven schrijven. Ze weet wel dat hij bijzonder op haar gesteld is maar dat het zover gaat dat hij jaloers wordt op de brieven die ze stuurt aan haar verloofde vindt ze belachelijk: een getrouwde oudere man met een reeks kinderen!

Tussen het verslag van het reilen en zeilen in het Waterland gaat het ineens over de Rijksdagverkiezingen. *Wat zijn die gek verlopen*, schrijft Gerhard. *De NSDAP van 12 naar 107 zetels! Hoe dat verder moet? Wat hebben de mensen toch bitter weinig geleerd door de wereldoorlog, die overal de grootste rampspoed bracht. Nog steeds gaat de hele planeet gebukt onder de gevolgen. Ondanks dat zijn de volkeren meer dan ooit tot de tanden bewapend. Ook Holland doet daaraan mee. We zijn nog oneindig ver van het christendom af, dat leert dat we moeten weldoen aan hen die ons haten, dat we kwaad met goed moeten vergelden. Helaas, het christendom van de massa is niet meer dan uitwendig vertoon, vormendienst. Als het weer op een oorlog uitloopt dan is de ellende niet te overzien en rolt Europa naar de ondergang. Maar in Hindenburg heeft Duitsland nog steeds een bekwaam leider, spare God hem nog enige jaren für die Heimat von meiner Braut.*

Ik zal je wat Hollandse persbeschouwingen sturen. Overigens kan ik wel begrijpen dat men in Duitsland zover is gekomen. Het vredesverdrag van Versailles is één stuk onrecht. Lieveling, ik hoop dat God ons en straks onze kinderen bewaart voor de ontzetting van een nieuwe wereldoorlog.

28 november spreekt Hitler in Bremen. Overal in de stad hangen aanplakbiljetten en nazivlaggen. Ook mensen van kantoor gaan er vol verwachting heen. Die wordt niet beschaamd, integendeel, moet Rose de volgende dagen voortdurend horen. Ze zijn diep geraakt door zijn krachtige bewogen manier van praten, zijn roep om gerechtigheid, zijn betrokkenheid bij het Duitse volk.

Ook haar moeder hoorde mensen in lyrische bewoordingen spreken 'en hun ogen glansden alsof ze de Messias hadden gezien'.

Zonder dat Rose het zich op dat moment had voorgenomen, ontvalt haar: 'Mutti, ik moet je iets bekennen. Ik hoop dat je er niet bedroefd van wordt.'

'Vertel het me maar,' zegt ze terwijl ze haar aankijkt.

'Ik ben van plan me te laten dopen.'

Rustig reageert haar moeder: 'Lieve kind, ik begrijp dat je dat wilt om Gerhard.'

'Ja, niet omdat ik niet meer geloof in de dingen waarin ik ben opgevoed.'

Haar moeder knikt, een peinzende uitdrukking in haar ogen.

Er is een zware last van Rose af gevallen.

Haar moeder begrijpt alles. Ze had het al zien aankomen.

9

Ransdorp, 1930-1931

Op kerstavond 1930 rijdt de Duitse trein stipt om 19.05 het station van Amsterdam binnen. Gerhard was er al een halfuur eerder om Rose op te wachten.

Dicht tegen elkaar aangedrukt varen ze over het donkere IJ naar Schellingwoude vanwaar de koster hen met paard-en-wagen vervoert naar de pastorie. Hier en daar brandt een lichtje of glanst een half bevroren sloot onder de eindeloze hemel van het waterland.

De gordijnen van de pastorie zijn dicht, in tegenstelling tot die van de meeste andere huizen. Zodra ze uitstappen zwaait de voordeur open. Juffrouw Lancée staat afgetekend tegen het licht van de gang, klein en mager maar fier als de vrouw des huizes.

'Goedenavond juffrouw,' groet de huishoudster terwijl ze haar magere lippen tot een lach dwingt. Haar staalblauwe ogen staan koel. 'Heeft u een voorspoedige reis gehad?'

'*Sehr gut*, dank u.'

Eerst zullen ze de koffer naar haar kamer brengen.

'Nee Gerhard, ga jij de kaarsjes maar aansteken.'

Juffrouw Lancée biedt niet aan de koffer te dragen, wat Rose ook niet geaccepteerd zou hebben. Rose volgt haar de trap op met uitzicht op haar hoge platte schoenen en het grijze knotje in haar nek. Ze vindt het gek dat ze Gerhard bij de voornaam noemt. Het zal wel zo gegroeid zijn doordat hij als student bij haar in huis kwam.

Het is ijzig koud in de kamer en dat is het enige wat herinnert aan kerst. Moeder Gretchen had niet alleen de woon- en eetkamer versierd maar ook een engeltje met een kaars op haar nachtkastje gezet.

'Het is wat koud,' zegt Rose. 'Is er misschien een *Wärmflasche?*'

'Ik heb voldoende dekens op bed gelegd en in de kast ligt nog een extra. Ik zie u zo beneden.'

Ze heeft niets gezegd over een badkamer, hier is slechts een koudwaterkraan waar een ijspegel aan hangt.

Rose pakt haar spullen uit, hangt haar kleren in de kast en haalt de cadeaus voor Gerhard tevoorschijn en de Lebkuchen voor juffrouw Lancée. Daarna daalt ze af naar beneden. Vanachter de deur hoort ze onderdrukt gepraat van de huishoudster dat stopt zodra ze de klink aanraakt.

Gerhard en de juffrouw zitten aan weerskanten van de open haard, zoals ze daar waarschijnlijk vaak zitten. De kamer wordt gedomineerd door een reusachtige kerstboom waar rode kaarsjes in branden.

'Wat een *Riesenbaum!*'

'De dominee wilde de grootste. Meestal lukt het me hem in toom te houden.'

'Nu mijn liefste aanstaande vrouwtje voor het eerst kerst met ons viert kon hij niet groot genoeg zijn.'

Wat Rose al begon te vrezen blijkt waar te zijn, juffrouw Lancée is er gewoon de hele avond bij. Rose had zich een avond voorgesteld met Gerhard bij de kerstboom, bijpraten, hun eerste avond samen na een halfjaar. Vreemd dat hij daar zelf kennelijk geen behoefte aan had.

Juffrouw Lancée loopt af en toe weg om versnaperingen te halen zodat ze een moment alleen zijn.

Gerhard springt op. 'Ik moet je even kussen op je glanzende zwarte haar. Prachtig lang wordt het.'

Daar is de huishoudster weer met kerstbrood dat ze 'samen met Gerhard' in Amsterdam heeft gekocht. Rose spreekt voor het gemak Duits met Gerhard en beantwoordt zijn vragen, over de reis, haar moeder, Hans, haar chef. Ja, die gedraagt zich nog steeds merkwaardig. Ze rept niet over de detective.

In elke fractie van een stilte grijpt juffrouw Lancée haar kans om over mensen te beginnen die Rose niet kent, wederwaardigheden in de gemeente, waarbij ze alleen naar Gerhard kijkt. Op andere momenten voelt Rose hoe ze haar observeert, of ze haar handen vouwt bij het gebed, of ze haar soep netjes eet. Rose merkt hoe haar blik over haar jurk, langs haar zijden kousen naar beneden glijdt naar haar schoenen met hakje.

Gerhard zegt hoe fijn ze het vinden dat Rose met hen dit feest van vrede viert en hoe blij Rose is dat ze zijn trouwe huishoudster nu eindelijk leert kennen. Daar is Rose ook blij om en wel omdat het nu glashelder is dat de juffrouw weg moet zijn wanneer zij na hun huwelijksreis hier thuiskomen.

Ze denkt met heimwee aan haar moeder die nu *Heiligabend* viert met Hans, Herta en haar twee zussen en zwager. Ook tante Mathilde en oom Nathaniël zouden komen. Ze ziet in gedachten de kleurige gerichelde kartonnen borden onder de boom, met de Lebkuchen, chocoladekransjes, noten, sterappeltjes en mandarijnen, de door Hans getekende naamkaartjes, de verpakte geschenken.

Nee, daar doen ze niet aan, zei de juffrouw, met kerst gaat het niet om cadeaus maar om iets anders. De Lebkuchen had ze met een knikje in ontvangst genomen en weggeborgen.

'Gerhard, houd je de tijd in de gaten?'

Hij zal voorgaan in de avonddienst. Elk uur klinkt het slaan van de klok, net als in Bremen.

Gerhard geeft Rose een arm als ze langs de vaart wandelen. De huishoudster loopt een paar stappen voor hen en zal het vast betreuren dat ze geen Duits begrijpt. Ze staan even stil om naar de sterren te kijken.

Als Gerhard in de consistorie verdwijnt, voert juffrouw Lancée Rose mee de kerk in naar de eerste rij en gaat daar naast haar zitten. De mensen groeten de huishoudster, zij knikt hen minzaam toe, wisselt met een enkeling een paar woorden. De kerk is versierd met dennentakken en in de koperen kroonluchters branden kaarsen.

Wanneer het orgel de melodie van 'Stille nacht, heilige nacht' inzet, weet ze dat Gerhard dat Duitse lied expres heeft uitgekozen zodat ze zich thuisvoelt.

Bij de afkondigingen zegt Gerhard hoeveel genoegen het hem doet dat zijn verloofde vandaag vanuit Duitsland naar Ransdorp is gereisd om in hun midden te zijn.

Juffrouw Lancée zingt met schelle stem de psalmen en gezangen en begluurt vanuit haar ooghoek hoe Rose zoekt in haar boekje en zich een keer vergist door een gezang bij de psalmen te zoeken.

Na afloop van de dienst, waarin Gerhard vurig gebeden heeft dat de goede krachten het mogen winnen en dat het vrede blijft, gaan ze thuis bij de kerstboom zitten. Juffrouw Lancée verschijnt met drie bekers dampende anijsmelk die zo bevorderlijk is voor de nachtrust. Terwijl Rose haar best doet het zonder kokhalzen naar binnen te werken, denkt ze aan de warme wijn met kruidnagels en kaneel waar het huis in de Kornstraße nu naar geurt.

Juffrouw Lancée somt op wie er zoal waren en wie ze heeft gemist in de goed gevulde kerk. Niet alleen door de melk maar ook door het monotone gepraat van Lancée slaat de vermoeidheid toe. Rose doet moeite niet te gapen.

Gerhard ziet het en biedt aan zijn verloofde naar haar kamer te begeleiden.

'Dat doe ik wel.' Juffrouw Lancée springt op maar Gerhard wimpelt haar af.

Op de kamer slaat Gerhard zijn armen om haar heen. Ze voelt zijn warme bovenlijf tegen haar borsten. Hij streelt haar rug die meteen gaat gloeien, kust haar in haar hals, wrijft haar handen tussen de zijne, legt haar hand op zijn hart. Op dat moment horen ze voetstappen op de trap. Er wordt geklopt en zonder op antwoord te wachten komt juffrouw Lancée binnen. 'Hier is een waterglas.'

Gerhard pakt de extra deken uit de kast en legt die over het bed. Hij verheugt zich hevig op de tijd dat hij nooit meer bij haar weg hoeft, bekent hij vanaf de drempel. Dan werpt hij haar een kushand toe en verdwijnt.

De blik van Lancée schiet over Roses kleren.

'U moet de dominee niet van het rechte pad afbrengen,' waarschuwt ze terwijl ook zij de kamer verlaat.

Als Rose in bed kruipt zijn de lakens niet alleen koud maar ook klam.

Dat mens wil haar vermoorden.

De ontbijttafel is gedekt wanneer Rose beneden komt. Aan niets is te zien dat daaraan een jarige zal plaatsnemen. Rose gaat de tuin in, plukt een tak met glimmende rode bessen en vraagt waar de vazen staan.

Juffrouw Lancée kijkt verstoord en zucht: 'Vindt u de kerstboom niet genoeg?'

Kalm antwoordt Rose: 'Voor op *den Tisch*, voor de jarige.'

'Hij is geen kind meer.'

'Gelukkig nog wel *ein bisschen*.'

Het liefst zou ze hem verrassen in zijn kamer, een feestmuts op haar hoofd en voor hem zingen, maar die dingen moeten wachten tot Lancée vertrokken is.

Ze stuift naar Gerhard toe als hij de kamer in komt en geeft hem een heleboel verjaardagskussen en een cadeau. Gerhard maakt het open en haalt een zilveren fotolijst uit de verpakking.

'Van harte gefeliciteerd Gerhard,' zegt juffrouw Lancée terwijl ze hem een hand geeft, 'en een gezegend kerstfeest.'

Als Gerhard aan tafel schuift kijkt hij verrast naar de tak. 'Zie je hoe attent juffrouw Lancée is.'

'Dit was een idee van juffrouw Rose,' reageert ze koel en ze begint meteen weer over mensen die Rose niet kent, zich louter op hem richtend. Met een geforceerde glimlach reikt ze Rose de botervloot aan en de jampot. 'Laat u het zich maar goed smaken, juffrouw.'

Rose denkt aan de beklemmende maaltijden in Hamburg, toen ze bij de hospita woonden. Ook gaan haar gedachten uit naar de Kornstraße waar kerst wordt gevierd, zonder Christuskindje maar wel vredig en met heel veel liefde.

De volgende dagen vergezelt Rose Gerhard naar Marken, Broek in Waterland, Holysloot en Schellingwoude. Zodra ze samen zijn is ze ongedwongen. Ze lachen veel en hebben gespreksstof te over. Soms, als ze even alleen zijn in de pastorie, kan ze zich voorstellen hoe het samenwonen straks zal zijn.

De jaarwisseling vieren ze in Oegstgeest waar behalve Gemma ook Gerhards broers zijn, Willem en Han met zijn vrouw Esther en hun twee zoontjes. Als Rose hoort dat Han gekuurd heeft in Davos vraagt ze meteen of hij *Der Zauberberg* gelezen heeft, een van haar lievelingsboeken. Dat heeft hij inderdaad maar de vrouw van Thomas Mann kuurde daar helaas niet tegelijkertijd met hem. 'Een belangrijke politieke stem vandaag de dag.'

'Han heeft veel buitenlandse contacten,' zegt Gerhard.

'Ontwapening en strijd tegen het militarisme kunnen we niet overlaten aan regeringen, dat is wel gebleken. Er is een grote internationale beweging nodig.'

Rose heeft heel wat gebroken geweertjes ontvangen, achter op de brieven van Gerhard.

'Christen zijn en geweld gebruiken gaat niet samen,' stelt Gerhard. 'Kerkvader Tertullianus zei al in de tweede eeuw dat een soldaat die christen wilde worden uit het leger moest.'

'De kerk heeft gefaald bij de wereldoorlog,' zegt Han. 'Dat mag nooit meer gebeuren.'

Tussen de gesprekken door pakt Gerhard soms ineens haar hand, geeft haar een kus en fluistert hoe dol hij is op zijn zoete Duitse vredesduif.

Rose kan zich voorstellen dat Gerhard zich weleens in vrouwen heeft vergist en het is goed dat juffrouw Lancée tot nu toe een huwelijk heeft weten te voorkomen. Maar dit keer zal dat haar niet lukken. Rose is niet alleen blij voor zichzelf maar ook voor Gerhard, want hij trouwt met een vrouw die alles zal doen om hem te laten bloeien en die net als hij niet in staat is tot veinzerij.

Zo spontaan en los als Gerhard haar maakt, zo gesloten wordt ze van zijn huishoudster. Als ze er weer zwijgend bij zit aan tafel, vraagt juffrouw Lancée of haar ouders het niet erg vinden dat ze naar het buitenland vertrekt.

Rose heeft het goed verstaan. Gerhard zal haar in zijn argeloosheid alles hebben verteld en Lancée die nu juist niet argeloos is vraagt dit expres.

'Mijn moeder is gelukkig als ik gelukkig ben. Ik heb de liefste moeder van de wereld en ik zal haar erg missen. Dat doe ik nu al.'

10

Januari-juli 1931

Rose heeft niks gezegd over het onaangename gedrag van juffrouw Lancée omdat Gerhard nu zelf heeft ervaren dat gedrieën samenwonen onmogelijk is. Ze is dan ook verbaasd wanneer ze na zijn eerste liefdevolle brief die ze bij thuiskomst in haar koffer aantreft, een volgende brief ontvangt waarin Gerhard vertelt dat zijn huishoudster haar zo'n lief meisje vindt en er nu ook van overtuigd is dat hij een prima keus maakt. Hij mist Rose vreselijk maar nadat hij haar op de trein had gezet, had juffrouw Lancée hem moederlijk opgevangen. *Bedank haar eens in een aparte brief voor haar goede zorgen.*

Potztausend, wat een dommerd. Hij zag het toch met eigen ogen? Ze wil de brief verfrommelen maar beheerst zich. Hij ziet het dus niet. Ze heeft ook met hem te doen, hij is blind voor valsheid en dubbele bodems. Hij moet tegen zichzelf worden beschermd.

Dus je moeder en je broer willen alles weten? Heb je verteld van de onvergetelijke ogenblikken in Oegstgeest, in de nacht van 30 op 31 december toen ik een klein voorproefje kreeg van toekomstig huwelijksgeluk en ik jou in vurige liefde overstelpte met kussen en jij je koele hand in mijn nek legde om mijn hartstocht wat te kalmeren? Toen heb ik er iets van begrepen, wat echte liefde voor zaligheid met zich meebrengt als er eenheid van ziel is. Heb je verteld wat een heerlijke momenten we beleefden op de bank in de huiskamer van Ransdorp, hoe we daar dicht tegen elkaar aan lagen onder de warme deken? Het Hooglied van Salomo *ben ik nu nog beter gaan begrijpen. Gelijk een lelie onder de doornen, zo ben jij* Roos van Bremen *onder de dochteren! Zie, gij zijt schoon mijn vriendin. Uw ogen zijn als duivenogen.*

Gerhard schrijft dat hij helemaal hoteldebotel van het echt-kinderlijke in haar is, het echt-moederlijke, het *Ewig-Weibliche*. Af en toe gaat hij naar de logeerkamer en ziet haar *meisjesachtige maar ook zo vrouwelijk gezichtje* weer voor zich en herinnert zich hoe hij haar een nachtkus kwam geven. Juffrouw Lancée vertrouwde hen volledig. Wat? Het staat er écht. Wat een sukkel. Hij gelooft werkelijk dat dat mens het goed met hen voorheeft.

Gerhard heeft geschreven naar het oudedameshuis in Friesland of er plek is voor zijn huishoudster en anders is er misschien de mogelijkheid dat ze in Utrecht terecht kan in een pension in ruil voor hulp. Rose bidt dat een van beide gaat lukken.

Intussen worden er op de familiebijeenkomsten steeds zorgwekkender verhalen uitgewisseld. Op Wangeroog spreekt men over 'dat Jodenhotel' Villa Rosa. Rose is verontwaardigd dat haar oom en tante niet beter worden beschermd door hun vrienden. Ze dachten dat ze deel uitmaakten van een hechte kring mensen op wie ze konden bouwen maar dat blijkt niet zo te zijn. Tante Mathilde vertelt dat haar man, oom Nathaniël, is uitgescholden door zijn zoon Heinrich: hoe had hij het in zijn hoofd gehaald om meteen na de dood van moeder met een Jodin te trouwen? Heinrich heeft intussen een belangrijke functie bij de paramilitaire SS en paradeert rond in een zwart uniform. Nichtje Rose II vertelt over haar vrienden, medestudenten aan de universiteit van Keulen, die vanwege hun communistische sympathieën in elkaar zijn geslagen. De nazi's zijn hondsbrutaal, vertelt Rose II. Ondanks het verbod van burgemeester Adenauer hingen er hakenkruisvlaggen op de Rijnbruggen.

Alleen in algemene bewoordingen schrijft Rose over de stemming in het land. *Inderdaad, de* National-Sozialisten *bij ons in* Duitsland *zijn verschrikkelijk en voor het grootste deel zijn het mensen die de oorlog hebben meegemaakt. Men zou van hen verwachten dat ze geleerd hebben dat men met geweld niks bereikt. Velen spreken hier al over burgeroorlog, maar dat hou ik voor* loses Gerede. *Aan de andere kant, wanneer je aan de onafzienbare menigte werklozen denkt, mensen die willen werken om hun familie te voeden maar geen kans krijgen, dan moet het ons eigenlijk niet verbazen dat ze hun kop verliezen en met de vuist willen veroveren wat ze niet kunnen krijgen. Daarbij hebben ze te veel tijd om over hun lot na te denken.* Thomas Mann *heeft een redevoering gehouden waarin hij waarschuwt tegen het nationaalsocialisme. Er waren felle protesten maar hij heeft zijn verhaal kunnen afmaken.*

De krantenknipsels die je af en toe stuurt lees ik met belangstelling. Ook Im Westen nichts neues *heb ik gelezen. Een goed idee van Han om dat boek verplicht te stellen op alle scholen. Het maakt de waanzin van de oorlog invoelbaarder dan betogen.* Westfront 18-Vier van de infanterie *zal ik ook lezen en de Nederlandse inleiding van Han zal ik proberen te ontcijferen.*

Gerhard schrijft over iets waarmee hij Rose eigenlijk niet wil lastigvallen, zijn geldzorgen.

In de laatste jaren was juffrouw Lancée ook geldelijk een grote steun. Zij heeft mij 4000 gulden geleend die ik geleidelijk met rente kan terugbetalen. Door haar zuinig beheer kon ik 2000 gulden afdoen aan een vriendin van haar die me ook geld heeft geleend. Daarom kan ik haar niet op straat zetten. In de allermoeilijkste tijd, toen ik kousen, stofzuigers en thee verkocht om mijn studie te kunnen voortzetten, hebben ze me thuis nooit met een cent geholpen.

Rose is verrast door de hoogte van zijn schulden.

Ik vind het heel erg dat ik je niet kan helpen door een bedrag in te brengen. Ook iets wat ik aan mijn vader te danken heb. Laten we hopen dat je binnenkort beroepen wordt naar een grotere plaats en in elk geval zullen we zuinig leven. Maar natuurlijk moet je al je zorgen, ook deze, met me delen. We leven straks met elkaar in vreugde en verdriet. Dat laatste zal ons niet bespaard blijven. Ook voor mij begint een totaal nieuw leven, meer nog dan voor jou. Voor mij is alles anders, het leven, de taal, de omgeving, de mensen, alles. Maar ik zal me snel thuisvoelen, ik heb toch een glanzend aanpassingsvermogen?

Er mag geen geld meer meegenomen worden over de grens, daarom zal Rose het geld dat ze gespaard heeft en cadeau gekregen voor hun aanstaande huwelijk, in Bremen uitgeven aan serviezen en andere dingen voor het huis.

Hoe gepassioneerd en teder Gerhards brieven ook zijn, toch wordt haar vreugde telkens weer verstoord. De huishoudster kan niet terecht in het oudedameshuis en ook Utrecht gaat niet door.

Lieve goede Gerhard ik begrijp je, je wilt het iedereen naar de zin maken. Eerlijk gezegd vind ik het wat al te edelmoedig dat je je studeerkamer, waar je je zo prettig voelt met het uitzicht op de tuin en waar je zulk belangrijk werk doet, wilt afstaan aan je huishoudster.

Op Roses aandringen open te zijn over alles had Gerhard haar geschreven dat juffrouw Lancée haar een lief meisje vond maar zich afvroeg of het verschil in stand geen problemen zou opleveren. Gerhard moest beseffen dat hij uit een oude deftige familie stamt.

Lancée had het bijvoorbeeld niet deftig gevonden dat Rose een tak had geplukt uit de tuin en die op tafel had gezet. Bovendien had Rose beweerd dat Gerhard iets heeft van een kind. Dat gaf toch geen pas? Ook heeft ze haar zorg uitgesproken over het feit dat Rose geen vader had en misschien wel het kind was van een vrouw van lichte zeden. Ze had dit allemaal gezegd 'uit liefde'. De kleren van Rose vond ze te frivool voor een aanstaande domineesvrouw en Rose leek haar wat verwend omdat ze meteen om een kruik had gevraagd.

Natuurlijk had hij zijn bruid fel verdedigd en deze waanideeën uit haar hoofd gepraat.

Dat moest er nog bij komen.

Op 5 mei schrijft Rose haar aanstaande een lange brief:

Lieve Gerhard, ik vraag je niks meer over deze vermoeiende zaak te schrijven. Nu weet ik dat juffrouw Lancée blijft. Ik zal mijn best doen met die gedachte te leven.

Je kunt niet van mij verlangen dat ik haar op de bruiloft uitnodig. Dat kan ik niet en ik zou het niet aan mijn moeder durven vertellen. Wrijving met haar zou onvermijdelijk zijn. Als juffrouw Lancée dit aan jou heeft voorgesteld, is het vooral om zich er persoonlijk van te overtuigen hoe groot de mesalliance is die je begaat.

Onze moeders mogen best laten weten wat ze vinden. Het enige wat ze willen is ons geluk. Mijn moeder heeft me gezegd dat de latere herinneringen aan de eerste huwelijkstijd de mooiste zijn. Daarom verdraagt ze niet dat die tijd verstoord wordt.

Het is nu al zo dat mijn moeder vraagt wanneer er een brief van jou komt: 'Zo en wat schrijft Gerhard over de juffrouw?' Ik kan het ontkennen maar ze ziet het aan mijn gezicht. Dan draait ze voor straf je foto om.

Denk je dat het makkelijk is voor mijn moeder mij weg te laten gaan nadat ze al zoveel heeft moeten loslaten en veel meer heeft doorgemaakt dan juffrouw Lancée? Mijn moeder houdt evenveel van me als jij van me houdt alleen op een andere manier. Maar ze zal met geen woord zeggen dat het afscheid haar zwaar valt. Nu is voor mij de zaak klaar. Ik schrijf er niks meer over. Floreert je tuin? Is het jonge poesje er nog als ik kom?

Gerhard weet zeker dat het allemaal goedkomt.

Liebe Rose, denk met onvermengde vreugde aan ons geluk. Juffrouw Lancée is je heel dankbaar dat ze nog even bij ons mag blijven wonen. Ze is druk bezig het huis voor ons in orde te maken en ze heeft me ook geholpen bij het kopen van een koffer, nieuw ondergoed en zijden pyjama's voor op reis.

Rose hoopt dat het zo gaat als Gerhard het zich voorstelt. *Je kunt best haar groeten beantwoorden. Dat doe je toch, ook al bestel ik ze niet. Zo ken ik je toch?*

Vandaag kreeg ik mijn getuigschrift opgestuurd van Überlandwerk Nord-Hannover. Ik ben gaan zitten en heb gelachen. Mijn chef is helemaal vergeten dat we oorlog hebben gevoerd. Moeder plaagde dat ze nog nooit gemerkt had dat ik tüchtig was.

Gerhard schrijft hoe hij uitkijkt naar het huwelijk, *de eerste nacht, de reis, Heidelberg, de kasteeltrap waar ik je voor het eerst zag.*

Als we er nog maar in kunnen, schrijft Rose. In het slot was een grote nazibijeenkomst gehouden die werd opgeluisterd met kanonschoten en vuurwerk, waardoor het leek of het in lichterlaaie stond.

Rose verheugt zich onmetelijk op hun bruiloft. *En soms is de vreugde ook gemengd met weemoed, vanwege mijn moeder. Wat moet het moeilijk zijn voor een jong meisje dat niet zo zielsveel van haar man houdt als ik doe.*

11

Bremen, 14 juli 1931

Op 13 juli 1931 is Duitsland failliet. De banken gaan dicht en worden door radeloze mensen bestormd.

De volgende dag, 14 juli, staat de deur van de Kornstraße wagenwijd open. Gerhard is er al vroeg, in zijn door oom Nathaniël gemaakte kostuum, de hoge hoed uit Amsterdam op zijn hoofd, het bruidsboeket in zijn hand. Rose is *pünktlich* als altijd en komt gehuld in een crèmekleurige jurk tot halverwege de kuit, kanten handschoenen en een hoedje in dezelfde kleur op het opgestoken haar, tevoorschijn uit haar kamer. Gerhard loopt met uitgespreide armen naar haar toe, kust haar en geeft haar het boeket van witte rozen en lelietjes-van-dalen.

Er rijdt een donkerrode Mercedes voor, die broer Hans heeft geregeld en die hij met linten en bloemen heeft versierd. De auto brengt hen, samen met haar moeder en de getuigen Han en Hans naar het stadhuis, waar een schare vrienden, vriendinnen en familie hen staat op te wachten; de collega's van kantoor, ooms en tantes uit Keulen, Delmenhorst en Wangeroog, Willem die vandaag een paar vormt met Rose II.

Nadat ze in de raadszaal hun handtekeningen hebben gezet en een opwekkend toespraakje hebben aangehoord, brengt de auto hen naar het Nederlandse consulaat, waar ze worden verwelkomd door Roses taallerares.

Voor het eerst ondertekent Rose met haar nieuwe achternaam. Daarna rijden ze weer naar de Kornstraße voor een snelle lunch. Rose trekt zich terug om zich, bijgestaan door haar moeder, in haar bruidsjurk te hullen.

Gerhards gezicht licht op wanneer de deur opengaat en zijn bruid op de drempel verschijnt. Even blijft hij bewegingloos naar haar kijken, dan buigt hij. Volmaakt valt de dunne witte stof om haar slanke lichaam. Ingetogen en stijlvol is de jurk, zoals Rose wenste. Moeder Gretchen had al haar kundigheid en smaak kunnen uitleven op deze creatie.

De sluier en de mirtenkrans zijn overhandigd aan Rose II en Herta die even later samen met Hans en Willem als *Brautsbegleiter* met het bruidspaar in de auto stappen.

Het orgel speelt de sublieme melodie, de zangeres zingt met een stem die doorklinkt tot in de verste uithoeken van de reusachtige kerk en van Roses ziel.

Bist du bei mir geh Ich mit Freuden.

Zonlicht valt door de hoge glas-in-loodramen en strooit kleuren rond over het gangpad, de machtige zuilen en over de mensen.

Zum Sterben und zu meiner Ruh.

Op de hoeken van de houten banken prijken bloemen, evenals op het spreekgestoelte.

Pastor Groscurth loopt langzaam voor hen uit, Roses hand rust op de hand van Gerhard.

Ach, wie vergnügt wär so mein Ende,
Es drückten deine schönen Hände
Mir die getreuen Augen zu.

Rose is zich ervan bewust dat dit een van de meest grootse momenten van haar leven is en juist door de gedachte aan de dood ervaart ze de diepte van haar liefde.

Het is of de muziek haar draagt door die grandioze kerk waar een plechtige glans ligt over al die mensen uit hun leven: Else, die getuige was van hun ontmoeting, haar moeder, haar tantes, haar collega's, haar nichtje Rose II met wie ze speelde als kind, haar nieuwe broers Han en Wim. Alleen haar vader is er niet. Even ziet ze voor zich hoe ze met hem danste op Wangeroog en hij zei: 'Ik hoop dat je een goede man vindt.'

Het bruidspaar, Rose en Gerhard

Dominee Groscurth heet de mensen en in het bijzonder de familie uit Nederland welkom. Hij vertelt over de eerste kennismaking met Rose, hoe ernstig en toegewijd ze was en dat bleef tot aan vandaag.

Ze worden uitgenodigd naar voren te komen. De *Brautsführerparen* staan aan weerskanten. Rose II drapeert de sluier over het hoofd van de bruid waarna Herta daar de mirtenkrans op drukt. De geur herinnert Rose aan het Loofhuttenfeest.

Dominee Groscurth spreekt over de Heidelberger kasteeltrap, die ene blik die leven en lot veranderde, de veel te vroege scheiding, de duizenden brieven. Hij spreekt met dezelfde rust en eenvoud die Rose zo trof bij de eerste ontmoeting.

'Het zal onvermijdelijk zijn dat in uw leven ook wensen en hoop onvervuld blijven, dan moet het de liefde zijn die u over de teleurstelling heen helpt.'

Hij leest de Bijbeltekst die Rose heeft uitgekozen: Ruth 1:16-17. 'Zo sprak Ruth tegen Naomi: "Vraag me toch niet langer u te verlaten en terug te gaan, weg van u. Waar u gaat, zal ik gaan, waar u slaapt, zal ik slapen; uw volk is mijn volk en uw God is mijn God. Waar u sterft, zal ook ik sterven, en daar zal ik begraven worden. De HEER is mijn getuige: alleen de dood zal mij van u scheiden!"'

Gerhard kust Roses hand, en dan haar lippen.

Op 14 juli, twee jaar geleden, zaten Rose en Gerhard samen in die wei en op het bankje bij de Filosofenweg, nu zitten ze aan een lange met kant gedekte tafel met in het midden een guirlande van witte rozen en groen blad.

Moeder Gretchen neemt het woord en vraagt of haar zonen het maal willen zegenen.

Na de gezongen zegening door Hans leest Gerhard psalm 103, *Loof de Heere, mijn ziel, en vergeet niet een van zijn weldaden.*

Er wordt geklonken en zelfs Gerhard nipt van de sekt, ondanks zijn blauwe knoop. Telkens weer worden er gelukwensen uitgesproken, glazen tegen elkaar getikt en telkens drukt Gerhard een kus op Roses wang, haar hand, neus, lippen.

De wijn van neef Harry is voortreffelijk, complimenteert wijnkenner Willem die het glas van Rose II gestadig bijvult. Er worden redevoeringen gehouden, oom Rudolf, de vader van Rose II, draagt een gedicht voor waarin hij beschrijft hoe niet alleen Rose rondzwierf bij de Neckar en die vreemdeling, maar ook iemand die geen vakantie had en zijn werk deed met pijl en boog.

'Wat is dat?'

Iedereen is stil en luistert. Er klinkt muziek die steeds luider wordt. De deur zwaait open en drie jonge mannen in smoking komen al spelend op trompet, trombone en viool de kamer in. Vrienden van Hans. Het gezelschap slaakt kreten, klapt in de handen, lacht.

'Dansen! Het bruidspaar!'

Gerhard is nog meer overvallen dan Rose, want hij is niet met dansen opgevoed. Roses jurk is te lang voor de charleston maar wanneer de musici een langzamer melodieus nummer inzetten, trekt Rose Gerhard mee.

'Ik kan het niet,' sputtert hij tegen.

'Laat je leiden door mij, het gaat vanzelf.'

Gerhard heeft gevoel voor ritme en dicht tegen elkaar aan deinen ze mee met de muziek.

Iedereen klapt.

Hans danst met Herta, oom Nathaniël met tante Mathilde en Wim, de meest wereldse van de Hugenholtz-broers, danst zeer ervaren met Rose II. Han kijkt toe en Loempi heeft de tijd van zijn leven.

Laat in de avond worden ze uitgezwaaid. De rode Mercedes brengt hen naar hun hotel vlak bij het station, waar ze eindelijk na twee lange jaren aftasten en verlangen elkaar in de armen vallen.

Kort voor hun trouwdag had Rose geschreven aan Gerhard:

Hoe snel is de tijd die onafzienbaar leek voorbij gevlogen. Maar er zal ook een tijd komen waarin we de uren willen vasthouden maar dan tikt de klok net zo vlug verder als vandaag, onbarmhartig. Laten we daarom niet alleen nu maar ook later het leven zo mooi mogelijk voor elkaar maken. Helaas ligt dat niet alleen aan onze goede wil.

De volgende ochtend, na het ontwaken in elkaars armen, de vele kussen, na het bruidsontbijt op hun kamer, met champagne, zalm en rode rozen, wandelen ze als man en vrouw naar het station en stappen in de trein. Nog nooit heeft haar bloed zo warm en gloedvol door haar lijf gestroomd. Heilig en heerlijk was het de laatste barrières te laten vallen en zich volledig aan Gerhard uit te leveren. Regels uit het Hooglied hadden ze gefluisterd, soms ernstig, soms lachend. *Je lippen druipen van vloeibare mirre. Als duiven je ogen. Je borsten tweelingen van een ree. Je bent een appelboom tussen de bomen van het bos.* Toen Rose wakker werd had ze zich diep gelukkig gevoeld. Ze had hem op zijn slapende ogen gekust, haar man, haar minnaar.

Wanneer de trein zich in beweging zet, zucht ze even. Vrijheid, een nieuwe toekomst tegemoet. Gerhard had geen spanningen gekend want de verantwoordelijkheid voor de bruiloft en alles eromheen lag bij Rose en Gerhard wist zeker dat alles vlekkeloos zou verlopen. Rose wilde niet alleen zijn verwachtingen nog overtreffen, maar ook op haar schoonfamilie een zo goed mogelijke indruk maken.

De bergen groeien, de lucht wordt blauwer, ze kussen, fluisteren, praten na over de dag en over hoe goddelijk het was uiteindelijk in elkaars armen te belanden.

Na een paar uur komen ze aan in Hildesheim waar Harry, een van haar zes neven van Wangeroog, op hen staat te wachten samen met zijn vrouw Rosie. Ze rijden hen rond door het stadje met de vele vakwerkhuizen en hebben een feestmaal aangericht bij hen thuis, waar zoontje Kurt en dochtertje Miriam het bruidspaar eren met een lied. 's Middags maken ze een tocht door de bergen, de bossen en langs de bruisende beken van de Harz waar ze reeën tegenkomen.

Af en toe gaat het even over de crisis, over de dood van hun oom Nathan, veroorzaakt door de spanningen. Ook hier zijn spanningen: de NSDAP is explosief gegroeid, er is veel werkloosheid en steeds meer mensen grijpen in wanhoop naar de fles. De banken zijn nog gesloten uit angst voor bestormingen.

'Verstandig dat jullie in Nederland gaan wonen.'

Zíj denken er ook over om weg te gaan, net als Harry's ouders op Wangeroog.

Gerhard wil weten waarom precies.

'Vanwege getreiter, wat oom Nathan fataal is geworden.'

'Harry beheerst zich niet wanneer hem of iemand anders onrecht wordt gedaan,' zegt Rosie. 'Dat is tegenwoordig levensgevaarlijk. Voor het minste of geringste pakken ze je op.'

'Of trappen ze je dood,' preciseert Harry. 'Maar niet alleen dat, ook financieel gaat het slecht. Wijn is een luxeartikel en daar bezuinigen mensen het eerste op. Van de wanhopigen die af en toe met wat bedelgeld slobberwijn of het simpelste bier halen kun je niet leven. Bovendien is het deprimerend want wijn moet vreugde brengen en is niet bedoeld als verdovend middel.'

Hij zou een nieuwe Villa Rosa willen stichten in Palestina. 'Daar zal ik jullie ontvangen.'

Rose en Gerhard blijven nog enkele dagen in de Harz en reizen dan door naar Heidelberg. Dicht tegen elkaar aan zittend rijden ze het station binnen. Ze gaan op bedevaart naar die plek, de trap naar het slot.

In de winkel waar Gerhard het hart kocht van chocola, kopen ze er nu samen een en voeren elkaar stukjes op het bankje aan de Filosofenweg waar Rose wederom Hölderlin citeert. Ze stappen op de vuurspuwende Neckardampfer en strijken neer in de wei bij Neckarsteinach waar ze languit in het gras gaan liggen en elkaar kussen.

Op het station van Keulen staat moeder Gretchen hen op te wachten. Ze zal met hen meereizen naar Ransdorp, maar eerst blijven ze een paar dagen in Keulen. Rose heeft een hotel geregeld niet ver van het huis van haar oom en tantes waar haar moeder logeert. Met de tram voert Gretchen hen eerst naar haar twee zussen. Hanna, de moeder van Rose II, heeft zich laten dopen voor haar man; Lea, die sinds ze weduwe is bij haar zuster woont, is Joods gebleven. 'We vieren dus sabbat en zondag.'

Nicht Rose II vertelt dat ze zich uitstekend had vermaakt met Willem. Na hun uitstapje naar Helgoland was hij met haar mee gereisd naar Keulen waar hij een zakelijke afspraak had. Rose hoopte stilletjes dat het wat zou worden, maar Gerhard zegt dat dat beter is van niet omdat Willem met vrouwen niet erg standvastig is.

Vol trots laat Rose haar geboortestad Keulen zien. Een groter contrast met haar nieuwe woonplaats is niet denkbaar. Ze lopen door de bekende winkelstraten, maar veel zaken waar Rose weleens kwam zijn gesloten of houden 'Totale uitverkoop'. Er staan groepjes mannen op de stoep met een bord op buik en rug waarop geschreven is: 'Ik zoek werk. Wat ook maar.'

Roses blik valt op een aanplakbiljet, een uitnodiging voor een bijeenkomst van de NSDAP. 'Joden niet toegelaten.' Dat dat er gewoon

De Rijn in Keulen

kan blijven hangen. Als Gerhard het ziet roept hij: 'Wat een schande,' en hij wil het papier van de muur rukken. 'Niet doen,' zegt Rose, die weet hoe de nazi's erop los kunnen slaan, en ze trekt hem mee.

Ze wandelen langs de Rijn met de reusachtige bruggen, bezoeken de Dom waar meer dan zeshonderd jaar aan is gebouwd, het Wallraf-Richartz-Museum waar Rose Gerhard meeneemt naar werken van haar favoriete schilders: de vriend van Luther, Lucas Cranach, maar ook naar Rembrandt, Van Gogh, James Ensor, Munch. Ze toont hem haar school en voor het eerst na jaren gaat ze terug naar de Teutoburger Straße om Gerhard haar geboortehuis te laten zien.

'Wordt het niet eens tijd dat ik kennismaak met je vader?' oppert Gerhard wanneer ze samen staan te kijken naar het hoge hoekhuis met de gebeeldhouwde gevel.

'Nu niet,' kapt ze resoluut af.

12

Ransdorp, 1931

De kisten en koffers uit Bremen, voorzien van heel veel stempels, wachten hen op in de hal van de pastorie. Moeder Gretchen vindt het huis *gemütlich*. De tuin is groter dan ze dacht en het dorp kleiner.

'Je zult hier niet gauw verdwalen,' plaagt ze.

De Bremer serviezen worden in de kast gezet, de bedlampjes bevestigd boven het ledikant en de kuipstoel met het door haar moeder gemaakte kussen vindt een plek tegenover de stoel van Gerhard, bij de haard.

Moeder Gretchen en Rose dekken de tafel met zorg, vouwen de servetten in de zilveren ringen, zetten een vaas met bloemen neer, bereiden gerechten die Gerhard nog nooit gegeten heeft, aardappelsoep met prei en bieslook, kippensoep met matzeballen, moten karper in gelei.

'Het lijkt wel elke dag zondag,' zegt Gerhard.

De ontvangst in de pastorie voor gemeenteleden en vrienden is een waar feest. Rose en haar moeder, die taarten en koekjes hebben gebakken, onderhouden zich met de gasten. Wanneer een enkeling informeert naar de toestand in Duitsland wordt de toon ernstiger. Ze vertellen over de werkloosheid die tot vijf miljoen is gestegen en de extremistische NSDAP.

De deur naar de voormalige studeerkamer is op slot want dat is nu het domein van juffrouw Lancée, die de komende drie weken met een zus in een pension op de hei verblijft. Het huishouden loopt op rolletjes, wat duidelijk maakt dat juffrouw Lancée niet meer nodig is.

Ook niet voor het leiden van de meisjesvereniging, want dat wil Rose doen. De taal blijft nog een probleem maar ze studeert verwoed. Gerhard schrijft het gebed voor haar uit, dat ze samen oefenen. Ze praten over het Bijbelverhaal dat ze die week behandelen. De meisjes komen haar ophalen in de pastorie. In plaats van met haar vriendinnen door de straten van Bremen te flaneren, theaters en concertzalen te bezoeken, cocktails te drinken in cafés, loopt Rose nu door dit kleine dorp met een schare meisjes waarvan de meeste klompen dragen. In plaats van jazz en charleston klinkt nu dit geklos.

Rose vertelt dat ze uit Duitsland komt, dat ze zo snel mogelijk goed Nederlands wil spreken en dat de meisjes allemaal haar lerares zijn. Zij zal hen speciale handwerken leren en de volgende keer zal ze vertellen over de trouwerij, foto's laten zien en de ingelijste trouwtekst.

Wanneer ze later praten over die passage uit Ruth, *'uw volk is mijn volk'*, en Rose uitlegt dat het eigenlijk andersom bedoeld was, voor iemand die Joods werd, merkt een van de meisjes op: 'U bent ook Joods hè?'

Rose is even stil en vraagt dan: 'Hoe kom je daarbij?'

'Dat zei juffrouw Lancée.'

'Ja, ik ben Joods, maar ook christen net als jullie.'

Ransdorp

Ze doet verslag aan Gerhard en wijst hem er nogmaals op dat hij niet alles aan zijn huishoudster hoeft door te brieven.

'Maar er is toch niks verkeerd aan dat je Joods bent? Of was?'

Ze zwijgt, misschien moet ze hem toch inlichten over de ellende die haar familie en vele anderen overkomt.

Rose vergezelt Gerhard naar zijn preekbeurten in andere dorpen, met de fiets, stoomtram of boot. Ook in die gemeentes wordt ze hartelijk onthaald.

Na drie weken staat juffrouw Lancée op de stoep. Gretchen en zij kijken elkaar aan alsof ze een boksring betreden. De donkerbruine ogen van haar moeder die zoveel warmte en humor kunnen uitstralen, kijken kalm in het kille blauw van de voormalige huishoudster die een beetje geïntimideerd lijkt.

Juffrouw Lancée prevelt vriendelijke woorden maar het is duidelijk dat ze die niet meent. Rose ziet hoe haar blik even later keurend over de kleren van haar moeder gaat, door het huis, door de keuken. Vanzelfsprekend eet ze mee maar wanneer ze wil helpen met het bereiden van de maaltijd maakt Rose duidelijk dat dat niet hoeft. Koken doet zij, samen met Gretchen.

Iets aardigs over de gerechten krijgt ze niet over haar lippen, alleen soms dat ze ze vreemd vindt. Ze haalt de griesmeelballetjes uit de kippensoep en wanneer ze op zondag een keer *gefillte fisch* eten, verklaart ze met een vies gezicht dat dat niks voor haar is. Intussen ziet Rose hoe haar blik naar de niet-gevouwen handen van haar moeder gaat. Rose vraagt hoe het met haar zusters is. Ze geeft kort antwoord en begint dan tegen Gerhard over mensen die ze gesproken heeft, over een zieke, dorpsgenoten die gaan trouwen. Namen die Rose soms herkent maar meestal niet.

Ze kan de gedachten van haar zwijgende moeder raden. Op haar gezicht tekent zich een mengeling af van ironie, ergernis en bezorgdheid. Gerhard houdt zijn antwoorden bondig en richt zich telkens weer in het Duits tot hen, waarna juffrouw Lancée zuinigjes zwijgt en zodra ze de kans krijgt opnieuw het woord grijpt.

Rose ergert zich aan Gerhard omdat hij geen grenzen stelt. Als ze 's avonds zoals altijd in elkaars armen liggen, zegt ze dat het zo niet gaat.

Gerhard begrijpt het. 'Ik heb me ook kwaad gemaakt.'

'Werkelijk?'

'Ze had het over gettovoedsel.'

'Hoe kun je denken dat het eigenlijk een lieve vrouw is! Voor jou ja. Maar kijk hoe ze mijn moeder en mij behandelt.'

Wanneer Gretchen een paar weken later naar Bremen vertrekt, drukt ze Gerhard op het hart dat de huishoudster zo snel mogelijk weg moet.

Het kost Rose moeite zich goed te houden wanneer ze op het station van Amsterdam afscheid neemt van haar moeder.

Rose zet bloemen op een tafeltje in de hal en schikt ze nog een beetje. In de spiegel ziet ze dat juffrouw Lancée de woonkamer uit komt en haar tong naar haar uitsteekt. Rose verstart, dan draait ze zich om en kijkt juffrouw Lancée recht aan.

'Dag mevrouw, wat een mooie bloemen,' prevelt de huishoudster en ze maakt zich uit de voeten.

Dikwijls is juffrouw Lancée te vinden bij Gerhard in de tot studeerkamer omgebouwde zijkamer, 'om belangrijke dingen te bespreken'.

'En hoe verloopt de keuring?' vraagt Rose.

Ze begrijpt dat het lastig is voor Gerhard, die niet kan omgaan met conflicten. Hij heeft Rose beloofd niets voor haar geheim te houden en vertelt dat juffrouw Lancée gehoord had dat de mensen problemen hebben met haar gebrekkige Nederlands. Sommige ouders zijn bang dat hun dochters met een accent gaan praten. Ze vroegen zich ook af waarom de moeder van Rose niet naar de kerk ging.

'Je hebt rechtvaardigheid zo hoog in het vaandel. Zie je dan niet dat ze de hele gemeente tegen me wil ophitsen? Misschien moet ik een tijdje terug naar mijn moeder in afwachting van haar vertrek.'

Rose is zelf verrast door haar felle reactie maar ze kan niet anders.

Gerhard zou helemaal ellendig worden van verdriet, zegt hij, wanneer ze weg zou gaan. Hij zal er alles aan doen om zo snel mogelijk een oplossing te vinden.

Als juffrouw Lancée thuis is, neemt Rose af en toe de benen, weg uit de pastorie, bij die loerende blik vandaan, die tong die ze wel vaker zal uitsteken achter haar rug. Juffrouw Lancée had tegen Gerhard gezegd dat ze het ongepast vond dat mevrouw alleen op pad ging, maar Rose trekt zich er niks van aan. Ze loopt naar Schellingwoude om voor een dubbeltje de pont te nemen naar Amsterdam. Tijdens de overtocht waarbij ze uitkijkt over het water komt er een gevoel van bevrijding over haar en helemaal wanneer ze in het station van Amsterdam al die rails ziet die naar de grote wereld voeren.

Rose vindt het fijn om door de stad te lopen, het geratel van de tram te horen, de drukte om haar heen. Ze wandelt ook graag langs de stille grachten, blijft soms staan op een brug om te kijken naar het water en naar al die verschillende gevels. Soms gluurt ze naar binnen in de kamers met de hoge gebeeldhouwde plafonds en vindt het jammer dat Gerhards familie hier niet meer woont. Ze bekijkt etalages van kleding-, hoeden- en schoenenwinkels, neust bij De Slegte, op zoek naar een Duits boek, of ze bezoekt het Rijksmuseum waar ze altijd even langs Rembrandts *Joodse Bruidje* loopt. Telkens weer raakt haar de verstilling, de tedere verbondenheid.

Ook gaat ze weleens naar haar schoonmoeder om haar hart uit te storten. Dan stapt ze in Amsterdam op de trein naar Leiden waar ze de tram neemt naar Oegstgeest. Ze wordt altijd warm ontvangen en onthaald met koffie, door huishoudster Jans gebakken taart en een uitgebreid middagmaal.

'Gerhard moet nou eindelijk eens klare taal spreken,' vindt haar schoonmoeder. 'Hij is te goeiig. Dat heeft hij van zijn vader. Juffrouw Lancée heeft haar best gedaan Gerhard van mij los te trekken door hem tegen me op te stoken. Gode zij dank is dat niet gelukt en het is duidelijk dat ze nog steeds probeert jou weg te pesten.'

'Maar waarom? Is ze verliefd op hem?'

Haar schoonmoeder glimlacht. 'Dat niet. Ik denk niet dat Sjuut die gevoelens kent. Het gaat om haar positie. Nu heeft ze status.'

Ze vraagt hoe Ransdorp haar bevalt en of ze de stad niet mist.

'Af en toe wel maar Amsterdam is dichtbij.'

Haar schoonmoeder is geboren op de Herengracht, in het huis dat Rose heeft gezien. Voordat ze wiskunde zou gaan studeren wilde ze een reis maken door Nederland. Op de eerste dag in Utrecht kwam ze boven in de Domtoren Johannes tegen, die net zijn studie theologie had afgerond en de toren nog wilde beklimmen alvorens de volgende dag te vertrekken naar zijn eerste gemeente.

'Bijna net zo'n romantische ontmoeting als die van jullie in Heidelberg, maar toen ik even later domineesvrouw was in een klein dorpje, Kattendijke, heb ik me vaak opgesloten gevoeld, hoe groot de liefde voor mijn man ook was. Kom voor jezelf op. Hopelijk wordt Gerhard snel beroepen naar een grotere plaats.'

'Heeft juffrouw Lancée ook tegenover u kwaad over mij gesproken?'

Haar schoonmoeder kijkt haar ernstig aan en zegt dan: 'Ja, ze heeft zeer kwalijke dingen gezegd. Het spijt me lieve Rose dat we ons zelfs even ongerust hebben laten maken.'

'*Wieso* ongerust?'

'Ze vertelde dat je flirtte met de dokter in Ransdorp waar je logeerde en dat je de eerste nacht in de pastorie Gerhard probeerde te verleiden.'

'Werkelijk?! Het is nog erger dan ik dacht.'

'Ze suggereerde dat je een meisje van plezier was.'

'Er is een detective op bezoek geweest in Bremen.' Rose was niet van plan het te zeggen, maar het ontvalt haar.

Het lijkt of haar schoonmoeder schrikt.

'Juffrouw Lancée heeft de familie aangeraden iemand te sturen. Wim en Han vonden het onzin, ik wilde het ook niet. Gemma, die altijd snel bezorgd is over haar broers en vooral over Gerhard, heeft dat doorgedrukt.'

'Hopelijk is ze nu gerustgesteld,' zegt Rose koel.

Juffrouw Lancée is dus nog kwaadaardiger dan ze dacht. Het valt haar tegen van Gemma dat ze deze lage roddel serieus nam. Gerhard zei al dat zijn zuster het liefst wilde dat haar broers ongetrouwd bleven.

Wanneer Rose met Gerhard samen is hebben ze altijd iets om over te praten, over te lachen. Ze kan blijven kijken naar zijn fijnbesneden gezicht met die donkere, lieve ogen, de volle lippen. Zalig vindt ze het om in zijn armen te vallen en al die uitbundige woorden te horen, elke avond de beloofde duizend kussen te krijgen.

Rose schrijft tweemaal per week aan haar moeder, die altijd probeert om het zonnig te houden maar die nu tussen het opgewekte nieuws vertelt dat dat platvloerse mannetje Hitler in Delmenhorst had staan schreeuwen en veel bijval had gevonden. En Rose schrijft aan haar vriendinnen en aan haar nicht Rose II die haar uitvoerig terugschrijft over het leven in Keulen, de inspirerende avonden met studenten uit allerlei landen, de feesten, maar ook over de spanningen. Een vriend was tijdens het ophangen van aanplakbiljetten voor een bijeenkomst van de communistische partij door die bruinhemden zo in elkaar getrapt dat hij in het ziekenhuis was beland. Je zag ze steeds meer in de straten. Ze houden pathetische marsen met fakkels en vlaggen en roepen domme leuzen. 'Dood de leugens van communisme en kapitalisme!' 'Onze laatste hoop is Hitler!' Sukkels vindt ze het, die zich heel wat voelen in die pakjes. Goed dat haar nichten naar Nederland zijn verhuisd.

Wanneer juffrouw Lancée haar weer op haar zenuwen werkt, gaat Rose een dag naar Voorburg waar Rosette woont met Mozes Engelander, haar Nederlandse man, en haar zoontje. Rosette heeft niet het extraverte temperament van Rose II, ze is wat verlegen en gesloten. Haar rode haren worden in toom gehouden door een speld, zelf is ze losser geworden. Samen wandelen ze langs de zee terwijl ze herinneringen ophalen aan Wangeroog. Ze praten over ooms en tantes, over hun neven, over Rose II in Keulen. Het bevalt Rosette in Nederland, ze maken deel uit van een bloeiende Joodse gemeenschap, maar ze mist haar familie, haar dochter Sofia en haar overleden vader.

'Jij kunt nog naar je vader toe.'

'Dat kan juist niet.'

Als Rose thuiskomt en naar Gerhard toe gaat in de studeerkamer, ziet ze dat er een poot van een stoel is.

'Wat ist gebeurd?'

'Heb ik gedaan,' bekent Gerhard.

'Voor de kachel?' vraagt ze spottend.

'Uit boosheid. Ik heb de stoel tegen de tafel geslagen.'

Nu is Rose oprecht verbaasd. Ze heeft Gerhard nog nooit zijn zelfbeheersing zien verliezen.

'Juffrouw Lancée vertelde dat je was weggelopen.'

'Ach Liebste!'

'En dat dat het beste was.'

Ze kijkt zwijgend naar de stoelpoot die op tafel ligt.

'Nu gaan je ogen misschien open,' vervolgt ze streng. 'Je wilt het met iedereen goed houden maar helaas heeft niet iedereen het beste met ons voor. Soms moet je hard durven zijn of in elk geval paal en perk stellen. Het is te dol dat dat *Mensch* in jouw studeerkamer zit. We hadden het hier zo goed kunnen hebben.'

'Hebben we toch ook?'

'Het had nog beter gekund. Juffrouw Lancée schiet hier uiteindelijk ook niks mee op.'

13

Klaaswaal, 1931-1932

Half september zitten er hoorders in de kerk, uit Klaaswaal, een dorp onder de rook van Rotterdam. Ze komen luisteren of hij een geschikte dominee is voor hun gemeente, legt Gerhard Rose uit. Het is dan wel niet de stad in het centrum van het land waar ze op hoopten, Culemborg, Wijk bij Duurstede, of een plaats aan zee, maar wel een kans op bevrijding. Als Gerhard op 27 september wordt beroepen, wil Rose meteen gaan kijken.

Klaaswaal is een stuk groter dan Ransdorp, er wonen veel boeren en fruittelers. De pastorie ligt aan het kerkplein tussen het gemeentehuis en de kerk met hoge slanke toren. De kerk werd in de zestiende eeuw gebouwd als katholieke kerk, vertelt de in donker pak gestoken president-kerkvoogd die hen rondleidt, maar na de inneming van Den Briel werd deze streek protestant.

Het huis, dat stamt uit de achttiende eeuw en al heel lang dienstdoet als pastorie, ziet er hartelijk uit, met veel ramen en omgeven door struiken en bomen. Achter een smeedijzeren hek voert een pad tussen buxushagen door naar de voordeur. De entree bevalt Rose meteen. Twee bloemenvazen zijn in de matglazen klapdeuren geëtst die de hal scheiden van de lange gang. Het huis is ruim, heeft veel kamers, een royale keuken met ramen waar luiken voor zitten die Rose in gedachten helder blauw schildert, en een lichte serre.

De president-kerkvoogd gaat hun voor, door de veelkleurige bloementuin naar de moestuin met de boom waar zoete appels aan groeien.

'Dan gaan we inmaken,' zegt Gerhard die op deze zonnige dag gehuld is in het lichtgrijs, 'met het hele gezin zoals we vroeger thuis deden!' Rose ziet even bevreemding op het gezicht van de kerkvoogd, die dan ernstig de rondleiding vervolgt. Tot hun verrassing horen niet alleen alle bessenstruiken maar ook de vele pruimen-, appel- en perenbomen op het oude kerkhof bij de pastorie. Ze blijven staan bij de Vliet die langs de tuin stroomt. Aan de overkant ligt de eindeloosheid met daarin alleen ver weg het volgende dorp Westmaas. De majestueuze gebouwen van haar grote steden zal ze missen, maar hier kijkt ze uit op de voortdurend wisselende bouwsels van wolken en licht.

Rose snuift de geur op van gras, heesters, zoete appeltjes en een vleug kippenhok dat is overwoekerd door een wilde roos. Voor haar bestaat er geen twijfel. Ze is zwanger en ze wil haar kind ver uit de buurt van Lancée ter wereld brengen. Het traktement van Gerhard gaat omhoog, deze plek is goed, de tuin is een lusthof, het huis is groot genoeg voor kinderen en voor logés, met de tram ben je zo in de stoere stad Rotterdam en bij die wereldhaven.

Gerhard moet wennen aan de gedachte maar hij stemt ermee in omdat Rose het graag wil. Hij is zich ervan bewust dat het met juffrouw Lancée niet zo uit de hand gelopen was wanneer hij naar haar had geluisterd. Dan hadden ze in Ransdorp op hun gemak het ideale beroep kunnen afwachten. Nu is het de hoogste tijd voor een frisse start.

Juffrouw Lancée heeft zoveel kwaad gesproken over Rose dat de sfeer in Ransdorp is verziekt. Ze kletste rond dat het niks kon worden met een domineesvrouw die geen fatsoenlijk Nederlands spreekt, dat Roses vader al lang geleden weggelopen was, dat haar moeder niet alleen niet naar de kerk ging maar ook niet bad en dankte bij de maaltijden. Op vreemde momenten stak ze kaarsen aan. Rose had zich dan wel laten dopen maar in wezen bleef ze een Jodin die erg van opsmuk hield en te wufte kleren droeg. Hoe moest dat aflopen met de arme dominee die maar alles goed vond.

Nu Rose weet dat ze in januari verhuizen, houdt ze het nog wel uit. Juffrouw Lancée leeft intussen in haar eigen kamer, waar ze ook eet.

De pastorie in Klaaswaal

Ze loopt niet meer zomaar bij Gerhard binnen maar hij zoekt haar weleens op.

Net zo toegewijd als daarvoor leidt Rose de meisjesvereniging, studeert ze op het Nieuwe Testament, vergadert ze met haar comités, bezoekt ze zieken en leeft ze mee met Gerhard. Ze merkt dat er iets verandert in haar lichaam, of er een bouwplaats in haar buik is aangelegd. 's Middags in de tuin en later bij de haard haakt of breit ze babykleertjes. Tussendoor probeert ze ook altijd wat te lezen, al is het maar een enkel gedicht uit de bloemlezing *Dichtergrüsse*, met bijpassende prenten, die haar vader haar gaf toen ze vijftien werd. Soms leest ze er een voor aan Gerhard of laat hem een afbeelding zien van een oude burcht hoog in de Duitse bergen.

Als het kouder wordt in de pastorie hunkert Rose steeds sterker naar haar nieuwe huis met het grote fornuis in de keuken, de haarden in alle kamers beneden.

Kerst vieren ze bij Gerhards moeder in Oegstgeest, in het gezelschap van Gemma, Wim en Han met zijn gezin. Weer praat ze met Han over de toestand in Duitsland, waar hij goed van op de hoogte is en die hij zeer verontrustend vindt. Hij correspondeert met Albert Einstein, ook een pacifist, over wat ze internationaal kunnen ondernemen en zal hem bezoeken om een concreet stappenplan te maken.

Op tien januari gaat er weer een deur achter haar dicht, zoals in Keulen, Hamburg, Bremen. Voort trekt de karavaan, in de richting van een volgende wereldstad, Rotterdam. Het is goed dat ze halt houden in dat nabijgelegen dorp waar kinderen vredig kunnen opgroeien, maar dat er zo vlakbij oceaanstomers binnenlopen en uitvaren geeft Rose een gevoel van opwinding en ook van verbondenheid met haar familie.

Bij de intreedienst zit de kerk stampvol. Het is een sfeervolle kerk met een gewelfd houten plafond, houten banken met deurtjes. Door de gotische ramen valt veel licht binnen en aan weerskanten van de preekstoel is een glas-in-loodraam, waarin de zaaier en de maaier zijn uitgebeeld. Gerhard wordt bevestigd door een vriend die staat in Zuid-Beijerland, waar Gerhard is geboren. De dokter die erbij was ligt begraven op het kerkhof dat nu hun boomgaard is.

Rose zit op de plek van de domineesvrouw op de achterste rij voor de hoge bank van de kerkvoogden. De mannen zitten aan de linkerkant van het gangpad en de vrouwen aan de rechterkant zodat Rose uitkijkt over een zee van kanten mutsen. De mutsen zijn versierd met gouden krullen, die bij de welvarende dames nog zijn verrijkt met edelstenen. Het wonderlijkste vindt Rose dat sommige vrouwen op die muts een hoed hebben gezet, soms zelfs met veren. Zelf draagt ze ook kant, een donkergroene voile die van haar matelootje neerhangt tot halverwege haar neus. Dat zullen déze dames waarschijnlijk weer gek vinden.

Achter al dat wit ziet ze haar Gerhard in zijn zwarte toga die net als bij zijn intree in Ransdorp vertelt over de dienende rol die hij wil vervullen en dat hij daarom de tekst uit Lucas koos: 'Maar ik ben onder u als een die dient.'

Er wordt uit volle borst gezongen: 'Waar liefde woont gebiedt de Heer Zijn zegen', de tekst die in gouden letters op zwart fluweel aan de muur hangt in hun vestibule.

Ze vraagt zich af waarom het haar telkens weer raakt wanneer Gerhard aan het eind van de dienst zijn armen spreidt en de zegen uitspreekt. Misschien is het de geborgenheid die ze ervaart in dit vaderlijke gebaar en bij de God waarmee ze is opgegroeid.

Net als in Ransdorp gaat Rose de meisjesvereniging leiden, die hier Dorkas heet, naar een volgelinge van Jezus die bekendstond om haar gulheid en inzet voor arme mensen. De meisjes worden lid op hun veertiende en blijven dat tot ze trouwen. Naast de Bijbelstudie wil Rose de meisjes, van wie sommigen nooit buiten het dorp zijn geweest, ook cultuur bijbrengen. Ze laat hun boeken zien met schilderijen van Van Gogh, Vermeer en Jongkind, die zwaar depressief uit Parijs terugkwam en onderdak vond in de pastorie van Klaaswaal waar zijn zus toen domineesvrouw was. In die tijd maakte hij tekeningen en schilderijen van het dorp. Rose put uit haar eigen verzameling kunstboeken, catalogi en ansichtkaarten maar ze gaat ook naar de bibliotheek van Rotterdam. Ze heeft er plezier in de meisjes dingen te tonen die ze niet kennen, aan de hand van de impressionistische schilderijen van Jongkind te laten zien dat iedereen de wereld – ook hun eigen dorp – op een andere manier ervaart.

Rose ziet zichzelf weer in een nieuwe rol, breiend samen met de meisjes; sokken, truien voor de armen. Soms leest ze voor terwijl de meisjes handwerken, meestal streekromans. Ze is een soort moederfiguur en ze hoeft niet te twijfelen aan het nut van wat ze doet. Natuurlijk zou ze wel weer eens naar de schouwburg in Keulen willen, koffie willen drinken onder de Hamburger Alsterarkaden of dansen in Bremen, maar dat zit er voorlopig niet in.

Ook hier lijden veel mensen onder de crisis en zitten de armenbanken in de kerk steeds voller. Rose brengt bezoeken aan ouden van dagen, zieken, jarigen en kraamvrouwen. Intussen maakt ze het huis gezellig, richt een kinderkamer in en een paar logeerkamers. Ze oogst kool, rapen en pastinaken waar ze schotels van bereidt, bijgestaan door de dienstbode Lena, een spontane meid die een kamer heeft op zolder. Naast haar kamer ligt de badkamer met een zinken badkuip, waar Rose en Lena ketels gekookt water in leeggooien wanneer er gebaad moet worden.

De slaapkamer van Rose en Gerhard is ruim en kijkt uit op het kerkplein. Er staan glanzende eikenhouten meubels, twee grote bedden met nachtkastjes ernaast en lampjes. Op een commode zijn op witte gehaakte kleedjes een waskom uitgestald en een lampetkan die Lena elke ochtend vult met warm water, een bakje voor zeep en eentje voor kam en borstel. Daarnaast staat een flesje 4711 waarmee Rose zich blijft hullen in de geur van haar geboortestad. Rose slaapt aan de raamkant en Gerhard officieel in het andere bed, maar daar ligt hij nooit.

Haar moeder komt uit Bremen met geborduurde dekentjes voor de wieg en met veel energie om waar het maar kan te helpen.

28 april 1932 wordt na een voorspoedige bevalling 's morgens om tien minuten over vier een jongen geboren in aanwezigheid van de huisarts, de vroedvrouw en Gerhard die een fles champagne ontkurkt, gekregen van zijn broer Wim. Rose ligt moe maar zielsgelukkig in de kussens met haar zoontje in haar armen. Hij krijgt de naam van Gerhards vader, Johannes Bernardus Theodorus, en zal Hans worden genoemd, zodat het tevens een vernoeming is van Roses broer.

Rose voelt zich diep vervuld, evenals Gerhard die vanaf het allereerste begin van hun liefde al zei hoezeer hij zich verheugde op kinderen. Voortdurend loopt hij naar de wieg om naar hun zoontje te kijken, dat zeer energiek is en de donkerbruine ogen heeft van zijn vader en zijn beide grootmoeders. 'Ik hoop dat hij de familietraditie voortzet,' zegt Gerhard, 'en dominee wordt.'

Rose lacht hem uit: 'Laat hem voorlopig nog maar even met zijn rammelaar.' Ze zal er alles aan doen hem een gouden kindertijd te geven.

Er komt een stroom aan gelukwensen binnen waaronder een kaart uit Friesland van juffrouw Lancée. Gerhard leest voor.

Van harte gelukgewenst, lieve Gerhard met de geboorte van de stamhouder. Stijlvol dat je hem naar je vader hebt genoemd. Ik had niet anders van je verwacht. Ik bedacht me dat de beide grootmoeders niet in staat zijn je zoon de kerk binnen te dragen voor de doop. Voor je moeder zal dat te zwaar zijn met haar reumatiek en de andere grootmoeder is niet van ons geloof. Het zal een voorrecht zijn als ik dat kan doen. Mijn beste wensen ook voor Rose. Je immer toegenegen, Sjuut Lancée.

'Geen sprake van,' is Roses commentaar. 'Ze laat hem nog uit haar armen vallen.'

Gerhard lijkt aan te voelen dat hij juffrouw Lancée niet moet gaan verdedigen.

Gerhard doopt zijn zoon zoals hij zelf door zijn vader is gedoopt, waarbij Hansje de doopjurk draagt die sinds generaties in de familie is. De huishoudster Jans, die al bij de doop van Gerhard was, draagt de baby naar het doopvont. Gerhards moeder is in de kerk, moeder Gretchen bereidt thuis het feestmaal voor terwijl Rose liever had gehad dat ze meeging. Ook al gelooft haar moeder niet dat Jezus de zoon is van God, het samen bidden en zingen verbindt hen met elkaar en met iets groters, en net als in de synagoge word je eraan herinnerd dat leven heilig is.

Lena had aan Rose verteld dat er in het dorp werd geroddeld over haar moeder die tijdens de kerkdienst achter het raam zat te handwerken.

Hansje ligt in de schaduw van de jasmijn. Rose verheugt zich er telkens weer op haar zoontje uit de wieg te halen, hem onderzoekend rond te zien kijken en zijn minuscule handje om haar vingers te voelen. Door hun kind voelt Rose zich nog meer met Gerhard verbonden.

Ook uit Duitsland komen brieven en kaarten met gelukwensen waaronder een brief van haar vader, wat haar een schok bezorgt. Voor het eerst in jaren maakt ze hem open want het zal gaan over haar zoon. '*Liebe Rose*', leest ze in het zoveel verzorgdere handschrift dan dat van haar moeder. Nog steeds hoopt hij eens kennis te mogen maken met haar man en ook met zijn kleinzoon. Gerhard had erop aangedrongen dat ze haar vader een geboortekaart stuurde, wat ze uiteindelijk had gedaan. Zou hij nog weleens aan hen denken? Zou hij gelukkig zijn met die vrouw? Zou hij misschien zelf nieuwe kinderen... Met kracht verfrommelt ze de brief en gooit hem in het vuur van de oven.

Gretchen moet terug naar huis.

'We zullen je missen,' zegt Rose.

Haar moeder heeft haar werk in Bremen en ze wil Hans niet te lang alleen laten anders gaat hij maar aan de boemel.

Han is net terug uit Duitsland en komt half juli op verlate kraamvisite. Hij was in Caputh bij Berlijn waar hij Albert Einstein heeft bezocht.

'Er wordt hier onderschat hoe dreigend de situatie is. Het nazisme groeit razendsnel. De bruinhemden worden steeds actiever, zei Einstein, ook rond zijn huis. Rose, jij hebt het toch ook gemerkt?'

Rose knikt, haar zoontje in haar armen.

'Maar iedereen ziet toch de catastrofale gevolgen van de wereldoorlog,' zegt Gerhard.

'Ze willen revanche. Geweld wordt weer verheerlijkt.'

Net als zovelen wil Rose denken dat het wel zal meevallen.

'Alleen een groot en krachtig tegenoffensief kan dit keren.'

'Wat voor tegenoffensief?'

'We hebben een protocol opgesteld. We willen een vredescentrum oprichten, the International Peace House, liefst in Den Haag, waar vele vredesorganisaties hun vertegenwoordiging hebben. Met een internationale vredespersdienst. Er moet een raad worden gevormd van bekende mensen die achter de radicaal pacifistische beweging staan. We denken aan Ghandi, Thomas Mann en velen meer. Zoveel mogelijk landen moeten erbij betrokken worden. Einstein zal ook zijn Amerikaanse netwerk aanboren. Er moet geld bijeen worden gebracht voor campagnes, ondersteuning van organisaties, onder meer door de mogelijkheid aandelen te kopen. De wereld moet ervan doordrongen raken dat een mens het recht heeft zich te verzetten tegen de regering als die misdadige dingen van hun burgers eist. Dat ze dienst mogen weigeren, dat ze dienst móéten weigeren.'

Gerhard hoeft zijn aandacht niet te verdelen over verschillende gemeentes. Hij kan zich volledig wijden aan Klaaswaal, maar ook hier zit hij veel op de fiets; naar een ziekenhuis in Rotterdam of naar ver weg wonende zieken en bejaarden. Dan rijdt hij over de hoge dijken die het dorp moeten beschermen tegen het water, met bomen die allemaal één kant op buigen door de westenwind en waar zijn hoed telkens weer in een sloot waait. Hij gaat nooit weg zonder een gestreken witte zakdoek bij zich te steken om eventuele tranen van gemeenteleden te drogen.

Ook Rose zit regelmatig op de fiets, om het hoofd een doek tegen de wind die ze niet vastknoopt onder haar kin maar op haar hoofd, zodat het een soort tulband wordt. Haar voeten zoals altijd in schoenen met hakjes. Ze rijdt langs boomgaarden omringd door windsingels van populieren en door het zich aan weerskanten uitstrekkende voortdurend van kleur veranderende land. Stroken lila aardappelbloesem grenzen aan het groen van het suikerbietenloof, onverwacht afgewisseld met een diep donkere streep land waar is gerooid, de eindeloze altijd weer andere hemel erboven. Als het niet te hard waait of regent kan ze er intens van genieten en heeft ze het gevoel door een schilderij te fietsen, een oude meester of een modern doek met al die strakke vlakken. Wanneer er in de ochtend een laag nevel over de velden ligt is het of ze over de wolken rijdt.

Tijdens de bietenoogst in september moet ze uitkijken dat ze niet uitglijdt, want dan zijn de dijken en straten overdekt met een laag vette klei die van de volgeladen karren rolt.

14

Zomer 1933

Rose wordt wakker in haar kamer in Bremen. Zou er een brief zijn van Gerhard? Het zonlicht dat door de oranjerode gordijnen naar binnen valt creëert een warme gloed, net zoals vroeger. Even was ze verdwaald in de tijd. Gerhard ligt naast haar, zijn arm over haar buik. Ook Hansje slaapt nog, in een bedje naast het hunne. Hier ligt ze, met twee stil ademende geliefden in dezelfde kamer. De droom van destijds. In andere kamers onder hetzelfde dak slapen haar moeder en haar broer. Een maand lang zullen ze samenhuizen. Ze voelt zich rijk.

Maar dan denkt ze aan wat ze gisteren zagen, na hun aankomst met de trein, de in het bruin geklede mannen, de overal wapperende nazivlaggen. Sinds januari is Hitler Rijkskanselier, een maand later ging de Rijksdag in vlammen op. Omdat die zou zijn aangestoken door een Nederlandse communist heeft Hitler noodmaatregelen moeten treffen om volk en staat te beschermen tegen het communistische gevaar. Haar broer Hans, die nooit erg warmliep voor politiek en ook niet was geïnteresseerd in al die verhalen over de oorlog, had vol verontwaardiging verteld. Artikelen uit de grondwet zijn buiten werking gesteld, zoals het recht van vrijheid van meningsuiting, de persvrijheid, de vrijheid van telefonie en telegrafie. Huiszoekingen en inbeslagnames zijn nu toegestaan voor het goede doel van de veiligheid. Bij de verkiezingen voor de Rijksdag in maart behaalde de NSDAP een daverende overwinning, waarna Hitler meteen een wet heeft laten aannemen die zijn regering dictatoriale bevoegdheden geeft.

Niet alleen de Rijksdag is in de as gelegd, maar ook worden er in het hele land brandstapels opgericht voor boeken. In Bremen en Bremerhafen nog eerder dan in Berlijn. Vrienden van haar moeder hebben gezien hoe werken van Isaac Babel, Heinrich Mann, Max Brod, Erich Maria Remarque, Joseph Roth, Franz Werfel, Kurt Tucholsky, Else Lasker-Schüler en zovele anderen verkoolden onder triomfantelijk geschreeuw. Ook boeken over kunstenaars als Emil Nolde, Marc Chagall, Paul Gauguin, Wassily Kandinsky en Paul Klee hebben geen recht meer van bestaan. Sommige van die boeken stonden hier op de boekenplank maar nu zijn ze veilig in de pastorie van Klaaswaal.

Aan het ontbijt vraagt Rose, terwijl ze Hansje stukjes Bremer Klaben voert, zoet rozijnenbrood, wanneer haar moeder naar de boekwinkel moet waar ze twee dagen in de week werkt.

Het is even stil.

'Daar ga ik niet meer naartoe.'

'Waarom niet?' vraagt Rose. Haar moeder hield van haar werk.

'De crisis. Bezuiniging.'

'Vertel het maar zoals het is, Mutti,' zegt Hans, 'gewoon omdat je Joods bent.'

'De boekhandelaar had het er erg moeilijk mee.'

'Hij hoefde je toch niet te ontslaan?'

'Er bleven klanten weg.'

'Laat ze lekker wegblijven,' zegt Rose kwaad. '*Verrückt*.'

'*Wahnsinnig!*' roept Gerhard die tot Roses vreugde nu ook alleen in haar moedertaal spreekt. Ze vindt het fijn weer Duits te praten maar de onderwerpen zijn niet opwekkend.

Hansje begint te huilen omdat zijn moeder hem en zijn hapjes vergeten lijkt te zijn. Gerhard voert hem een volgend stukje zoete koek.

De deuren naar de tuin zijn open. Op het lichtblauwe tafelkleed staat een mand met harde Duitse broodjes en een Challah, een zoetig, zacht, gevlochten brood in de vorm van een vlecht dat ze meestal eten met sabbat. Marmelade, zelfgemaakte kwark, eieren, een grote kan koffie en thee.

'Maar wat valt er nog te verkopen? De goede boeken zijn verbrand,' zegt Hans. 'Zelfs op kinderboeken zie je kleuters in nazipakjes. Blond natuurlijk, blij, met geweertjes in de hand.'

Zo fel had ze haar broer nog nooit meegemaakt.

Meerdere jongedames die bij hun moeder handwerklessen volgden komen volgens hem niet meer. 'Om dezelfde reden.'

'Men is inderdaad wat eenkennig aan het worden,' reageert Gretchen luchtig.

'Wat erg! Mutti ga met ons mee naar Wangeroog.'

'Dat zal moeilijk worden. Voor jullie ook.'

Haar moeder wisselt een blik met Hans.

'Waarom?' vraagt ze geschrokken. 'Ik wilde het Gerhard eindelijk laten zien en Hansje.'

'Een paradijs, begreep ik,' zegt Gerhard.

'Zo paradijselijk is het niet meer,' antwoordt Gretchen.

'Er zijn plakkaten op Villa Rosa geplakt met *Judenhotel*,' vertelt Hans. 'De dochters van neef Richard, meisjes van tien en elf, zijn op straat aangevallen, ze zijn geslagen, uitgescholden.'

Rose is verbijsterd. Ze had zich er zo op verheugd Gerhard ook dat stuk van haar leven te laten zien, hun eiland, hun lustoord waar ze Hansje wilde laten kennismaken met de zee.

Gerhard windt zich vreselijk op. 'Doet de politie niks?'

'Integendeel,' antwoordt Hans.

Nu is het Gerhard die vergeet Hansje Klaben te voeren en er klinkt dan ook luid protest.

'Tante Röschen wil zo snel mogelijk weg,' vertelt Gretchen.

'Laat ze naar ons komen,' zegt Rose.

'Eerst dacht Röschen aan Amerika,' zegt haar moeder, 'aan zus Clara en Theo Goldschmidt. Maar ze spreken de taal niet en ze mogen niks meenemen, ook geen geld. Nu wil ze naar Palestina. Daar wonen al veel Duitse Joden.'

'Maar Onkel Moritz wil zich niet laten wegpesten,' zegt Hans, 'en alles wat ze in een leven hebben opgebouwd, huis, hotel, achterlaten. Hij wil zich ook niet laten wegjagen bij zijn familie en vrienden.'

'Mijn zus Röschen herhaalt telkens: "beter zonder huis, hotel en geld dan dood",' zegt Gretchen tegen Gerhard.

'Is het zo erg?' vraagt Rose ongelovig.

'Borkum adverteerde met de leus: "Het hele eiland Jodenvrij",' weet Hans. 'Het lijkt erop dat Wangeroog niet achter wil blijven.'

'Maar komen hun vrienden niet in opstand?' vraagt Rose weer. 'Ze zijn daar zo ingeburgerd.'

'Iedereen is bang,' zegt Hans.

'Laf kun je beter zeggen,' vindt Gerhard.

'Hun beste vrienden op Wangeroog adviseren hun ook om weg te gaan,' vertelt Hans. 'De zonen willen wel mee naar Palestina en daar iets nieuws opbouwen. Harry vertrekt al binnenkort omdat hij niet meer veilig is in Hildesheim.'

'Toen ze ons fêteerden tijdens de huwelijksreis, hadden ze het al over weggaan,' herinnert Gerhard zich.

'Nazi's hebben op de ruit van zijn wijnhandel gekwast: "Gevaar, Joodse winkel." Harry heeft een van die kerels een klap verkocht en is daarna zwaar gemolesteerd. Erwin is de enige van de zes broers die in Duitsland blijft. In Setterich zijn geen incidenten en bovendien zijn zijn schoonouders bij wie ze inwonen te oud voor zo'n verre reis.'

'Maar als het zo erg is moeten jullie ook weg,' dringt Rose aan.

'Er is plaats genoeg in de pastorie,' valt Gerhard haar bij.

Zo'n vaart loopt het niet in Bremen, stelt Gretchen gerust.

In Delmenhorst is het wel zorgelijk, vertelt Hans. Oom Nathaniël heeft ook zo'n waarschuwing op zijn kledingatelier gekregen en er was een davidsster op de muur gekalkt. De nazizoon uit het eerste huwelijk van Nathaniël heeft met zijn vader gebroken, de zoon van tante Mathilde, Julius, is naar Australië geëmigreerd en Wilhelms plannen om naar zijn vriend in Chili te vertrekken worden steeds concreter.

'Mathilde wil niet van weggaan horen,' zegt Gretchen. 'Ze voelt zich beschermd door haar in de Eerste Wereldoorlog verdiende IJzeren Kruis en door hun vele invloedrijke vrienden.'

'Daar kun je niet op rekenen,' reageert Rose. 'Ook Albert Einstein is weg terwijl hij invloedrijke vrienden heeft en erg van Duitsland houdt.' Dat had Han verteld, die hem afgelopen april heeft ontmoet in België. Einstein was net terug van gastcolleges in Amerika toen Hitler aan de macht kwam. Hij besloot niet naar Duitsland terug te gaan.

'"Duitsland is ziek," zei hij. Einstein is beschuldigd van hoogverraad. "Ik wist niet dat ik zo belangrijk was," reageerde hij. "Elke ochtend pak ik mijn neus vast om te controleren of ik het echt ben." Hij maakte grappen maar ook hij is ervan overtuigd dat je hier weg moet gaan.'

Han was bedrukt want Einstein kon na de laatste gebeurtenissen de oproep tot het weigeren van de wapens niet meer onderschrijven. Hij was niet in staat de mensen aan te sporen tot geweldloosheid tegen de nietsontziende nazi's. Han daarentegen blijft radicaal pacifist.

De zon die door de glas-in-loodramen valt strooit weer kleuren door de Liebfrauenkirche en uit het orgel klinken hemelse klanken.

Rose zit naast Gerhard in de kerk waar ze trouwden, onder het gehoor van Pastor Groscurth. Het doet Rose goed daar te zijn, in die schitterende kerk, de rustige warme stem te horen van de man die haar doopte, hen in de echt verbond, zijn handen op hun hoofd legde.

Hij is verrast hen na afloop van de dienst te zien, wil alles weten, luistert weer met die werkelijke aandacht die Rose destijds zo trof. Maar wanneer ze hem vragen over de toestand in Duitsland bekent hij dat die hem zeer somber stemt. 'De Kerk moet waarschuwen maar lang niet alle kerkleiders doen dat. De dominee van de lutherse kerk in Bremen heeft het Oude Testament geschrapt en bidt voor de Führer.'

'Er is helemaal geen reden tot zorg,' beweert Roses vriendin Lotte, die aan het eind van de middag langskomt voor *Kaffee mit Kuchen*. Ze is dikker geworden, ook in haar gezicht. Gretchen, die twee taarten heeft gebakken, is uit wandelen met Hansje en Loempi.

'De NSDAP laat een frisse wind waaien, Hitler is een geboren leider en dat is wat Duitsland nodig heeft.'

Rose luistert met stijgende verbazing en ziet dat hetzelfde gebeurt bij Gerhard en bij Hans.

'Dat gemodder van de laatste paar jaar. Moeilijke tijden eisen moeilijke ingrepen. Hitler komt uit het niets en kijk eens wat hij heeft bereikt. Als hij dat ook kan doen voor het land, dan is er hoop. Hitler is een man van de daad.'

'Een man van de misdaad,' corrigeert Hans.

Lotte trekt haar wenkbrauwen op en knijpt haar ogen tot spleetjes.

'Je hoeft alleen maar dat agressieve geschreeuw te horen.'

'Dat is geen agressie maar energie, passie. Hij wil Duitsland redden.'

Ook al die nieuwe wetten waren even nodig om orde op zaken te stellen.

'De boekverbrandingen ook? En is het ook nodig om Joden de toegang tot NSDAP-bijeenkomsten te ontzeggen?'

'Dat is misschien wat overdreven, al is het natuurlijk wel zo dat het meestal andersom was en de Joden vrijwel overal haantje-de-voorste zijn.'

Rose kan het niet langer aanhoren, weet dat ertegen ingaan geen zin heeft en ergert zich dat Lotte een derde stuk van de door haar moeder gebakken taart eet. Ze schaamt zich tegenover Gerhard dat een vriendin van haar dit soort taal uitslaat.

Wanneer Lotte vertrekt helpt Hans haar in haar jas.

'Dit lijkt me het einde van een vriendschap,' zegt Rose nadat de deur is dichtgevallen. 'Dat je je zo in iemand kunt vergissen.'

'Soms zijn er bijzondere omstandigheden nodig om iemand werkelijk te leren kennen,' reageert haar broer.

Rose verheugt zich extra op het weerzien met haar nicht Rose II die uit Keulen komt gereisd en een paar dagen blijft logeren.

Met Gerhard, grote en kleine Hans haalt ze haar nicht van het station. Hoffelijk als altijd helpt Hans Rose II uit de trein. Ze draagt een rode zomerjurk met een groen vestje, haar zwarte haren nog steeds kort.

'Wat een mooi jongetje!' roept ze nog voordat ze Rose omhelst. 'Maar hij lijkt voor geen steek op zijn moeder. Precies zijn vader.' De Roses complimenteren elkaar zoals altijd met hun kleding. 'Eigenlijk hoort hier een zwart jasje bij,' zegt Rose II, 'maar rood met zwart kun je tegenwoordig niet meer dragen. Wat staat dat zeegroen je goed!' Ze omhelst haar nicht. 'Mijn eigen Hollandse zeemeermin.'

Het is warm, de lucht is blauw. Ze gaan een ijsje eten op een van de terrassen op de Grote Markt met uitzicht op de Roland en op de Ratskeller. Rose geniet van de reünie en van haar mooie stad. Alles lijkt feestelijk en zorgeloos maar al snel hebben ze het over de vriendin die Rose is kwijtgeraakt.

Hans kijkt om zich heen en waarschuwt niet te luid te spreken.

'Dat soort praat als van Lotte hoor ik ook,' zegt Rose II op gedempte toon, 'zelfs op de universiteit. Met eigen ogen heb ik gezien hoe professoren en studenten stapels boeken uit de universiteitsbibliotheek wegbrachten om te verbranden. Veel mensen die zich eerst verzetten houden nu hun mond. Er zijn al meerdere Joodse professoren naar het buitenland vertrokken en Joodse studenten worden niet meer toegelaten.'

'Gelukkig heb je je Arische vader.'

'Ja, maar vanwege mijn uiterlijk en mijn voornaam wordt me steeds vaker gevraagd of ik Joods ben.'

Na de machtsovername is er een protestmars gehouden, vertelt ze, die bruut uiteen is geslagen. Sommigen waren zwaargewond en enkelen zijn afgevoerd naar concentratiekamp Dachau dat kort na de machtsovername door Hitler is opgericht voor politieke gevangenen.

'Dat gebeurt hier ook,' zegt Hans. Hij vertelt dat een groep kennissen vanaf het dak van Bamberger, het warenhuis waar hij werkt, vlugschriften hebben gegooid met daarop de tekst: 'Hitler wil maar één ding, oorlog!' Ze deden dat in de vroege ochtend zodat niemand zou weten waar de papieren vandaan kwamen. Toch zijn er een paar van hen gepakt.

'Maar velen snakken naar oorlog, de frustratie gist,' zegt Rose II. 'Vooral jonge mannen wier kleurloze bestaan zich voortsleept willen zich levend voelen. Oorlog geeft spanning en dynamiek, denken ze. Je snapt hoe verbijsterd we waren toen we onze vroegere buurman Goebbels zagen opduiken in de hofhouding van Hitler.'

Rose II heeft haar politieke ambities moeten laten varen en is omgezwaaid van rechten naar Engels. 'Wat kun je hier nog met je rechtenstudie? Ik hoopte op een opstand, een tegenrevolutie. Maar niks, het lijkt of iedereen is gehypnotiseerd. Iedereen slikt als zoete koek dat die Nederlandse communist in zijn eentje de Rijksdag in brand gestoken heeft en dat de communisten het grote gevaar zijn. Ze zijn te lui of te dom om zelf na te denken. De Duitsers hebben kennelijk geen talent voor de democratie en willen iemand die hen commandeert. Het kleine groepje dat zelfstandig wil blijven denken en als een virus de naziwaarheid aanvreet, moet uitgeroeid. Intussen roepen de nazi's dat het communisme de mens wil degraderen tot machine.'

'Op het affiche van de NSDAP staat met grote letters: "Open de deur voor de vrijheid",' zegt Hans. Hij had het overal zien hangen. 'Een nazivlag wappert op het stadhuis. Daaronder soldaten en een nazigroet brengende massa.'

'Als het zo doorgaat ga ik weg,' verzekert Rose II, 'en dan heb ik meer aan Engels.'

'Kom naar ons!' zegt Rose. Dat Mutti en Hans ook weg moeten is haar duidelijk.

'Laten we uitgaan vanavond,' roept Rose II met haar bekende geestdrift, 'dansen, de zinnen verzetten!'

Hans is er meteen voor in. Herta heeft een afspraak met vriendinnen.

Na de maaltijd thuis, waar Gretchen op Hansje past, gaan ze naar een café chantant bekend om de muziek en in het geheim ook om het antinazicabaret. Kleurige lampen branden in de schemerige, rokerige ruimte waar Hans door veel mensen wordt begroet.

'Een fles sekt!' roept Rose II en even later wordt de drank op het tafeltje gezet. Rose en Gerhard zitten dicht tegen elkaar aan op een bankje van pluche, Gerhard pakt haar hand.

'Stel je voor dat de kerkenraad me hier zag zitten.'

Dit soort avonden met muziek en dans mist Rose weleens in haar nieuwe leven.

Begeleid door een opgewekte melodie verschijnt de ster van het cabaret, een zangeres in een strak nazikostuum met grote laarzen. Ze zingt het inmiddels bekende spotlied over de Joden die alles verpesten, zelfs het weer. Het is hun schuld dat schepen zinken, vulkanen uitbarsten en de aarde beeft. Ja, het zijn de Joden, de Joden. Ze knipoogt naar Hans die haar een kushand toewerpt. Gerhard trekt Rose dicht tegen zich aan. De zangeres zingt ook liederen uit de *Dreigroschenoper*, die inmiddels is verboden. In Berlijn is alle originele muziek van Kurt Weil knetterend vergaan tot as maar zijn muziek klinkt en de ideeën en idealen leven, ook al is dat smeulend in het verborgene. Later op de avond wordt er gedanst. Rose trekt Gerhard mee de dansvloer op om hem de charleston te leren. Hij gooit zijn benen met gemak de lucht in maar hij schiet telkens in de lach zodat hij niet verder kan.

Als je nooit danst is het misschien ook een rare bezigheid maar voor haar is het natuurlijk, ontspannend en het schudt de gesprekken los.

Hans maakt furore op de dansvloer met een donkere schone die hij duidelijk al vaker heeft gezien. Ook de zangeres is kennelijk een vriendin, want ze omhelzen elkaar innig en hij legt een arm om haar in nazipak geperste taille.

Na een maand keren ze terug naar Klaaswaal, waar het fruit rijpt aan bomen en struiken, groenten uit de tuin worden geweckt en waar bergen bessen veranderen in jam en sap. Waar een bijenvolk neerstrijkt in een appelboom en de dames Pietje en Marietje langsrijden met paard-en-wagen vol bussen waaruit de melk rechtstreeks de pan

Het kerkplein van Klaaswaal, met links het gemeentehuis en achter de bomen de pastorie

in stroomt. Zo hobbelt ook de visboer voorbij met zijn blauwe kar en Macheltje Boer wandelt van deur tot deur, een juk op haar schouders met manden vol boter en eieren. Op gezette tijden komt de blikslager langs, de scharensliep en 's avonds doet de lantaarnopsteker de lichten aan. Rose verbaast zich erover hoe snel ze van het ene leven in het andere stapt en voelt zich bijna schuldig dat haar bestaan hier zo idyllisch is.

Ze krijgen vrienden: de directeur van de landbouwschool en zijn vrouw, het hoofd van de lagere school, de huisarts en de dierenarts. Het zijn niet allemaal kerkgangers maar Gerhard is daar ruim in, als ze maar een goed hart hebben.

Rose is erg gesteld op Bep Mather, de directrice van de huishoudschool; een rijzige blonde jonge vrouw, die heel rechtop loopt, wat haar, samen met haar beschaafde dictie en onberispelijke kleding, iets chics geeft.

Rose kan niet alleen te allen tijde taarten naar haar toe brengen om die te laten garen in haar ultramoderne ovens, ze kan ook met haar praten over boeken en beeldende kunst. Rose leent Bep *Der Zauberberg* van Thomas Mann en Bep leent haar *Max Havelaar* van Multatuli, zodat ze een inkijkje krijgt in wat er speelde in de Nederlandse kolonie Indonesië waar Bep is opgegroeid. Het schept een extra band dat ze geen van beiden in Nederland zijn geboren.

'Wat zie je?' vraagt Bep.

'De ondertitel. *De koffieveilingen der Nederlandse handelmaatschappij.* Mijn vader handelde in koffie.'

Bep is de enige met wie ze soms even over haar vader praat want er is nog iets wat hen bindt: ook de vader van Bep liep weg bij het gezin. Zij heeft nog wel contact, maar niet van harte.

Bep laat haar een bundel zien van Paul van Ostaijen, *Bezette stad* met expressionistische prenten die Rose herinneren aan de avontuurlijke en hoopvolle jaren twintig in Duitsland toen kunst en leven losbraken uit regels en vaste patronen. Ze had genoten van die vrijheid en het avontuur, maar ze zal voor haar gezin toch voor structuur en houvast moeten zorgen. Haar vader had dat niet gedaan. Zou hij ooit wroeging hebben? Zou hij zich al die liefdesbetuigingen en beloftes herinneren?

Eens in de week gaat Rose naar een coupeuse om de hoek, onder aan de Molendijk, waar ze jurken, jassen en pyjama's maakt. Ze heeft nu zelf geen inkomsten meer maar ze wil er stijlvol uit blijven zien en bovendien wil ze zo spoedig mogelijk van de schuld aan juffrouw Lancée zijn verlost. Af en toe gaan ze een avond naar café Koster als er een zendingsfilm wordt vertoond, georganiseerd door een commissie van de kerk. Ze kijkt met belangstelling maar zou ook wel weer eens naar een goede speelfilm willen. Gerhard kent niet één van de meesterwerken die ze in Duitsland zag. Jaap Koster, de eigenaar van het café, is een gesloten maar vriendelijke man. Niet van de kerk maar een goed mens die iets voor een ander over heeft. Als 'Jack' is hij ook leider en pianist van de 'Jack Koster Band', die op zaterdagavond dansmuziek speelt. Daar zou Rose naartoe willen met Gerhard, maar een dansende dominee schijnt de gemeente niet betamelijk te vinden. Vroeger, op de Joodse feesten in Delmenhorst, Keulen, Bremen, danste de rabbi vrolijk mee.

Als de zomer bijna ten einde is en de bomen beladen zijn met fruit, is Rose weer zwanger.

15

1934

Rose hoopte op een meisje en wist al heel lang dat ze het naar haar moeder zou noemen. Haar hoop wordt bewaarheid: 28 maart komt Margreth ter wereld. 'Ze lijkt precies op jou,' roept Gerhard verrukt. Margreth heeft zwart haar en de lichtgroene ogen van haar moeder.

Ze is iets vroeger geboren dan verwacht zodat Rose niet mee kan met het uitje van de meisjesvereniging, maar Gerhard neemt haar plaats in en wandelt met de jongedames over de Veluwe, schuift aan tafel in een uitspanning om een maal te gebruiken en gooit net als de anderen vijf centen in een automaat waarna er een briefje uit rolt dat de toekomst voorspelt. Er wordt flink gegiecheld over beloofde vrijers, maar nu kijken ze vol spanning naar wat hun predikant voor boodschap krijgt. Gerhard leest: 'Pas op, u dreigt een groot gevaar, uw schoonmoeder maakt de koffers klaar.'

'Dat zou ik fijn vinden!' zegt Gerhard.

Een paar dagen later komen Gretchen en Hans naar Nederland.

Het maakt Rose gelukkig haar moeder te zien met haar kleindochter en naamgenoot in haar armen. Hans tekent de drie generaties vrouwen. Eindelijk is er na een moeilijke tijd weer aanleiding voor feest. Gretchen heeft afscheid genomen van haar oudste zusje Röschen, haar zwager Moritz, hun zonen met hun vrouwen en kinderen. Villa Rosa is verkocht voor een gering bedrag. De nieuwe eigenaar liep voortdurend binnen en sprak op luide toon over wat er allemaal zou worden aangepakt, dat in elk geval de serre gesloopt moest worden.

Geld mochten ze niet meenemen, alleen voor de reis, maar Gretchen heeft geholpen met het naaien van juwelen in de jassen.

Alle zussen en broer Willy waren bij elkaar gekomen in Delmenhorst ten huize van Mathilde. Ze hadden als vanouds getafeld, een wandeling gemaakt langs de plekken van hun jeugd en een bezoek gebracht aan het graf van hun ouders waar ze behalve steentjes ook schelpen hadden gelegd van het strand van Wangeroog. De handen van de vijf zussen en enig overgebleven broer vormden een krans op de rand van de zerk boven de gebeeldhouwde roos.

Alleen de kinderen verheugen zich op de verhuizing. De dochters van neef Richard wilden, na de klappen die ze hadden gekregen, niet meer naar Wangeroog. Evenals Kurt en Miriam, de kinderen van Harry, vinden ze het spannend om naar dat land te gaan met palmen en kamelen waarover ze op de vele feesten altijd maar weer zongen. Harry zou een nieuwe Villa Rosa stichten in Palestina en verzekerde iedereen dat ze daar ooit allemaal verenigd zullen zijn.

Maar Röschen en Moritz waren erg bedroefd dat ze de plek moesten achterlaten waar ze bijna heel hun leven en al hun liefde en kracht aan hadden gegeven en waar hun wortels reikten tot in de diepste lagen van de Waddenzee. Wat zullen ze al die mensen missen, denkt Rose, familie, vrienden, de vele vaste gasten die ook bij de familie waren gaan horen die ze misschien nooit meer zullen zien.

Het lukte Gretchen om niet te huilen toen ze afscheid nam van haar zuster voordat die met haar omvangrijke gezin en schamele bagage op de trein stapte naar Triëst, vanwaar ze met de boot naar Haifa zouden varen. 'Beloof me dat jij ook weggaat,' was het laatste wat Röschen tegen haar zei toen de deuren dichtklapten. Door het raampje vervolgde ze: 'Zo snel mogelijk, naar Nederland.'

Terwijl de trein zich in beweging zette riepen de zusjes: '*Ich liebe dich!*'

Een paar weken eerder hadden Gretchen en Hans al besloten om naar Nederland te verhuizen. Hans was zijn baan kwijtgeraakt, tegelijk met veel andere Joodse medewerkers. Herta had het uitgemaakt met Hans, vanwege politieke meningsverschillen zei ze. Meerdere vrienden van Hans zijn verdwenen, waarschijnlijk naar Dachau. Ze zijn opgepakt in de dansclub omdat daar ondermijnende liederen werden gezongen en het een anti-nationaalsocialistisch broeinest bleek. De zangeres was net voor de inval ontsnapt naar Parijs. In de synagoge hoorden ze alleen maar over bedreiging, ontslag, sabotage en vertrek. De meeste dames voor wie Gretchen werkte, gaven geen nieuwe opdrachten.

Rose en Gerhard hebben dringend herhaald dat ze bij hen moeten komen wonen maar Gretchen wil geen inbreuk maken op het gezin. Ze betrekt een etage in Rotterdam, samen met Hans die werk vindt als tekenaar en etaleur bij een grote meubelzaak. Gretchen solliciteert naar de functie van huishoudster maar zonder succes, ze spreekt geen Nederlands. Het ging Rose aan haar hart dat ook het huis in Bremen werd leeggehaald. Maar des te fijner is het dat haar moeder en Hans nu zo dichtbij zijn. Ze komen elk weekend en na de geboorte van Margreth trekt Gretchen bij hen in.

Hans heeft een nieuwe vriendin, Tiny, een struise blondine die werkt als afdelingschef bij de Bijenkorf. Hij had haar aangesproken op het station van Rotterdam en haar gecomplimenteerd met haar elegante kleding. Rose mag haar. Ze is rechtdoorzee, kordaat, goed voor een artiest als haar broer.

Gretchen helpt waar ze kan in de pastorie. Al snel heeft ze de leiding in de keuken en houdt ze samen met Gerhard en de koster de moestuin bij. Ze past op de kinderen, speelt met ze en zingt Duitse liedjes. Ze maakt pasta, voor de knoedels, die ze aan de waslijn hangt te drogen, bakt *latkes*, aardappelkoekjes. Het is een overzichtelijk bestaan in dit vriendelijke dorp maar de gedachten van Rose en Gretchen dwalen ook af de Middellandse Zee over naar de kust van Palestina, naar Jeruzalem, waar de familie is aangekomen in een wel heel andere wereld, naar Delmenhorst waar Mathildes Nathaniël zijn nazizoon heeft onterfd, naar Keulen waar Lea zich los moet scheuren van zus Hanna nu ze naar zoon Theo vertrekt, naar het veilige maar verre New York.

Als Rose 's avonds tegen Gerhard aan kruipt, denkt ze aan haar moeder die die omhelzing al zo vroeg moest missen en nu ook haar familie kwijtraakt. Haar moeder is monter, maar wat moet ze een verdriet hebben. Rose heeft haar niet verteld dat ze na de gelukwens met de geboorte van Hans nóg een brief uit Hamburg heeft ontvangen. Gerhard had tegen Rose gezegd dat ze de brief van haar vader moest openmaken, dat je ook jezelf kwaad doet als je niet kunt vergeven, maar ze kon het niet. Met al die ellende in Duitsland was het gevoel in de steek gelaten te zijn nog sterker. Als hij haar moeder niet had verlaten was ze beschermd geweest. Rose had de brief meteen verbrand. Ze had haar vader geen geboortekaartje van Margreth gestuurd.

Op Gretchens kamer, die is ingericht met meubels uit Bremen, hangen de foto's van haar ouders en van haar broers en zussen. De chanoekia die ze van haar moeder kreeg staat op het kastje en soms ontsteekt ze op vrijdagavond twee kaarsen in aparte kandelaars zoals ze dat in Duitsland deden.

De enige keer dat Gretchen mee is gegaan naar de kerk was toen ze haar kleindochtertje naar binnen droeg voor de doop. De baby was gehuld in dezelfde lange kanten jurk als haar broertje, toen die gedoopt werd, en Rose had gehoopt dat het gebed het orgelspel en het gezang zoveel indruk zouden maken, dat ze vaker mee zou gaan.

Maar dat deed ze niet.

'Jeder soll nach seiner Façon selig werden.' Die uitspraak van Frederik de Grote blijft een van haar lijfspreuken.

Gerhard voelt zich niet tekortgedaan. 'Het verbindt Mutti met haar ouders, haar familie en we geloven in dezelfde God.'

Via brieven en de krant volgen ze wat er in Duitsland gebeurt, onder meer dat Hitler er niet voor terugdeinsde de top van de SA die hem mede in het zadel had geholpen uit te moorden.

Met een schok lezen ze dat president Hindenburg op 2 augustus is gestorven, dat Hitler wordt gekozen als Führer en dat hij behalve president ook nog opperbevelhebber wordt van het leger.

Niet lang daarna verhuist ook neef Erwin naar Nederland en vestigt zich met zijn gezin in het Limburgse Eygelshoven waar hij opnieuw een kleding- en stoffenzaak opent. Hij komt een dag op bezoek met zijn vrouw Selma en hun drie zoontjes, lieve jongens, met een wat verlegen blik in hun grote donkere ogen. De jongste, Dagobert van vier, gaat meteen samen met Hansje een toren bouwen van blokken. Manfred is veertien en Günther tien. Ze hebben al een paar keer moeten verhuizen en ook zij zijn hun vakantie-eiland kwijt. Rose en Erwin halen herinneringen op aan de legendarische bruiloft.

'Weet je nog dat je me de charleston leerde?' zegt Rose. 'Ik hoop dat we daar ooit weer met zijn allen zullen zijn.'

'Tja,' zegt Erwin en kijkt zorgelijk.

'Voorlopig hopen we dat mijn ouders zich bij ons voegen,' reageert Selma, 'hier aan de goede kant van de grens.'

'Laten we samen vakantie houden aan het strand van Katwijk,' stelt Rose voor. Dat spreken ze af. Ook de ernstige ogen van de twee oudste jongens lichten op.

Rose vindt het fijn dat behalve haar nicht Rosette ook haar neef nu in hetzelfde land woont als zij, maar ze schaamt zich voor de reden van hun verhuizing. Ze kan het nog steeds niet bevatten dat dit mogelijk is in haar dierbare, ooit zo beschaafde Duitsland. Bij een uitstapje met de meisjesvereniging naar een plek vlak bij de grens had ze vol trots gezegd: 'Kijk, daar ligt *meine Heimat*.'

Dat zou ze nu niet meer over haar lippen krijgen.

16

1935

'Au!'

Hansje heeft opnieuw een tik op zijn vingers te pakken. Weer ging zijn armpje schuin omhoog. Hij kijkt boos naar Rose en lijkt niet te begrijpen waarom hij dat gebaar niet mag maken terwijl zoveel mensen het doen.

Hij is drie jaar en wordt rondgereden door Delmenhorst in een wandelwagen, de ideale positie van waaruit hij de mensen op deze leuke manier kan groeten. Gerhard en Rose waren gewaarschuwd dat je een boete of een oplawaai kon krijgen als je de groet niet bracht. 'Dan krijgen ze een oplawaai terug,' zei Gerhard. Rose en Gerhard maken met Gretchen en de kinderen een tocht langs de familie in Duitsland.

De eerste week logeren ze bij tante Mathilde en oom Nathaniël.

'Jullie moeten ook het land uit,' herhaalt Gretchen.

'We zijn vergroeid met Delmenhorst. Röschen vergaat van heimwee in Jeruzalem en ze zal nooit wennen aan het klimaat.'

'Maar je bent hier je leven niet zeker.'

'Maak je geen zorgen Gretchen,' herhaalt Mathilde, 'mij doen ze niks. We hebben hier zoveel vrienden.'

'Theo dringt er ook op aan dat iedereen hier weg moet,' zegt Rose. '"Nog even en dan is het te laat!" schreef hij.'

'"Waar men boeken verbrandt, verbrandt men uiteindelijk ook mensen,"' citeert Gretchen de woorden van Heine.

Rose laat Gerhard de synagoge zien, nog steeds dezelfde als waar ze als kind regelmatig zat. Het geld dat was verzameld voor het bouwen van een nieuwe is destijds in de oorlogskas gestort. Hier in deze hoge ruimte kwam haar familie bij elkaar om de Joodse hoogtijdagen te vieren, de Grote Verzoendag, Vreugde der Wet, maar het was ook de plek voor trouwerijen en de droeve afscheidsdiensten voor haar grootmoeder en grootvader. Het voelt vertrouwd. De vormen zijn hier anders, maar lijken toch ook op de kerk waar ze tegenwoordig naartoe gaat.

Dan reizen ze door naar de zusters in Keulen waar de helft van het huis al onttakeld is vanwege het vertrek van tante Lea. Tante Hanna blijft want zij heeft de bescherming van haar Arische man. Haar leven zal een stuk saaier worden nu na Mathilde en Gretchen ook de laatste zus Keulen verlaat. Gelukkig zorgt haar dochter Rose II op het ogenblik voor deining want ze heeft een vrijer met wie het serieus is. Via brieven had Rose al gehoord over deze Albrecht Leoni. Ze mag hem, al was ze eerst achterdochtig omdat haar nicht hem had leren kennen op een toneelclub.

'Ik wil ook zo'n dochtertje!' roept Rose II wanneer ze de eenjarige Margreth ziet met de groene ogen en het vilten bloemenkransje in het zwarte haar.

Aanvankelijk waren Rose en Rose II van plan om, nu Wangeroog tot het verleden behoort, nog een week door te brengen in Bad Honnef vlak bij Keulen, op de hellingen van de Drachenfels, en daar te baden in het heilzame water van de Drakenbron. Maar met al dit afscheid blijven ze liever bij de familie in Keulen.

'Het wordt hier steeds onleefbaarder,' zegt Rose II. 'Mensen loeren of je de vlag wel groet, zigeuners worden gedwongen zich te laten steriliseren, bedelaars en prostituees worden van de straat geplukt en in kampen gestopt. Wij gaan ook weg.'

'Kom naar ons!' zegt Rose.

'Albrecht denkt aan Noord- of Zuid-Amerika.'

'Wat ver!'

'We blijven altijd in contact. Je moet getuige zijn bij mijn huwelijk en af en toe stappen we op een boot om elkaar te bezoeken. Maar nu zijn we nog samen!' roept Rose II terwijl ze haar armen om haar nicht heen slaat. 'En je vader? Kent die je kinderen?'

'Hij weet van Hans, niet dat hij een kleindochter heeft.'

'Rose! Dat kan niet!'

'Mijn moeder moet vluchten voor haar leven omdat hij ons verliet. Kan dat soms wel? Als hij niet was weggelopen had ze de bescherming gehad van een Arische man. Het is absurd maar waar.'

Wanneer het gezin weer naar Nederland vertrekt heeft de hele familie zich verzameld in het station van Keulen om hen uit te zwaaien. Over een week vaart Lea naar New York, en Rose ziet dat Gretchen haar iets influistert dat haar doet lachen. Die truc gebruikt haar moeder wel vaker tegen het huilen. Als Rose afscheid neemt van tante Lea voelt ze haar smalle schouders onder de zwarte jas. Ze drukt haar op het hart veel liefs over te brengen aan haar zoon, haar dierbare neef Theo.

Rose II omklemt haar nicht en zegt: 'Ik zal zo snel mogelijk trouwen zodat we elkaar spoedig weer zullen zien.'

Wanneer ze, nagezwaaid door heel veel armen, naar Nederland vertrekken denkt Rose met haar dochter op schoot aan hoe ze hier wegreden naar Hamburg, naar haar vader. Hoe blij ze waren weer bij elkaar te gaan wonen, weer heel te zijn. Ze zou hem haar kinderen willen laten zien, haar kinderen hun opa. Ze zou hem willen voorstellen aan Gerhard. Het kan niet. Het is te erg wat hij deed. Rose aait even over Gerhards hand.

Op Koninginnedag is Klaaswaal versierd en lopen de twee muziekkorpsen, het openbare Na Lang Streven met de talentvolle zonen van de familie Koster en het christelijke Prinses Juliana, musicerend door de straten. Ze eindigen in de muziektent op de Schans. Er zijn allerlei soorten spelen, ringsteken met koetsjes, paalklimmen, waar Gerhard heel goed in is. Niet alleen is de dominee als eerste boven, maar samen met Rose doet hij ook mee aan een hardloopwedstrijd voor echtparen. Al op het strand van Wangeroog blonk Rose uit in rennen, en ze zijn dan ook het snelste bij het bundeltje kleren van de dikste mensen van het dorp, dat ze vliegensvlug aantrekken om vervolgens weer terug te hollen. Gerhard raakt achterop vanwege de slappe lach maar Rose gaat als eerste over de streep.

Margreth, Rose en Hans

Niet iedereen is erover te spreken dat de dominee met dit soort volksvermaak meedoet maar daar trekt hij zich niks van aan en evenmin van mensen die het zonderling vinden dat de dominee soms achter een kinderwagen loopt.

Het is vrolijk in huis met de twee kleintjes, met moeder Gretchen en met Loempi die tot grote vreugde van de kinderen en de rest van de familie is meeverhuisd uit Bremen. Hij kan het ook goed vinden met de poes die is geboren in de pastorie van Ransdorp. Gretchen zorgt niet alleen voor de maaltijden maar bereidt ook compote en jam. De beste vruchten zet ze op brandewijn en van de bloemen van de vlierstruiken maakt ze limonade. Ze legt augurken in met dille. De keuken is nog gezelliger geworden met de gele meubels uit Bremen die afsteken bij de blauwe luiken en het blauwe servies, in de kast met de geborduurde randen langs de planken, de grote tafel in het midden waaraan veel gebeurt.

Moeder Gretchen handwerkt, breit, net als Rose, truien, mutsen, wanten, ze borduurt kraagjes, smockt jurkjes. Ze schrijft brieven, onder meer aan haar zus Mathilde, als ze op een septemberdag lezen over de rassenwetten.

Keurig is het op een rijtje gezet: Duitsers mogen niet trouwen met Joden en de Duitse Joden zijn hun burgerrechten kwijt. Een Jood is degene die 75 procent of meer Joods bloed heeft, of 50 procent Joods bloed en het Joodse geloof aanhangt, zoals Rose tot voor kort. Ook het kind van twee *Mischlingen* eerstegraads is Joods evenals degene die 50 procent Joods bloed heeft maar na 31 juli 1936 is geboren. Zo'n halve Jood is dan dus een hele omdat hij niet verwekt had mogen worden. Joden mogen geen vrouwelijk personeel meer in dienst hebben jonger dan vijfenveertig jaar.

Het komt Rose onwerkelijk voor maar een werkelijkheid die bevolkt wordt door redelijke, rechtvaardige mensen was allang een illusie gebleken.

'Wat een inventiviteit,' zegt haar moeder luchtig, waardoor Rose zich nog ellendiger voelt en nog woedender. Haar moeder, die nooit klaagt of boos wordt, is tot tweederangs mens gemaakt.

Op een ochtend in oktober komt Gerhard met een bezorgd gezicht de kamer in. Rose schrikt, hij heeft een envelop in zijn hand met een zwarte rand eromheen. In één oogopslag ziet ze dat de brief afkomstig is uit Palestina. Haastig opent ze hem.

Hij is van Onkel Moritz, 'het klimaat', 'zijn liefste Röschen', 'niet bestand tegen de hitte, en tegen de spanningen'.

Rose valt neer op een stoel, Gerhard omhelst haar.

'Ik moet het moeder vertellen,' zegt ze waarna ze naar de keuken loopt.

Gretchen is bezig ringen uit het fornuis te halen zodat het vuur meer ruimte krijgt.

'Mutti, kom even zitten.'

'Wat kijk je plechtig,' spot haar moeder. Maar dan ziet ze de brief.

'Een heel droevig bericht. Onze lieve tante Röschen is overleden.'

Gretchen gaat zitten, zwijgend, leest de brief. Een tijdlang verroert ze zich niet en staart ze voor zich uit. Rose slaat haar arm om haar moeder heen. Dan staat Gretchen op en kijkt uit het raam, naar de tuin met de grijze lucht erboven waar regen uit druppelt.

'Ze had beter hiernaartoe kunnen komen.'

Haar zus zal worden begraven op de Olijfberg.

In Duitsland escaleert het. Hitler wil heel Duitsland 'ont-Joden', naar analogie van ontluizen. Er trekt een tentoonstelling van *Entartete Kunst* door het land, begeleid door spottende teksten. Op 13 maart 1938 wordt Oostenrijk door Duitsland geannexeerd en in de nacht van 9 op 10 november van datzelfde jaar worden door heel Duitsland synagogen, Joodse winkels, bedrijven, woonhuizen, scholen en ziekenhuizen vernield en in brand gestoken, waarbij vele doden en gewonden vallen.

17

Hamburg, 1939

Rose gaat voor een paar dagen naar Duitsland om afscheid te nemen van Rose II die met haar man naar Brazilië vertrekt. Ze heeft haar nicht een paar jaar niet gezien en was niet op haar bruiloft omdat ze uitgerekend op die dag in 1937 beviel van haar tweede zoon. Albertje, die al weer anderhalf is, lijkt uiterlijk het meest op Rose. Hij heeft haar gelaatstrekken, lichte huid en lichtgroene ogen. Natuurlijk zijn zijn haren zwart. Het is een slim ventje dat urenlang in zijn eentje kan zitten spelen. Hij is heel vrolijk.

Voordat Rose naar haar nicht gaat, brengt ze een bezoek aan Delmenhorst om tante Mathilde en oom Nathaniël op het hart te drukken dat ze naar Nederland moeten komen. Op brieven die haar moeder aan hen had gestuurd kregen ze geen antwoord. Rose staat stil wanneer ze boven de hele breedte van de straat een doek gespannen ziet waarop ze leest: 'Joden betreden Delmenhorst op eigen risico.'

Het staat er echt. Het is hetzelfde stadje, met de bekende straten, winkels, bomen, de plek van haar moeders jeugd. Maar het lijkt behekst, alsof ze in een spookachtige film is beland.

Weer huivert ze. Het kledingatelier van oom Nathaniël is gesloten. Achter een dichtgespijkerd kozijn glanst gebroken glas. Van grote afstand ziet ze zichzelf staan, die vrouw in de mauve jas, met bijpassende handschoenen en hoedje, een koffer in de hand. Voor het atelier waar het trouwpak van haar man werd gemaakt.

Haastig loopt ze door naar het huis van haar tante en oom. Misschien dat ze bespied wordt, de meesten weten dat ze familie is. Nadat ze heeft aangebeld hoort ze tot haar opluchting geluid. De deur wordt opengedaan, een onbekende vrouw kijkt haar achterdochtig aan.

'Ik kom voor mijn tante Mathilde Heger en oom Nathaniël.'

Op het gezicht van de vrouw verschijnt eerst stugheid en dan ernst. Vervolgens wenkt ze haar binnen te komen. Het interieur is volledig veranderd.

'*Komm mal mit.*'

Ze volgt de vrouw de trap op. Waar gaan ze heen? Naar hun slaapkamer? Liggen ze misschien in bed? Ziek? Ook op de overloop staan andere meubels. Het schilderij van Hans hangt niet meer aan de muur. Nog een trap gaat de vrouw op, de smalle krakende trap naar de zolder. Ze klopt op de deur van het berghok. Na wat gestommel gaat de deur open.

'Tante!'

'Rose! *Liebes Kind!*'

Ze vallen elkaar in de armen. De vrouw verdwijnt vliegensvlug de trap af.

Haar tante is mager geworden. Ze vertelt dat ze hier nu wonen, in het geheim. Rose kijkt naar de kleine ruimte, slechts verlicht door een schemerlamp. Oom Nathaniël, die op een bed ligt, komt overeind, omhelst haar en gebaart haar te gaan zitten op een van de twee stoelen. Het is koud.

Ze hebben vrienden die hun eten brengen. En Wilhelm is er nog, de tweede zoon van Nathaniël.

'Ik maak thee,' zegt tante Mathilde opgewekt. 'Die luxe kunnen we ons nog permitteren.' Ze heeft diezelfde luchtige houding als haar zuster Gretchen, wat Rose extra zorgen baart.

'U moet naar Nederland komen. In de pastorie is plaats genoeg.'

'Maak je geen zorgen Rose, we redden het wel.'

'Ook Mutti wil dat u komt. Uw vernielde winkel, dat spandoek. U bent hier niet meer veilig.'

'We hebben vrienden. Het komt echt wel goed.'

'Maar kijk hoe u hier zit!'

'Dat is tijdelijk.'

Rose drinkt thee uit een kopje van Villa Rosa. Het servies was verdeeld toen de familie naar Palestina vertrok.

Voordat Rose teruggaat naar het station ontmoet ze Wilhelm die haar de vernielde synagoge laat zien.

'Zelfs bekenden stonden ruiten in te kegelen,' vertelt hij.

'Hoe moet dit verder...?' hoort Rose zichzelf mompelen als in een droom.

'Weggaan. Een Joodse arts in Bremen heeft er samen met vrouw en kinderen een einde aan gemaakt, met een dosis pillen.'

Wilhelm vertrekt volgende week naar Chili.

Mistroostig loopt Rose een paar uur later weer onder het doek met de waarschuwing voor Joden door en stapt op de trein naar Hamburg.

Rose II

In het station van Hamburg is niet veel veranderd behalve dat er overal nazivlaggen hangen. Rose II staat met wijd gespreide armen op het perron en slaakt een vreugdekreet zodra ze haar nicht in het vizier krijgt. Iets achter haar ziet Rose Albrecht met een klein meisje op de arm. Ook tante Hanna en oom Rudolf zijn meegekomen.

'Je wens is verhoord,' zegt Rose als ze de kleine Verena over haar haren aait, waar net als toen bij Margreth een vilten bloemenkransje in zit.

De familie laat de nichten een paar uur alleen voordat ze elkaar weer ontmoeten in de haven. Vanavond zullen ze met elkaar eten en overnachten in een hotel. Morgenochtend vertrekken ze in alle vroegte met de Cap Arcona.

Rose herinnert zich dat dat schip ten doop gehouden werd op haar tweeëntwintigste verjaardag. Een schip dat de wereldzeeën ging bevaren, strak vormgegeven met drie schoorstenen van gelijke grootte. Wie had kunnen denken dat haar nicht daarmee naar haar nieuwe leven zou varen. Per brief hadden ze al afgesproken naar het Alsterpaviljoen te gaan.

'Vreemd om hier weer te zijn,' zegt Rose als ze het station uit lopen. 'Of ik niet weg ben geweest, maar het is tien jaar geleden.'

'Die belachelijke vlaggen hingen er niet en bruin was nog geen modekleur.'

'Dit is een ander land geworden,' zegt Rose.

'Het is hetzelfde land, maar in een zware psychose.'

Rose II haakt aan bij haar nicht en zo wandelen ze door de brede straten en langs het water van de Binnenalster in de richting van het paviljoen. Zelfs aan de rondvaartboten wappert een nazivlag. Alweer bijna twintig jaar geleden stond ze hier met haar vader naar de boten te kijken.

Het is begin februari en koud, maar ze worden warm gehouden door dikke elegante jassen. Ook Rose II heeft een hoedje op. Ze praten over de kleine Verena en Roses tweede zoon.

Hier en daar staat een zuil met lange nazivaandels die rondom naar beneden hangen. Voor het eerst ziet Rose hoe mensen de vlag met schuin opgeheven arm groeten.

'Moet je zien hoe serieus ze erbij kijken. Net kinderen die een heel gewichtig spel hebben bedacht. Hoe was het bij tante Mathilde?'

Rose vertelt in wat voor miserabele toestand ze hen aantrof.

'Ze moeten onmiddellijk weg,' zegt Rose II.

'Oom Nathaniël wil zijn atelier niet achterlaten, ook al is het nu dichtgespijkerd. Het IJzeren Kruis van tante Mathilde beschermt hen, beweren ze, en hun vele vrienden.'

'En die stiefzonen?'

'De SS-zoon is dood.'

'Goed zo.'

'Hij was kort daarvoor gedegradeerd omdat hij had verzwegen dat hij voor een kwart Joods was. Wonderlijk genoeg mocht hij wel aanblijven. Een of andere ziekte.'

'Dus de doodskop op zijn pet was een voorteken.'

'Oom Nathaniël wil er niet over praten. Wilhelm is een grote steun maar hij vertrekt naar Chili. Hij is fel antiregime.'

'Zijn voorkeur voor heren is tegenwoordig ook levensgevaarlijk.'

'Hij gaat naar zijn vriend die al is gevlucht. Die schreef antinazipoëzie.'

'In Keulen hebben we Joodse kennissen,' zegt Rose II, 'die ook geen afstand kunnen doen van hun leven hier en van wat ze hebben opgebouwd. Nog steeds hopen ze dat het wel losloopt.'

'Onze synagoge in Bremen is uitgebrand. Een kennis van mijn moeder die niet wilde verklappen waar haar man was, is doodgeschoten met haar kind naast zich.'

'Geen antwoord geven is een dodelijk vergrijp. In Keulen lagen de gebedsrollen op straat, vertrapt. Huizen werden geplunderd, boeken stukgescheurd, kussens opengereten, en niet alleen door nazi's, ook gewone burgers deden mee, bevangen door een woeste haat zonder precies te weten waartegen. Er zijn mensen die zich pas echt levend voelen als ze moorden.'

De grote glazen ramen van het Alsterpaviljoen glanzen in de winterzon, net als het water waar het op uitkijkt. Binnen is het behaaglijk en jazzmuziek komt hun tegemoet.

'Vinden de nazi's ook niks,' zegt Rose II, 'zwarte muziek.'

Ze gaan op een plek zitten waar ze zicht hebben op de muzikanten maar waar ze ook kunnen praten.

'Rose, wat bestellen we?'

'Een kopje thee.'

'Ben je gek, we nemen sekt, om te vieren dat we bij elkaar zijn, om te klinken op onze onverbrekelijke band.'

'En om de goede dingen van Duitsland in ere te houden.'

Rose vertelt over Klaaswaal, het dagelijks plezier van het gezinsleven dat nog vergroot is doordat haar moeder nu bij hen woont.

'Onkel Moritz is toch bij jullie geweest? Hoe was het met hem, hoe bevalt Palestina, hoe zag hij eruit, hoe vergaat het onze neven?'

'Hij was oud geworden, mager, kapot door de dood van tante Röschen. Nog steeds voelt hij zich een vreemdeling ook al wonen ze in het door ons zo veelvuldig bezongen Jeruzalem. Maar de jongens zien mogelijkheden voor een nieuw bestaan. Hij kwam om Erwin op te halen.'

'Bevalt het hem niet in Nederland?'

'Jawel, en hij gaat ook niet weg maar Onkel Moritz heeft geprobeerd hem over te halen.'

'Zie je Erwin veel?'

'Hij woont tamelijk ver weg, in Limburg. Zijn schoonouders wonen nu ook bij hem. Die zijn te oud om naar Palestina te verhuizen. We gaan samen de zomervakantie doorbrengen in Katwijk aan Zee.'

'Kan Onkel Moritz niet in Nederland komen wonen?'

'Hij wilde terug naar zijn zonen maar hij maakt zich zorgen om Erwin.'

'Erwin zit daar toch best? Ik maak me meer zorgen over tante Mathilde.'

'Ik ook. Ze is zo zeker van haar zaak.'

Het orkest speelt een swingend nummer. De twee nichten luisteren en tikken de glazen tegen elkaar.

'Dus je bent gelukkig, Rose?'

'Ja. Ik schaam me bijna om het toe te geven.'

Rose vertelt over Gerhard, zijn bevlogenheid, zijn wens om Christus na te volgen. 'Zelfs als hij wordt afgesnauwd blijft hij aardig. Ik kan me er weleens kwaad om maken.'

'En je vader? Die woont hier toch in de buurt?'

Rose verstrakt, beweegt even met haar hoofd, alsof ze dit onderwerp meteen wil afschudden. Met haar ogen wijst ze naar een geüniformeerde man die binnenstapt met een ravissante, opvallend geklede vrouw aan zijn zijde. Zou haar vader zo'n pak dragen, flitst door haar heen.

'Is dit ook een nazitent geworden?'

'Zal niet lang meer duren. Weet je hoe ze het nu noemen hier?'

Rose haalt haar schouders op.

'Jodenaquarium.'

Rose kijkt of iemand het heeft gehoord.

'Wil je nog meer kinderen?'

'Drie is precies goed. Ik wil ook tijd overhouden om Gerhard bij te staan. Het is een hele taak, domineesvrouw: zieken bezoeken, zaklopen, Bijbelstudie, sokken breien.'

'Rose, je blijft mijn heldin!' roept Rose II terwijl ze haar glas tegen dat van haar nicht stoot en haar een kus op haar wang geeft.

Rose II wil nog wel een tweede kind maar eerst moeten ze hun draai vinden in São Paulo. Albrecht zou zijn vader opvolgen als directeur van een grote metaalfabriek, maar in die branche maak je hier binnenkort alleen kanonnen.

Ze luisteren een tijdje zwijgend naar een melancholiek nummer.

'Arme mensen die hier niet weg kunnen,' zegt Rose.

Ze worden steeds roziger terwijl ze luisteren naar de muziek of opgaan in het gesprek. Maar dan is het tijd, ze moeten zich losscheuren en de kou weer in.

Ook naar de haven gaan ze te voet. Gearmd lopen ze onder de Alsterarkaden door, waar ze in 1929 toen ze die koffer met bankbiljetten wegbracht, kaarten aan Gerhard had geschreven. Hier waande ze zich in het buitenland toen ze er nog geen vermoeden van had hoe kosmopolitisch hun leven zou worden: de familie naar verre wereldsteden, zij naar haar Nederlandse dorp.

Aan het eind van de arcaden herkent ze het grote plein met het stadhuis. Roses adem stokt, ze voelt haar borst samentrekken. Het is of de Alsterarkaden zweven, alsof ze alles van een grote afstand ziet.

De stem van Rose II klinkt van ver.

'Een echte wereldstad'... 'Allure'.

Rose zegt niets.

'Rose... kijk... die man... is dat niet je vader?'

'Heb ik gezien.'

'Ga naar hem toe.'

Ze schudt haar hoofd.

'Rose hij komt op je pad, toe, ga!'

'Nee.'

'Dan ga ik.'

'Niet doen.'

Een man met een grijze snor, een lange jas en een hoed op het hoofd loopt in stevig tempo over het plein. Rechtop maar met een af en toe haperend been.

Rose II draait zich om, kijkt hem na. 'Hij draagt normale kleren.'

Rose wil even zitten op een bankje bij het stadhuis.

'Maar waarom wil je hem niet zien?' zegt Rose II geëmotioneerd.

'Hij heeft ons in levensgevaar gebracht.'

'Hij heeft jullie geen kwaad willen doen. Hij wist toch niet dat het zo zou lopen? Hij is je vader, de grootvader van je kinderen. Mannen zijn zwak, sommige.'

'Laten we naar jouw Albrecht gaan. Ik hoop dat hij niet zwak is, maar zoals Gerhard.'

Ze lopen verder, nog steviger gearmd.

'Gerhard heeft het ook steeds over vergeving, maar sommige dingen zijn te erg om te vergeven.'

Vanuit de verte zien ze de kolossale schepen al liggen.

Bij de haven is het woelig en chaotisch maar Rose II weet de weg want ze is hier gisteren al geweest. Ze lopen langs de kade, kijken naar de reusachtige schuiten en kleine bootjes, de loodsen, de torens, de drukte. Het ruikt er naar water en kolen, de lucht boven de grijze boten is grijs. Fel steekt het rood, zwart en wit van de hakenkruisvlaggen ertegen af.

Ze voelt een steekje als ze het bord ziet met 'Elbetunnel'. Verbonden had ze zich gevoeld met haar vader, samen onder de machtige rivier.

Zonder aarzeling loodst Rose II haar nicht naar het restaurant waar ze hebben afgesproken. De familie is er al. Tijdens de maaltijd laat Rose II foto's zien van het interieur van hun schip, de luxueuze kajuit, de eetzaal, het dek met de ligstoelen van waaruit ze de sterrenhemel zal bekijken.

Ze gaan vroeg slapen want de Cap Arcona begint al om zeven uur met de grote oversteek.

De laatste trossen van het schip dat ze herkent van de foto's worden losgegooid. De drie licht achterover hellende schoorstenen hebben een rode rand en ook de onderkant van het schip is rood. Het is een van de grootste passagiersschepen van Duitsland, 200 meter lang met plaats voor 1300 mensen, vertrouwenwekkend want het vaart al jarenlang op en neer tussen Hamburg, Rio de Janeiro en Buenos Aires.

Langzaam maakt het gevaarte zich los, groot als een eiland. Overal gaan armen omhoog, niet schuin en strak, maar ze bewegen los en soepel. Vanaf de wal, vanaf het schip, sommige mensen hebben een lach op het gezicht, anderen zijn in tranen.

Donkere rook stijgt op uit de drie schoorstenen terwijl het schip zich langzaam en majestueus verwijdert. Straks ligt er een hele oceaan tussen hen in terwijl Rose zich had voorgesteld dat ze ook de volgende etappes van hun leven veel met elkaar zouden optrekken. Ze huilt niet, haar nicht is veilig.

Oom Rudolf slaat zijn arm om tante Hanna, de andere om Rose.

Ze blijven staan tot het schip de bocht om is.

18

Klaaswaal, 10 mei 1940

'Vliegtuigen!' Hans staat in zijn pyjama in de deuropening.

Rose is meteen wakker ook al slaapt ze meestal diep. Ook Gerhard zit direct rechtop in het ledikant. Het is vier uur, ziet Rose op het klokje.

Ze springen uit bed. Gerhard trekt het gordijn open, het is nog donker buiten.

'Laat de anderen slapen,' zegt Rose maar Hans heeft zijn zusje en *Großmutter* al wakker gemaakt en daar komt de majoor aan in zijn legerbroek en pyjamajasje. Dominee Van Ginkel is al een maand bij hen ingekwartierd want hij moet zorgen voor het zielenheil van de Nederlandse soldaten die hier sinds april in Klaaswaal gelegerd zijn.

Ze haasten zich naar beneden, Gerhard opent de deur naar de tuin. Vanuit de schemering komt lentelucht naar binnen maar onmiskenbaar ook het donkere gebrom van vliegtuigen.

Roerloos staan ze te luisteren, naar het gefluit van een eerste merel, gevolgd door geluid dat op een ontploffing lijkt.

'Waar is het?' vraagt Hans.

'Rotterdam?'

'Waalhaven?'

'Meer daar, de kant van Dordrecht uit.'

Soms is het even stil maar dan klinkt weer ritmisch geknetter of een knal.

'Bommen.'

Toen Rose kind was werd er veel gesproken over bommen en één keer had ze ze gehoord, toen Engelse vliegtuigen de hangars bestookten van de zeppelins. Ze hadden moeten schuilen in de kelder. Maar verder bleef de oorlog op afstand.

'Kom, we gaan thee zetten,' zegt Gretchen terwijl ze Margreth meeneemt.

Ook Gerhard gaat naar binnen en doet de radio aan die slechts geruis te bieden heeft. Na enige tijd verschijnt Lena, geheel aangekleed met haar blauw gestreepte schort voor. Gewoonlijk is zij de eerste. Ze staat altijd om vijf uur op, poetst de schoenen die voor de deuren staan en gaat dan de tafel dekken. Nu is Gretchen daarmee bezig.

Iedereen heeft zich rond de radio verzameld. Ze moeten een tijd wachten tot er een plechtig beieren klinkt van klokken en het ANP een proclamatie van de koningin aankondigt. Rose merkt hoe gespannen haar lichaam is. Ze had nog hoop gekoesterd tegen beter weten in.

'Mijn volk, nadat ons land met angstvallige nauwgezetheid al deze maanden een stipte neutraliteit in acht had genomen is in de afgelopen nacht door de Duitse weermacht zonder de minste waarschuwing een plotselinge aanval op ons gebied gedaan.' Ze hoort het nog maar half. 'Vlammend woord van protest... onze plicht doen, doet u de uwe... innerlijke rust... rein geweten.'

Na Polen was Duitsland Denemarken binnengevallen en Noorwegen, maar nog steeds waren het verhalen, op de radio en in de kranten. Nu hoorden ze de oorlog in hun eigen tuin.

'We waren toch neutraal?' zegt Hans.

'Misdadigers houden zich niet aan afspraken,' antwoordt Gerhard.

Rose kijkt naar haar kinderen, de bange ogen van haar dochtertje die haar moeder nog nooit heeft zien huilen. Ze herinnert zich hoe geschokt zij zelf was toen ze als kind de verhalen over de oorlog hoorde. De grote mensen dachten dat het aan haar voorbijging maar ze ving alles op. Gretchen is het rustigste en daarom kruipt Margreth tegen haar aan als ze ook bij de radio komt zitten. In het Duits dat ze altijd met haar moeder spreekt, vertelt Rose wat de koningin heeft gezegd.

Gelaten zegt Gretchen dat het viel te verwachten.

Al een maand zaten er Nederlandse militairen in Klaaswaal en Hans had gezien hoe er door het Nederlandse leger betonnen schuilkelders waren gemaakt bij Numansdorp, dat aan het Hollands Diep ligt, het brede water dat hen moest beschermen tegen een aanval. Op en achter de dijken waren versperringen aangebracht en overal zaten Nederlandse soldaten. Gerhard fietst er vaak langs nu hij consulent is van Numansdorp. Toen ze de afgelopen winter met de arrenslee een bezoek brachten aan de gereformeerde dominee Mobach en zijn gezin, hadden ze naar die versperringen gekeken. Het had Rose pijnlijk getroffen; ze werden opgeworpen tegen haar volk.

Veel mensen waren kwaad op de Duitsers omdat vanwege hen het ijs in het Hollands Diep gebroken moest worden. Het kwam nooit voor dat dat weidse water dichtvroor en het was uniek om daar te schaatsen. Ze hadden uitgekeken over de ijsvlakte die zilverig glansde onder de zon en waarover je zo naar Willemstad kon lopen.

‘Gaan we nou niet naar de Theetuin?’ vraagt Margreth.

‘Ik denk het niet, lieverd. Een andere keer, als het weer rustig is.’

Ze zouden vanmiddag als begin van de pinkstervakantie met de fiets naar de Theetuin van Mijnsheerenland gaan. De kinderen houden van de grote schommels en ze drinken er altijd limonade met een rietje.

‘We moeten eerst afwachten en horen wat er precies aan de hand is.’

Ze gaan ontbijten terwijl de radio aan blijft staan, wat anders nooit gebeurt.

‘Moet u nu naar de oorlog?’ vraagt Hans aan dominee Van Ginkel die als veldprediker de rang van majoor heeft gekregen en in huis ook zo wordt aangesproken. Na het ontbijt gaat hij meteen naar zijn soldaten, zegt hij, om te horen hoe de situatie is. De soldaten liepen wel door het dorp. Ze gedroegen zich correct en ze waren er alleen maar voor de zekerheid, zei Rose tegen haar kinderen. Eerst bivakkeerden ze in schuren maar er was een rattenplaag uitgebroken en dat was gevaarlijk vanwege de ziekte van Weil en rattenbeten. Nu zitten ze over verschillende plekken verspreid, ook in de school. Hans had in de gymzaal een grote schragentafel gezien waar seinsleutels op lagen waarmee codes werden doorgegeven.

De majoor denkt dat de strijd niet lang zal duren. 'De Duitsers willen naar Frankrijk en de doorgang door België is te smal. Daarom zijn ze Nederland binnengevallen.'

Hans wil mee met de majoor.

'Je mag met míj mee,' zegt Gerhard, die poolshoogte wil gaan nemen op het gemeentehuis. Hij heeft een goede band met burgemeester De Zeeuw, een betrouwbare, verstandige man.

Rose helpt Lena met opruimen zonder er met haar gedachten bij te zijn. Na een halfuur komen Gerhard en Hans weer terug. In één oogopslag ziet Rose de strakke trekken van Gerhard, de opgewonden blossen op de wangen van haar zoon.

'De Nederlanders vechten dapper,' zegt Gerhard.

'De vijand heeft de Moerdijkbrug en de Zwijndrechtse brug al in handen,' vult Hans aan.

De vijand. Zo spreekt haar eigen zoon over haar volk.

'Ze hebben ook vliegveld Waalhaven.'

Er waren dammen opgeworpen en wallen, er waren bunkers gebouwd en versperringen aangelegd, er stonden kanonnen opgesteld die waren aangevoerd in boten. Het leger had gerekend op de bescherming door de brede machtige rivieren. Maar er was niet op gerekend dat de vijand neer zou dalen uit de lucht, zwevend aan witte parachutes als geruisloze kwade engelen in de nacht.

Gerhard moet de deur weer uit en Hans mag hem vergezellen.

'O ja, er is geen school. De pinkstervakantie gaat nu meteen in.'

Margreth mag mee boodschappen doen met Rose. De lucht is zorgeloos blauw, bomen en struiken staan in bloei, vogels kwinkeleren erop los, alsof het lawaai van vannacht een boze droom was. Alles lijkt normaal, maar iedereen kijkt ernstig en begint erover.

'Laten we hopen dat het vlug voorbij is,'

Corry Luyendijk, een iets ouder vriendinnetje, vraagt of Margreth komt spelen. Rose vindt het goed. De boerderij van Luyendijk is vlakbij. Het is een hartelijke familie waar haar dochter graag is.

'Ze kan ook blijven met het middageten.'

'Breng haar maar voor het eten terug,' zegt Rose die weet dat Margreth alles lekker vindt bij de familie Luyendijk behalve het toetje.

Dan gieten ze een diep bord vol karnemelk, vertelde ze, en prakken daar met een vork aardappelen doorheen die in een kring op het zeil rond het bord liggen.

Rose wandelt naar huis door het stille zonoverstraalde dorp. Wanneer ze even later Gretchen opzoekt die bezig is in de moestuin ziet ze Margreth en Corry aan de overkant van de Vliet wandelen, langs de boomgaard waar altijd een koekoek roept. Rose volgt hen met haar blik terwijl ze over het hek klimmen en verdwijnen in de lila zee van pinksterbloemen onder de blauwe lucht.

Bij binnenkomst in de kamer gaat Margreth schuil achter het enorme lila boeket. Die bloemen heeft ze allemaal voor mama geplukt.

'Wat prachtig! Kom, we zetten ze meteen in een vaas.'

'Corry heeft het lawaai ook gehoord vannacht,' vertelt Margreth wanneer ze aan tafel zitten. 'De dieren waren heel onrustig.'

De Duitsers zijn al bij de Barendrechtse brug, heeft Gerhard gehoord. Over die brug gaan ze altijd naar Rotterdam, Gerhard met de fiets om mensen te bezoeken in het ziekenhuis, Rose, Gretchen en de kinderen met de tram. Rose is graag in Rotterdam, ze blijft een kind uit de grote stad. Ze houdt van de imposante gebouwen, de bruggen, de grote winkels, de veelsoortige mensen, de energie, de lucht van de wijde wereld die waait vanuit de haven waar ze eens haar nicht Rose II hoopt te verwelkomen.

'Maar de Nederlandse soldaten vechten als leeuwen en er zijn versterkingen onderweg,' zegt Gerhard. 'Het is nog lang niet verloren.'

Rose is sceptisch. Wat kunnen ze beginnen tegen die reusachtige overmacht, die grote oorlogsmachine die Duitsland is, maar ze houdt haar mond.

Nadat ze het toetje hebben gegeten en Rose voor de laatste keer op de bel heeft gedrukt die aan de lamp boven de tafel is bevestigd, schuift Lena in haar witte schort bij hen aan om naar de Bijbellezing te luisteren. Haar blauw-witgestreepte schort die over de witte heen zit, doet ze dan af net zoals wanneer ze de voordeur openmaakt.

Gerhard leest een stuk uit Jesaja: 'Wanneer u zult gaan door het water, Ik zal bij u zijn, door rivieren, zij zullen u niet overspoelen. Wanneer u door het vuur zult gaan, zult u niet verbranden, geen vlam zal u aansteken.' Vervolgens dankt Gerhard langer en hartstochtelijker dan gewoonlijk.

's Avonds staat er een foto van de koningin op de voorpagina van de krant en zwart op wit dat Nederland in oorlog is met Duitsland. Gerhard leest stukken voor. 'Grenstroepen bieden verbitterd weerstand aan IJssel en Maas. Nederland heeft samen met België een beroep gedaan op de geallieerden, die hulp hebben toegezegd.' Dan roept hij uit: 'De schurken!' en leest: '"Deze inval is al lang geleden voorbereid in samenwerking met Nederland en België omdat Engeland en Frankrijk via de beide Nederlanden een aanval wilden doen op het Ruhrgebied." Mussert en zijn trawanten hebben ons dus gewoon uitgeleverd! Wat een judassen!'

Drie uur na de inval is dit communiqué aangeboden. Tegenstand zou zinloos zijn en er werd gedreigd dat er dan andere bombardementen zouden volgen. Gerhard leest verder: 'De handhaving van de neutraliteit was een grondbeginsel voor het ganse volk, behalve voor een paar politiek verdwaalden die uit liefde voor een ander regeringsstelsel bereid zouden zijn hun land te verraden. Er is dan ook geen andere reactie mogelijk dan dat Nederland zich in oorlog met het Duitse rijk beschouwt.'

Rose zegt niks. Ze was zo blij dat ze haar moeder een veilig thuis kon geven en haar kinderen een huis en een dorp als in een kinderboek.

'Wantrouw alle radioberichten,' vervolgt Gerhard, 'en strooibiljetten over staken van ons verzet of onderhandelingen met de vijand. Het Nederlandse leger is paraat, inundaties verlopen volgens plan. Voor zover bekend zijn er zes Duitse vliegtuigen neergehaald.'

Ze ziet hoe tevreden Gerhard en haar kinderen kijken bij die laatste mededeling. Alleen Albertje speelt onverstoorbaar met de blokken en lijkt net zo'n technisch vernuft te bezitten als zijn Onkel Hans. Alle Duitsers in Nederland hebben officieel huisarrest, maar Rose is door haar huwelijk Nederlandse geworden en oma Gretchen is stateloos.

19

14 mei 1940

Wanneer Gerhard zo stilletjes mogelijk uit bed glipt, doet Rose net of ze slaapt. Op de gang hoort ze zachte stemmen en even later klinkt het kraken van de keukendeur. Ze gaan bloemen voor haar plukken in de tuin zoals Hans en zij dat deden wanneer hun moeder jarig was. Al die rituelen zijn vanzelfsprekend overgenomen, ook het pannenconcert waarop ze straks zal worden getrakteerd. Ze glimlacht, maar wanneer de verdoving van de slaap wijkt herinnert ze zich dat er een storende achtergrondruis was. Als een dolkstoot dringt het besef tot haar door: ze zijn in oorlog. In oorlog met haar land.

Ze hoort hoe de kast op de overloop wordt opengemaakt. Iemand pakt de gans, het stoffen beest met de blinkende ogen en oranje snavel in de vorm van een tas die bij Gerhards pakken hangt en waar de witte gesteven boordjes in worden bewaard. Als ze even later voetstappen hoort op de trap doet ze net of ze slaapt.

De deur gaat open, luid klinkt uit alle monden: 'Lang zal ze leven!' terwijl er vol overgave op pannen wordt getimmerd.

Rose speelt dat ze wakker wordt en komt zo verrast mogelijk overeind. Ze moet werkelijk lachen als ze het wonderlijk gemutste stelletje ziet. Hans heeft de gans op zijn hoofd, Margreth de hoge hoed van haar vader, Albertje een steek van papier, Gerhard een hoedje van haarzelf en oma Gretchen de theemuts.

Ze laat zich kussen en omhelzen, de kinderen zijn op bed geklommen. Rose pakt de cadeaus uit en doet alsof ze blij is. Haar verjaardag was altijd een vrolijke dag, een lentedag.

Er komt een blauw met witte kan uit het papier tevoorschijn, met zes bekers.

'En nog een cadeau! Wat word ik verwend!'

Ze diept een vaas op uit de verpakking, draait hem langzaam rond in haar handen.

'Allemaal om kapot te schieten,' ontvalt haar en ze heeft meteen spijt van haar woorden als ze de onderzoekende blik van Margreth ziet.

Ze ontbijten aan de versierde tafel die Rose bewondert, net als de stoel waarvan de poten stammen lijken waar takken met akeleien aan ontspruiten. Zo maakte zij een bloeiende stoel voor haar moeder en haar moeder voor haar moeder Rosette.

De majoor doet zijn best even niet over de oorlog te praten om het feest niet te bederven, maar Rose zegt zelf dat er niks te vieren valt behalve dan dat zij allemaal bij haar zijn.

'En dat jij mijn alleraanbiddelijkste, liefste, edelste Rose bent,' zegt Gerhard met hartstocht. 'Mijn grootste schat en allerliefste moeder van de liefste kinderen van de wereld en God zal jou en ons behoeden en vrede zal weerkeren. Ik dank God dat jij geboren bent en daarom dank ik ook mijn lieve schoonmoeder!'

Nu moet Rose toch even glimlachen.

Na het ontbijt kruipen Gerhard en Hans meteen bij de radio. Het is een vreemde verjaardag en een vreemde pinkstertijd. Gerhard had de preek al klaar, een extra vurige, toen het bericht kwam dat de kerk dicht moest blijven. Hij had het liefst de brandklok willen luiden zoals hij deed in Ransdorp, maar meer dan ooit was Roses kalmte en nuchterheid nodig om hem in te tomen.

Was ze wel zo nuchter en zag ze de dingen wel zo helder, vroeg ze zich af. Net zomin als ze ooit gedacht had dat haar vader hen zou verlaten had ze het voor mogelijk gehouden dat haar vaderland dit kleine Nederland zou aanvallen. Theo had haar sinds de jaren twintig al gewaarschuwd dat het fout zou gaan, maar ze had het niet kunnen geloven. Nederland zou neutraal blijven en Duitsland had die neutraliteit gegarandeerd, daar had ze op vertrouwd. Maar het leven was niet redelijk, in wezen wist ze het wel.

Rose kijkt naar de bossen pinksterbloemen, de tekeningen die haar kinderen hebben gemaakt voor moederdag die deze keer gelijk viel met Pinksteren. Zij had net als haar moeder eigenlijk een hekel aan die dag doordat de nazi's hem misbruikten. Bij elk gebaard kind krijgt de moeder een medaille en bij de achtste het gouden moederkruis met een swastika in het midden.

Van Else had Rose gehoord dat het zeventienjarige zusje van Lotte zwanger was geraakt in een sportkamp van de Hitlerjugend. Er werden speciaal feestelijke bijeenkomsten georganiseerd waar beide seksen ongedwongen konden mengen met het gevolg dat heel wat meisjes zwanger raakten. 'De bruiden van Hitler' worden ze genoemd, deze moeders van nieuwe soldaten.

Het is lekker weer zoals bijna altijd op Roses verjaardag, zodat ze in de tuin kunnen zitten. De deuren van de serre staan open, via een trappetje dalen ze af naar het zitje onder de hoge bomen waar Rose vele uren heeft doorgebracht, alleen, bordurend, naast een kinderwagen, converserend met Gerhard of haar moeder, lezend in een bundel of een boek. De goudenregen staat in volle bloei, net als de jasmijn die een zoete geur verspreidt.

'*Major, bevor Sie in den Krieg gehen, noch ein Stück Kuchen*,' gebiedt Gretchen die twee taarten heeft gebakken op opgewekte toon. Oorlog of niet, de feesten moeten worden gevierd, vindt ze.

'Voor de soldaten moet je de moed erin houden,' zegt de majoor terwijl hij de taart in ontvangst neemt, 'maar het is hopeloos. Sommige jongens zijn zo boos dat ze tot het uiterste willen gaan, andere nemen de benen omdat ze geen zin hebben om hun leven te wagen in een ongelijke strijd.'

Aanvankelijk deed de majoor zijn best zo te spreken dat zijn woorden alleen volwassen oren bereikten, maar er is geen beginnen aan. Hans en Margreth horen alles. Hans vindt het spannend, Margreth eng. De Nederlanders hebben verwoede pogingen gedaan de Moerdijkbrug te heroveren, maar tevergeefs. Het eiland van Dordt is in Duitse handen, evenals IJsselmonde, en ook Brabant is bezet. De Duitsers waren met hun parachutes de Waterlinie te slim af geweest, Vesting Holland wankelde maar de Nederlanders gaven niet op.

Er is op leven en dood gevochten om de bruggen, waar Rose met zoveel bewondering naar had gekeken, die stoere lange bruggen die de verschillende stukken land met elkaar verbinden. En nu zijn de Nederlanders somber omdat ze niet op tijd waren om de bruggen op te blazen. De Duitsers hadden meteen het dynamiet onschadelijk gemaakt want de bruggen moesten behouden blijven zodat hun tanks kunnen doorrollen naar het zuiden voor volgende vernietigingsacties.

'*Herzlichen Dank*,' zegt de majoor tegen Gretchen. 'De taart geeft nieuwe kracht. Een feestelijke dag gewenst en tot vanavond, Deo volente.'

De directeur van de landbouwschool, Meneer Witte, komt samen met zijn vrouw traditiegetrouw een bos lelietjes-van-dalen brengen. Vriendin Bep geeft een taart die is versierd met rozen waarvan de blaadjes worden gevormd door appelschijfjes en een boek met de bijzondere titel *Villa des Roses* van Willem Elsschot.

Iets later verschijnt haar broer Hans met zijn vriendin Tiny. Hans overhandigt een groot cadeau in rood papier. Voorzichtig maakt Rose de verpakking open zodat die nog eens dienst kan doen.

'*Ach, wie schön...*'

Een schilderij. Ze kijkt een tijd zwijgend en merkt dat haar lip trilt. Het strand van Wangeroog met de rieten korven, de uitgestrekte zee onder een eindeloze lucht met grillige wolkenpartijen, op het doek gezet door haar broer want in één blik herkent Rose zijn hand.

'Niemand neemt ons die herinnering af,' zegt hij in het Duits.

'Een deel van Rotterdam is bezet,' zegt Tiny. 'Door de mariniers is fel gevochten bij de Willemsbrug. Maar bij ons merk je er niks van, geen Duitser te bekennen.'

'Behalve dan in je bed,' zegt Onkel Hans.

'Er zijn mensen langs geweest van de gemeente,' vertelt hij. 'Ze kwamen onderzoeken waar we ons in het geval van een eventuele luchtaanval het beste konden verschuilen. Zo gingen ze de hele buurt langs en ze gaven ook verduisteringsinstructies.'

'Mensen gaan gewoon naar hun werk,' zegt Tiny, 'maar je ziet wel dat er veel gehamsterd wordt. Er staan lange rijen voor de winkels, vanochtend nog.'

Een Joodse vriend van Hans, eveneens gevlucht uit Duitsland, probeerde met de boot naar Engeland te gaan. 'Hij nam niks mee, alleen wat contanten.'

'Het heeft me wel teleurgesteld dat de koningin vertrokken is,' zegt Bep. 'Ik voel me in de steek gelaten.'

'Anders hadden ze haar gevangengenomen of misschien wel vermoord,' zegt Gerhard. 'Ze zijn *rücksichtslos*.'

Op de avond van Pinksteren hebben de Duitsers bommen gegooid op Numansdorp omdat ze legerauto's zagen staan. Er zijn twee kinderen omgekomen. Gerhard fietst er elke dag naartoe om de ouders te bezoeken. Ook een paar volwassenen zijn gewond geraakt en er zijn huizen verwoest.

Mevrouw Witte zegt dat ze al een tijdje geen contact kan krijgen met familie in Willemstad. Er is een mijn ontploft in het Hollands Diep en die heeft de telefoonkabels verwoest zodat heel Willemstad is geïsoleerd. Duitse vliegtuigen hadden die mijnen gelegd om te voorkomen dat Nederlandse of Engelse oorlogsschepen de Duitse posities zouden aanvallen.

Rose had meteen begrepen dat het een hopeloze strijd was maar ze weet dat Gerhard in wonderen gelooft, zoals toen David Goliath versloeg. Op allerlei plekken hadden de Nederlanders dapper standgehouden, bij de Grebbeberg, de Afsluitdijk maar ook hier.

'Dat valt de Duitsers vies tegen,' zegt Gerhard.

Aan tafel bidt Gerhard voor zijn Duitse vrouw. Hij vraagt God haar, haar kinderen en het hele land bij te staan in deze donkere tijden en tevens al die goede mensen in Duitsland en om de verblinden daar en hier tot inkeer te doen komen.

'Laten we het nu over iets lolligers hebben,' zegt Onkel Hans als ze weer doorpraten over Rotterdam. 'Hebben jullie nog wel een beetje een leuke vakantie?' Hij is erg gesteld op zijn neefjes en nichtje en zij op hem. Voor de jongens heeft hij een trein-emplacement gemaakt met een stationnetje, heuvels en lichten die echt branden en voor Margreth een poppenhuis met volledig ingerichte kamers, gestoffeerd met lapjes uit de Bijenkorf en uitgerust met elektrisch licht.

Margreth vertelt dat ze op de boerderij van Corry jonge konijntjes hebben. De dieren, vooral de paarden waren van slag door het lawaai toen de oorlog begon. Hans volgt met vriendjes zoveel mogelijk wat er deze dagen aan het front gebeurt, via de radio en verhalen die hij opvangt in het dorp.

'Nog bericht uit Duitsland?'

'Uit Keulen een brief maar van voor 10 mei. Uit Delmenhorst al een tijd niks ge... Kijk!'

Door het raam ziet Rose dat mensen van het gemeentehuis het kerkplein op hollen en naar boven kijken. Hansje rent naar buiten, Gerhard achter hem aan. Even later komen ze weer binnengestormd.

'Vliegtuigen boven Rotterdam!'

'Naar boven!'

Iedereen rent de trap op, naar de overloop vanwaar je vanuit het raam over de weilanden heen Rotterdam kan zien.

Dikke zwarte rookpluimen bezoedelen de helder blauwe lucht. Rose heeft het gevoel alsof ze in het luchtledige zweeft, als in een droom waarin iets vreselijks gebeurt en je niet kunt bewegen.

Gerhard zet Margreth op zijn arm, de andere arm slaat hij om Rose heen. Lena draagt Albert. Hans omklemt Tiny en met de andere arm zijn moeder. Zo staan ze voor het raam, kleine Hans staat met zijn neus vooraan.

Tiny is in tranen en zegt telkens: 'Mijn moeder, mijn moeder.'

Rose kijkt naar de lucht die oranje kleurt en rood, en naar de zwarte vliegtuigjes, klein als de vliegtuigjes van papier die Hansje maakt. Zwarte vogels voor een ondergaande zon lijken het, maar het zijn metalen monsters waar Duitse mannen bommen uit gooien op gezinnen zoals het hunne, op mensen die argeloos opgaan in hun leven.

Tot het uiterste spant ze zich in om haar emoties verborgen te houden. Ze trilt over haar hele lijf.

Het geweld weergalmt tegen de bloedrode hemel.

'Dat doet mijn volk,' zegt Rose.

Ze kijkt naar Gerhards arm waarmee hij Margreth tegen zich aan drukt. Zo zat ze op haar vaders arm toen hij vertelde dat hij naar de oorlog moest. Ze heeft Gerhard nooit verteld dat ze hem in Hamburg heeft gezien. Rose voelt Gerhards stevige omhelzing.

'In voor- en tegenspoed.'

Hoe heeft dit kunnen gebeuren? Hoe heeft haar land, haar volk waarvan zovelen toch ontwikkeld zijn en beschaafd, de macht kunnen leggen in de handen van deze misdadigers, van deze vernietigingsmachine?

Frustratie, beheksing, verlangen naar macht, ze hebben het er al zo vaak over gehad. Er huisde niet alleen scheppingskracht in mensen maar ook vernietigingsdrift. Haar kleine Albertje vindt het eigenlijk leuker om de blokkentoren om te gooien dan om hem op te bouwen. Theo had gelijk gekregen en zij was naïef geweest. En haar Gerhard blijft geloven in de goedheid van de mens.

Voor altijd zal haar verjaardag hiermee verbonden zijn. Door het gezang zal voor altijd het geluid van motorgeronk en bommen klinken. Ze staan beschut op de overloop maar ook hier hebben de bommen voor altijd wonden geslagen.

'Ze komen terug!' roept Hans.

Weer vliegen die op zwarte vogels lijkende bommenwerpers over de stad en laten er hun lading los.

Dan is het voorbij. Rotterdam brandt. Boven een bloedrode gloed rijzen steeds hogere bergen van zwarte rook op. Nadat ze daar nog een tijd zwijgend als versteend naar zijn blijven kijken, gaan ze de trap af. De schoteltjes staan er nog, sommige onaangeroerd. Niemand taalt naar pudding.

Tiny wil haar moeder bellen maar er is geen verbinding mogelijk.

'Rose, je hebt ons leven gered,' zegt haar broer.

'Vandaag misschien,' reageert ze strak.

Met een huivering realiseert ze zich: als ze hiertoe in staat zijn, zijn ze tot alles in staat. Ze denkt aan haar nicht Rosette, aan haar neef Erwin die onlangs vertelde hoe tevreden hij was dat hij aan de goede kant van de grens zat met zijn gezin en dat zijn schoonouders zich tot hun vreugde bij hen hadden gevoegd. Ook vlak bij hén was het Duitse leger binnengevallen. Het was zo'n verademing voor Rose dat haar moeder bij hen is ingetrokken.

Wanneer de Duitsers de volgende ochtend dreigen ook andere steden plat te gooien, te beginnen met Utrecht, besluit Nederland te capituleren. Alleen in Zeeland wordt doorgevochten om de Fransen de kans te geven zich bij het zuidelijk front te voegen.

20

Zomer 1940

Op de eerste dag na de vakantie brengt Rose haar dochter naar school. Hans is al in zijn eentje de deur uit. Hij vindt het als vierdeklasser kinderachtig om gebracht te worden.

Margreth zit sinds 1 april op de lagere school. Ze is altijd veel mededeelzamer geweest dan Hans, die gesloten is maar wel iedereen en alles in de gaten houdt.

Trots had Margreth thuis haar nieuwe etui laten zien met spannende inhoud: een potlood en een pen, een gummetje, een klein metalen doosje met nieuwe pennetjes, een rood liniaaltje en een inktlap.

Vol geestdrift vertelde ze over haar belevenissen. De jongens hebben geschoren koppen en een paar plukjes haar op hun voorhoofd, vanwege de luizen. Er zitten dertien kinderen uit Klaaswaal in de klas en twee uit de Greup, een dijkgehucht.

Het is altijd een mooie wandeling naar school, door het dorp dat aan de dag begint. Winkels gaan open, mensen begroeten elkaar. De Hollandse soldaten waren een tijdje geleden al vertrokken maar nu zien ze toch een heleboel grote groene vrachtauto's in de straat.

'*Halt, gehen Sie zurück, nach Hause.*'

'*Quatsch,*' wimpelt Rose hem af en probeert gewoon door te lopen. Ze worden met ferme hand tegengehouden.

'De kinderen moeten naar school,' zegt ze in haar moedertaal.

'*Nicht möglich.*'

Hans komt aangerend. 'We kunnen niet naar school!'

Margreth is zwaar teleurgesteld. Ze had zich er zo op verheugd. Hans kijkt met grote ogen naar de auto's en de soldaten.

'Gestolen,' zegt hij terwijl hij op een vrachtauto wijst.

Margreth vraagt of ze nu nooit meer naar school gaan.

Rose glimlacht en aait haar over het haar. 'Jawel, het komt allemaal goed.'

'Mag ik dan hinkelen met Truida?'

Rose loopt naar de man in het gewichtigste uniform die net als de anderen heel jong is en zegt in het Duits: 'Wat is dit voor een vertoning?'

'Wij voeren bevelen uit.'

'Om de boel plat te gooien? Ik hoop dat jullie gauw weer teruggaan naar je moeder in plaats van hier mensenlevens te verwoesten.'

Hij kijkt haar beduusd aan, ook vanwege het perfecte Duits.

'De kinderen mogen dus niet naar school. Kunnen ze wél veilig op straat spelen?'

Dat kan, zegt de militair, waarna Rose hem kordaat de rug toekeert.

Wanneer ze met Margreth aan haar hand op weg is naar het huis van schoolvriendin Truida, hoort ze achter zich op gedempte toon: 'Rotmof.'

Ze verstijft even maar loopt door. Ze weet dat dat voor haar was bestemd.

Rose schaamt zich diep. 'Uw volk is mijn volk,' zegt de trouwtekst waaraan ze dagelijks wordt herinnerd omdat die ingelijst boven hun bed hangt. Maar haar wortels blijven Duits. Ze vertelde graag over Wangeroog, de Rijn, de Heidelberger Filosofenweg, de Bremer Stadsmuzikanten, het bruisende Keulen, de haven van Hamburg, Paula Modersohn, graag citeerde ze haar dierbare dichters.

Dat is voorbij.

Iedereen haat Duitsers en al wat Duits is. Dit is niet het ware Duitsland, Duitsland is ziek, in een psychose, zei Rose II. Maar toch waren het allemaal Duitsers die de bommen gooiden. Zou haar vader...? Ze probeert de gedachte tevergeefs weg te drukken. Zou haar vader trots zijn op hun overwinning? Zou hij aan hen denken? Al een tijd krijgt ze geen brieven meer van hem. Ze zou ze meteen ongelezen vernietigen maar toch betrapt ze zich erop dat het haar steekt. Misschien gaat hij op in zijn nieuwe leven met zijn nieuwe vrouw en heeft hij niet alleen een streep gezet door zijn Joodse echtgenote maar ook door zijn kinderen.

Nadat ze de bommen had zien vallen op Rotterdam was de moed haar in de schoenen gezonken en ze had gedacht aan dat Joodse gezin in Bremen dat door een dosis pillen voor eeuwig de ogen had gesloten. Maar zo'n stap zou ze nooit zetten, en Gerhard was juist nu geroepen tot zijn taak van zielenherder. Rose zou naast hem staan. Ze zou beheerst zijn en haar plicht doen, ze zou geruststellen en troosten. Misschien is de oorlog snel voorbij. Hoewel hij nooit echt voorbij zal gaan, evenmin als de vorige oorlog die haar neef Erich, Theo's broer en oom Friedrich had vermalen.

Zoveel levens zijn al reddeloos verloren. Ze had de gruwelijkste verhalen gehoord over Rotterdam. Gerhard kon niet eens de zieken in het ziekenhuis aan de Coolsingel bezoeken want het is door bommen verwoest. De Laurenskerk ligt in puin, veel andere kerken en synagogen, het hele centrum. Geschiedenis van eeuwen was in een kwartier weggevaagd.

Mensen zijn monsters. Maar ze had haar Gerhard om die gedachte te ondermijnen. Hij is naïef, denkt ze vaak. Aan de andere kant veroorzaakte zijn goedheid soms ook wonderen zoals die keer dat hij terug was gegaan naar de man die geroepen had: 'Donder toch op met uw gezemel,' en de deur voor zijn neus had dichtgeslagen. De man was zo verrast toen hij de dominee de volgende dag weer zag, dat hij hem had binnengelaten waarna ze goed hadden gepraat.

Maar hier kan hij niet tegenop, tegen dit oorlogsgeweld, tegen de niets en niemand ontziende nazi's. Ze maakt zich zorgen over hem. Hij trekt zich alle verdriet zo aan en hij is roekeloos in zijn drang mensen te helpen. Ze zal er voor hem zijn en ze zal haar kinderen zoveel mogelijk een gevoel van geborgenheid geven zoals haar moeder dat had gedaan.

De moeder van Tiny hadden ze niet kunnen bereiken en pas dagen later mochten Hans en Tiny Rotterdam in. Tiny's moeder had in haar eentje in de kelder gezeten. Haar straat is niet geraakt maar vlakbij ligt alles plat en ook de zaak waar Hans werkte, bestaat niet meer.

'Het centrum is uit de stad geslagen,' had Hans gezegd. Het is een gloeiende walmende berg puin. Kinderen klauterden over brokstukken, op zoek naar een moeder, een vader, iets te eten. Er waren mensen die te hulp schoten waar ze konden en anderen die waar ze de kans kregen spullen meenamen. Zelfs etalagepoppen werden uitgekleed. Hans en Tiny zullen binnenkort verhuizen naar Voorburg, vlak bij Den Haag, waar Tiny werkt.

De studeerkamer van Gerhard was na het bombardement even het centrum van de wereld geweest. Die grote ruimte met boeken, niet alleen langs de wanden maar ook in het draaikastje, op tafel en op het bureau. De kinderen komen er graag spelen, draaien op de stoel achter het bureau totdat de zitting eraf rolt of schommelen op de schommelstoel. Maar nu had de hele familie zich verzameld rond de telefoon die er aan de muur hangt naast een tafel met een lamp erboven en stoelen eromheen.

Rose belde naar de centrale en vroeg te worden doorverbonden.

Rotterdam gaf dagenlang geen gehoor, maar Rosette in Voorburg wel. 'Drommen mensen proberen te vluchten naar Engeland. Een enkele overvolle boot is vertrokken maar de meeste mensen blijven achter op de kade. Een man voor wie geen plek was, sprong in het water en werd alsnog aan boord gehaald.'

Rosette en Mozes hebben besloten om te blijven. Mozes heeft zijn werk hier, hun zoon van negen is gehecht aan zijn vrienden op school en sinds kort woont haar dochter Sofia bij hen, die nog uit Duitsland heeft kunnen ontsnappen.

In de studeerkamer werd niet alleen gebeld, er kwamen ook telefoontjes binnen. Zo werden ze doorverbonden met neef Erwin uit Eygelshoven die meteen vroeg hoe het met Hans was. 'Mijn vader krijgt toch gelijk.'

Tot grote vreugde van Gretchen belde tante Hanna uit Keulen. Met afgrijzen had ze in de Duitse kranten en via de *Rundfunk* gehoord over 'breken van het verzet, het uitroken van de opstandige Nederlanders'. Met hen ging het naar omstandigheden goed, maar ze maakten zich zorgen over Mathilde in Delmenhorst met wie ze geen contact konden krijgen. Broer Willy hadden ze nog wel gesproken, maar ook in Mutzschen was de situatie zorgelijk en de kort geleden nog bloeiende modezaak is geliquideerd.

Daar was de telefoniste weer: 'Telefoon uit Jeruzalem.'

De neven drongen erop aan dat ze allemaal naar Palestina kwamen. Ze herhaalden hoe dankbaar ze hun moeder, tante Röschen, waren die tegen alle verzet in had doorgedrukt dat ze Wangeroog verlieten. Ze had haar man en kinderen in veiligheid gebracht en was gestorven. 'Mutti zou willen dat jullie ook kwamen. In elk geval tante Gretchen.'

Het gesprek met Jeruzalem was net beëindigd of de telefoniste verbond hen door met New York. Theo, tante Lea en tante Clara woonden bij elkaar in een straat die geen naam had maar een cijfer. Rose zag hoe gelukkig haar moeder was toen ze kon praten met haar zusters. Overal had de inval en het bombardement de voorpagina's gehaald.

'Kom naar New York! Gretchen, je zult je hier thuisvoelen.'

Ook São Paulo liet zich niet onbetuigd.

'Rose II, het klinkt of je hier in het dorp bent!'

'Ben ik binnenkort ook, maar eerst moeten die nazi's ophoepelen.' Ook in Brazilië stond de deur wagenwijd voor hen open. 'Laat tante Gretchen dan in elk geval komen.'

Maar Gretchen peinst er niet over. Ze blijft in Klaaswaal.

De Duitse barricade duurt één dag, daarna is de weg naar school weer vrij. In de klas wordt gepraat over de rampen van de afgelopen week, een wel heel merkwaardige pinkstervakantie. Ze zijn allemaal erg ontdaan door de dood van de twee kinderen in Numansdorp. Er was ook een Engelse piloot geraakt door de Duitsers toen hij bij Numansdorp een noodlanding moest maken. 'De kogel had zich dwars door zijn stoel geboord,' vertelt Hans. 'De piloot is naar het diaconiehuis gebracht maar daar is hij doodgegaan.'

Nadat de Duitse soldaten bevel hebben gekregen naar het front in België door te trekken, blazen ze de aftocht.

Hans had aan de Duitse soldaten gevraagd waar ze vandaan kwamen. Van de Grebbeberg, zeiden ze.

'Ze konden het niet eens uitspreken,' spot hij.

Er hingen plakkaten met een rode rand eromheen: 'Als u zich rustig gedraagt heeft u niks te vrezen.'

'Alsof we kleine kinderen zijn,' zei Gerhard verontwaardigd.

In Zeeland hebben ze de wapens neergelegd maar pas nadat ook Middelburg zwaar is gebombardeerd. Goes en Zierikzee hebben het eveneens moeten ontgelden. In al die fraaie steden had Gerhard wel gepreekt.

Rose gaat over tot de orde van de dag die de totale wanorde verhult. Of is het andersom en ligt onder die wanorde een onverstoorbare betekenisvolle orde verborgen, zoals Gerhards heilige overtuiging is?

Vaak kijkt ze vanuit de verte toe en beseft ze hoe bizar het is dat zij doorgaan met de dingen van alledag, terwijl een eindje verderop de apocalyps zich voltrekt. En wat staat hen nog te wachten? Na het bombardement had ze dagenlang hoofdpijn gehad.

'Tob niet te veel, lieveling,' zegt hij. 'Doe goed en zie niet om.'

Op de meisjesvereniging vertelt Rose hoe vreselijk ze de Duitse aanval vindt en hoe vreselijk ook veel Duitsers dit vinden. De meisjes vragen hoe dit heeft kunnen gebeuren. Rose legt uit dat de armoede, de werkloosheid, de wanhoop en de vernedering een vruchtbare voedingsbodem waren geweest voor verhalen van valse profeten zoals Hitler, die verlossing predikten. Zo kregen de nazi's steeds meer macht, werden de tegenstanders monddood gemaakt of gedood en draaide de propagandamachine soepel en op volle toeren.

Rose brengt bezoekjes aan zieken en jubilarissen, want Gerhard heeft het drukker dan ooit. Ze merkt dat ze haar voeten weer op de voegen tussen de stenen moet zetten. Ik lijk wel gek, denkt ze, maar toch moet ze het doen. In huis zorgt ze ervoor dat de sfeer goed is. Tijdens de maaltijden mag de radio niet aan en proberen ze zoveel mogelijk over gewone dingen te praten, over het witte konijn met de rode ogen dat geboren is bij Luyendijk, over de vraag of de paardenkeuring in het dorp nu wel doorgaat.

Hans houdt samen met zijn vrienden in de gaten of er verdachte dingen gebeuren in en om Klaaswaal en haalt ook weleens een streek uit. Zo komt de gemeentesecretaris melden dat haar zoon mensen heeft beschoten met aardappelen. Het was per ongeluk, legt Hans uit. Samen met de jongens van Bos, de kolenboer, had hij met een landbouwwerktuig en een doorgeknipte fietsband geprobeerd aardappelen over de kerk heen te schieten.

Ook Margreth leidt Rose af met haar dorpse avonturen, zo anders dan zij als stadsmeisje beleefde. Met de koster mee de kerk schoonmaken en centen of halve centen zoeken onder de banken.

Net als Hans speelt ze graag bij Bos, waar altijd wat is te beleven want ze hebben twaalf kinderen. Rose ziet vader en zonen Bos af en toe sjouwen met zakken kolen over hun schouder. In de beroete gezichten is het wit van hun ogen nog witter en zijn hun irissen extra blauw. Regelmatig komt Margreth zo zwart als roet thuis doordat ze samen met haar vriendin Joochie van de bergen kolen roetsjt die in de schuur liggen. Margreth en Joochie tekenen vaak huizen op het erf met behulp van een scherpe steen en gaan dan bij elkaar op bezoek met tassen gemaakt van behang. Toen Joochie de laatste keer bij Margreth op visite kwam in haar getekende huis met de vele kamers, vertelde ze over de huizen die plat waren gegooid in Rotterdam. Haar broers zeiden dat hun vader een vrouw had gezien die geen hoofd meer had. Ze had naast een kinderwagen gezeten waar gehuil uit klonk. Rose krijgt het er koud van. Ze had horror en verdriet zo graag een tijdje op afstand gehouden.

Op een dag als ze thuis aan het middagmaal zitten stormt Joochie binnen: 'De hengst komt, de hengst komt!'

Margreth springt op terwijl ze een haastig dankgebed prevelt. Voordat Rose haar kan tegenhouden verdwijnt ze achter haar vriendin aan. Later doet ze verslag.

'De merrie stond klaar en de hengst kreeg een emmer eieren te drinken. Alle mannen stonden er in een kring omheen en Joochie en ik. Maar de hengst wou niet, zeiden ze. Toen tilden de mannen hem bij de voorbenen omhoog en zetten hem op de merrie. Er was niks an.'

21

Lente-zomer 1940

Gerhard en Hans rennen niet meer naar de radio want die spreekt inmiddels met de stem van de bezetter. Ook de krant is geen brenger meer van nieuws maar van propaganda.

Via nieuwe wegen probeert Gerhard de ontwikkelingen te volgen. Het is verboden om naar buitenlandse zenders te luisteren maar hij gaat regelmatig langs bij Piet Pot die elektricien is en een goede verbinding heeft met de BBC, waarop vanaf eind juli ook Radio Oranje te beluisteren valt. Intussen wijdt hij zich met hart en ziel aan de gemeente, spreekt moed in, troost en werkt aan zijn preken. In de Bijbel zoekt hij naar toepasselijke teksten, woorden van bemoediging. Teleurstellend vindt Gerhard het hoe rap sommigen meekraaien met de bezetter. Een maand na de capitulatie kiest hij als tekst voor zijn preek een stuk uit de brief aan de Korinthiërs: 'Kortom, geliefde broeders en zusters, wees standvastig en onwankelbaar en zet u altijd volledig in voor het werk van de Heer, in het besef dat door de Heer uw inspanningen nooit tevergeefs zijn.'

In een brief van zijn broer Han, die goed op de hoogte is, leest Gerhard dat er Joodse medewerkers bij radio en kranten zijn ontslagen. Zoals altijd vertelt hij alles aan Rose. Daarna ligt ze wakker en piekert want ze weet: dit is het begin.

'Lieveling, je moeder zit veilig bij ons thuis, jij bent christin geworden en hebt een Nederlandse man, een brave dominee,' probeert Gerhard haar gerust te stellen, wanneer ze als altijd in het ledikant van Rose in elkaars armen liggen.

‘Braaf?’ zegt Rose met een glimlach en geeft hem een aaitje over zijn neus.

Ze wil Gerhard zoveel mogelijk zorgen ontnemen, maar ook zij kan niet alles voor zich houden.

In het land zijn ingrijpende veranderingen gaande, Seyss-Inquart heeft als Rijkscommissaris de touwtjes in handen, maar thuis zorgt Rose ervoor dat alles zoveel mogelijk hetzelfde blijft en dat de dingen volgens een geruststellende regelmaat verlopen. Ze eten op vaste tijden en iedereen verschijnt altijd gewassen en aangekleed aan het ontbijt. ’s Ochtends als de kinderen naar school zijn brengt Rose bezoekjes, doet boodschappen, werkt voor de bazaar waarvan de opbrengst naar de armen gaat en soms collecteert ze voor ‘Het zwakke kind’, dat de mogelijkheid geeft ondervoede kinderen aan te laten sterken ergens op een mooie plek. ’s Middags handwerkt ze, vaak samen met haar moeder nadat ze andere kleren hebben aangetrokken, zich hebben ‘opgeknapt’, en soms is er nog tijd over om te lezen in een al dan niet verboden boek. Ze grijpt de laatste tijd eerder naar een dichtbundel dan naar een roman omdat ze minder rust heeft voor een roman en een gedicht haar uit haar tobberijen kan wegrukken. Tijdens het lezen is het alsof ze weer geworteld raakt, of de taal, haar dierbare Duitse taal, haar brengt naar iets wat voelt als thuis. Het is fijn om een manier te weten waarmee je de wanhoop even kunt ontstijgen. Behalve door een gedicht overkwam het haar wel in de synagoge of de kerk. Ook dat was poëzie, met woorden zoeken, tasten, vol herhaling, aan iets raken. Afdalen naar de diepste grond. Ze vindt het pijnlijk dat de taal die gemaakt is voor de poëzie nu wordt geassocieerd met legerbevelen.

Op een vast tijdstip drinken ze ’s ochtends koffie en ’s middags thee. Als het lekker weer is doen ze dat buiten, anders in de serre die aan de woonkamer grenst. In de serre hangt iets van de sfeer uit Wangeroog, door de rieten meubels, de vele planten en diezelfde doorzichtige rolgordijnen met een strook waar balletjes aan hangen. Wanneer de zon maar even schijnt is het er warm. Rondom bloeien de sneeuwballenstruiken, de goudenregen en rijpen de kruisbessen. Margreth komt tekenen of spelen wanneer Rose met haar moeder zit te handwerken en Hans bouwt er zijn modelvliegtuigjes, Nederlandse Fokkers, Duitse Messerschmitts, Engelse Spitfires. Nog vaker dan voor de oorlog speelt Rose spelletjes met de kinderen, lotto, halma of kwartetten. Gerhard is niet dol op spelletjes en laat de kinderen gauw winnen. Stoeien wil hij wél. Dan zet hij Margreth of Albert op zijn schouders zodat ze op de kasten kunnen kijken en rent hij door de kamers, of hij laat hen met hun voeten op de zijne met grote mannenstappen lopen. Torens bouwen van blokken, daar is hij ook altijd voor te porren en daarna proberen ze die van een afstand met een blok zo te raken dat hij instort. Dan is Albertje meteen van de partij.

Elke dag voor het avondeten studeren Hans en Margreth op het harmonium in de salon die door schuifdeuren van de woonkamer is gescheiden. Een enkele keer speelt Rose mee op de luit waar de geborduurde linten aan hangen uit Bremen. Wanneer er geen orgel wordt gespeeld of bezoek ontvangen hangt er een gewijde stilte. In de salon staat de boekenkast met glazen deuren die Gerhard heeft geërfd van Aletta Jacobs die hem wilde steunen omdat hij veel deed voor arme gezinnen en zelf ook niet veel bezat. Op een glazen theetafel staan de mooiste kopjes en het zilvergoed. Rode crapauds vormen een kring rond de ovale tafel gesierd met een kleed waarop altijd een boeket staat of een drijfschaal. Boven de haard hangt een grote spiegel en boven het harmonium een reproductie van *De avondschool* van Gerard Dou waarop je hoe langer je ernaar kijkt steeds meer kaarsjes ziet. In een hoek staat het eeuwenoude kistje '*pour les pauvres*' met zwanen erop geschilderd, waar de liefdesbrieven van Rose en Gerhard in worden bewaard. Er zijn twee sleutels nodig om het open te maken. Vanuit het raam is een stuk van de tuin te zien met bessenstruiken en Indisch riet waar Hans en zijn vriendjes fluitjes uit snijden.

De kinderen gaan op vaste tijden naar bed. Rose komt dan een slaapliedje zingen of een verhaal voorlezen. Daarna gaat Gerhard nog even langs de kinderen, legt zijn hand op hun voorhoofd en zegt: 'God zegene je.'

Roses broer Hans komt elk weekend, samen met Tiny. Hij neemt altijd wat mee voor zijn nichtje en neefjes, meestal iets wat hij zelf heeft gemaakt, een meubel of een lampje voor Margreths poppenhuis, een paard-en-wagen of een ruiter te paard voor Albert en voor zijn naamgenoot. Onkel Hans houdt erg van dieren en weet er veel over te vertellen. Hij kan ze ook goed schilderen. Vooral in paarden blinkt hij uit omdat hij jaren heeft paardgereden. Het bijzondere van paarden is, zegt hij, dat ze niet alleen erg sterk zijn maar ook heel gevoelig, ze merken meteen in wat voor stemming je bent.

'Wat een *Wahnsinn*,' zegt Hans verontwaardigd. 'De bezetter had opdracht gegeven alle postduiven te doden en in de Diergaarde hebben Nederlandse militairen de wilde dieren afgemaakt. De leeuwen en tijgers, gewoon vermoord.'

De volières en de hokken van de andere dieren waren opengezet zodat tijdens de verwoede strijd in Rotterdam ineens een ree opdook.

'Dieren zijn onschuldig,' zegt hij. 'Het slaat nergens op om kwaadaardige mensen beesten te noemen.'

Van een boekhandelaar in Den Haag heeft Hans gehoord dat er bij hem Duitsland-vijandige boeken uit de winkel zijn gehaald.

'... zelfs Heine.'

Rose kent veel gedichten van hem uit haar hoofd. Van haar vader kreeg ze de verzamelbundel, met zo'n speciaal voor haar gemaakte ex libris.

'Hier verdwijnt hij pas als ik verdwijn,' zegt ze terwijl ze tegen haar hoofd tikt. Ze houdt ook van zijn proza, *Der Rabbi von Bacharach* kreeg ze van tante Mathilde. De laatste tijd moet ze vaak denken aan de scène waarin de rabbi tijdens de maaltijd onder de tafel een bloederig kinderlijkje ontdekt en beseft dat de twee late gasten geen geloofsgenoten zijn maar mensen die hen zullen beschuldigen van kindermoord.

Alleen het gedicht 'Die Lorelei' is zo bekend en geliefd dat het niet uit bloemlezingen kan worden gehaald, had de boekhandelaar aan Hans verteld. *Dichter unbekannt* staat er dan bij.

Het is een mooie zomer. De tuin staat in volle bloei en ligt als een kleurig tapijt over de donkere klei. Bomen en struiken zijn beladen met fruit. Soms is alles zo harmonieus dat je zou vergeten dat het oorlog is.

Een stukje verderop bevindt zich 'De puinhoop aan de Maas', zoals Rotterdam nu genoemd wordt. Ze kunnen er niet heen, ook niet op ziekenbezoek.

De kerkklok mag sinds 8 juli niet meer luiden, zelfs niet voor begrafenissen. Verboden door 'de overweldigers' zoals Gerhard ze meestal noemt om geen Duitsers te zeggen. Intussen is het Duitse leger ook België en Frankrijk binnengevallen. Op 22 juni galmt het door de radio dat Frankrijk de capitulatie tekent, in dezelfde wagon als waarin in 1918 Duitsland dat heeft gedaan. Wat zal er weer geschreeuwd worden op de Duitse pleinen met van trots gezwollen borst, denkt Rose.

Niet alleen is het vanwege de mijnen niet meer mogelijk om te zwemmen in het Hollands Diep, ze kunnen ook niet naar Katwijk waar ze elke zomer een maand doorbrachten in het huis van een collega van Gerhard en waar ze met Erwin naartoe zouden gaan. Rose genoot van die vakanties, het was geen Wangeroog maar wel strand en zee waar ze met de kinderen kon spelen en zich kon laten koesteren door de hypnotiserende deining van de golven. Vakantie naar Duitsland, zou het er ooit nog van komen? De kinderen Bremen laten zien, Keulen, Heidelberg?

Rose ontvangt een brief van Lotte die schrijft het heel erg te vinden wat er is gebeurd maar dat het uiteindelijk goed zal komen, dat Nederland toch eigenlijk bij Duitsland hoort, dat ze min of meer dezelfde taal spreken en dat ze over een poosje dus zusterlijk in hetzelfde land zullen wonen. Zij heeft nu Roses plaats ingenomen als secretaresse van de directeur, met wie ze het heel goed kan vinden.

Rose schrijft in bitse bewoordingen terug dat Nederland er niet om gevraagd heeft zich aan te sluiten bij Duitsland en dat ze het haar te doen geeft haar ideeën in het Nederlands uiteen te zetten. Gelukkig is de toon van Else anders, ze heeft dan ook geen contact meer met Lotte en is van baan veranderd.

De kinderen klagen dat ze niet naar zee mogen, maar in de zomer heeft Klaaswaal veel te bieden. Rose kijkt toe hoe de kinderen spelen in de eindeloze tuin rond de pastorie, met de vliegende hollander of de bal op het grasveld, met hoepels over de paden. Zo waren ook in Rotterdam kinderen zorgeloos aan het spelen. Rose huivert. Margreth hinkelt, springt touwtje op de stoep bij de bijkeuken naast de moestuin en de bleek waar op maandag de witte was wordt uitgespreid of ze maakt een huisje in het hol tussen de hulstbomen. Als het heel mooi weer is wordt de tent opgezet of de kinderen maken er zelf een van het wasrek. De grote zandbak is het domein van Albert. Er staat een bankje in waar Rose weleens op gaat zitten om te kijken hoe hij kastelen bouwt, zoals zij deed op Wangeroog. Rond de zandbak ligt een rand gras die wordt afgebakend door een hek waarin oranjerode lampionnetjes omhoog klimmen.

Margreth vertelt uitvoerig over wat ze meemaakt. Ook dat Hans bij het verstoppertje spelen nooit wordt gevonden omdat hij altijd in een van de oude graven kruipt waarvan een paar stenen onder de zerk los liggen. Zij durft er niet in en de anderen weten het niet. Ze speelt vaak bij haar vriendin Truida Vos van de melkfabriek. Met auto's maar ook met paard-en-wagen halen ze van het halve eiland bussen op met melk. Margreth mocht mee, op de hooiwagen hooi halen voor de paarden. Met een jurk vol vlekken en hooi in haar haren komt ze thuis. De vrouw van de dokter had gezegd: 'Het kind heeft zulke prachtige kleren maar ze ziet er altijd slordig uit.' Rose kan daar nooit boos om worden. Ze is blij wanneer haar dochter zorgeloos speelt en als ze de stralende ogen ziet van haar *Strubelpeter*. Het boek over de vieze en stoute kinderen dat haar moeder vroeger aan haar voorlas, leest Gretchen nu voor aan de kleinkinderen, in het Duits waarbij ze net als toen voor ieder personage een andere stem opzet. Het klinkt geruststellend. In Duitsland heeft Rose de jongens en meisjes van de Hitlerjugend zien marcheren, strak in het gelid en in uniform, gedrild tot absolute gehoorzaamheid. Alle spontaniteit en fantasie werden systematisch vernield. Rose is ook niet boos als Hans en Margreth van de kast op hun bedden springen. Maar als de kinderen zeuren of iemand plagen is ze streng. Ze verheft haar stem nooit en geeft ook geen klappen maar met haar blik maakt ze alles duidelijk, net zoals haar moeder vroeger, en soms als iemand lastig is aan tafel, moet die de lange gang door om in de keuken verder te eten. Echt erg vinden ze dat niet want daar is Lena, die liever in de keuken eet.

Rose stelt grenzen, Gerhard kan dat niet. Hij is nooit boos op de kinderen, zelfs niet wanneer ze de boekenmolen op de studeerkamer zo hard laten draaien dat de boeken in het rond vliegen.

Hans en Margreth vergezellen hun vader graag als hij ergens anders moet preken, in Mijnsheerenland, Westmaas of Oud-Beijerland, waar zijn vriend dominee Rijnsburger staat. Het liefst gaan ze mee naar Sint Anthoniepolder want daar worden ze naartoe gebracht met een koets getrokken door een wit paard of als er sneeuw ligt met de arrenslee.

Er wordt veel over de oorlog gesproken. In Oud-Beijerland is een kleine Joodse gemeenschap die zich zorgen maakt. Sinds kort wonen er ook Joodse mensen die uit Duitsland zijn gevlucht en die vreselijke verhalen vertellen over Joden die werden afgetuigd samen met de mensen die hadden geprobeerd hen te beschermen. In Mijnsheerenland heeft een groep Joodse kinderen onderdak gevonden die uit Duitsland zijn gehaald door een reddingsorganisatie.

'Großmutter moet zich laten dopen,' zegt Margreth als ze terugkomt uit Oud-Beijerland.

'Hoe kom je daarbij?' vraagt Rose.

'Dat zegt dominee Rijnsburger, dan loopt ze geen gevaar.'

Rose weet dat haar moeder dat niet zal willen. Ze stelt haar dochter gerust maar intussen groeit haar bezorgdheid. Die ochtend was er aangebeld door een dorpsgenoot van wie iedereen weet dat hij aanhanger is van de NSB. Hij wilde iets belangrijks meedelen aan de dominee. Rose had hem niet binnengelaten maar Gerhard was naar de deur gekomen.

De NSB'er had vernomen dat de dominee in de kerk bad voor de koningin. Daar moest hij mee stoppen.

'En díé moeten meteen weg,' zei hij, wijzend op oranje en rood-wit-blauwe speldjes die in de fluwelen doek waren geprikt met de tekst: 'Waar liefde woont gebiedt de Heer Zijn zegen.'

'Daar kan ik ze weghalen, maar hier blijven ze zitten,' zei Gerhard terwijl hij zijn hand op zijn borst legde.

'Binnenkort duikt het oranje ook op in zijn tuin,' zegt Hans. 'Ik heb er zaad van goudsbloemen gestrooid.'

Het doet Rose goed te zien hoe de kinderen optrekken met hun grootmoeder. Albert bouwt blokkenkastelen met haar, Hans helpt in de moestuin of in de keuken, net als Margreth die ook graag bij haar oma op de kamer is.

Als Rose binnenkomt om hen uit te nodigen voor de thee, ligt Margreth op het bed met de ebbenhouten rand erlangs terwijl Gretchen een brief schrijft, wat ze de laatste tijd vaak doet.

'Großmutter schrijft aan tante Mathilde,' zegt Margreth, terwijl ze opspringt van het bed en naar de foto's loopt die bij elkaar in een grote lijst zitten en waarop haar oma altijd laat zien aan wie de brief is gericht. Rose kijkt naar de foto waar Margreth haar vinger tegenaan drukt en ziet zichzelf op de schommel, tante Mathilde staat ernaast met een blij gezicht.

Als er kort daarna een brief in de bus zit uit Bremen waarop ze meteen het handschrift van Mathilde herkent, is Rose erg opgelucht, ook voor haar moeder want ze weet hoe ze aan haar zus gehecht is.

Maar de boodschap neemt hun bezorgdheid niet weg. Mathilde schrijft dat ze waren genoodzaakt te verhuizen naar Bremen. Verdere uitleg geeft ze niet. Mathilde en Nathaniël zijn gezond en ze hebben elkaar. Ze missen Wilhelm, Nathaniëls zoon, maar zijn gerustgesteld dat hij ongedeerd in Chili is aangekomen. Mathilde drukt Gretchen op het hart zich geen zorgen te maken over hen en dat ze vooral op zichzelf moet passen nu de bruine golf de grenzen over is gestroomd. Het is duidelijk dat ze niet openhartig durft te schrijven, alles wordt tegenwoordig onderschept en bekeken.

Gretchen komt bijna de deur niet meer uit omdat ze meerdere malen is nagejouwd door jongens: 'Rotmof!' en 'Ga terug naar je rotland!' Ook sommige winkeliers doen gereserveerd.

'In Duitsland ben ik een Jodin, in het dorp een mof, laat mij maar lekker in de tuin.'

Begin september marcheren er weer Duitse militairen de vredige dorpstaferelen binnen. Een van hen komt zelfs bij hen in huis, *Major* Schmidt, een Oostenrijkse legerpredikant die meteen zijn rantsoen, waar ook chocola bij hoort, met hen deelt. Een sympathieke man die openhartig met Gerhard en Rose praat. 'Natuurlijk is dienstweigering je eerste reactie,' zegt hij, 'maar dan word je gedood. Hoe kan ik de jongens aanraden te deserteren als ik weet dat ze dan onherroepelijk voor het vuurpeloton belanden.'

Er mogen geen avonddiensten meer gehouden worden in de kerk omdat die niet goed verduisterd kan worden, maar dat maakt Gerhard niks uit. Hij heeft gepreekt in weilanden en op boerenkarren, net zo makkelijk leidt hij een dienst in de gymzaal.

De Duitsers, zoals ze nu ook in het gezin steeds vaker worden genoemd, zijn hier omdat er voorbereidingen worden getroffen het offensief tegen Engeland te openen. Gerhard bidt, staand voor klimrekken, rekstokken en onder bungelende ringen, dat God dat verhoede.

Er vallen bommen op Londen maar Churchill laat zich niet intimideren en anders dan Hitler in zijn overwinningsroes verwachtte, gaat Engeland niet in op het vredesvoorstel. Churchill had gewaarschuwd: 'We zullen vechten op de zeeën en op de oceanen. We zullen vechten op de stranden en de landingsplaatsen, op de velden en in de straten, we zullen vechten in de heuvels. We zullen ons nooit overgeven.' Het is wennen voor Rose dat ze Engeland, in de vorige oorlog de vijand, nu als bondgenoot moet zien. Er zijn mensen die goed zijn en mensen die slecht zijn en de grote massa zit ertussenin, dat wist ze wel. Met nationaliteit had dat niks te maken, maar toch liet je je meeslepen, opstoken, zeker als kind. William die haar fotografeerde hoort nu dus bij hun kamp.

Churchill laat een paar bommen gooien op Berlijn. Een aanval met de vloot durven de Duitsers toch niet aan, beducht voor de kracht van de Royal Navy. In luchtgevechten krijgen de onoverwinnelijk gewaande Messerschmitts het boven het Kanaal zwaar te verduren van de Spitfires en de Hurricanes. Ze zweven nu ook boven hun hoofd want Hans heeft een paar van zijn modelvliegtuigjes boven de eettafel aan de lamp gehangen.

De aanval op Engeland wordt voorlopig opgeschort.

Wanneer de Duitsers een maand later Klaaswaal weer verlaten, slaakt iedereen een zucht van verlichting want de soldaten waren rumoerig en vaak dronken. In de kerk wordt een dankoffer gevraagd en Rose hoort de mensen met elkaar schertsen: 'Wij boffen want weg zijn de moffen.' Het gezin neemt afscheid van Pastor Schmidt. Ze wensen elkaar het beste.

De rust lijkt weergekeerd totdat Gerhard op een middag in november thuiskomt en Rose meteen ziet dat hij slecht nieuws heeft.

'Alle ambtenaren moeten een Ariërverklaring tekenen en de Joodse ambtenaren worden ontslagen.' Rose vertaalt het voor haar moeder die ook meteen doorhad dat er iets onaangenaams aan de hand is.

'Gelukkig zijn we geen ambtenaren,' zegt ze droog.

22

Winter 1940

'Vrede op aarde' zingen ze in de door kaarsjes verlichte gymzaal.

Rose zit op de eerste rij tussen Hans en Margreth. Daarnaast zitten Tiny en haar broer Hans die veiligheidshalve geen voet meer in een synagoge zet maar trouw met zijn protestantse Tiny meegaat naar de kerk. Gretchen is thuis met Albertje.

Gerhard leest het kerstverhaal. En al die nazi's in Duitsland luisteren vol sentiment, denkt Rose bij zichzelf, en de volgende dag gaan ze weer op Jodenjacht. In een van Hitlers lievelingsboeken, *Grundlagen des Neunzehnten Jahrhunderts* van Houston Stewart Chamberlain, wordt uitgelegd dat Jezus geen Jood was.

'God is mens geworden,' zegt Gerhard, 'en koos niet de gedaante van een tirannieke leider maar de gedaante van een kind, in een stal. De uiteindelijke overwinning zullen we niet vinden door geweld maar door de liefde die Hij ons voorleefde. Jezus dwingt niemand Hem te volgen, Hij nodigt uit.' Het raakt Rose opnieuw dat Gerhard zo overtuigd is van wat hij zegt.

Letterlijk geloven kan ze het nog niet ook al bidt ze vurig, maar wel gelooft ze dat Jezus een mens was zoals God hem heeft bedoeld, een mens waarin God zichtbaar werd en wordt. Ook in Gerhard, Jaap Koster, Han en vele anderen die met inzet van hun eigen leven opkomen voor gerechtigheid, voor de naasten, voor de vrede, is iets te zien van God. Zij tonen een glimp van dat koninkrijk der hemelen.

Gerhard bidt voor de Engelsen die kerst in de schuilkelders moeten doorbrengen. Hij bidt ook voor die Duitsers die dit niet willen en zelfs voor de mensen die dit wél willen. 'Mogen zij inzien dat hun zogenaamde verlosser hen niet het duizendjarig rijk maar de hel in voert, dat hun leider een vérleider en een misleider is.' Rose had gemerkt dat de nazi's door middel van massale bijeenkomsten, grootse choreografieën, muziek, zang, fakkels inspelen op religieuze gevoelens van overgave aan iets hogers en groters. Mensenmassa's blijken net zo gemakkelijk te bespelen als kinderen.

Door het diepe donker wandelen ze naar huis, want straatverlichting is verboden en ook elders mag geen licht te zien zijn. Maar Gerhard heeft een knijpkat bij zich waarmee hij af en toe even een flauw schijnsel voor hun voeten werpt. Dit immense zwart moet heersen opdat de Britse bommenwerpers zich niet kunnen oriënteren. Wat een waanzinnige wereld, denkt Rose terwijl ze de hand van Margreth vast heeft en haar arm door die van Gerhard heeft gestoken. Hans loopt een paar stappen voor hen uit. De kinderen vinden het wel spannend. Ook rond de pastorie glanst geen sprankje licht.

Gerhard schijnt op het slot van de deur. De voorhal is donker maar achter de bloemenvazen van de glazen tochtdeuren schemert het en wanneer Rose haastig in haar eentje de woonkamer binnenglipt, lijkt het alsof de kerstboom stralender is dan ooit. Rose en Gretchen hebben hem zoals altijd in het geheim opgetuigd. De anderen mochten hem pas zien als hij helemaal klaar was, net zoals vroeger in Keulen. Gretchen heeft de kaarsen al aangestoken. Wanneer ze de lampen in de kamer hebben gedoofd, opent Rose de deur naar de gang waar Gerhard en de kinderen staan te wachten.

Ze slaken kreten van bewondering en kijken met stralende ogen naar de boom waarin ballen, klokjes en lametta glinsteren in het licht van de kaarsjes.

Het ruikt naar glühwein, koek en als ze het eerste oranje vruchtje van zijn schil ontdoen, naar mandarijnen. Tussen de borden liggen kleurige pakjes met linten erom.

Ook op oudjaarsavond is er een dienst in de gymzaal. Weer wordt er uit het diepst van het hart gebeden om vrede. Thuis steken ze de kaarsjes nog eens aan en eten ze *Mutzenmandeln,* kleine amandelvormige oliebolletjes, en appelschijfjes in honing zoals ze dat vroeger deden met Rosj Hasjana, in de hoop dat het nieuwe jaar zoet zou zijn.

Maar het Duitse leger en de nazimaatregelen zijn met geen gebed en honing te stuiten. Er valt een brief in de bus van de gemeentesecretaris meneer De Man die Rose zwijgend overhandigt aan Gerhard. Onlangs hadden Rose en Gretchen na twijfel en lange gesprekken besloten gevolg te geven aan de verordening zich te laten registreren als personen met meer of minder Joods bloed. Ook degenen met slechts één Joodse grootouder moesten zich laten inschrijven. Dus ook de kinderen en ook voor elk van hen moest een gulden worden betaald. De Man weet dat Gretchen Joods is, dus niet komen opdagen zou tot problemen hebben geleid.

Gerhard maakt de brief open en leest. 'Een verzoek van De Man om me te melden op het gemeentehuis. Ik kwam hem vanmorgen nog tegen en hij zei niks.'

Hans mag met zijn vader mee.

Wanneer ze terugkomen ziet Rose meteen dat Gerhard spierwit is. In de studeerkamer doet hij onder vier ogen verslag.

'Ze zijn werkelijk gek geworden. De Man zegt dat jullie weg moeten uit Klaaswaal. Joden moeten uit het kustgebied en dus uit de hele Hoeksche Waard.'

'Waarom?'

'Dat kon hij me niet vertellen.'

'De kinderen ook?' vraagt Rose zo beheerst mogelijk omdat ze ziet hoe onthutst Gerhard is, terwijl ook bij haar de schrik om het hart slaat. Zo begint het, weet ze.

Gerhard knikt. Hij omhelst Rose. 'Lieveling, het komt goed. We zullen alles op alles zetten om jullie zo snel mogelijk terug te laten komen. Ik ga met burgemeester De Zeeuw praten. Hij was er nu niet. Wat is dit voor kolder. En al die mensen die maar braaf meewerken met die criminelen. Die slapjanus van een De Man, als hij niks gezegd had, had er geen haan naar gekraaid. Hij ziet regels, geen mensen.'

Als Rose en Gerhard het samen aan Gretchen vertellen, reageert ze zoals altijd laconiek. 'En waar gaan we dan heen?'

'Naar Hans kan niet want die zit ook aan de kust.' Als ze die maar niet... En Rosette. Uit Leiden moeten de Joden ook weg, anders konden ze naar Wim. Han in Ammerstol, maar dat is wat ver, dan is het moeilijker elkaar te bezoeken.

'Hüpscher,' zegt Rose, de tandarts met wie ze bevriend zijn en die Gerhard kent uit zijn studietijd toen hij samen met hem in pension was bij juffrouw Lancée. Hij woont in Dordrecht maar heeft één dag praktijk in Klaaswaal. Ze hebben zes kinderen, een groot huis en bovendien een auto.

Gerhard kan niet met hen mee want zijn plek is in de gemeente, maar hij kan ook niet alleen in de pastorie blijven vindt Rose. Misschien kan hij naar de familie Schop. De laatste tijd zijn ze daar veel geweest omdat hun dochtertje ongeneeslijk ziek was. Meneer en mevrouw Schop en ook de kleine Alie wilden dat Rose en Gerhard erbij waren toen ze stierf.

Als Gerhard op huisbezoek moet, gaat Rose langs bij Schop om de situatie uit te leggen. Ze zijn diep verontwaardigd. Natuurlijk is Gerhard meer dan welkom. Ook bij de familie Hüpscher is het geregeld.

Rose vertelt het aan de kinderen, heel rustig. 'We gaan een tijdje logeren.'

'Maar ik wil niet weg bij papa,' zegt Margreth, die begint te huilen.

'We gaan niet echt weg. Hij komt ons vaak bezoeken.'

'En school dan?'

Hans lijkt het wel leuk bij al die jongens in huis.

'Dan moeten jullie in Dordrecht naar school,' zegt Rose kalm. 'Jullie mogen meenemen waarmee je het liefst speelt.'

'Wacht nog even,' zegt Gerhard bij wie de tranen in de ogen springen, als hij ziet dat Rose al een koffer aan het inpakken is. 'Ik praat met De Zeeuw en zal uitzoeken hoe het precies zit met die absurde regels.'

Bij elk positief bericht over de geallieerden hoopt Gerhard dat de bevrijding naderbij komt. Bij Pot had hij via de Engelse zender gehoord dat de geallieerden Tobroek hebben ingenomen, de havenstad in de Italiaanse kolonie Libië, en 25.000 Duitsers krijgsgevangen hebben gemaakt.

Maar Rose juicht niet zo snel.

Wanneer de kinderen zoals bijna elke zaterdagmorgen de slaapkamer van Rose en Gerhard binnenkomen en bij hen in bed kruipen, wordt er niet gestoeid en gezongen. Gerhard maakt geen schaduwen van dieren op de muur. Ze liggen allemaal dicht tegen elkaar aan.

Rose en Gerhard zijn ernstig. De vorige nacht had Gerhard gezegd dat hij zo gehoopt had haar alleen maar gelukkig te maken. Ze had geantwoord dat hij dat ook deed.

'Gisteravond heb ik met burgemeester De Zeeuw gepraat,' vertelt Gerhard. 'Eerst had meneer De Man gezegd dat jullie allemaal weg moesten uit Klaaswaal. Maar meneer De Man heeft zich vergist. Jullie hoeven niet weg. Oma helaas wel.'

'Oma weg? Waarom?'

'Omdat ze Joods is.'

'Waar moet ze dan heen?'

'Logeren bij de familie Hüpscher,' zegt Gerhard. 'Meneer De Man is een bange man.' Hij had het zo makkelijk over het hoofd kunnen zien en nu is hij zelfs overijverig geweest.

De volgende dag staat mevrouw De Man bij Rose op de stoep en zegt verontwaardigd dat Margreth de haren van haar dochter heeft afgeknipt. Margreth had verteld dat ze kappertje speelden en dat Elly erom had gevraagd maar later bekent ze haar moeder dat ze het met opzet had gedaan, als straf omdat haar vader Großmutter wegstuurde. Rose glimlacht om de vindingrijkheid van haar dochter.

'Net goed,' zegt Hans, die het ook heel erg vindt dat zijn oma weg moet.

Gretchen probeert opgeruimd te doen maar Rose merkt dat het haar moeite kost. Wanneer haar moeder lang op haar kamer blijft gaat ze naar haar toe. Gretchen zit op een stoel en kijkt voor zich uit. Zo kent ze haar moeder niet. Ze gaat naast haar zitten op het bed, pakt haar moeders hand terwijl ze haar best doet niet te huilen.

'We gaan ervoor zorgen dat je snel weer terug bent.'

Een paar dagen later helpt ze haar moeder met inpakken.

'Hier laten we alles zoals het is, misschien ben je volgende week alweer hier.' Ze zegt het om niet alleen haar moeder maar ook zichzelf op te beuren. Tante Mathilde was weg uit haar huis en onbereikbaar. Zou haar moeder nog naar Amerika kunnen? Men zegt dat het inmiddels onmogelijk is vrijwillig de grens over te gaan. Ze was opgelucht geweest dat haar moeder op tijd weg was uit Duitsland.

Gretchen doet wat boeken in haar koffer die opengeslagen op het bed ligt, een dichtbundel van Heine, en uit de la van het antieke kastje haalt ze een kaartspel, dat ze in het dorp zondig vinden. Rose heeft de chanoekia in haar hand en kijkt naar haar moeder.

'Stop die maar diep weg in de kast.'

'Misschien kan Heine ook beter hier blijven.'

Terwijl Rose het zegt hoort ze hoe krankzinnig dit allemaal is. De man die zich keurig aan de regels houdt zonder erover na te denken en zoveel anderen met hem.

De volgende dag kan Gretchen meerijden met tandarts Hüpscher.

'Ik kom heus weer terug,' zegt Gretchen tegen haar naamgenootje die moet huilen, 'en jij komt gezellig logeren.'

Rose, die zo rustig mogelijk probeert te blijven, tilt Margreth op en zet haar op haar heup. Samen met Gerhard en Hans zwaaien ze haar moeder uit.

Een week later rijdt Rose met tandarts Hüpscher mee om haar moeder te bezoeken. Gretchen heeft zich aan het verstelgoed gezet dat in de grote antieke kist is gepropt. Mevrouw Hüpscher zit in een stoel, zoals meestal, en kijkt somber voor zich uit. Ze heeft last van depressies. De kinderen maken veel stampij, ze rennen door het huis, ravotten met elkaar en hebben luide stemmen. Rose weet dat haar moeder daar slecht tegen kan, ook al zal ze er nooit over klagen. Het is duidelijk voor Rose dat haar moeder hier niet op haar plaats is.

Gretchen verhuist naar Ammerstol om te logeren bij Gerhards broer Han, die daar predikant is, en zijn vrouw Esther.

In de pastorie wordt Gretchen erg gemist, haar geruststellende aanwezigheid, haar humor en het is ook voelbaar hoe groot haar rol was in het huishouden. Margreth loopt af en toe haar kamer in en Rose zet er altijd verse bloemen neer. Op vrijdagavond ontsteekt ze twee kaarsen op de eettafel zoals haar moeder vaak deed.

Intussen horen ze via de in nazihanden gevallen radio jubelen over Duitse overwinningen en via dorpsgenoten over Joden die weg moeten uit Zuid-Beijerland, evenals de Joodse kinderen uit Mijnsheerenland.

'Zie je wel, het volk komt in opstand!' roept Gerhard, wanneer hij op een dag in februari opgewonden de kamer binnenkomt. Er was een grote staking in Amsterdam, Haarlem, Utrecht en nog meer steden, van arbeiders die al die wandaden tegen de Joden niet pikken. 'Ook de studenten verzetten zich. Ook de Kerk.'

'Juich niet te vroeg,' tempert Rose, 'ze zullen optreden.'

Rose krijgt gelijk: in maart worden er als vergelding achttien verzetsmensen geëxecuteerd. Veel stakers zijn opgepakt en naar kampen gestuurd. Geraffineerd is door de Duitse propaganda alles omgedraaid, alsof de Joden de agressors waren. Nadat NSB'ers en Duitsers een café waren binnengevallen waar Joodse artiesten werkten en bij de ontstane vechtpartij een NSB'er was gedood stond in de NSB-krant *Volk en Vaderland*: 'Juda heeft het masker afgeworpen! Vermoord? Nee, vertrapt met sadistische wellust! Vermorzeld onder de lompe poten van een nomadenvolk dat niet van ons bloed is.' Rose herinnert zich hoe ze aan het strand van Wangeroog keek naar de voeten van de zusters en de broers van haar moeder, sierlijke slanke voeten opduikend van onder golvenschuim.

Gerhard maakt zich vreselijk kwaad. Nog steeds verwacht hij een wending ten goede terwijl Rose het somber inziet. Ze stuurt een telegram naar nicht Rosette en neef Erwin met de vraag hoe het gaat. Erwin belt haar op en vertelt dat er een steen bij hen door de ruit is gegooid, dat hij aangifte heeft gedaan maar dat er geen dader is gevonden. Van Rosette hoort ze niets en ook de telefoon wordt niet beantwoord.

Omdat Han andere Joodse mensen in huis heeft, die voor de zekerheid nooit lang blijven, vindt hij het veiliger dat ook Gretchen weer van adres wisselt. Ze gaat naar een huis in Zeist waar meer oudere dames wonen. Rose begeleidt haar naar de statige villa in een lommerrijke laan en helpt bij het gezellig maken van de kamer terwijl ze zich bewust is van de absurditeit dat haar moeder niet gewoon bij haar mag wonen. Dat een paar idioten zoiets verzinnen is tot daar aan toe, maar dat bijna iedereen er vanzelfsprekend aan meedoet is angstaanjagend.

Uit die groene laan gaat Gretchen na een paar weken weer weg, maar ze blijft wel in Zeist. Ze trekt in bij dominee Couvée, de vader van mevrouw Hüpscher, wiens vrouw overleden is en waar Gretchen zich nuttig kan maken. Er hoeft niet te worden betaald, wat Gretchen oplucht.

Rose bezoekt haar moeder en Margreth gaat bij haar grootmoeder logeren.

Als ze thuiskomt doet ze uitvoerig verslag. De conducteur van de trein waarmee ze van Rotterdam naar Utrecht was gereisd had haar op de tram naar Zeist gezet en bij de afgesproken halte stond Großmutter haar op te wachten. Ze hadden elkaar stevig omhelsd. Samen waren ze naar het deftige huis gewandeld. Margreth durfde het haast niet te bekennen maar ze had de geborduurde wanten die haar oma had gemaakt in de tram laten liggen.

'Geeft niks, dan maak ik meteen nieuwe,' had ze gezegd, en dat had ze gedaan. Elke dag maakten ze wandelingen in het bos tegenover het huis, ze gingen naar het hertenkamp, het Zeister slot of met de bus naar de speeltuin in Austerlitz. Het was fijn bij oma in het brede bed te liggen. Dat deed ze in Klaaswaal ook wanneer ze eng gedroomd had. Oma had weer spannende verhalen verteld en uit haar hoofd gedichten opgezegd. Margreth had haar verteld over de Here Jezus die iedereen troost en zelf ook een Jood was.

Wanneer Rose en Gerhard in de zomer twee weken kamers huren in een pension vlak bij dominee Couvée, maken ze elke dag lange wandelingen in het bos. Hitler is Rusland binnengevallen, er wordt geestdriftig verslag gedaan van zijn overwinningen. 'Tot zijn spijt zag hij zich ertoe gedwongen', staat in de Nieuwe Rotterdamse Courant die nu ook met de stem van de bezetter spreekt. Alle vlaggen wapperen als de zoveelste stad wordt ingenomen, Brest-Litovsk, Grodno, Minsk. Feest als er weer duizenden mensenlevens zijn verwoest, denkt Rose.

'Hebben jullie nieuws van Erwin en Rosette?' vraagt Gretchen.

'Erwin heeft getelefoneerd.'

Rose vertelt niet van de steen door de ruit maar alleen dat Dagobert van school moest en nu naar een Joodse lagere school gaat. Gerhard heeft geleerd ook af en toe te zwijgen.

'We hebben Rosette geschreven en een paar keer gebeld maar tot nu toe geen antwoord.'

'Waarom gaan we niet naar de speeltuin?' vraagt Margreth die genoeg door het bos heeft gewandeld.

Hans en Albert vermaken zich wel, Hans klautert in bomen en Albertje verzamelt dennenappels.

'Joden mogen niet meer in de bus,' legt Gerhard uit, 'en ook niet meer in de speeltuin.'

'Waarom niet?'

'Omdat de mensen gek zijn geworden.'

'Maar dat doen we toch gewoon?' zegt Margreth. 'Wie merkt dat nou?'

Het is verplicht je persoonsbewijs bij je te dragen en in dat van Großmutter staat op elke bladzij een grote zwarte J.

23

September 1941

Rose verstart als ze de brief ziet van de Sicherheitsdienst in Rotterdam. Haar moeder? De brief is gericht aan Pfarrer Hugenholtz. Ze rent naar de studeerkamer en overhandigt hem aan Gerhard, die aan zijn preek zit te werken.

Rose kijkt gespannen naar zijn gezicht als hij de brief leest.

'Ik moet me melden voor verhoor.'

'Waarom?'

'Wegens anti-Duitse uitlatingen op een begrafenis in Zuid-Beijerland,' leest hij.

'Wat heb je gezegd?'

'Ik weet het niet meer precies, wat mijn hart me ingaf.'

'Dat kan tegenwoordig niet meer,' zegt ze en ze schrikt zelf van haar bitse toon.

'Ik heb gebeden dat we spoedig weer in vrijheid kunnen leven.'

'Je zult nog wel meer gezegd hebben. *Liebster*, je moet echt voorzichtig zijn.'

'Ik kan me niet maar wat op de vlakte houden. Ik moet opkomen voor vrijheid en recht.'

'Dat moet ook, maar dat kan niet altijd in het openbaar. Tegenwoordig is dat levensgevaarlijk. Wij en veel mensen hebben je nodig.'

'Er is dus een verklikker bij geweest! Zelfs op de begrafenis van een vriend ben je niet meer veilig.'

'Waar word je verwacht?'

'Haagseveer. Overmorgen.'

'Ik ga mee.'

Het liefste zou Rose er alleen naartoe gaan en Gerhard thuislaten.

'Laten we niks tegen de kinderen zeggen. Margreth heeft steeds vaker enge dromen.'

Twee dagen later wandelen Rose en Gerhard naar het station waar Gerhard even de jongens van Koster groet in het gelijknamige café naast het spoor. Daarna stappen ze op de tram die hen over de Barendrechtse brug naar Rotterdam brengt. Zwijgend lopen ze door de vernielde stad, als door een decor waar je losse wanden zo lijkt te kunnen omduwen. Achter een nog overeind staande voorgevel van een winkel gaapt de leegte. Buizen en draden bungelen uit afgebroken muren als blootgelegde aderen. Haveloze kinderen spelen op de bergen puin.

Het is ruim een kilometer lopen naar het onaangetaste gebouw aan het water waar ooit de veerboten naar Den Haag vertrokken. Er staan Duitse jongemannen in uniform voor de deur. Jongens die zich een hele piet voelen in hun pakje, denkt Rose bij zichzelf, met hun knopen, hun pet, hun adelaar, hun moordwapen.

Gerhard moet zijn papier aan een Nederlandse politieambtenaar laten zien en krijgt instructies waar hij zich moet vervoegen. Samen lopen ze door lange kale gangen met gesloten deuren. De hakken van Rose echoën tegen de muren.

Wanneer ze bij de kamer zijn aangekomen, klopt Gerhard op de deur.

'*Warten bitte.*'

Ze gaan op de houten bank zitten. Rose hoopt dat ze mee naar binnen mag. Onderweg heeft ze Gerhard nog eens duidelijk gezegd dat hij verstandig moet praten en aan zijn kinderen moet denken.

'Ja Liebste, maak je geen zorgen.' Hij geeft haar een kus op de wang.

Er klinken zware stappen. Aan het eind van de gang verschijnt een man, gekleed in het zwart, laarzen die een heel ander geluid laten klinken dan de hakjes van Rose.

Hij komt dichterbij, een man van middelbare leeftijd, in het uniform van de SS. Als die maar niet...

Op de pet boven zijn gesloten gezicht prijkt de adelaar en een doodskop. En daar pronken ze mee als met een sieraad, denkt Rose vol minachting.

Hij kijkt even naar Rose die strak terugkijkt en gaat dan zonder hen te groeten de kamer binnen.

Rose legt haar hand op die van Gerhard en knijpt er even in.

'Ik ben heus niet bang voor hem,' fluistert hij.

'Dat moet je wel een beetje zijn.'

Na enige tijd gaat de deur open.

'Pfarrer Hugenholtz,' commandeert een jonge man in groen uniform.

'*Kann ich*,' vraagt Rose.

'*Nein, nur Herr Hugenholtz*.'

'*Bis bald, Schätzchen*,' zegt hij tegen Rose voor hij naar binnen gaat. '*Ich liebe dich*.'

Rose is uiterlijk rustig maar haar hart bonst en haar handen zijn koud. Ze wringt ze om ze te verwarmen en om de spanning te verdrijven. Haar handen zijn wit, haar vingertoppen blauwig, ze strijkt over de trouwring. Als ze Gerhard hier willen houden zal ze zich ermee bemoeien. Dan gaat ze met de verhoorders praten. Ze zal kalm blijven, herhalen dat hij niets op zijn geweten heeft. Zo nodig zal ze eraan toevoegen dat hij altijd erg van Duitsland heeft gehouden.

Telkens kijkt ze op haar horloge. Af en toe loopt zo'n jongen voorbij in zijn kostuum. Ze heeft Gerhard duidelijke instructies gegeven over wat hij wel en niet moest vertellen. Ze had verhalen gehoord over gewelddadige verhoren, martelingen. Van vrienden van Hans in Bremen. Het zijn dezelfde mensen die het voor het zeggen hebben hier.

In stilte bidt ze. U Eeuwige smeek ik, bewaar Gerhard, laat hem een werktuig blijven in Uw hand. Laat hem geen geweld worden aangedaan.

Geluid van de deur. Met een ruk kijkt ze opzij. Hij gaat open. Ze springt op. Gerhard is heel bleek.

'Goddelijke bestiering,' zegt hij zachtjes.

'Mag je weg?' vraagt Rose nog zachter.

Hij knikt.

'Snel dan, buiten vertel je me.'

In een stevig tempo lopen ze naar de uitgang.

'Hij wilde alles weten over wat ik gezegd had,' vertelt Gerhard als ze gearmd weer op weg gaan naar het station.

'Of het waar was dat ik voor de koningin gebeden had. Dat kon ik niet ontkennen.'

'Had je best kunnen doen.'

'Of ik me nog met andere sabotagepraktijken bezighield. Of ik vrienden heb die zich daarmee bezighouden. Hij vroeg hoe ik tegenover Hitler stond. Ik heb gezegd dat ik de Duitsers om veel dingen bewonder maar dat ik het onaanvaardbaar vind dat zoveel onschuldige mensen leed wordt berokkend. "Dat hoort bij *dem Krieg*," zei hij. Heb ik me toch ingehouden, hè liefste?'

Rose glimlacht een heel klein glimlachje.

'Op een zeker moment vroeg hij hoe het kwam dat ik zo goed Duits spreek. "*Meine Frau ist Deutsche*," zei ik. "Waarvandaan?" vroeg hij. "Bremen." "*Ich auch.*" "We zijn getrouwd in de Liebfrauenkirche." "*Ich auch*," zei hij. "Door dominee Groscurth." "*Ich auch*," zei hij en toen schreeuwde hij: "*Raus!*" Verder niks. Hij gaf niet eens een hand. Het was geen prettige man maar zie je, ook deze mensen hebben een hart. Je hebt me gered mijn engel, zoals je je broer en Tiny hebt gered. En we gaan ook je moeder redden.'

Rose maakt jam, zet vruchten op brandewijn en legt augurken in, al die dingen die haar moeder altijd deed. Bij het volgende bezoek aan Zeist zal ze potjes voor haar meenemen.

Ze is dankbaar over de goede afloop in het Haagseveer maar haar angst groeit. De laatste keer dat ze Rosette belde had iemand anders opgenomen en gezegd dat ze was verhuisd. De vrouw wist niet waarnaartoe en ook niet sinds wanneer.

Haar broer Hans, die vergeefs bij Rosette was langsgegaan, had zich ook moeten registreren, maar hij heeft dat niet gedaan. Als ze hem ontdekken zal hij daarvoor worden gestraft.

Van tante Mathilde hebben ze nog steeds geen bericht en ook geen adres. Meestal drukt ze de gedachten meteen weg. Ze kan niks doen, alleen naast Gerhard staan, helpen in de gemeente en er zijn voor de kinderen. Ook voor Gerhard is het duidelijk dat de situatie er niet beter op wordt. De Nederlandse politieke partijen zijn verboden evenals studentenorganisaties.

Aan tafel vertelt Gerhard dat er een Engelse bommenwerper is neergestort bij de Greup. Hij was erheen gefietst en had met mensen gesproken.

'Wat voor een?' vraagt Hans. 'Een Wellington, Halifax, Short Stirling?'

Gerhard heeft geen idee. 'Maar de inzittenden hebben het overleefd en zijn geholpen door een paar mannen uit de buurt. Ze hebben eten en kleren gegeven, een kaart en gewezen hoe ze konden ontsnappen.'

Het vliegtuig kwam van een dropping boven Lyon en was de weg kwijt. Het is geraakt door Duits afweergeschut vanuit Rotterdam.

'De mannen uit de Greup zijn opgepakt,' zegt Hans als ze de volgende dag weer aan tafel zitten voor het middagmaal. 'De Engelsen ook.'

'Wat? Door wie?'

'Door de Duitsers.'

'Ik hoorde het in de klas.'

Ook een oom van Margreths klasgenootje Maria.

'Het was een Wellington,' zegt Hans.

Gerhard fietst er na het eten meteen naartoe. Een paar uur later komt hij terneergeslagen thuis.

'De families zijn erg ongerust. Er zijn veertien mannen opgepakt en die zitten nu in het Haagseveer.' De Duitsers hebben hard opgetreden, gescholden, gedreigd. Ze hadden de Britten opgepakt en via de labels in hun hemden de goede gevers ervan gevonden.'

Hans wil gaan kijken bij het vliegtuig, maar Rose verbiedt het.

Een kleine twee weken later komt Gerhard, die vrijwel dagelijks naar de Greup fietste, ontzet thuis.

'Ze hebben vijf mannen doodgeschoten.'

Hij valt neer in een stoel.

Rose trekt Margreth op schoot.

'De monsters, om een broodzak, een kaart en wat kleren.'

De familie weet niet eens waar de mannen zijn gefusilleerd en waar hun lichamen zijn. Een paar anderen zijn tewerkgesteld in Duitsland.

Steeds vaker gaat Gerhard naar café Koster waar meerdere dorpsgenoten samenkomen om te praten over wat te doen tegen de tirannie en over hoe ze mensen die onderdak of eten nodig hebben kunnen helpen.

'We kunnen dit niet laten gebeuren,' zegt Gerhard terwijl hij zich tegen Rose aan nestelt.

'Als je belooft dat je je mond houdt. Alleen in mijn bed mag je er heel zachtjes over praten.' Ze weet dat Gerhard niets voor haar geheim kan houden, en hij weet dat alles bij Rose veilig is.

'Beloofd. *Ich liebe dich.*'

'*Ich liebe dich auch, sehr.*'

Hun tekst uit Heidelberg.

24

December 1941-zomer 1942

'Mevrouw Hugenholtz, de kerstboom!' roept Lena.

Wanneer Rose de gang in loopt komt een kerstboom die zo groot is dat de takken ombuigen tegen wanden en plafond haar tegemoet.

'Maar die is veel te groot!'

'Heeft de dominee besteld,' zegt de koster.

Met moeite wringt hij hem door de deur de kamer in waar hij hoger blijkt dan het plafond.

'Ik ga een zaag halen.'

Gerhard verschijnt met een triomfantelijke uitdrukking op zijn gezicht.

'*Aber* wat is dit?' valt Rose uit.

'De grootste die ik kon vinden.'

'En de duurste waarschijnlijk.'

'Ja.'

'*Potstauzend*. Ben je gek geworden?'

'Ik hoopte je te verrassen. Kerstfeest is belangrijker dan ooit.'

'Ja, maar dat heeft niks met die boom te maken. Dit is verspilling. Het is al zo moeilijk. De extra kosten voor moeder.'

'Het komt goed lieveling.'

'Niet als jij zo onverantwoordelijk doet.'

Gerhard kijkt strak, loopt de kamer uit en slaat de deur achter zich dicht.

Het liefst zou Rose het kerstfeest dit jaar overslaan. Ze merkt er niet veel van dat Christus is geboren.

Maar als haar boosheid wegebt, heeft ze spijt dat ze zo fel reageerde. Het komt door de spanningen. Dit jaar moet ze de kerstboom in haar eentje versieren, haar moeder mag niet eens een paar dagen komen logeren. Meneer De Man heeft zijn lijst met regels en voorschriften onder handbereik en hij is een ambtenaar die geen steek laat vallen. Net zomin als de meeste gemeenteambtenaren want nergens hoor je over opstand of sabotage. Vanuit alle hoeken van het land stromen de papieren met percentages Joods bloed in de richting van het Bevolkingsregister in Den Haag, waar nette boekhouders alles in systeem brengen en zo voor velen het reisbiljet naar een kamp al klaarleggen.

Behoedzaam haalt Rose de zilveren ballen, klokjes en sterren uit de dozen en verdeelt ze over de boom. Sommige stammen uit haar kindertijd, andere kocht ze in Bremen samen met haar moeder. Ook de lametta en de kleurige kartonnen borden zijn Duits fabricaat. In haar vaderland hebben kerstbomen tegenwoordig vaak een hakenkruis als piek.

Rose heeft niet alleen de kaarsjes in de kerstboom ontstoken, ze heeft bovendien de chanoekia van haar grootmoeder Rosette uit het kastje van haar moeder gehaald zodat ook die zijn bijdrage levert aan het lichtfeest. In gedachten ziet ze de kandelaar verhuizen van Delmenhorst naar Keulen, Hamburg, Bremen. De kerstbomen ziet ze weer in al die verschillende huizen staan. Wanneer Gerhard Albertje optilt om een kaarsje uit te blazen boven in de boom, voelt ze hoe haar vader dat haar liet doen, in Keulen toen de boom het betoverendst was.

Es brennt die Kerze auf meinem Tisch
Für meine Mutter die ganze Nacht.
Für meine Mutter.

Dat gedicht van Else Lasker-Schüler klinkt voortdurend in haar hoofd.

Mijn hart brandt onder het schouderblad
de hele nacht
voor mijn moeder.

Het vriest al dagen. Aan de kraan in de badkamer hangt een ijspegel, zodat ze zich moeten wassen in de keuken. De verwarming in de kerk is kapotgevroren en nu worden niet alleen de avonddiensten in de gymzaal gehouden, maar ook de dienst van eerste kerstdag, de verjaardag van Gerhard.

Ook over de wereld trekt een gure kou, vergezeld van laaiend vuur. Hitler wil niet van vrede met Stalin weten al vriezen de Duitse soldaten aan het oostfront bij duizenden dood. Japan heeft bommen gegooid op de Amerikaanse marinebasis in Hawaï, Pearl Harbor, waarna Amerika de oorlog verklaarde aan Japan en Duitsland, gevolgd door Italië, aan Amerika. Nederland is eveneens in oorlog met Japan. Op eerste kerstdag wordt een Nederlandse onderzeeër bij Borneo door de Japanners getorpedeerd waarbij al die jongens die hier vorig jaar in Nederland onder kerstbomen zaten zijn omgekomen in die verre zee.

De wegen in en om Klaaswaal zijn bedekt met sneeuw en ijs. Een feest voor de kinderen die met de slee van de dijken suizen, en soms ook voor Rose en Gerhard wanneer ze met vrienden aan een lange stok over de Vliet schaatsen die tussen lichtgrijze knotwilgen door het weidse witte land naar de verte slingert.

Niet alleen Gretchen wordt gemist, ook oma Hugenholtz die in november is overleden. Gerhard was erg bedroefd maar gelukkig was ze rustig ingeslapen. Voor haar dood zong ze nog zachtjes psalm 42: *'t Hijgend hert, der jacht ontkomen, schreeuwt niet sterker naar 't genot van de frisse waterstromen dan mijn ziel verlangt naar God.* Rose hield veel van haar schoonmoeder, die haar vanaf het begin als een dochter heeft aanvaard, en ze zal nooit vergeten hoe ze voor haar opkwam tijdens de moeilijkheden met juffrouw Lancée. Een natuurlijke dood, omringd door liefde, is een voorrecht heden ten dage, realiseert Rose zich.

Het is behaaglijk in huis met de knetterende haard, de kaarsjes, de spelende kinderen. Alle drie BII'tjes, bastaard tweedegraads, want met één Joodse grootouder, weet Rose nu. Zelf is ze BI, bastaard eerstegraads, met twee Joodse grootouders, en haar moeder is een rasechte J. Volgens de Joodse wet daarentegen zullen zelfs de kinderen van Margreth echte J's zijn en die van Roses zonen niet. Regels, wetten, bedenksels. Tegenwoordig mogen Joden niet meer trouwen met niet-Joden, tenzij ze zich laten steriliseren. De mens, de kroon op de schepping.

Een Ariër of Arische met een Joodse wederhelft is 'gedegradeerd' tot BII. Maar tegenwoordig kun je gewoon een streep door zo'n huwelijk laten zetten.

Rose vindt een brief bij de post uit Duitsland die gericht is aan haar moeder. Ze maakt hem open, leest. Het is of haar bloed even ophoudt te stromen. Zakelijk wordt meegedeeld dat haar moeder nu officieel gescheiden is.

Dat had hij dus gedaan, de lafaard. Ze wil de brief verfrommelen, in het vuur gooien maar houdt zich in want hij is voor haar moeder. Arme, lieve, nimmer klagende moeder, weer een klap. Haar moeder had uit veiligheidsoverwegingen nooit willen scheiden, maar nu telt haar wens niet meer.

Haar vader is dus niet alleen een slappeling maar ook een misdadiger, want achter een Arische echtgenoot had haar moeder zich kunnen verschuilen. Misschien wil hij trouwen met die nieuwe vrouw. Zij zal het hem gevraagd hebben, zo was ze. 'Zij of ik!'

Ze heeft goed gehandeld door zijn brieven te verbranden. Of had dat hem juist koppig gemaakt? Ze kan het niet, hem vergeven. Nu al helemaal niet meer.

Rose maakt zich zorgen over steeds meer dingen tegelijk. Tiny was voor de zoveelste keer langs geweest bij het huis van Rosette. Uit veiligheidsoverwegingen ging hoogblonde blauwogige Tiny alleen en wachtte Hans een eindje verder in de straat. De naam stond nog op de deur. De afgelopen keren had niemand opengedaan. Nu wel. Tiny had gevraagd naar de familie Engelander.

'Die wonen hier niet meer,' had de vrouw gezegd.

'Waar zijn ze naartoe gegaan?'

'Geen idee.'

Tiny had gelogen dat ze de familie niet kende maar nog een betaling van hen te goed had.

'Komen ze terug of staat hun huis leeg?'

'Hier wonen wij.'

Tiny had aangedrongen of ze niet wat meer wist en daarop had de vrouw geantwoord: 'Het waren Joden, ze moesten weg.'

Of ze opgehaald waren en wanneer? De vrouw wist van niks. Toen

Tiny vroeg of ze het huis van hen hadden gekocht, had de vrouw gezegd dat haar man daarover ging en had ze de deur dichtgedaan.

Van tante Mathilde komt er begin november een brief gericht aan haar zuster Gretchen. Rose twijfelt maar ze maakt de brief open en leest: 'We zijn nog in Bremen met andere mensen in hetzelfde huis maar de kans is groot dat we naar een werkkamp gaan in Polen.' Rose besluit de brief niet mee te nemen naar haar moeder.

Op haar verjaardag is Roses stoel weer versierd, er wordt weer gezongen en op pannen geslagen, maar Rose hoort het geluid van de bommen en ze denkt aan haar moeder. Voor Gerhard en de kinderen wil ze het feest niet bederven dus ze doet of ze vrolijk is.

De volgende dag gaat Rose naar Zeist om haar verjaardag met haar moeder te vieren die haar het gevoel voor rituelen heeft bijgebracht en haar heeft geleerd dat feesten in ere moeten worden gehouden.

Wanneer ze haar moeder bij de halte ziet staan is het eerste wat Rose treft de grote gele ster links op haar groene vest. Voor de duidelijkheid staat er 'Jood' op geschreven.

'Ik heb de feestversiering al op,' zegt haar moeder die de blik van haar dochter ziet.

Terwijl ze gearmd door de drukke Slotlaan wandelen ziet Rose hoe de mensen naar de ster kijken. Als ze boven een café op een wit bord de tekst leest 'Joden niet gewenst' doet ze net of ze het niet ziet, hoewel ze weet dat haar moeder het natuurlijk al lang heeft opgemerkt.

De lanen zijn lentegroen en overal bloeien bloemen. De natuur trekt zich niks aan van al die nieuwe verordeningen. Het lijkt erop dat machtswellust en gewelddadigheid bij de natuur van de mens horen.

Taart eten in een of andere gelegenheid kan niet eens, haar moeder mag nergens naar binnen, zelfs het park mag ze niet meer in.

'Het zal erger zijn dan je je kunt voorstellen,' telkens hoort ze die woorden van Theo.

Toen Rose vanmorgen op het station van Utrecht in haar beste Nederlands om informatie had gevraagd over de tramverbinding met Zeist had de vrouw haar met een stug gezicht antwoord gegeven en toen Rose na haar bedankt te hebben wegliep, hoorde ze dat haar 'rotmof' werd nageroepen. Niet hard maar wel verstaanbaar voor anderen, die meteen vijandig naar haar hadden gekeken. Ze doet erg haar best op het Nederlands maar haar Duitse accent raakt ze niet kwijt.

Ze drinken koffie met een stuk taart in de tuin bij dominee Couvée die hoopt dat tante Gretchen, zoals iedereen haar inmiddels noemt, nog een tijd blijft omdat het hele gezin is opgefleurd. Rose heeft een tas met potjes jam en ingemaakte vruchten bij zich, en tekeningen van de kinderen. Gretchen wil alles over hen weten. Het gaat goed maar ze missen hun oma.

Bij het afscheid belooft Rose dat Hans of Margreth gauw weer komt logeren. Als Rose 's avonds in Gerhards armen kruipt vertelt ze hoe beroerd ze wordt van die ster. Gerhard streelt haar lange zwarte haar.

Ontsnappen naar het buitenland is onbegonnen werk met een J in het paspoort, weet Gerhard. Onlangs is de politicus Wiardi Beckman door de Duitsers opgepakt op het strand van Scheveningen toen hij naar Engeland probeerde te vertrekken.

'Maar we gaan iets anders proberen,' fluistert hij in Roses oor.

'Wat dan?'

Met zijn lippen tegen haar oor dat hij kust lispelt hij nog zachter: 'Vervalsing van haar papieren.'

Rose draait haar gezicht naar dat van Gerhard ook al kan ze hem in het donker nauwelijks zien.

'Wie? Is het niet gevaarlijk?'

'Laat het aan hen over, ze weten wat ze doen.'

Rose heeft het druk, er is meer werk voor haar in en om het huis nu ze de steun van haar moeder mist. Ook in de gemeente gaan haar taken door. Ze doet alles met grote toewijding en hoe drukker ze het heeft hoe minder tijd er is om te tobben. Vaak loopt ze even binnen bij Bep, bij haar thuis of in de huishoudschool tijdens de pauze.

Als Gerhard op de laatste dag van mei thuiskomt geeft hij haar niet zoals altijd opgewekt een kus. 'Ik heb schokkend nieuws.'

Hij is bleek.

'Duizend bommenwerpers boven Keulen.'

Haar hart krimpt. De geallieerden hebben hun lading losgelaten op het centrum.

'De jachtvliegtuigen zijn onze redding maar de bommenwerpers alleen zullen onze overwinning zijn,' had Churchill gezegd. Het effect van de precisiebombardementen op industriële en militaire doelen viel echter tegen. Een nieuwe bevelhebber, Sir Arthur Harris, vond het beter niet alleen die specifieke doelen maar de hele wijk eromheen plat te gooien. Haar prachtige stad, de stad die haar het liefste is.

Rose zegt niks maar in haar schreeuwt het: tante Hanna! Weer een angst erbij voor haar moeder! Hun vrienden, haar schoolvriendinnen! Gelukkig zit Rose II in Brazilië. Wat zal ze een angsten uitstaan om haar moeder. Haar vader, oom Rudolf, was vorig jaar gestorven, een bevoorrechte natuurlijke dood.

Ineens kijkt ze weer van een afstand toe en hoort zichzelf vragen: 'De Dom?'

Hij weet het niet.

Rose herkent zich in het diepe afgrijzen dat spreekt uit de woorden van de bezetter. Tegelijk weet ze dat Duitsland het over zichzelf heeft afgeroepen. De mensen denken dat ze vechten voor de Heimat, maar ze vechten louter en alleen voor Hitler.

'De geallieerden slaan terug!' De dorpelingen vertellen het elkaar met triomfantelijke gezichten.

De stad waar ze is geboren, waar ze zo trots op was, waar ze gelukkig is geweest, die ze haar kinderen wilde laten zien, is met de grond gelijk gemaakt.

Een veilig huis heeft Rose daar gehad. Nu kan ze beter navoelen wat haar moeder zei, dat de herinneringen aan de kindertijd de mooiste zijn. Samen met Hansje bij hun vader en moeder in bed in de slaapkamer waar de zon naar binnen scheen, met het gezin naar de boten kijken op de Rijn en naar het hertenpark. Het zijn herinneringen aan de tijd waarin je nog geloofde in een ongebroken wereld. Veel kinderen maken zelfs dat niet mee.

Haar moeder had ook in het poëziealbum van haar kleindochter een zelfgemaakt gedichtje geschreven over de gouden droom van de jeugd.

Ein Glück, wie wir 's uns in der Jugend träumen, gibt es im Leben kaum. Du eben bist das höchste Glück, du überschäumend, du goldner Jugendtraum. Ze had er een echte edelweiss bij geplakt die Margreth aan iedereen liet zien.

Rose kijkt naar Margreth die haar best doet op een tekening voor Großmutter.

Toen Rose zelf acht was leek de wereld mooi, maar een jaar later vertrok haar vader naar de oorlog en hij kwam terug met een kapotgeschoten been. Dat fundament, dat thuis, wil ze haar kinderen geven. Ze wil dat ze ervan doordrongen zijn dat ze altijd op haar kunnen bouwen en weten dat ze onvoorwaardelijk worden liefgehad.

Half juli belt Erwin om aan te kondigen dat dit voorlopig de laatste keer is omdat de telefoon wordt afgesloten. Helaas kan hij hen niet geruststellen, het gaat niet goed. Er is geen werk en de jongens zijn erg ongelukkig omdat ze alle drie hun fiets hebben moeten inleveren.

De oorlogsmachine maalt door, alles loopt op rolletjes. Af en toe vlamt er hoop op, klinkt er een ferme stem dat dit zo niet kan. De protestantse kerken verenigen zich in een protestbrief die ze naar Seyss-Inquart sturen. Nederlandse bisschoppen richten zich in een brief tot de gelovigen waarin ze de vervolging van de Joden fel veroordelen. Kort daarna worden tweehonderd katholieke Joden die tot nu toe buiten schot waren gebleven als represaille naar kampen afgevoerd. Ook Gerhard die in de kerk nog steeds bidt voor vrede en voor de koningin beseft dat het verzet in het verborgene moet gebeuren.

Een maand later wordt er een telegram van oma Gretchen bezorgd met het bericht dat ze moet verhuizen naar Amsterdam.

25

Herfst 1942

Elke keer wanneer Rose het station van Amsterdam binnenrijdt herinnert ze zich de prettige opwinding die ze voelde toen ze hier voor het eerst aankwam in 1930 vlak voor kerst en Gerhard haar stond op te wachten. Er leek een licht en vreugdevol hoofdstuk aangebroken. Dat was ook zo maar het duurde te kort.

Rose loopt naar tram 25 die al klaarstaat en die haar naar de Noorder Amstellaan zal brengen. Het is een zachte dag, de mensen zijn licht gekleed ook al is het bijna oktober.

Haar moeder had zich moeten melden bij de Joodse Raad, waar ze te horen kreeg dat ze in Amsterdam moest komen wonen en dat er een kans was dat ze over enige tijd een oproep zou krijgen om te werken in Polen.

Han heeft gezegd dat dat koste wat het kost voorkomen moet worden. Hij heeft nog steeds onderduikers, telkens weer andere, en hij staat in contact met mensen die veel weten. Gerhard vertelde dat Piet Pot op de BBC heeft horen spreken over vergassing, maar hij kan het niet geloven en zij evenmin.

Rose slaapt slecht, woelt, staart in het donker. Gerhard herhaalt telkens dat de mannen van Koster bezig zijn. Maar een vervalsing blijkt moeilijk want de Nederlandse directeur van het Bevolkingsregister heeft op verzoek van de bezetter een identiteitsbewijs ontworpen en dat heeft hij zo goed gedaan dat het vrijwel niet blijkt te vervalsen. Het is veel beter dan wat de Duitsers zelf op zak hebben.

Ze rijdt langs de Bijenkorf. Daar zal haar moeder ook wel niet meer in mogen.

De Joodse inwoners van Oud-Beijerland zijn eveneens gedwongen te verhuizen naar Amsterdam. Een paar van hen waren ondergedoken maar zijn verraden. Wat beweegt mensen zoiets te doen? Via een bevriende collega was haar moeder op haar huidige adres terechtgekomen aan de statige Noorder Amstellaan bij de familie Limburg, ook sterdragers.

De laan is breed. Ideaal voor de intocht van de Duitse Wehrmacht die de Limburgs vanuit hun raam hebben kunnen gadeslaan, waarbij ze ook hebben gezien dat sommige landgenoten hen welkom heetten met de Hitlergroet. Het huis ziet er somber uit. Misschien komt het doordat het donker is of toch vooral door de bedrukte sfeer die er hangt. Ingenieur Limburg is zijn baan kwijt, de twee jongens hun fietsen en hun oude school. Bovendien maken ze zich zorgen om vrienden en familie.

Haar moeder bewoont een kamer op de tweede verdieping waar ze haar eigen leven leidt. Er is geen keuken maar het dienstmeisje brengt haar de maaltijd. Wanneer Gretchen af en toe bij het gezin beneden op bezoek gaat, vraagt de oudste jongen, David, die al zeventien is, wat hij voor haar zal spelen op de piano. Het zijn altijd Duitse componisten, Schumann, Brahms, Bach die door de kamer klinken. Ook Nico die pas tien is kan goed spelen. Hun pianolerares is weg, opgepakt, op transport gezet naar Westerbork en ze hebben nog steeds geen bericht.

Gerhard, Hans en vooral Tiny die een goedbetaalde baan heeft, brengen het geld bijeen voor de kost en inwoning. Gretchen vindt dat niet prettig en is dan ook voortdurend bezig kousen en truien te breien voor de jongens en een elegant vestje voor mevrouw. Bovendien kan ze net als haar dochter slecht tegen nietsdoen.

Drie keer drukt Rose op de deurbel. Dat is het teken dat zij het is, zodat haar moeder opendoet en niet een van de Limburgs.

Het duurt enige tijd maar dan kijkt haar moeder door het raampje en straalt als ze haar dochter ziet. Rose volgt haar de trap op die kraakt onder hun stappen. De laatste keren heeft ze telkens een kleurig kleed of kussen meegenomen om de kamer mee op te fleuren en dat is aardig gelukt, ook dankzij de tekeningen van haar drietal. Gretchen zet thee en vraagt naar Gerhard, de kinderen, Hans en Tiny. Nog iets uit Keulen gehoord van Hanna? Mathilde en Nathaniël? Willy? Rose schudt haar hoofd. Wel van de tantes in New York met de vraag of ze iets weten van de familie in Duitsland en dat Gretchen naar New York moet komen. Theo zal de reis betalen.

Het is te laat.

Er was ook een brief uit Jeruzalem, van neef Harry namens de hele familie. Bij haar vorige bezoek had Rose haar moeder moeten vertellen dat Onkel Moritz was overleden en was begraven op de Olijfberg naast tante Röschen. De neven konden alleen troost putten uit de gedachte dat hun vader de gruwelen die hun ter ore komen zijn bespaard. Harry dringt erop aan dat tante Gretchen naar Palestina komt. Zoon Kurt wil gaan vechten tegen de nazi's en hoopt opgenomen te worden in het Engelse leger.

Gretchen heeft zin om een wandeling te maken, het is zo'n zonnige dag en ze wil briefpapier kopen. Vanaf acht uur 's avonds moet ze thuis zijn zoals alle Joden, maar overdag mag ze naar buiten, natuurlijk wel met ster. Rose ziet hoe haar moeder naald en draad uit haar naaikistje haalt en met een paar steken de ster op haar jas vastmaakt.

Dan gaan ze de deur uit en lopen gearmd onder de verkleurende bomen door, al pratend over Klaaswaal, Gerhard, de kinderen. Soms leveren ze commentaar op wat ze zien, bijzondere architectuur, een wolkenpartij, touwtjespringende meisjes. Even lijken de dingen die op hen drukken verdwenen.

Wanneer ze langs de Amstel wandelen waarin een blauwe lucht weerspiegeld wordt, is het of ze met vakantie zijn maar in gedachten ziet Rose de brede rivier vervloeien met de Rijn in Keulen waar ze ook zo wandelde met haar moeder en soms met haar vader en die nu voortstroomt tussen het puin.

Ze buigen af naar de Weteringschans waar een Duitse militaire auto voorbijrijdt, misschien naar de gevangenis iets verderop. In de Utrechtsestraat bekijken ze etalages, zien mooie kleren maar Rose koopt al een tijd niks meer. Ze maakt alles zelf want tegenwoordig moeten ze nog zuiniger zijn.

'Kom binnen, gauw!' Een vrouw wenkt Gretchen vanuit de deuropening van een sigarenwinkel. Ze begrijpen het niet.

'Er is een razzia.'

Roses hart slaat een slag over. Ze ziet haar moeder vliegensvlug de winkel in verdwijnen. De vrouw trekt haar mee achter de toonbank en gebaart dat ze daaronder moet kruipen. Haar moeder verdwijnt uit het zicht.

Iets verderop in de zijstraat ziet ze een vrachtwagen. Er lopen Duitse soldaten omheen en een paar Nederlandse agenten.

'*Aber* wat gebeurt?'

'U bent Duitse?' vraagt de vrouw. Haar blik is nu vol achterdocht.

'De vrouw onder uw toonbank is mijn Mutter.'

Het gezicht van de vrouw wordt weer vriendelijk.

Rose kijkt, naar de auto, naar de uniformen. Ook met hun houding en bewegingen stralen ze arrogante zelfverzekerdheid uit. Zij is veilig zonder ster, zolang ze niet in opstand komt.

Het wordt een hele oploop. Voorbijgangers blijven staan, kijken toe, zwijgend. Na enige tijd komen er mensen uit een huis, ook kinderen en een oude man. Allemaal met een tas of een koffer. Ze worden hardhandig naar buiten gejaagd en onder agressief geschreeuw de vrachtwagen in geduwd.

Ze denkt aan Rosette en Mozes. Deze mensen krijgen ook geen tijd om te schrijven of te bellen. Wegrijden, bidt Rose en ze beseft hoe verschrikkelijk dat tegelijkertijd is. Wegrijden en die mensen laten uitstappen.

De wagen rijdt niet weg.

Er wordt aangebeld bij een ander huis. Als niemand reageert bellen ze nog een keer, rammen scheldend op de deur, schoppen ertegen. Gebelgd dat die niet meegeeft slaan ze een ruit in en twee uniformen gaan naar binnen.

'Wat gebeurt daar?' vraagt Rose.

'Misschien iemand die dwarsgelegen heeft, gewoonlijk komen ze als het donker is.'

'Gewoonlijk,' wat klinkt dat eng.

'Of verraden. Die worden ervoor betaald en dan pikken ze als ze de kans krijgen ook nog de spullen in.'

'Kunnen we niet beter weggaan, de andere kant op?' vraagt Rose op gedempte toon.

‘Vaak zetten ze de buurt af, dus dat is riskant.’

De vrouw zal haar moeder toch niet in de val... Nee, ze is goed.

Er loopt een man de tabakszaak binnen. De vrouw schiet achter hem aan. Rose blijft buiten terwijl al haar aandacht is gericht op wat er achter haar in de winkel gebeurt. Intussen ziet ze hoe een paar mannen de deur uit komen naast het ingeslagen raam. De soldaten duwen hen. Een valt op de grond, krijgt een trap, moet weer opstaan en naar de vrachtwagen. Ze draait zich zogenaamd terloops om en kijkt de winkel in. De vrouw staat achter de kassa. Haar moeder zal nu uitzicht hebben op haar benen. De man loopt de zaak uit met een pakje sigaretten. Ze groeten elkaar beleefd.

Er staan steeds meer mensen te kijken, niemand doet of zegt wat. De uniformen zouden ogenblikkelijk het vuur openen, of hen ook in de vrachtwagen smijten.

Met bonzend hart kijkt Rose welke bewegingen de geüniformeerde mannen maken. Ze stappen in de auto. Een van de omstanders wil nog iets meegeven maar dat wordt verhinderd door gebulder en een handgebaar. Ze komen de kant van Rose op, langzaam, met hun buit.

Rose is zogenaamd in lichtvoetig gesprek met de vrouw. Maar ze trilt.

De wagen rijdt door.

De wagen verdwijnt uit het zicht.

Rose voelt dat de tranen haar in de ogen springen. Zo bang is ze nog nooit geweest. Nog nooit zo opgelucht, maar ook nog nooit zo kwaad. Die mensen, die oude man. Wat gebeurt er met hen? Dat dit zomaar kan, onder hun ogen. De toeschouwers lopen weg, kunnen weer doorgaan met hun leven.

De vrouw gaat de winkel in. Ze buigt zich voorover. ‘Nog heel even.’

Als ook het oploopje verdwenen is, komt haar moeder tevoorschijn.

‘Verstoppertje spelen op mijn oude dag,’ zegt ze in het Duits.

‘Kan ik u een kopje thee aanbieden?’ vraagt de vrouw.

Nee dank, ze willen zo snel mogelijk weg.

26

Lente 1943

Rose is de laatste van het gezelschap die de smalle trap op klimt naar de zolder van de kerk. Voor haar lopen Hans, de catechisanten, met Gerhard als aanvoerder.

Voordat hij catechisatie geeft in de consistorie neemt Gerhard het ploegje van vijftien à twintig jongens altijd mee naar boven om op de wereldkaart te zien hoe de zaken aan de verschillende fronten ervoor staan. De trap voert verder naar de toren maar zij stappen op de planken en lopen door het schemerdonker tussen de eeuwenoude gewelven naar de kaart, die zo breed is als de afstand tussen Gerhards handen wanneer hij zijn armen spreidt.

'Dan wil je daarna ook nog wel luisteren naar wat de dominee verder te vertellen heeft,' zegt een van de jongens tegen Rose.

Op de kaart zijn de vlaggetjes geprikt die Gerhard samen met Hans heeft gemaakt door een stukje papier aan een speld te bevestigen, zwart voor de asmogendheden, wit voor de geallieerden en rood voor het Rode Leger. Hans had er zo bevlogen over gepraat en gezegd dat het zo'n goed overzicht gaf dat Rose nieuwsgierig werd. Bovendien is het nu iets minder deprimerend doordat het ernaar uitziet dat de nazi's het onderspit gaan delven.

Ze lopen langs de touwen met tabaksbladeren. Een bevriende boer had Gerhard aangeboden op zijn terrein tabak te verbouwen voor zijn sigaren. Bij een feestelijke gelegenheid rookt Gerhard een sigaar en hij deelt er royaal van uit. Hans en Margreth hebben de grote groene bladeren aan touwen geregen om ze hier te drogen te hangen. Wanneer ze bruin zijn worden ze naar een sigarenmaker gebracht. Albertje was een keer zelf aan de slag gegaan, had zo'n blad stevig opgerold, er de brand in gezet en nadat hij er een paar ferme trekken van had genomen, was hij kotsmisselijk geworden.

Zo rijgen de kinderen ook plakjes appel aan draden en brengen die naar de bakkerij op de Molendijk, waar ze boven de ovens drogen waarna ze in grote glazen potten worden bewaard en uitgedeeld bij de thee.

In een halve kring staan ze voor de grote kaart die tegen het bovenste stuk van een gewelf is geplakt. Iedereen is dik aangekleed want het is koud. Aanvankelijk hadden de jongens met tegenzin steeds meer zwarte vlaggetjes in het papier geprikt en die laten oprukken door Europa, Rusland en Noord-Afrika. Gerhard had voortdurend de moed erin gehouden, ook met voorbeelden van Bijbelverhalen over verlossing na bittere nood en redding uit een hopeloze situatie. Behalve in Canada stonden er na de aanval op Pearl Harbor witte vlaggetjes in Noord- en Zuid-Amerika, maar ook de zwarte vlaggen die eerst in Afrika waren geprikt belandden in een bak om plaats te maken voor witte. Generaal Rommel was verslagen bij El Alamein. Dat betekende niet het einde, zoals Churchill had gezegd, niet het begin van het einde maar het einde van het begin. Gerhard had dit gehoord in café Koster, waar de laatste berichten van de BBC worden opgevangen. Alleen Rose krijgt alles ingefluisterd 's nachts in bed.

Er staan witte vlaggen bij het Suezkanaal dat van groot strategisch belang is, de zwarte vlag is weggehaald uit Tripoli, er staan er alleen nog enkele in Tunesië maar ook daar rukken de Engelsen en de Fransen op.

'Kijk,' zegt Gerhard terwijl hij wijst op de kust van Noord-Afrika. 'Hiervandaan zijn ze zo in Italië.'

Ook Stalingrad bleek, anders dan Hitler had voorspeld, niet die rotte deur die de edelgermanen alleen maar hoefden in te trappen.

De jongens kijken met gespannen blik. Voor hen heeft het iets van een opwindend spel, bedenkt Rose, zoals dat ook door velen in Duitsland werd ervaren tijdens de Eerste Wereldoorlog. Er vielen geen bommen, er werd niet geschoten in de straten, de gevechten waren ver weg en werden op de kaart beleefd en in de krant. Totdat de straten zich vulden met kreupelen en invaliden en veel soldaten zoals haar oom Friedrich en de broer van Theo helemaal niet terugkeerden. De Duitse jongens die op school de oorlog ervoeren als een groots avontuur zijn de nazi's van nu.

Rose ziet hoezeer de catechisanten zijn gesteld op hun dominee en met hoeveel plezier hij met hen omgaat. Laatst belden er een paar jongens aan en vroegen: 'Dominee, gaat u mee voetballen?'

Steeds vaker gaat Gerhard naar café Koster, ook op zaterdagavond wanneer er muziek wordt gespeeld en wordt gedanst. Engelse en Amerikaanse muziek is verboden door de *Sicherheitsdienst* maar de songteksten zijn nu in het Nederlands vertaald.

Wanneer Gerhard op een middag terugkomt uit het café ziet Rose door het keukenraam dat hij bij het kippenhok een rolletje papier aan Margreth geeft, die het in haar poppenwagen stopt. Ze loopt naar buiten.

'Wat is dat?'

Margreth kijkt vragend naar haar vader.

'Laat zien.'

Margreth met de poppenwagen waarin ze *Trouw* rondbrengt. Links van haar Hans en Albertje

'Mama mag het weten,' zegt Gerhard.

Margreth haalt het rolletje krantjes onder het matrasje vandaan en geeft het aan haar moeder.

'*Bist du verrückt!*' valt ze uit tegen Gerhard.

'Maak je geen zorgen lieveling.'

'Dat doe ik wel!'

Rose weet dat Gerhard sinds de oprichting in februari 1943 regelmatig een *Trouw* meeneemt op huisbezoek of wanneer hij in een andere plaats gaat preken, en ook dat er af en toe een student een stapeltje komt halen.

'Dit gebeurt niet meer.'

Margreth kijkt beteuterd.

'Maar ik zeg het tegen niemand.'

'Ik wil het niet hebben. Dit is heel gevaarlijk.'

'Ik geef het alleen aan een meneer of mevrouw als die alleen is. Bij de burgemeester krijg ik altijd een snoepje.'

Als Rose even later alleen met Gerhard in de studeerkamer is, zegt ze boos: 'Hoe haal je het in je hoofd? Een kind van acht!'

'Ze brengt ze alleen aan een paar vrienden.'

'Onverantwoord! Jij denkt dat God en Jezus alles goed laten aflopen maar daar hebben ze jouw gezond verstand wel voor nodig. Dit is naïef en roekeloos.'

'We kunnen niet laten gebeuren wat er gebeurt.'

'Het is goed dat je je verzet, maar laat de kinderen erbuiten.'

Ze loopt de kamer uit en blijft de hele dag koel.

's Avonds in Gerhards armen vraagt ze wat hij nog meer voor geheime zaken uitvoert.

'Onderduikadressen.'

'Beloof me dat je heel erg oppast. Er zijn te veel mensen die je nodig hebben.'

'En ik heb jou nodig.'

In het dorp wordt gejuicht om elke bom die op haar land valt en haar eigen zoon Hans juicht mee. Ook de Amerikanen beginnen met hun bombardementen en laten hun lading vallen op het Ruhrgebied om de wapenindustrie te treffen, op Berlijn, op Wilhelmshaven, dat ooit door haar familie werd verdedigd tegen de Engelsen en waar ze de boot namen naar Wangeroog.

Intussen wordt de toestand in Nederland dreigender. Roses angst wordt levensgroot wanneer ze zwart op wit ziet staan dat Rauter alle provincies Jodenvrij wil maken. Ze zijn al een heel eind. *'Het was geen kleinigheid om 130.000 Joden uit een gezond Germaans lichaam te verwijderen. Wij willen deze maatregelen onverbiddelijk doorzetten.'*

Telkens vraagt ze Gerhard of er nieuws is over de papieren.

'Het komt goed liefste, ze zijn bezig.'

'Maar er is haast.'

'Dat weten ze. Ze hebben contact met een man die is gespecialiseerd in vervalsingen, een Duitse jurist.'

Niet lang daarna, begin april, ontvangen ze een telegram van Erwin: 'Moeten ons melden in Vught, ook de kinderen en schoonouders. Mocht er iets met ons gebeuren, willen jullie je dan ontfermen over de jongens.' Onmiddellijk telegraferen Rose en Gerhard samen terug dat ze ervan uitgaan dat alles goed afloopt, maar zo niet, dat hun kinderen dan als hun eigen kinderen voor hen zullen zijn.

Gerhard belt met zijn broer Han die hun zorg niet kan wegnemen. Vught is een kamp van de SS en meestal een doorgangskamp. Maar misschien dat ze goede arbeidskrachten langer houden en staan de geallieerden weldra voor de deur.

'Is het niet beter dat moeder onderduikt?' vraagt Rose aan Gerhard. 'Ze zullen uiteindelijk ook Amsterdam leeghalen.'

'Ik zal overleggen met Jaap Koster en met Han.'

Elke week gaat Rose naar Amsterdam om haar moeder te bezoeken. Hans en Margreth logeren er om de beurt en komen thuis met verhalen over hoe fijn het was bij Großmutter, en hoe leuk om bij de familie Limburg langs te gaan, helemaal wanneer de jongens piano voor hen spelen. Margreth is erg vol van Nico, die twee jaar ouder is dan zij. Ze vindt het raar dat zij wel in de tram mag maar hij niet, net zomin als oma.

Gretchen die is uitgenodigd op de seidermaaltijd bij de familie Limburg oppert dat het misschien ook interessant is voor de kinderen. Dit oude feest vieren is belangrijk voor haar moeder en ze betrapt zich erop dat ze het zelf ook graag weer zou beleven. Ze neemt Margreth mee die behalve Großmutter ook Nico wil zien.

Wanneer er op seideravond wordt aangebeld schrikt iedereen, ook al verwachtten ze iemand. Drie keer snerpt het door het huis, als teken van goed volk. Maar zeker weet je het nooit.

Gretchen gaat naar beneden om open te maken. Zij is het meest onverschrokken en zegt dat ze een oude vrouw minder snel iets zullen doen dan een jonge man. Rose en Margreth lopen achter haar aan en zien hoe in het donker een man die zacht praat Gretchen iets in handen drukt. Weer boven wikkelt ze de doek los en haalt een stapeltje platte koeken tevoorschijn.

'Matses.'

De door kaarsen verlichte tafel is al gedekt met de voor Rose zo vertrouwde maar voor Margreth mysterieuze gerechten.

De Limburgs zijn net zomin streng in de leer als Gretchen, maar nu vindt iedereen het fijn het oude feest samen te vieren.

'Kijk uit met de mierikswortel!'

Nico heeft tranen in zijn ogen en Margreth deinst al terug wanneer ze er alleen maar aan ruikt.

'Zo reageerden de Joden tijdens de Egyptische onderdrukking,' zegt de oudste zoon David.

Meneer Limburg leest het stuk uit Exodus waarin ouders worden opgeroepen hun kinderen dit feest van de uittocht uit de Egyptische slavernij door te geven. *'In uw geslachten zult gij deze dag als een altoos durende inzetting vieren.'* Ze zingen samen en spreken teksten uit, zo snel mogelijk want het Joodse volk heeft haast om te vertrekken.

Dan wordt er weer lui achterover liggend een slok genomen van de rode wijn of het bessensap, zoals hun onderdrukkers dat deden. Rose ziet in gedachten haar ooms en tantes, neven en nichten op Wangeroog rond de tafel zitten.

Margreth vindt het een geweldig feest en helemaal als ze samen met Nico een stuk matse moet verstoppen, dat de familie vervolgens gaat zoeken. Wanneer ze het na lang speuren niet vinden moeten ze het stuk matse afkopen. Er wordt snoep geboden maar Nico vindt het tot Margreths verbazing niet genoeg. Als daar een voetbal voor

Nico en een pakje kleurpotloden voor Margreth aan worden toegevoegd, gaan ze al smoezend de deur uit, naar de ouderlijke slaapkamer en halen daar, zo vertelt Margreth later, het stuk matse achter een schilderij vandaan.

'Volgend jaar in Jeruzalem,' klinkt het bekende afscheid.

Wat zou ze graag zeggen, net als in Villa Rosa: 'Volgend jaar op Wangeroog.'

'Het was ook altijd het lievelingsfeest van je moeder,' zegt Gretchen tegen haar kleindochter.

'Waarom vieren wij het dan nooit?'

Margreth vindt het jammer dat haar oma binnenkort vertrekt. Ze gaat weer bij oom Han logeren omdat dat veiliger is.

'Zijn de Limburgs dan niet veilig?'

'Jawel,' zegt Rose, terwijl ze weet dat dat niet zo is.

Nog steeds is er geen bericht van Rosette, niet van tante Mathilde en oom Nathaniël en evenmin van tante Hanna. Ook van oom Willy en tante Rosa in Mutzschen horen ze niets. Wel kwam er een brief uit São Paulo van Rose II die geen contact kan krijgen met Keulen en niets weet over haar moeder.

De post bezorgt een kort bericht van Erwin op een voddig stukje papier: 'Ouders ziek in Maastricht achtergelaten. Günther en Manfred tewerkgesteld bij Moerdijk, geen contact. We houden van jullie, pas op hen.'

Het is duidelijk dat de post wordt gecontroleerd, iets wat Han al had verteld.

Het verzet wordt feller nu steeds meer verhalen de ronde doen over Joden die worden weggehaald, zigeuners, psychiatrische patiënten. Ook de represailles verharden. Verspreiders van illegale blaadjes worden geëxecuteerd. Wanneer de militairen die de eerste meidagen hebben gevochten worden opgeroepen voor de *Arbeitseinsatz* breken er stakingen uit die zich uitbreiden door het hele land.

'Als niemand meer meewerkt met de misdadigers is het snel voorbij,' zegt Gerhard.

Maar de Duitsers treden keihard op. Tachtig stakers worden onmiddellijk zonder proces gefusilleerd. Hun namen zijn te lezen op aanplakbiljetten. Er wordt lukraak op stakers geschoten waarbij nog eens honderd doden vallen en vele gewonden.

'De ploerten,' roept Gerhard uit. 'Hopelijk belanden ze zelf voor het vuurpeloton!'

Hij valt neer op een stoel. 'Dat mag ik niet zeggen, dat mag ik niet willen!'

Rose streelt zijn hoofd. '*Lieber, lieber* Gerhard, er zal een einde aan komen. Gelukkig zijn er ook mensen als jij.'

De razzia's onder studenten nemen toe. Doordat de Duitsers terrein verliezen worden ze fanatieker en gevaarlijker. Iedereen moet zijn radio inleveren en als je het niet doet kun je worden opgepakt.

Gerhard brengt de radio weg maar in café Koster blijft er eentje staan die tijdens de avonden dat het orkest speelt, in de ruimte onder het podium het nieuws doorgeeft.

Op 13 juni gaat de telefoon. Margreth mag opnemen. De telefoniste deelt mee dat ze verbinding heeft met Ammerstol. Margreth herhaalt het terwijl Rose komt aanlopen en de hoorn overneemt. Dat zal over de onderduik van haar moeder gaan, denkt Rose opgelucht.

'Dag mevrouw Hugenholtz, ik verbind u door.'

Het is een tijdje stil, ze hoort klikken, geruis. Hopelijk kan haar moeder er snel heen.

'Rose?'

'Esther, wat een verrassing.'

'Lieve Rose ik heb slecht nieuws.'

'... Moeder kan niet...?'

'Han is opgepakt. En alle onderduikers. Alleen een jongen, Carel Denneboom, kon ontsnappen.'

'Weet je waar ze zijn?'

'De anderen weet ik niet. Han is waarschijnlijk naar de gevangenis in Amsterdam.'

Rose was er pas nog langs gelopen, over de Stadhouderskade op weg naar haar moeder.

'Het moet verraad zijn geweest.'

27

Zomer-herfst 1943

Bij café Koster breidt de groep verzetsstrijders zich uit. De zonen van Koster zijn erbij, twee zonen van Schop, drie broers van Corry Luyendijk en Piet Pot de elektricien. Jaap Koster heeft het zo georganiseerd dat de meesten niet van elkaar weten dat ze erbij horen zodat ze ook bij een eventueel zwaar verhoor of per ongeluk niemand kunnen verraden. De leden van zijn dansorkest die bij de verzetsgroep horen weten dat wel van elkaar en verder neemt Jaap Gerhard in vertrouwen. Er is een wederzijdse waardering, ook al is de familie Koster niet van de kerk.

De laatste tijd wordt er fysieke training gegeven in zaal Koster, gericht op kracht en uithoudingsvermogen. De mannen krijgen ook schietles, 's nachts in een verafgelegen boerderij midden in de polder. Daar gebruiken ze oude geweren voor van het Nederlandse leger en buitgemaakte Duitse geweren en revolvers. Gerhard heeft het er moeilijk mee. Ontelbare brieven plakte hij dicht met gebroken geweertjes, net als Han weigerde hij dienst en hij heeft altijd verkondigd, zowel vanaf de preekstoel als op straat en in huiskamers, dat geweld en christendom niet samengaan. Hij begrijpt inmiddels wél dat het toekeren van de andere wang tot de ondergang leidt. Zijn broer Han blijft een radicale pacifist maar Gerhard zou evenmin in staat zijn iemand te doden. Op de zaterdagavonden musiceren de orkestleden, die zich op andere avonden bekwamen in de schietkunst, er vrolijk op los. De JK-band houdt zich strikt aan de in het Nederlands vertaalde liederen want op de muziekavonden verschijnen regelmatig Duitsers van de veldgendarmerie.

Rose, die slecht slaapt uit zorg om haar moeder, besluit persoonlijk met Jaap Koster te gaan praten. Ze wil weten of er schot zit in de papieren en of het anders niet beter is dat haar moeder zich verstopt. Misschien bij hem. Van Gerhard weet ze dat daar ook onderduikers zitten.

Jaap Koster is een lange slanke man met een ernstige blik. Een man van weinig maar duidelijke woorden.

Hij gaat haar voor naar de keuken waar verder niemand is en waar hij haar een glas limonade aanbiedt. Zijn bewegingen zijn rustig en beheerst. Rose kijkt naar de vele potten en pannen, de roerspanen en pollepels die in een lange rij langs de muur hangen en waarmee eten wordt bereid voor Duitse militairen en voor onderduikers.

Ze zijn bezig met de papieren, vertelt hij, maar hij begrijpt haar zorg. Hier in het café onderduiken is te riskant want iemand kan haar moeder herkennen en het zich argeloos laten ontvallen. Haar moeder kan beter naar een plek waar niemand weet wie ze is. Hij zal zien wat hij kan doen.

Rose heeft groot ontzag voor deze man die zich met gevaar voor eigen leven inzet voor anderen, gewoon omdat het zoals hij zegt 'onze plicht is om mensen in nood te helpen'. Hij heeft meegevochten bij de Grebbeberg.

Terwijl Rose vol spanning wacht op een bericht van Jaap vindt ze een paar dagen later op 30 juni een envelop in de brievenbus die haar een schok bezorgt. De afzender is de Rijksinspectie van het Bevolkingsregister. Hij is gericht aan G.W.K. Hugenholtz maar Gerhard komt voorlopig niet thuis dus Rose maakt hem met trillende handen open.

'Hierbij breng ik te Uwer kennis, dat de Commissaris-Generaal voor Bestuur en Justitie op neven vermeld verzoek heeft BESLIST' – het woord is behalve in kapitalen ook onderstreept – 'dat mevrouw Rose Hugenholtz moet worden geregistreerd als afstammelinge van één Joodse grootouder. Namelijk Levi Nathan Leeuwarden. Dus GI.'

'Mutti!' roept ze.

Ze zou naar Jaap Koster willen rennen om hem te danken, maar ze wil hem niet storen of in verlegenheid brengen. Haar moeder is nu dus half Joods en gered! Naar Amsterdam, meteen! Zodra Gerhard thuis is.

B is veranderd in G, de term Bastaard vervangen door het keurige *Gemischt*. Intussen had Jan de Zeeuw, de zoon van de burgemeester, op de persoonskaart van Gretchen Israëlitisch vervangen door Nederlands Hervormd. Haar moeder is geen J meer maar Gemischt eerstegraads.

Alle opgekropte angst en spanning vinden een uitweg in haar tranen. Ze veegt ze af, haalt diep adem, gaat de tuin in om bloemen te plukken voor op de kamer van haar moeder en voor de familie Limburg.

De kinderen hebben de stoel waarop Großmutter altijd zit versierd, Bep brengt een taart en Hans komt met Tiny die vrij genomen heeft uit Voorburg.

'Het was een onverwachte manier om wat rond te kijken in het land,' bagatelliseert Gretchen, maar het is aan alles te zien hoe gelukkig ze is weer terug te zijn in de pastorie.

De kinderen vliegen hun grootmoeder om de hals en dansen door het huis van blijdschap. Rose begeleidt haar met de koffer naar haar kamer waar de vaas met bloemen staat en helpt haar met uitpakken en inrichten.

'De chanoekia stoppen we maar weg in de kelder. Je weet maar nooit.'

'Die is dan toch van die ene Joodse oma?' zegt haar moeder, maar ze verzet zich er niet tegen dat hij onder in de aardappelkist verdwijnt met zijn acht armen.

'Ik ben dus het product van een losse scharrel. Ach, die brave vader van me.'

Uit veiligheid kregen ze geen details over de vervalsing, alleen dat Gretchen nu het kind is van een Arische moeder.

De blijdschap wordt na enige tijd getemperd doordat er na het bombardement op Keulen nog steeds geen nieuws is van haar zusje Hanna, noch hebben ze iets gehoord van Mathilde en Nathaniël en evenmin van Willy en Rosa uit Mutzschen. Ook van Rosette ontvingen ze geen levensteken en na dat verontrustende berichtje van Erwin ook van hém niet meer.

Wel komt er een brief van de zusters uit New York, die voortdurend kalmerende middelen aan Theo moeten vragen vanwege hun zorgen om de toestand in Europa. En Han zit inderdaad gevangen in Amsterdam.

Op 10 juli komt Gerhard opgewonden de kamer binnen.

'De geallieerden zijn op Sicilië geland!'

Dat had hij gehoord bij Koster via Radio Oranje.

'Hitler en zijn bende gaan eraan! Misschien is het wel heel snel vrede.'

Twee weken later klinkt er weer gejuich in het dorp.

'Honderdduizend bommen op Hamburg!'

Rose verstart wanneer ze het bericht hoort, tegelijk voelt ze haar hart tekeergaan. Ook al liet ze de brieven van haar vader ongeopend in het vuur verdwijnen, ze zag wel dat ze uit Hamburg kwamen. Ze voelt een golf van misselijkheid opkomen, rent naar de wc en geeft over. Haar moeder brengt haar een kopje thee. Zelf lijkt Gretchen onaangedaan.

Zoals de Duitsers spraken over *Coventrieren* nadat ze Coventry hadden platgegooid heeft men het nu over Hamburgiseren. Er zijn tienduizenden doden gevallen.

De vreugde van de mensen is beangstigend en primitief, denkt Rose bij zichzelf. Het getuigt van een volledig gebrek aan voorstellingsvermogen, alsof niemand lijkt te beseffen hoe onbeschrijfelijk veel pijn en verdriet er wordt geleden door onschuldige mensen, bejaarden, kinderen.

Zouden de Alsterarkaden nog overeind staan? Het laatste beeld van haar vader dringt zich op: hoe hij daar liep, hoed op het hoofd, fier maar met een aarzeling in zijn stap.

Aan bomen en struiken rijpt het fruit en uit de groentebedden worden manden met boontjes, peultjes, snijbonen, wortels en komkommers weggedragen, een rijkdom in deze tijden van groeiende schaarste. Gretchen is weer elke dag in de moestuin en de boomgaard, maakt jam, gelei en vele soorten sap. Ze zet een stoel met de zitting omgekeerd op de zitting van een andere stoel, spant een stuk kaasdoek over de vier poten, legt daar een berg verse aardbeien op en zet een schaal eronder. Iedereen moet er met een grote boog omheen lopen, zodat het allerzuiverste sap ongestoord in de schaal kan lekken. Op zaterdagochtend loopt ze door de lange gang om de eerste kop van de vers gemaakte soep naar de studeerkamer te brengen, waar Gerhard, gehuld in zijn geruite huisjasje, bezig is met zijn preek.

Omdat ook stoffen op de bon zijn, maakt Rose nieuwe kleren van oude. De afgedankte kleding wordt losgetornd, gewassen, geperst en omgedraaid waarna er patronen op worden gelegd. Zo maakt ze uit de binnenkant van een jas van Gerhard een regenjas voor Margreth, die daar heel trots op is.

Deze zomer is er weer geen zwemvertier maar er valt genoeg te beleven voor de kinderen. Hans gaat op avontuur met zijn vrienden in en om het dorp, altijd alert op verdachte verschijnselen. Hij maakt zich zorgen om de roekeloosheid van zijn vader. Als Gerhard lang wegblijft gaat Hans hem zoeken. Vroeger deed hij dat op de fiets maar sinds hij die moest inleveren, loopt hij rond het dorp om de dijken af te speuren. Zodra hij hem in de verte in het vizier krijgt keert hij terug naar huis. Margreth plakt bonnen bij Truida Vos van de melkfabriek die worden ingeleverd voor melkproducten. Met een pot stijfsel tussen hen in bestrijken ze met een kwast de bladzijden van de boekjes en plakken daar de bonnen op. Albertje scharrelt rond bij de tent die weer in de tuin staat opgesteld, bouwt kastelen en graaft schuilkelders.

Wanneer Gerhard buiten Klaaswaal preekt, neemt hij als altijd in zijn koffertje onder de toga behalve de preek een of meer nummers van *Trouw* mee en in die andere gemeentes onderzoekt hij of er plekken zijn waar mensen kunnen onderduiken. Hij heeft het drukker dan ooit met huisbezoek. Nog steeds gaat hij langs bij de vijf gezinnen op de Greup. Vooral bij de ouders van de jongen die te jong was om gefusilleerd te worden, maar toen hij twee dagen na zijn gevangenneming de leeftijd van twintig bereikte wél oud genoeg gevonden werd.

'sAvonds zitten ze allemaal bij elkaar in de kamer die iets geheimzinnigs heeft omdat het elektrische licht vervangen is door oliepitjes, kleine glaasjes waar water in zit met daarop een laagje olie met een lontje erin. Wanneer je wilt lezen moet je vlak bij zo'n lichtje gaan zitten. Op vrijdagmiddag steekt Gretchen of Rose geen kaarsen aan maar twee oliepitjes.

Behalve om de familie van Rose maken ze zich zorgen om Han, van wie ze niets horen. Zelfs zijn eigen vrouw Esther mag hem niet bezoeken in de Amsterdamse gevangenis. Wanneer Gerhard moet preken in Rijnsburg gaat hij niet alleen langs bij zijn zuster Gemma, die met de huishoudster Jans in het huis van haar moeder is blijven wonen, maar ook bij zijn broer Wim in Leiden en vraagt of hij als advocaat niet iets kan doen om Han vrij te krijgen. Helaas, het recht waarin hij is opgeleid geldt niet meer.

Wanneer ze het ergste beginnen te vrezen komt er bericht van Esther: op 12 augustus wordt Han overgeplaatst naar Vught. Han heeft zelf gezegd dat Vught een zwaar kamp is maar gelukkig, hij leeft. Ze hopen dat hij Erwin daar tegenkomt en hen kan informeren. Vaker dan vroeger loopt Rose naar de brievenbus maar ze vindt niets van de mensen over wie ze zich zorgen maken, tot ze op een envelop het handschrift herkent van haar zwager Han. Ze zwaait de tochtdeuren open en rent naar de studeerkamer. 'Liebster, een brief van Han.'

Gerhard springt op van achter zijn bureau, opent de brief met een briefopener en leest: 'Naar omstandigheden maak ik het goed. Erwin 6 juni vertrokken met Selma en de jongste zoon naar Westerbork. Manfred en Günther lang geleden naar Moerdijk gestuurd. Daarna geen nieuws. Gods zegen over hen en over jullie.'

Verslagen kijken ze elkaar aan.

'De vrede maakt haast,' zegt Gerhard, die nog regelmatig met de catechisanten naar de zolder van de kerk gaat om te kijken naar de kaart. Haile Selassie is weer keizer van Ethiopië, Italië heeft zich overgegeven, Mussolini zit gevangen maar de Duitsers hebben daar nog een stevige voet aan de grond. Toch is het een hoopgevend gezicht, die witte vlaggetjes in Zuid-Italië.

Albertje wil niet meer naar de zondagsschool: 'Altijd over David, nooit over de Filistijnen.'

Ze horen over veldslagen en andere wapenfeiten, zoals dat Mussolini is bevrijd, maar in het dorp kun je soms vergeten dat het oorlog is. De kinderen gaan naar school, spelen met vriendjes en vriendinnetjes. Gerhard en Rose vervullen hun taak in de gemeente en Gretchen scharrelt rond in de moestuin en de boomgaard. Hans en Tiny komen vaak logeren omdat ze het na alle angsten elk weekend willen vieren dat Mutti er weer is. Af en toe gebeurt er iets ongewoons zoals de kerkklok die uit de toren wordt getakeld om te worden omgesmeed tot vijandelijk wapentuig, of twee ss'ers die plots in de keuken staan, een doodskop op hun pet, en om koper vragen.

'Met de kerkklok kunnen jullie meer dan tevreden zijn,' zegt Rose die de mannen snel weer de deur uit bonjourt, bewonderend nagestaard door haar oudste zoon.

Wanneer Rose op een doordeweekse middag bezig is met een winterjas voor haar twee zonen klinkt de bel. Ze gaat naar de deur.

'Hans! Wat een verrassing!'

Haar broer reageert niet enthousiast als anders.

'Ik heb geen leuk nieuws.'

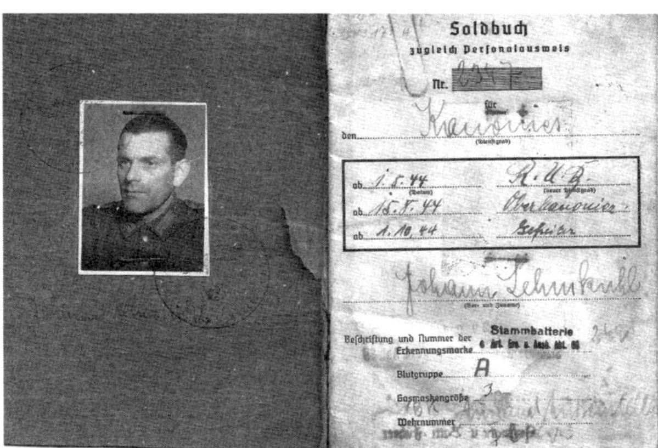

Soldijboekje Wehrmacht van Hans Lehmkuhl

'Wat? De familie?'

Ze kijkt naar het ernstige gezicht van haar broer die net als hun moeder altijd de neiging heeft dingen lichter te maken.

'Nee, is Mutti thuis?'

'In de keuken. Ik haal thee.'

Hans loopt met haar mee. Hij komt nooit op een doordeweekse dag.

Ook Gretchen is blij verrast haar zoon te zien maar de blijdschap in haar ogen verdwijnt wanneer ze merkt dat hij bedrukt is.

'Wat is er gebeurd?' vraagt ze als hij haar kust.

'Eerst thee.'

Ze lopen gedrieën naar de kamer. Hij heeft vast slecht nieuws over een familielid. Wie? Niet weer een dreun, haar arme moeder.

Nadat Rose heeft ingeschonken in een ongewone stilte, gaat ze zitten en kijkt afwachtend naar Hans. Als altijd ziet hij er elegant uit en glimmen zijn schoenen.

Hij roert in zijn kopje.

'Het is iets wat we niet hebben kunnen bedenken.'

'Vertel!'

'Ik heb een oproep gekregen.'

'Waarvoor?'

'Voor de *Deutsche Wehrmacht*.'

Niemand had gedacht dat de radertjes van het Duitse systeem zo geniepig in elkaar grepen en doordraaiden, dat Hans, nadat zijn moeder van heel tot half Joods was gepromoveerd, eruit rolde als kwart Joods in plaats van half, en dus Arisch genoeg voor het Duitse leger.

'Maar dat kan niet!'

'Op dienstweigeren staat de doodstraf.'

'Onderduiken.'

'Dan loopt de familie gevaar.'

28

14 januari 1944

Wanneer Rose en Gerhard aan de feestelijk gedekte ontbijttafel willen gaan zitten doet Gretchen de schuifdeuren open. Margreth en Albertje staan in hun zondagse kleren aan twee kanten van het orgel waar Hans zijn vingers al in de aanslag op de toetsen houdt. Achter de ramen ligt een besneeuwde boomgaard.

Na een paar inleidende tonen begint het drietal te zingen op de wijs van 'Dankt dankt nu allen God met blijde feestgezangen', over de grote liefde die lang geleden begon en waar zij uit voortgesproten zijn. Gerhard is op een van de rode crapauds gaan zitten en heeft Rose op schoot getrokken.

Echt weer iets voor haar moeder. Gretchen kijkt gespannen of de kinderen het goed doen. Ze zingen over de liefde, die vreugdevolle en ook moeilijke tijden heeft doorstaan. Rose neigt haar wang naar die van Gerhard. Ze hopen dat God hen nog lange tijd voor elkaar en voor hun kinderen mag sparen. Rose en Gerhard klappen in hun handen maar het concert is nog niet afgelopen.

Hans zet een nieuwe melodie in die ze meteen herkennen. De kinderen zingen het lied dat Gerhard elk jaar op hun trouwdag door een draaiorgel had laten spelen op het plein voor de pastorie: *Ich hab' mein Herz in Heidelberg verloren.*

Een paar afsluitende akkoorden weerklinken luid en dan roepen ze in koor: 'Hartelijk gefeliciteerd met uw koperen bruiloft!!' Ze stuiven op hun ouders af om hen te kussen. Albertje overhandigt een grote envelop waar een ingelijste foto uit komt die Gretchen door een fotograaf van de kinderen heeft laten maken. Margreth geeft haar moeder een paar vellen papier die met een lint aan elkaar zijn vastgemaakt. Op het voorblad staat een hart waarvan de omtrek wordt gevormd door een geschreven gelukwens. Met sierlijke letters is in het midden van het hart geschreven: 14 juli 1931-14 januari 1944. De tekst van het lied is op de volgende bladen gekalligrafeerd.

Rose herkent het hart en ze herkent de bloementakken. Vroeger heeft ze vaak gekeken in het fotoboek dat haar moeder van haar vader kreeg en dat door hem met tekeningen was versierd.

Tijdens het ontbijt vertellen de kinderen dat de schoolmeester het lied heeft gemaakt op verzoek van Gretchen omdat zij het Nederlands niet machtig is en dat hij het met hen heeft ingestudeerd.

Gerhard is vol bewondering over Margreths tekeningen. 'Je bent een kunstenares!'

'Heb ik nagedaan van het boek van Großmutter.'

Carl had het in 1897 aan zijn Gretchen gegeven, die toen twintig was. Op het eerste blad had hij een hart getekend waarvan de rand werd gevormd door een tekst over hun jonge liefde wier zoete herinneringen door dit boek zouden worden gekoesterd. In het midden van het hart heeft hij een cupido getekend op een in een zeilboot getransformeerde schoen.

'Opa Carl kan net zo mooi tekenen als Onkel Hans,' zegt Hans.

Een paar jaar geleden had Margreth Rose overvallen met de vraag waar de man van Großmutter was.

'Hij is op een dag verdwenen,' had ze geantwoord.

'Waarheen?'

'Dat weten we niet.'

'In de oorlog?'

'Is mogelijk.'

Net als toen zegt Margreth nu: 'Misschien komt opa Carl een keer terug.'

'Ik denk het niet. Het is al zo lang geleden.'

'Is hij dood?'

Rose is niet in staat om daar ja op te zeggen.

In de loop van de ochtend komen de kerkenraad en de besturen van de verschillende verenigingen gelukwensen. De hele dag door worden er bossen bloemen binnengedragen en manden vol appels, peren en druiventrossen uit de kassen.

Niet lang daarna is er weer een feestje, maar bescheidener. Hans en Tiny gaan in ondertrouw omdat ze officieel gehuwd willen zijn voordat Hans naar Mannheim vertrekt om opgeleid te worden tot soldaat en artillerist bij de Wehrmacht. In het paspoort van Hans staat bij *Religion* niet meer *Israelitisch* maar *Kein*.

Na de oproep was hij naar een vriend gegaan om zich te bezinnen op wat hij moest doen, maar na een week stonden er bij Tiny twee Duitse militairen op de stoep die meldden dat, mocht Hans Lehmkuhl niet verschijnen, ze haar in hechtenis zouden nemen.

Ze bidden allemaal dat het vrede is voordat Hans onder de wapens moet. Er is hoop. Op de zolder van de kerk worden de geallieerde vlaggen in Italië steeds noordelijker geprikt en de vlaggen van het Rode Leger schuiven op in westelijke richting.

Maar het is nog een lange weg naar Klaaswaal en die wordt er niet eenvoudiger op want om de geallieerde opmars te stuiten gaan de Duitsers het grote Nederlandse wapen inzetten: het water.

Op 20 februari komt Gerhard met een somber gezicht thuis: 'Een groot deel van de Hoeksche Waard wordt geïnundeerd.'

'Wij ook?' vraagt Rose.

'Klaaswaal niet maar Numansdorp wel, ook Strijen-Sas, Zuid-Beijerland, Piershil, Goudswaard.'

Hij moet naar allerlei spoedvergaderingen om te overleggen hoe ze het zullen organiseren met kerkdiensten en preekbeurten nu er een paar kerken in het water komen te staan. De mensen krijgen een week om te evacueren en daarna begint de zelf gecreëerde zondvloed.

Over de dijken trekt een eindeloze stoet van paard-en-wagens met hoog opgestapeld huisraad. Handkarren en kruiwagens worden voortgeduwd met oude mensen erin en kinderen. Een deel van de karavaan vindt onderdak in Klaaswaal. Het is druk in het dorp. Gerhards goede vriend, de gereformeerde dominee Mobach, gaat met vrouw en vier kinderen wonen in de consistorie van de gereformeerde kerk van Klaaswaal. Een andere vriend, de jonge hoogblonde dominee Jan Fokkema, die actief is in het verzet, wordt door het water

Margreth, Albert en Hans gefotografeerd op school

vanuit Goudswaard verdreven naar Oud-Beijerland.

Op de afgesproken dag worden de sluizen opengezet en stort het water zich op het land om bezit te nemen van landerijen en boomgaarden, slaapkamers, boekenkasten, keukens en kachels. Aan de rand van het dorp bij de Oude Sluis ziet Rose, waar ze de vorige dag nog uitkeek over weiland en boomgaarden, een eindeloze watervlakte waar daken bovenuit steken, boomkruinen en hier en daar een kerktoren. Nu gaan ze mijnen in de dijken leggen.

Hans en Margreth vinden die plotselinge zee en al die nieuwe kinderen in de klas wel leuk. Margreth zit nu niet alleen met Truida Vos in de bank maar ook met de dochter van de burgemeester, Tilly de Zeeuw die uit Numansdorp komt. Op zondagochtend verschijnt de familie De Zeeuw bij hen in de kerk, al zijn ze eigenlijk gereformeerd. De mensen zitten tegen elkaar aan gedrukt in de banken, in het gangpad en zelfs op de trap van de preekstoel.

Op 24 maart 1944 trouwen Hans en Tiny voor de Duitse burgerlijke stand in Den Haag. Rose en Gerhard zijn er niet bij en ook moeder Gretchen niet maar 's avonds is er een etentje in de pastorie. Rose merkt al een tijd dat haar moeder niet meer haar bekende laconieke houding heeft. Wanneer ze bezig zijn met het bereiden van het bruidsmaal zegt ze: 'Als het maar niet zijn galgenmaal wordt. Wanneer mijn redding de dood van mijn kind tot gevolg heeft, was ik liever tewerkgesteld in Polen.'

Drie dagen later zal Hans naar een kazerne in Mannheim vertrekken om te worden opgeleid tot artillerist.

'Gaat u nu helpen de geallieerden tegen te houden?' vraagt de kleine Hans.

'Maak je geen zorgen. Je weet dat ik handig ben. Ik zal een meester worden in mis schieten en knal per ongeluk een nazigeneraal overhoop.'

Gerhard bidt dat het snel vrede mag zijn. Bij het afscheid ziet Rose haar moeder voor het eerst huilen.

Als Gerhard op de dag dat Hans afreist naar Duitsland, met een stralend gezicht binnenkomt terwijl hij een envelop omhooghoudt, is het eerste wat ze denkt: mijn broer komt terug!

'Han is vrij!'

Na acht maanden Vught. Rose en Gerhard gaan naar Rotterdam om hem te ontmoeten op het station voordat hij doorreist naar Ammerstol.

Ze schrikken als ze hem aan een houten tafeltje zien zitten. Hij was altijd al slank maar nu is hij vel over been.

Wanneer hij hen ziet staat hij op, donkere wallen onder zijn ogen.

Rose kijkt hoe de broers elkaar omhelzen en even in die omhelzing blijven staan. Han kan hen tot zijn spijt niet geruststellen.

'Het is erger dan je je kunt indenken.'

'Heb je iets gehoord van Erwin en Selma?'

Hij fronst. 'Ik schreef het al. Kampgenoten hebben me verteld dat ze zijn meegegaan met het kindertransport. Op 6 juni, dus voordat ik daar kwam. Op een avond werd meegedeeld dat alle kinderen weg moesten. Je begrijpt wat een tragedie zich toen heeft afgespeeld. De kinderen zaten in aparte barakken en er waren allerlei ziektes uitgebroken. De eerste dag moesten de kinderen van nul tot en met drie weg, de volgende dag die van vier tot en met zestien. De moeders mochten mee. Selma ging mee met Dagobert. Elke wagon kreeg een wagonleider. Erwin werd een van hen.'

Het is alsof Rose van een grote afstand neerkijkt op Han, Gerhard en zichzelf, zoals ze daar zitten aan het houten tafeltje. Maar wat Han zegt weet ze al, de werkelijkheid is erger dan je je kunt voorstellen.

Han heeft in zijn rol van postbode meerdere malen brood kunnen stelen uit de keuken van de Duitsers om te verdelen onder de zwaksten. Van de twee oudere jongens Günther en Manfred weet hij helaas niets. 'Er is me wel verteld dat wanneer de mannen en jongens die tewerk zijn gesteld bij Moerdijk te zeer verzwakt waren, ze werden doorgestuurd naar Westerbork.'

Ze ziet de beelden weer van die middag dat Erwin met zijn gezin bij hen op bezoek was, de drie jongens met hun grote verlegen ogen. Dagobert die speelde met Hansje. Ze had zich verheugd op hun gezamenlijke vakantie in Katwijk.

Intussen spoelt de zee tot aan hun dorp. Er steken bordjes uit het water waarop met witte letters staat geschilderd: MIJNENGEVAAR. Het wordt lente en geleidelijk komen de fronten dichterbij. Het Rode Leger herovert terrein en rukt gestaag op naar het westen. Op 5 juni nemen de geallieerden Rome in en de dag daarna landen de geallieerde troepen in Normandië.

'Het is de grootste landingsoperatie ooit!' roept Hans.

De Atlantikwall mag dan wel lang zijn en met zijn 8000 door dwangarbeiders gebouwde bunkers van Noorwegen tot Spanje lopen maar hij is niet erg breed. De geallieerden breken er dan ook rap doorheen en hun opmars begint waarbij aan beide zijden honderdduizenden doden vallen.

Over de uitgestrekte watervlakte van het geïnundeerde land varen gewapende Duitsers in kleine rubberbootjes. Hoog in de lucht zweven arenden. Gerhard krijgt toestemming in het inundatiegebied te verblijven om geïsoleerde mensen te bezoeken. Zoals Vos van het Volgeland, een grote fruitkweker die een dijk mocht aanleggen rond zijn enorme terrein, wat hij in razend tempo heeft gedaan. Als dank daarvoor zal hij, zo vermoedt Gerhard, heel wat van de oogst moeten afstaan aan de bezetter. Dochter Nellie zit sinds de zondvloed bij Margreth in de klas en ze zijn vriendinnen geworden. Margreth mag een paar dagen komen logeren op dat eiland vol fruitbomen, moderne koelsystemen en treintjes die het fruit vervoeren.

Gerhard en Rose brengen haar weg. Ze wandelen over de dijk die voert van het land naar de omwalling die de fruitkwekerij beschermt. Alle drie dragen ze overschoenen omdat het pad modderig is. Gerhard loopt voorop met het koffertje van Margreth. Rose heeft Margreths hand vast en kijkt waar ze haar voeten zet. Aan weerskanten ligt het water, waar vissen langs de mijnen zwemmen.

Gerhard staat stil. Zijn overschoen blijft steken. Hij trekt eraan maar tevergeefs. De schoen heeft zich vastgezogen. Nog eens probeert hij het en dan valt hij met zijn overschoen in de hand languit achterover in de modder. Rose schrikt, maar als ze ziet dat Gerhard zo moet lachen dat hij nauwelijks overeind kan komen lacht ze ook. Margreth schatert het uit. Uiteindelijk staat hij op, zijn kleren druipend van de modder, en hikkend van de lach lopen ze verder over de smalle dijk naar die door populieren en water omringde hof van Eden. Het is lang geleden dat ze zo hebben gelachen.

Kort daarna volgt er een dreun. Op 9 en 10 augustus zijn er drieëntwintig verspreiders van *Trouw* in Vught geëxecuteerd. In het nieuwe nummer is een groot artikel aan hen gewijd onder de kop: 'Geslagen, niet verslagen'. Voorzichtig vraagt Rose aan Gerhard of het niet beter is te stoppen, maar zoals ze al verwachtte wil hij dat niet. 'Anders krijgen die misdadigers hun zin. Juist nu moeten we niet opgeven, ook om hen die zijn vermoord.'

Op 25 augustus wordt Parijs bevrijd. Kort daarna meldt Gerhard: 'Ze zijn de Belgische grens over!'

'Hopelijk kan Hans snel naar huis,' zegt Rose.

'Met kerst is hij bij ons,' weet Gerhard zeker.

Op 5 september klinkt gegons in het dorp dat aanzwelt tot gejubel: 'De bevrijders komen eraan! Ze zijn al in Breda!' 'Morgen zijn ze in Rotterdam!'

Hans heeft een vrachtauto uit Oud-Beijerland door het dorp zien rijden. 'Er zaten zingende Beijerlanders in met oranje linten om.'

De vreugde blijkt voorbarig, de feestkleding moet weer weggeborgen en op de vlucht geslagen NSB'ers en Duitsers kunnen weer terugkeren.

Maar op 14 september bereiken de geallieerden daadwerkelijk Maastricht. 17 september wordt Nijmegen bevrijd, 18 september Eindhoven. 'Vanuit Arnhem gaan de geallieerden Duitsland binnen dringen,' zegt Hans 'en dan is het snel gepiept.' Maar deze grootste slag op Nederlandse bodem loopt jammerlijk mis.

Gerhard blijft optimistisch: 'Het kan niet lang meer duren. Ze zijn al bij Moerdijk!' Waar ze op de pantsergrachten stuiten waaraan Günther en Manfred hun laatste krachten hebben gegeven, denkt Rose.

De naderende bevrijding betekent dat het front dichter bij hun dorp komt. De oorlog is niet alleen te voelen maar nu ook weer te horen. Steeds vaker klinkt geronk van vliegtuigen, vooral 's nachts. De Engelsen voeren aanvallen uit op geschutstellingen, huizen waar Duitsers zitten, legerauto's, maar ze raken niet alleen de bezetter. De watertoren en de gasfabriek van Klaaswaal komen onder vuur te liggen. De Barendrechtse brug wordt met bommen geraakt en in Numansdorp zijn bij een bombardement drieëndertig dijkhuizen verwoest.

Rose blijft vanwege de kinderen uiterlijk zo onbewogen mogelijk. Gerhard is zoals gewoonlijk vol goede moed, Hans vindt het wel spannend en haar moeder is nuchter als altijd. Margreth rent zodra ze vliegtuiggeronk hoort ijlings naar de kelder, waar matrassen liggen en waar zandzakken tegen het raampje zijn gezet. Meestal wordt ze op de voet gevolgd door Albert.

Tiny komt bijna elk weekend. Op een zondagmiddag eind september heeft ze twee enveloppen bij zich. Uit een daarvan haalt ze een kaart met een schildering van Hans, slechts begeleid door een liefdesverklaring aan Tiny, warme groeten aan de familie en de mededeling dat hij is bevorderd tot *Oberkannonier*. Ook in de kazerne zijn de gouden handen van Hans niet onopgemerkt gebleven.

De andere brief zit in een envelop van het Rode Kruis en is van Kurt. Hij was gericht aan Hans en bij hen terechtgekomen, maar Tiny heeft hem opengemaakt. De brief is geschreven in het Duits, Rose leest hem voor.

Al lange tijd trainen we in het geheim met wapens die we maakten van het sterke hout van de citroenboom. Nu hebben we eindelijk echte wapens en uniformen gekregen.

'Zijn vader was ook al zo'n vechtersbaas,' zegt Gerhard tegen de kinderen. 'Die heeft in Hildesheim een nazi een klap verkocht.'

We trainen zo hard we kunnen, leest Rose verder, *en zullen ons binnenkort als lid van de Joodse Brigade aansluiten bij de geallieerden. Liever sterven in de strijd tegen de nazi's dan sinaasappels plukken terwijl onze naasten worden uitgemoord. We zullen niet onder de vlag van de Engelsen maar onder eigen vlag opereren, een gele davidsster die in Europa als teken van schande wordt gedragen maar door ons met trots.*

Binnenkort reizen we af naar Egypte en vandaar gaan we via Italië jullie kant op. Zet de Schnapps maar klaar.

29

November 1944

'Willemstad is gevallen!' Het gonst door het dorp.

'De moffen vluchten als ratten.'

Het steekt Rose nog steeds als er zo wordt gesproken over Duitsers.

'Er zijn er heel wat verzopen in het Hollands Diep.'

De oorlog was erg dichtbij gekomen en speelde zich af aan de overkant van het Hollands Diep, waar de vanuit het zuiden opgejaagde Duitsers zich probeerden te verdedigen tegen de Britten.

De vrede heeft haast, het moorden gaat door, eten en brandstof raken op. Steeds vaker trekken er stoeten mensen uit Rotterdam te voet naar Klaaswaal op zoek naar voedsel.

Met het naderen van de bevrijders komt ook het gevaar steeds dichterbij. Hun vrienden, de directeur van de landbouwschool en zijn vrouw, kwamen vertellen hoe ze een hels kabaal hoorden en hadden gezien hoe een Engels vliegtuig hun buurhuis, waar Duitse officieren zitten, onder vuur had genomen. Daarna was het kanon beschoten dat ietsje verderop stond, waarbij een Klaaswalenaar dodelijk werd getroffen. Een schoolvriendin van Margreth die tegenover de door Duitsers bevolkte villa woont vertelde dat ze niet meer boven slapen uit angst voor aanvallen. Margreth was daar zo bang van geworden dat ze een nacht bij Rose in bed sliep en Gerhard voor die ene keer naar zijn eigen ledikant werd verbannen.

Als Rose 's middags samen met haar moeder bezig is uit een broek van Gerhard een broek voor Hans te maken ziet ze door het raam gemeentesecretaris De Man aankomen. De laatste keer dat hij langskwam stond hij op de stoep met Hans en zei dat er nog wat gedaan moest worden aan de opvoeding van de jongeman omdat hij niet het gedrag vertoonde dat bij een domineeszoon past. Hij had met een boog een pijl afgeschoten op de wijzerplaat van de klok op de kerktoren en zo de tijd stilgezet.

'Ik heb hem maar niet verteld over de boevenstreken van zijn vader,' zei Rose bij de maaltijd. De kinderen kregen er nooit genoeg van daarnaar te luisteren.

Hans vertelde vol trots dat zijn vrienden het tevergeefs hadden geprobeerd maar dat zijn pijl precies tussen de wijzers in de houten plaat belandde.

'Goedemiddag mevrouw Hugenholtz,' zegt De Man en vervolgt dan plechtig: 'Ik kom u zeggen dat we uw huis moeten vorderen voor militairen van de Wehrmacht.' Nog plechtiger voegt hij eraan toe: 'De Duitse generale staf.'

'Wanneer?' vraagt Rose zakelijk.

'Binnenkort, ze zijn onderweg.' De kwartiermaker was op het gemeentehuis langs geweest.

'Om te vragen wat het beste onderdak is voor de generaal?' Koel vraagt ze hoeveel mensen ze kan verwachten.

'Meer dan tien.'

'Als slaapplek zullen ze zich tevreden moeten stellen met de grond. Heeft u misschien nog plaats?'

Hij zwijgt en kijkt stug.

Kort daarna stoppen er een paar Duitse legerwagens op het kerkplein. Rose merkt dat er een ijzige kalmte over haar komt. Er springen militairen uit die het portier openen van een van de wagens; een man in een lange grijze jas stapt uit, gevolgd door een blonde vrouw in bontmantel.

'Het zijn er wel twintig!' roept Hans.

Rose doet open en kijkt in het gezicht onder de grote grijze pet.

'*Gutenabend gnädige Frau, General* Chill.'

'U bent met een heel gezelschap,' constateert Rose in het Duits. 'Moeten die allemaal hier...'

Hij knikt.

'Dan zullen ze op de grond moeten slapen want ik haal mijn kinderen niet uit hun bed.'

Een geur van drank hangt om hem heen. Zijn voorhoofd glanst als de gouden adelaar op zijn pet.

'U spreekt goed Duits.'

'*Danke.*'

Hij stelt zijn gezellin voor: '*Fräulein* Thea.'

Thea groet in het Nederlands.

De jonge vrouw kijkt naar Rose met een mengeling van arrogantie en jaloezie.

De generaal en zijn *Fräulein* nemen bezit van de salon terwijl de kinderen met grote ogen staan te kijken. Wanneer de generaal Margreth over haar haren aait, verroert die zich niet en glijdt haar blik naar het pistool aan zijn riem.

Binnen de kortste keren is het een enorme drukte. In de salon zetten soldaten veldbedden neer voor de generaal en zijn vriendin en in de studeerkamer voor een paar officieren, nadat Rose haastig heeft gecontroleerd of er geen belastend materiaal rondslingert. Anderen zijn bezig de elektriciteit in huis aan te sluiten. Er worden vrachten eten binnengedragen en naar de keuken gebracht. De kinderen zijn ook met Rose en Gretchen meegelopen en zien hoe de twee koks de keukentafel overladen met kazen, hammen, worsten, allerlei zakken en blikken, koffie, koek. In het midden ligt een grote berg boter. Gretchen laat de koks op hun verzoek zien hoe het fornuis werkt.

'Wij eten gewoon in de kamer,' zegt Rose. 'Zij hier.'

De generaal komt de keuken in. Hij heeft zijn jas uitgedaan en het pistool zit nu aan de riem van zijn uniform.

'Is de wijn al binnen?'

'Bent u daar aan toe, generaal?' vraagt Gretchen met ironie die hem ontgaat.

'U spreekt ook al zo goed Duits!'

'Ik ben Duitse.'

'Maar wat een verrassing! Waarvandaan?'

'Bremen.'

'Ik uit Thorn.' Hij slaat zijn arm om haar schouder terwijl hij roept: '*Wir zwei Hanseaten!*'

Gretchen schudt zijn arm af. 'Wir zwei Hanseaten?' En terwijl ze naar de tafel wijst zegt ze fel: *'Alles geraubt! Wir haben Kaffee Ersatz, Butter Ersatz, alles Ersatz und ihr schwelgt!'*

De generaal geeft de koks opdracht de familie flink wat toe te stoppen, wat Gretchen zonder aarzeling accepteert.

Die avond is de tafel rijker beladen dan die sinds lang geweest is en ook Lena schuift vanavond bij hen aan. Maar ze zijn zich ervan bewust dat ze zich te goed doen aan gestolen eten.

'Het wemelt van de Duitsers in het dorp,' vertelt Gerhard die na thuiskomst eerst is gaan kennismaken in de keuken. 'De meesten komen te voet.'

Rose zegt zacht tegen hem zich in te houden want *Fräulein* Thea bevindt zich achter de schuifdeuren.

'In veel huizen zijn inkwartieringen. Ook bij café Koster.'

Bij de onderduikers, weet Rose.

'De Duitsers zijn flink aangeslagen,' zegt Gerhard. 'Het is erg druk op het station. Hopelijk vertrekken ze snel, voorgoed.'

Wanneer Rose en Gretchen teruggaan naar de keuken om op te ruimen en af te wassen, is de vloer van de lange gang bedekt met soldaten. Ze trekken hun in zware schoenen gestoken voeten naar zich toe om ruimte te maken voor de klikkende hakken van de vrouwen. Er hangt een geur van zweet en muffe kleren. Het valt Rose op hoe jong ze zijn.

De keuken is veranderd in een drankhol en de generaal, wiens wangen dieprood zijn geworden, staat erop dat de dames een glas met hem drinken. Rose wil niet maar Gretchen accepteert. Ze gaat vlak bij de gootsteen zitten waar ze telkens als de generaal een andere kant op kijkt een scheut in laat verdwijnen. Ze schuift hem steeds een stukje kaas toe.

'Wat denkt u generaal, de oorlog is nu toch wel haast voorbij?'

'Bij Arnhem zijn ze er niet doorgekomen.'

Mede dankzij zijn heldhaftige optreden.

'Hier liep het toch niet zo geweldig?' vraagt Gretchen voorzichtig.

Rose observeert haar moeder die daar als koningin Judith vijand Holofernes dronken zit te voeren door hem naast de wijn zoute kaas te geven waardoor hij steeds dorstiger wordt. Haar moeder wil hem niet zoals Judith in zijn dronkenmansslaap de kop afslaan, maar wel wil ze hem uithoren om te weten wat de kansen zijn van haar zoon en of hij misschien binnenkort naar huis kan. Al een paar dagen wachten ze vol spanning op berichten van Tiny die naar Fürth is vertrokken waar Hans verlof heeft. Tiny is zwanger maar de vreugde daarover wordt overschaduwd door angst.

'Die vervloekte Engelsen. In Aachen *alles kaputt. Es war so eine wunderschöne Stadt.*'

'Tijd om te stoppen,' concludeert Gretchen, 'voordat er nog meer kapotgaat en nog meer mensen sterven.'

'Zo gaat dat in oorlog. Nee het is nog niet voorbij, ze zullen opkijken. Er komt een zware klap, maar dat zijn legergeheimen, daar praat je niet over met *schöne Frauen*. Laten we nu drinken op de Hanseaten!'

Hij schenkt steeds sneller bij en gaat steeds onverstaanbaarder praten. 'Arnhem' herhaalt hij telkens, 'Aachen' en 'de grote klap die komt', waarbij hij zijn arm met moeite opheft en met dubbele tong *Sieg Heil* mompelt.

Als hij van zijn stoel dreigt te vallen nemen de koks hem tussen zich in en voeren hem af naar de salon terwijl hij lalt: '*Denn wir fahren, denn wir fahren, denn wir fahren gegen Engeland, gegen Engeland.*'

Wat bedoelt hij met die grote klap, vraagt Rose zich af. Het heeft haar en Gretchen niet gerustgesteld.

Margreth zit bij haar vader op schoot. Ze is bang dat de Engelsen nu bommen op de pastorie gooien omdat daar Duitsers huizen.

'Laten we in de kelder slapen.'

Rose zegt dat dat niet nodig is.

'Maar er staan Duitse auto's.'

Ze had gehoord dat de Engelsen schieten op legerauto's.

'Kom maar,' zegt Rose, 'ik ga met je mee en dan zingen we nog een paar liedjes.'

Wanneer ze samen de kamer uit gaan komt het gezang hun al tegemoet. De soldaten die intussen op de vloer van de gang zijn gaan liggen zingen op gedempte toon: '*Das Wandern ist des Müllers Lust.*' Rose herkent het lied meteen, met die opgewekte melodie van Schubert. Ze is verrast dat het haar zo ontroert. Ook zij kent het uit haar hoofd.

Ze voelt de neiging mee te zingen maar doet het niet.

Als ze de trap weer afdaalt, na haar dochter ingestopt te hebben, komt een andere bekende melodie haar tegemoet. *Röslein auf der Heide* wat haar vader altijd voor haar zong als hij haar naar bed bracht. Ze had het lied nooit meer gezongen, haar kinderen kennen het niet. Zacht zingen de soldaten. *Röslein sprach: Ich steche dich, daß du ewig denkst an mich.*

Na de strijdliederen moeten ze elkaar nu geruststellen, de arme jongens.

De volgende dag is de generaal bij het middagmaal al stomdronken. Hij komt de kamer in gewankeld aan de arm van de ook niet meer zo stevig op de benen staande *Fräulein* Thea en wil bij hen aan tafel schuiven. Rose maakt koel en gedecideerd duidelijk dat dat niet kan en dat hij naar zijn eigen domein moet om zijn roes uit te slapen.

'Geen ruzie maken,' fluistert Margreth.

Fräulein Thea trekt hem mee en samen verdwijnen ze naar de salon.

Gretchen had een kleine schermutseling gehad met de vriendin vertelt ze. Toen ze 's ochtends in de keuken bezig was met het voorbereiden van de maaltijd was *Fräulein* Thea binnengekomen en had op hautaine toon een pan opgeëist waarin ze '*Kartufel*' wilde bakken voor de generaal. 'Als hier wat wordt gebakken dan door mij,' had Gretchen gereageerd. 'En ga nog maar wat studeren op je Duits.'

'Je had de kop van die moffenmeid moeten zien,' zegt Hans, die getuige was geweest van de scène en nu nog meer bewondering heeft voor zijn oma.

Gekraak van de schuifdeuren. Iedereen kijkt die kant op. Langzaam gaan ze open en daar verschijnt de generaal weer. Hij kan nauwelijks op zijn benen staan.

Margreth zit roerloos op haar stoel. Gerhard staat op en zegt streng: '*Herr General, ich bin der General hier im Hause und ich befehl:* INS BETT!!'

De generaal salueert met de woorden: '*Zum Befehl.*' Hij maakt een lichte buiging en zegt: '*Herr General.*' Daarna buigt hij naar Rose. '*Frau Generälin.*'

Hij probeert zijn hakken tegen elkaar te slaan en doet de schuifdeuren traag weer dicht.

'Straks komt hij terug om ons dood te schieten,' fluistert Margreth. 'Ik ga naar Truida.' Ze springt op, rent de kamer uit en verdwijnt over het kerkplein.

'Het is helaas nog niet afgelopen,' zegt Gerhard de volgende nacht tegen Rose. De Duitsers zijn zich aan het hergroeperen, de gedemoraliseerde soldaten wordt nieuwe moed ingesproken. Er worden medailles op de borst gespeld en op het hart gedrukt dat de oorlog nog lang niet is verloren. Café Koster zit vol Duitsers die zonder dat ze het weten samenhuizen met onderduikers. De onderduikers blijven zoveel mogelijk onder het podium, in een ruimte waar een stel matrassen liggen en waar achter een onzichtbaar luik de radio is verstopt. Een enkeling waagt zich weleens als zogenaamde cafébezoeker in de bovenwereld waar de Duitsers rondlopen alsof het café van hen is. De laatste dagen hebben daar ook mannen hun toevlucht genomen die zijn ontsnapt aan de razzia's voor de Arbeitseinsatz. Heel Rotterdam is uitgekamd en er zijn vijftigduizend mannen van tussen de zestien en de veertig jaar opgepakt. Soms werden ze verraden.

Jaap Koster regisseert alles en heeft altijd wel een rol voor nieuwkomers.

Dat het nog niet voorbij is wordt bevestigd door Tiny, die onverwacht op de stoep staat. Zij zijn net zo verbluft door haar komst als Tiny zelf bij het zien van al die militairen.

'De pastorie is veranderd in een kazerne.'

Ze ziet er moe uit. Gretchen kijkt gespannen naar de zorgelijke uitdrukking op haar gezicht.

'Laten we naar de kamer van Mutti gaan,' stelt Rose voor. Gerhard vergezelt de drie vrouwen naar boven.

Gretchen doet de deur op slot.

'Vertel alles.'

Tiny kijkt ernstig, legt haar hand op haar buik.

'Het is misgegaan.'

Rose springt op en omhelst haar schoonzus. Ze zijn allemaal stil.

‘En Hans moet naar het front.’

Rose voelt de spanning in haar borst en ziet de angst op het gezicht van haar moeder.

‘We hebben het eerst heel goed gehad. Fürth is schilderachtig. We logeerden bij een dienstkameraad van Hans, Otto, met wie hij bevriend is geraakt. Ook zijn vrouw is hartelijk. Ze hebben daar een huis gekocht nadat hun huis in Darmstadt is weggebombardeerd. Daarbij is een van hun twee kinderen omgekomen. Hitler geeft niet op, zeiden ze, en is nog steeds vast van plan de oorlog te winnen. Ze worden voorbereid op een zware veldslag.’

‘Waar is Hans nu?’

‘Vertrokken naar Braunschweig. Maar vandaar zou hij naar een andere plek gaan, nog geheim.’

‘De geallieerden rukken overal op,’ zegt Gerhard. ‘Er is nog steeds kans op een spoedige overwinning. God verhoede dat Hans de wapens moet opnemen tegen ons.’

‘Nog iets gehoord van tante Hanna, tante Mathilde, oom Willy?’

Tiny schudt haar hoofd.

‘En jullie? Nieuws van iemand?’

‘Een kaart uit Amsterdam van de familie Limburg dat ze zijn vertrokken naar Westerbork. Ook de twee jongens.’

Ze hadden met zijn allen een kaart naar Westerbork gestuurd.

Tiny haalt een envelop van het Rode Kruis uit haar tas met een aan Hans gerichte brief. Harry heeft hem geschreven waarbij hij stukken citeert uit een brief die Kurt aan de familie in Palestina heeft gestuurd.

Rose leest hem voor nadat ze eerst op de gang heeft gekeken of de kust veilig is.

Ze zijn geland in Taranto, onder in Italië, op de hak van de laars. Kurt schreef: ‘Voordat we vertrokken luisterden we ’s avonds in de Egyptische woestijn onder de sterrenhemel naar een concert van een symfonieorkest. Bij het horen van de muziek in de uitgestrekte woestijn, onder het eindeloze uitspansel ging er een diepe emotie door ons heen en ook toen voor het eerst de vlag werd gehesen met de gele ster van David.’

Rose ziet Kurt weer voor zich in Hildesheim toen ze daar aanlegden op hun huwelijksreis en hij hen samen met zijn zusje Miriam toezong, maar ze is trots dat haar eigen familie meevecht tegen de nazi’s.

Een paar dagen later vertrekt de generaal met zijn gevolg. De dranklucht is opgetrokken en zijn gezicht staat weer naar kruitdamp. Kennelijk heeft hij bericht van hogerhand gekregen. Hij loopt kaarsrecht, met opgeheven kin, klaar voor het volgende gevecht.

Rose volgt vanachter het raam wat de militairen in de vrachtwagens stoppen. Op een zeker moment gaat ze naar buiten, klimt in een van de wagens en komt er weer uit met twee dekens.

'*Geklaut!*' roept ze naar de soldaten.

Pas wanneer ze vertrokken zijn ontdekt ze dat er een paar porseleinen kopjes ontbreken die ze hadden gekregen voor hun koperen bruiloft.

'Heeft die meid meegenomen.'

De soldaten hadden de kinderen bij het weggaan pepermunt gegeven, vertellen ze later.

'Gejat bij de Kingfabriek,' zegt Hans.

30

November 1944

De school is opgeëist door de Wehrmacht. Een grote groep Duitse militairen neemt er zijn intrek, en het Rode Kruis. Een deel van de huishoudschool wordt ingericht als ontluiscentrum voor de Duitsers. Margreth vindt het wel gewichtig dat ze nu huiswerk moet ophalen in de consistorie van de kerk en Hans heeft zo nog meer tijd om te onderzoeken wat de Duitsers zoal doen om de Engelse aanvallen af te slaan, iets waar ook de mannen van het verzet zich mee bezighouden. Er verschijnen kanonnen op boomrijke plaatsen, bij de molen en een paar bij grote boerderijen, er worden zoeklichten geplaatst en luchtdoelbatterijen aangelegd.

Leden van andere verzetsgroepen trekken 's nachts het Hollands Diep over, vertelt Gerhard in bed aan Rose, om informatie door te geven aan de Engelsen in Willemstad; maar voor de verzetsgroep van café Koster is het gemakkelijker, want zij hebben een regelrechte lijn met het Engelse bolwerk. De officiële telefoonkabels zijn vernield door mijnen maar ver voor de oorlog had de RTM, de Rotterdamse Tramweg Maatschappij, onder het Hollands Diep door een eigen telefoonverbinding met Willemstad aangelegd. Die was al lang niet meer in gebruik maar hij ligt er nog. Piet Pot heeft hem weer leven ingeblazen zodat ze nu precies aan de Engelsen kunnen doorgeven waar geschut staat, hoeveel Duitsers zich ergens bevinden en hoe en waarheen die zich verplaatsen.

Er bivakkeren nog steeds Duitsers in het café maar Jaap Koster blijft rustig, want zo heeft men nog minder vermoeden van de anti-

Duitse activiteiten die zich onder hetzelfde dak afspelen.

De JK-band musiceert met animo voor de vijand, om ze koest te houden maar ook om tijdens de muziek onder het podium ongestoord naar Radio Oranje en andere zenders te luisteren.

'*Auf Deutsch!*' roepen de Duitsers soms als de stemming er flink in zit. Dat kunnen ze niet, liegen de bandleden, in elk geval doen ze het niet.

'*Dann singen wir selber!*' En zo geschiedt, begeleid door Jaap Koster en zijn mannen.

'Ik wist niet dat de dominee zo'n cafégangerwas, mevrouw Hugenholtz,' zegt meneer De Man als ze hem op het kerkplein tegen het lijf loopt.

'Er was iemand in zielennood,' reageert ze zakelijk.

Kort geleden was meneer De Man gedwongen het gemeentearchief aan de Duitsers te geven zodat die precies in kaart hebben waar ze mannen tussen zestien en veertig jaar kunnen vinden. Gerhard heeft geprobeerd hem ervan te overtuigen hier en daar wat correcties aan te brengen, maar daar voelde hij niets voor, hij was geen man voor bedrog.

Gerhard heeft Rose verteld dat de band speelde toen hij daar op zondagmiddag binnenstapte. Het zat er vol Duitsers maar er waren ook Klaaswalenaren en evacués en het was een uitgelaten boel. Gerhard had wel gemerkt dat er door sommigen vreemd werd opgekeken toen ze de dominee daar zagen in zijn zwarte pak.

Via een sluiproute was hij naar de ruimte onder het podium gegaan om de nieuwe editie van *Trouw* op te halen. Verder wilde hij een onderduikadres doorgeven voor een jonge man die net vader was geworden en waar de Arbeitseinsatz achteraan zat.

'Het is een gezellige boel daar beneden. Heel vol. De sfeer is goed. Als de muziek speelt kunnen ze vrijer praten. Er is altijd één iemand van de band bij die oplet wanneer een nummer bijna is afgelopen en dan een signaal geeft. Boven hun hoofden proberen ze geen stiltes te laten vallen.'

's Nachts hoort Rose het gebrom van Engelse vliegtuigen die hoog overvliegen op weg naar haar vaderland om er hun bommen af te werpen. Ze luistert terwijl Gerhard ligt te slapen, zijn hoofd tegen het hare, en vraagt zich af welke stad nu aan de beurt is. Keulen is al weggevaagd, evenals Hamburg, Bremen heeft een zware klap gehad en de Liebfrauenkirche. Heidelberg zal ook nog wel op het programma staan. Behalve de Duitse steden zijn zij eveneens mikpunt.

Hans komt opgewonden thuis. Hij was met vrienden in de buurt van hun door de Duitsers bevolkte school om te kijken wat daar zoal gebeurde, toen ze een vreemde plof hoorden vanuit de richting van Willemstad, gevolgd door een snerpend geluid. 'Even later ontplofte dat ding in het weiland achter de boerderij van Luyendijk. De aarde vloog alle kanten op. Het was een granaat.'

Steeds vaker worden doelen in en om Klaaswaal door de Engelsen beschoten en geraakt. De watertoren die de Duitsers als uitkijkpost gebruiken wordt met veel kabaal onder vuur genomen maar hij blijft overeind. In Strijen wordt de watertoren wél geraakt. Wie had ooit kunnen denken dat ze nog eens de vernieling zouden wensen van gebouwen in hun eigen dorp. Rose herinnert zich het opblazen van de vuurtoren op Wangeroog, 'voor het goede doel', om de Engelsen hun oriëntatiepunt te ontnemen.

De Engelsen doen met jachtvliegtuigen een aanval op kanonnen die verdekt staan opgesteld bij een boerderij. Er worden er een paar uitgeschakeld, een stel Duitsers vindt de dood maar ook drie burgers, en veel schuren branden af.

Op last van de Wehrmacht wordt er op het oude kerkhof tussen de steunberen een schuilkelder gegraven voor de Duitsers. De kinderen staan erbij te kijken en hebben grote belangstelling voor de oeroude schedels die worden opgedolven. Hans neemt ze mee naar huis waar hij de aarde er grondig uit haalt om ze vervolgens voor een dubbeltje te verkopen. Met een oliepitje erin is het een originele lamp. Hans vertelt dat er tijdens de graafactiviteiten een granaat rakelings langsvloog. 'De Duitser dook met zijn kop naar beneden de kuil in.' Zelf had hij zich tegen de kerk aan gedrukt.

Op een middag gaat de bel en vertelt de soldaat aan Rose dat hij klaar is. 'Ik heb voor u ook een schuilkelder gegraven.'

Hans moet toegeven dat deze geüniformeerde Duitser toch eigenlijk wel aardig is, net zoals de Oostenrijkse legerpredikant die aan het begin van de oorlog bij hen was ingekwartierd.

De kinderen zijn blij verrast dat Sinterklaas ondanks het gevaar toch een paar kleine cadeautjes op de vensterbank heeft neergelegd en de goedheiligman komt zelfs op bezoek. Wanneer hij tegen Margreth en Albertje zegt dat ze in het vervolg hun pap moeten opeten, fluistert Hans: 'Het is Wout Luyendijk, ik zie de elastiekjes achter zijn oren.'

Hans heeft de Sint 's middags door het dorp zien lopen. 'Je moest die koppen van de moffen zien!'

Het kanon dat het Engelse bombardement heeft overleefd wordt haastig door een groep Duitse militairen op een andere plek neergezet. Ze snappen er niks van dat meteen na de verplaatsing het Engelse vuur op die nieuwe positie wordt geopend. Feilloos flitsen de berichten onder het Hollands Diep door waarna er onmiddellijk een bommenwerper kan opstijgen.

Er komen steeds meer en steeds vaker vanaf de overkant granaten aansuizen die met een enorme klap inslaan. Hans, die goede oren heeft en erg alert is, hoort het doffe geluid van een afschot meestal als eerste, de zachte plof van een granaat die uit zijn huls schiet. Margreth rent dan meteen naar de kelder want je weet nooit waar hij neerkomt. Soms, als het erg tekeergaat, schuilen ze daar met z'n allen, gezeten op de matrassen, tot het geweld voorbij is.

Op allerlei plekken hebben de Duitsers, of Nederlanders die daartoe werden gedwongen, eenmansputjes gegraven waar je in kunt duiken. Hans is er uit nieuwsgierigheid weleens ingesprongen.

Wanneer een granaat inslaat springen er door de luchtdruk regelmatig ruiten aan diggelen. Daarom heeft Rose met hulp van Margreth alle ramen van de pastorie beplakt met breed bruin plakband. Ook de ruiten van de andere huizen dragen die versiering, evenals die van de kerk.

De beschietingen gaan bijna onafgebroken door en op een dag slaat er een granaat in bij café Koster. Niet dwars door het podium zodat de ondergrondse wereld wordt blootgelegd, maar door het dak van de kleine zaal waar hij ontploft boven de kachel. Een Duitser verliest beide benen en ook een andere Duitser is zwaargewond.

Rose maakt zich zorgen over Margreth die steeds schrikachtiger wordt. Wanneer dominee Mobach op bezoek is met zijn gezin terwijl de Engelsen weer bezig zijn, rent Margreth samen met zoon Henk naar de kelder. Na enige tijd gaat Rose op inspectie. Ze treft hen aan, zittend op de matrassen terwijl ze luidkeels zingen: 'Als g'in nood gezeten geen uitkomst ziet,' of hun leven ervan afhangt. 'Wil dan nooit vergeten God verla-aat u niet.'

'Het zal snel vrede zijn, Liebste,' troost Gerhard. 'Aan alle kanten zijn de geallieerden aan de winnende hand. Duitsland heeft geen mankracht meer, de wapenfabrieken zijn vernield.'

Rose wil het graag geloven.

Half december komt Gerhard na een lange dag thuis. Rose ziet meteen dat er iets aan de hand is. Hij gooit zijn hoed op tafel en ploft op een stoel neer.

'Het onvoorstelbare is gebeurd.'

'*Was ist?*'

'Hitler is met een groot tegenoffensief begonnen.'

'Waar?'

'In de Ardennen. De Engelsen en Amerikanen zijn totaal overvallen. Niemand begrijpt waar het reusachtige leger en al het materieel vandaan komt. Aan het oostfront is het een verloren zaak. Alle krachten worden ingezet aan het westfront.'

Nu kan Rose helemaal niet meer slapen. Want daar is Hans bij. In de frontlinie. Hans die als klein jongetje al nooit zin had om te vechten maar liever mooie dingen maakte. Die wil tekenen en schilderen, die van de natuur houdt, van bloemen, dieren, vrouwen, die weinig belangstelling had voor politiek en al helemaal niet voor oorlogshandelingen.

Sinds de landing in Normandië hadden de geallieerden de ene overwinning na de andere behaald. De Duitsers waren teruggedreven tot op hun eigen grondgebied en tot achter de grote rivieren in Nederland. Frisse geallieerde troepen vochten aan de fronten, terwijl de vermoeide strijders in de Ardennen op krachten konden komen en groentjes er voorzichtig aan het legerleven konden wennen. Ze verheugden zich erop kerstfeest te vieren in het fraaie heuvelland en de Amerikaanse militairen in Honsfeld hadden de avond van de 16e december al een feestje want dan zou Marlene Dietrich voor hen zingen. Maar om halfzes in de ochtend van die dag schrokken ze wakker doordat er een half miljoen Duitse militairen in de sneeuw tussen de dennenbomen stond, voorzien van de allermodernste tanks die over een linie van zeventig kilometer het vuur openden.

Hans hoort bij de Volksgrenadiers wisten ze van Tiny, bestaand uit later opgeroepen onervaren soldaten, maar het grootste deel van de Duitse troepen wordt gevormd door SS pantserdivisies die des te fanatieker zijn na de bombardementen op hun Duitse steden.

De Duitsers willen het Engelse en Amerikaanse leger scheiden en doorstoten naar Antwerpen, vanwaar de geallieerde troepen worden bevoorraad.

Rose is behalve om Hans bezorgd om haar moeder. Ze heeft haar nog nooit zo bedrukt gezien. Gretchen is onafgebroken aan het werk. Als ze niet bezig is in de keuken breit ze truien voor Hans en Albert, sokken, sjaals, vaak van uitgehaalde andere kledingstukken. Ze lijkt somberder dan toen haar man wegliep.

In de Ardennen rukken de Duitse troepen op, geholpen door de dichte mist en door als Amerikanen vermomde Duitse saboteurs die tot in de Amerikaanse linies zijn doorgedrongen om telefoonlijnen door te snijden en verkeersborden om te draaien. Massa's Amerikaanse soldaten worden krijgsgevangen gemaakt.

'Als het de moffen lukt Antwerpen te bereiken ziet het er niet best uit,' zegt Hans.

Er gaan geruchten over onderaardse bunkers waar de Duitse wapenindustrie kon doordraaien, veilig voor de geallieerde bommen.

In de Ardennen worden de tanks wit geschilderd om op te gaan in het besneeuwde landschap. Ook Nederland is wit. Het sneeuwt en de wegen zijn bevroren. Steeds grotere drommen mensen komen vanuit Rotterdam en andere grote steden naar het dorp in de hoop dat ze bij de boeren eten kunnen krijgen. Sinds het begin van de spoorwegstaking in september 1944 kunnen er geen voedingsmiddelen meer worden getransporteerd vanuit het noorden en geen kolen vanuit het zuiden. 'Ze hadden meteen moeten staken,' zegt Gerhard, 'aan het begin van de oorlog, en moeten weigeren Joden te vervoeren.'

De tram die stopt voor café Koster blijft wel doorrijden en brengt onder de legale vrachten graan en aardappelen illegale ladingen voedsel voor onderduikers naar Rotterdam.

Rose is zich ervan bewust hoe bevoorrecht ze zijn met hun moestuin, de boomgaard en het aardappelveld. Bovendien krijgt Gerhard eieren van de boeren en vlees van de slacht. Melk is er in overvloed. Die romen ze af en ze kloppen de room tot boter voor de zondag.

Wanneer er mensen om eten komen vragen geeft Rose eieren, een stuk brood, aardappelen. Natuurlijk wil ze er niks voor terug. Ze schaamt zich dat deze mensen er zo erg aan toe zijn dat ze fijn linnengoed, kostbaar servies, sieraden, zilver en goud willen ruilen voor aardappelen, bonen of graan. Gerhard weet dat er misbruik van wordt gemaakt, dat er rijke boeren zijn die kostbaarheden, voorwerpen die al lang in de familie zijn, aannemen in ruil voor voedsel waar zij een overvloed van hebben. Hij praat erover in zijn preek, zonder namen te noemen. 'Dominee, u had het over mij,' zegt een boer na de dienst.

'Wie de schoen past trekke hem aan.'

Rose vindt dat Gerhard af en toe te ver gaat. Wanneer hij op een ijzige middag verkleumd thuiskomt vraagt Rose: 'Waarom heb je je winterjas niet aan?'

'Heb ik weggegeven.'

'Wat is dat voor gekkigheid?'

'De man was uit Rotterdam komen lopen en bijna bevroren. Ik red het met deze.'

'Daar red je het helemaal niet mee, kijk hoe je bibbert. Er zijn grenzen aan de goedheid,' zegt ze ingehouden kwaad. 'Zo meteen krijg je nog longontsteking en wat moeten wij dan, en de gemeente?'

Met snelle stap loopt ze de kamer uit.

Op een avond wordt er aangebeld. Rose doet open. Er staat een jongetje op de stoep, van een jaar of vijf. Hij heeft een rode muts scheef op zijn hoofd, grote ogen in een bleek gezicht.

'Ik heb honger,' zegt hij.

'Kom binnen. Ben je alleen?'

Hij knikt.

'Waar kom je vandaan?'

'Rotterdam.'

'Ben je helemaal komen lopen?'

Hij knikt. Het is bijna twintig kilometer.

Rose gaat meteen naar de keuken om een paar boterhammen te smeren en een beker warme melk voor hem te maken. Hans, Albert en Margreth kijken toe terwijl het jongetje eet.

'Heb je geen moeder?' vraagt Margreth.

Hij schudt zijn hoofd. Zijn door het brood opgebolde wangen steken af bij zijn kleine magere gestalte.

'Waar woon je dan?'

'Tante.'

'Waar is je moeder?' vraagt Hans.

Het jongetje antwoordt niet. Als hij alles op heeft, ziet hij de meccano die op de grond ligt. Hij gaat ernaartoe, pakt een apparaatje dat je met een sleutel kan opwinden waarna de veer ratelend afloopt. Dat doet hij en hij blijft het doen, volledig geconcentreerd, zonder nog iets anders te zien of te horen. Rose wil hem niet storen maar als hij begint te knikkebollen, brengt ze hem naar de kamer van Hans en Albert waar ze een bedje bij heeft gezet.

Na een stevig ontbijt vraagt ze hem de volgende ochtend of hij zijn huis weet te vinden. Hij knikt.

Bep kan aan een *Passierschein* komen voor de Barendrechtse brug omdat ze met haar rijzige, sterke, blonde verschijning zeer in de smaak valt bij de *Ortskommandant* die het smoesje dat ze les moet geven graag wil geloven in de hoop dat ze een keer met hem afspreekt. Hij weet niet dat ze in plaats van kennis vooral voedsel naar Rotterdam brengt, dat verborgen zit onder de boeken in haar fietstassen.

Bep neemt het jongetje mee achterop. Rose doet hem een door Gretchen gebreide trui aan en sokken en ze geeft hem een zak met eten mee waarvan ze hoopt dat die niet door de Duitse soldaten wordt afgepikt.

Kort daarna staat er een kennis uit Den Haag op de stoep, de man van een schooljuf, die met de fiets de boerderijen af gaat maar eerst van de dominee wil weten bij wie hij de meeste kans maakt. Elke keer als hij een zakje aardappelen of graan te pakken heeft stalt hij het in de pastorie, maar eerst weegt hij het en noteert het gewicht. Voordat hij weer vertrekt weegt hij alles opnieuw om te controleren of ze niks hebben gestolen. Rose schotelt hem nog een maaltijd voor maar daarna hoeft ze die sjacheraar niet meer te zien.

'De Duitsers vagen de geallieerden weg.'

De geallieerden zijn volstrekt overvallen, hebben geen ervaring in de sneeuw en door de dichte mist kunnen hun vliegtuigen niet opstijgen.

Ze hadden zo gehoopt dat Hans kerst met hen zou vieren. Hij zal er wel niet zijn maar desondanks wordt de kerstversiering tevoorschijn gehaald en worden er kerstliederen ingestudeerd.

Wanneer Rose in de kerk zit te luisteren terwijl Hans en Margreth met het koor van de zondagsschool repeteren, gaat de deur open en komen er drie Duitse soldaten binnen. De meester van de zondagsschool die dirigeert kijkt opzij en het koor stokt even. Rose is alert. Als het nodig is zal ze optreden. De soldaten hebben zwart haar, grote donkere ogen en hun uniformen zijn sjofel.

Ze knikken met blije ogen, buigen lichtjes. De meester wijst uitnodigend naar de banken maar ze blijven staan. 'U kunt gerust gaan zitten,' zegt hij in het Duits.

Ze gebaren dat ze het niet begrijpen en ze maken duidelijk door naar het koor te wijzen, bewonderend te kijken en te buigen, dat ze het gezang mooi vinden. Als het koor alle liederen en Margreth haar solo heeft gerepeteerd, nodigt de dirigent de soldaten uit ook iets te zingen. De mannen aarzelen, wisselen volstrekt onbegrijpelijke woorden met elkaar.

'*Deutsch?*' vraagt de meester.

Energiek schudden ze hun hoofd. 'Armenia.'

Een oud christelijk land, vertelt de meester aan de kinderen; waarschijnlijk zijn ze in een veldslag met de Russen krijgsgevangen gemaakt door de Duitsers en gedwongen voor het andere kamp te vechten.

De mannen praten met elkaar, zoeken vervolgens neuriënd dezelfde toonhoogte en beginnen te zingen, met diepe stemmen, raadselachtige woorden, een schitterende, weemoedige melodie. Iedereen zit roerloos te luisteren, ook Rose.

Deze soldaten, verdwaald in een oorlog waar ze niks mee te maken hebben, die officieel hun vijand zijn, gaan volledig op in hun zang en raken Rose in het hart.

Twee dagen later komt Margreth thuis en vertelt dat er weer Duitse soldaten kwamen luisteren. Nu waren het echte. Eerst was ze geschrokken maar toen hadden ze haar gevraagd of ze de solo van 'Hoe leit dit kindeke hier in de kou' nog een keer voor hen wilde zingen.

'Dat heb ik gedaan en toen kreeg ik een gulden.'

'Dat is bloedgeld!' roept Hans. 'Je moet hem in de Vliet gooien!'

Maar Margreth klemt de gulden stijf in haar vuist en gaat hem gauw verstoppen in haar kamer.

Elke zondag is de kerk overvol maar op kerstavond is het helemaal uitzonderlijk. De mensen zitten behalve in het gangpad zelfs bij elkaar op schoot en tot op de bovenste trede van de preekstoel. Nog ontvankelijker dan anders zijn ze voor het verhaal over de geboorte van Jezus, de brenger van vrede.

'Het kwaad heeft niet het laatste woord,' zegt Gerhard met nadruk.

Maar waar blijft die vrede dan, denkt Rose bij zichzelf.

Over een paar uur is Gerhard jarig. Hij krijgt een voetenzak voor onder het bureau die ze hebben gevuld met resten en snippers wol. Zoals elk jaar was er een kaart van juffrouw Lancée waarin ze Gerhard feliciteerde met zijn verjaardag en hem een gezegende kerst wenste. 'De groeten aan je familie. Hopelijk lijden jullie geen honger en zijn je vrouw en schoonmoeder niet in de problemen gekomen door hun Joodse bloed. Hier in Friesland zitten er heel wat van die mensen verstopt op boerderijen.'

In stilte bidt Rose zoals altijd voor haar gezin, haar moeder, tante Mathilde en oom Nathaniël, neef Erwin, Selma en hun drie jongens, Onkel Willy en tante Rosa, nicht Rosette, haar man, zoon en Sofia. Maar nu ook voor haar broer in de sneeuw en het vuur van de Ardennen en bovendien voor de mannen van Jaap Koster die in deze kerstnacht twee geallieerde piloten wier vliegtuigen waren neergeschoten, naar de overkant van het Hollands Diep gaan brengen.

Jaap Koster had iets langer willen wachten, vertelde Gerhard, maar vooral de Amerikaan had aangedrongen.

31

Januari 1945

'Jaap Koster is kapot.'

Rose ligt tegen Gerhard aan na een drukke tweede kerstdag met veel bezoek. Gerhard is ook nog even langs geweest in het café. Behalve dat de liefde hen in elkaars armen drijft heeft Rose Gerhard nodig als kacheltje, want haar handen en voeten zijn altijd koud, zeker in deze strenge winter.

'Toen ze in het aardedonker aankwamen bij de oever van het Hollands Diep waar een boot klaarlag, stuitten ze op een Duitse patrouille. Eén verzetsman werd gedood, vijf werden gepakt. Drie die konden ontsnappen vonden een boot maar geen open water en werden ook gegrepen. Twee hebben op een zelfgemaakt vlot, roeiend met hun handen in het ijskoude water, de overkant bereikt maar de Engelse commandant aldaar vond het te riskant om de piloten op te halen. Toen de verzetsmannen na hun vergeefse tocht terugkwamen zijn ze alsnog in hun kraag gegrepen, ook de geallieerde piloten. Ze zitten allemaal in het Haagseveer.' Gerhard is even stil en zegt dan: 'Jaap Koster maakt zichzelf verwijten.'

'Hij had het toch afgeraden?'

'Hij had het moeten verbieden, vindt hij.'

'Het is te hopen dat de mannen hun mond kunnen houden.'

Rose heeft te doen met Jaap Koster. Ze ziet hem af en toe lopen door het dorp. Hij groet altijd vriendelijk. Na de terugkeer van haar moeder had hij haar zo oprecht verheugd gelukgewenst. Hij is een van de mensen waardoor ze het geloof in de menselijke soort niet helemaal verliest.

Intussen wordt er in de Ardennen zwaar gevochten. In het noorden en zuiden hebben de Amerikanen standgehouden maar in het midden waren de Duitse troepen bijna bij de Maas. De kerstnachtviering van de Amerikanen in Bastenaken, een belangrijk kruispunt van wegen, is verstoord door aanvallen van de Luftwaffe. De burgerbevolking die al bevrijdingsfeesten voorbereidde, is meegesleept de hel in. Hele dorpen worden weggevaagd.

Ook in Nederland zijn de Duitsers venijniger. Iedereen moet extra voorzichtig zijn. Hans komt thuis met een paar nummers van *Trouw* onder zijn jas. Die had hij in de kerk onder een stapel brandhout vandaan gehaald.

'Uit huis moeten ze ook weg,' commandeert Rose en ze drukt Gerhard op het hart te kijken of er ander belastend materiaal in huis is, en zo ja, om dat te vernietigen of naar een onvindbare plek te brengen. Hans had al een paar keer tegen zijn vader gezegd dat *Trouw* verstoppen onder het hout in de kerk niet erg slim is.

'Ik weet iets heel slims,' zegt Gerhard samenzweerderig tegen Hans. Hij gaat zoeken in de laden van zijn bureau dat altijd zeer geordend is, tussen stapeltjes boeken en tijdschriften, in zijn tas. Hij loopt naar de boekenkast en slaat een paar boeken open.

'Hier heb ik weleens wat tussen gestopt geloof ik, maar waar?'

Hans slaat ook een paar boeken open maar vindt niks.

'Vergeet de zakken van je kleren niet,' waarschuwt Rose. Ze had hem vaak gezien met kleine papiertjes waar een aantekening op stond. Het wordt een hele verzameling krantjes, artikelen van zijn broer Han, foto's van de gefusilleerde mannen van de Greup, een foto van de koningin, die hij allemaal wegstopt in een grote bruine envelop. Hans zal erop toezien dat die wordt verborgen op een onvindbare plek. Hij gaat met zijn vader mee naar de kerk en klimt achter hem aan de toren op waar Gerhard de envelop met een grote zwaai over een gewelf gooit.

'Als de kerk ooit gerestaureerd wordt, komen ze hem tegen.'

Hans had net als Rose zijn vader vaak gewaarschuwd dat hij niet alleen voorzichtig moest zijn met *Trouw* maar ook met wat hij zegt in de kerk. Meerdere malen zijn tijdens de kerkdienst onbekende mannen verschenen die waarschijnlijk kwamen controleren.

Ook tijdens de oudejaarsavonddienst gaat de deur open en staat daar een man met een grimmige kop te kijken en te luisteren. De spanning in de kerk is voelbaar. Er klinkt zelfs geen geluid van een krakende bank.

Nadat Gerhard de onbekende vanaf de kansel welkom heeft geheten vraagt hij: 'Komt u om het woord van God te horen of dat van de dominee?'

'Dat moet papa niet zeggen,' fluistert Hans, die naast Rose zit.

Dan vervolgt Gerhard: 'Hier is nog wel een plek voor u,' en hij wijst naar de bank vooraan bij de preekstoel. Maar de man blijft staan terwijl de gemeente zingt: *'Uren, dagen, maanden, jaren vliegen als een schaduw heen,'* op die verheven melodie met de langgerekte tonen terwijl Rose bidt dat Gerhard op zijn woorden let en het deze keer uit zijn hoofd laat om de koningin voor te dragen bij de Allerhoogste.

'Ach wij vinden waar wij staren niets bestendigs hier beneen.' Straks is het allemaal voorbij denkt ze, zijn miljoenen mensen een vreselijke dood gestorven net als bij de vorige oorlog, en is er niets bereikt dan vernieling en verdriet. De rivieren stromen door, de Rijn, de Elbe, de Wezer, de Neckar, en de golven rollen aan op het strand van Wangeroog. In haar hoofd overstemmen de regels van Rilke die van Rhijnvis Feith: *Wir alle fallen. Diese Hand da fällt. Und sieh dir andre an: es ist in allen. Und doch ist Einer, welcher dieses Fallen unendlich sanft in seinen Händen hält.* Er gaat altijd iets troostends uit van die regels. Laat ze er zijn, die almachtige eeuwige handen. Rose kan het niet bevatten, dat God dit toelaat, tenzij Hij niet almachtig is. God heeft onze handen nodig, zegt Gerhard, en onze stemmen.

Vanavond weet hij zich te beheersen en kiest hij zijn woorden omzichtig.

Toch staan er een paar dagen later Duitse militairen op de stoep. Lena komt met verschrikte ogen de kamer in. 'Huiszoeking.'

Rose zegt tegen Margreth, die geschrokken opkijkt van haar spel: 'Ga sleeën van de dijk bij school en neem Albert mee.'

'Maar...'

'Doe wat ik zeg. Snel, via de keuken en vertel het Großmutter.'

Bij Hans is er geen risico dat hij zijn mond voorbijpraat.

Het geluid van laarzen klinkt al in de gang. Rose gaat naar de militairen toe en begroet hen koel. Met arrogante vanzelfsprekendheid graaien ze tussen de mutsen en handschoenen in de gangkast. Dan komen ze de kamer binnen en zonder Hans te groeten die elke beweging met grote oplettendheid volgt, openen ze kasten, tillen de kussens op van de bank en van stoelen, kijken ze onder de vloerkleden.

In de studeerkamer trekken ze de laden open van het bureau.

'U kunt ook kijken zonder de boel door elkaar te gooien,' zegt Rose.

Hoe oud zouden die jongens zijn, vraagt ze zich af. Nauwelijks twintig.

De soldaten verschuiven de voorwerpen en papieren op de schrijftafel, het portret van Rose, en kijken ook hier onder het vloerkleed. Een van hen gaat naar de boekenkast, waarschijnlijk de gevaarlijkste plek. Rose doet haar best niets van haar spanning te laten merken. Hij bekijkt de titels, pakt er een paar boeken uit en slaat ze open.

'Zijn er hier beneden nog meer kamers?'

'Alleen de keuken.'

Rose gaat hun voor. Gretchen is daar bezig en vraagt: 'Willen jullie in de pannen komen kijken?'

Ze zijn vlug klaar met het inspecteren van de keukenkasten, misschien toch ietsje geïntimideerd door de spottende toon en het perfecte Duits van deze dame. Na een controle van de bijkeuken en de kelder willen ze '*nach oben*'.

Rose loopt achter de zware zwarte laarzen aan de trap op. Na zeven treden opent een van de soldaten de deur naar de kamer van Margreth waar ze de kasten doorzoeken en onder het bed en de matras kijken. Daarna klimmen ze verder naar de overloop. De eerste deur die ze openduwen geeft toegang tot de ruime zolder. Op kranten die over de houten vloer zijn uitgespreid liggen een heleboel appels, naast het treinemplacement van de jongens waar de soldaten naar kijken of ze er zo mee willen gaan spelen. Maar ze blijven in hun rol en met onbewogen gezichten speuren ze in hoekjes en uitbouwen, doorzoeken ze de kamer van Lena en de badkamer. Dan gaan ze terug naar de gang en inspecteren ze de kamer van Gretchen waar alle Joodse sporen zijn uitgewist en verdwenen tussen de aardappelen.

In de kamer van de jongens kijken ze verrast naar de vliegtuigen die boven hun hoofd hangen. Een van de soldaten geeft een tikje tegen de Duitse trots, de Messerschmitt. Wanneer de ander een kast opent en daar het beschilderde antieke kistje ontdekt, verschijnt er een grijns op zijn gezicht. Rose had het kistje uit de salon laten halen toen de generaal zich daar installeerde. Ze hoort de soldaat fluisteren dat er waarschijnlijk een radio in zit.

'*Schlüssel bitte.*'

Als Rose die wil gaan pakken, zegt de ander: 'Laat maar, er zit spinrag in de sloten.'

De liefdesbrieven zijn veilig.

De kou houdt aan, er waait een gure wind, soms valt er sneeuw. De schare uitgemergelde mensen uit Rotterdam blijft het dorp in stromen. Ook in Klaaswaal raakt de brandstof op en daarom geeft de gemeente toestemming bomen om te zagen. Intussen blijft er verbeten jacht gemaakt worden op Nederlandse mankracht die de Duitse verliezen moet compenseren en die moet werken in de oorlogsindustrie.

Het nieuwe jaar begint slecht.

'Piet Pot is opgehaald door de Duitsers,' vertelt Gerhard. 'Zijn hele gezin is meegenomen.'

Dat zal niet vanwege de Arbeitseinsatz zijn, vrezen ze. Rose is stil. Piet Pot is zo'n goede man, je zag het meteen aan zijn gezicht met de vriendelijke ogen, de verlegen lach.

Als een kleine week later de jongste van de twee zonen terugkomt, treft hij een chaos aan in huis. Alles is ondersteboven gehaald. Waarschijnlijk werd er gezocht naar zendapparatuur. De familie Pot was meegenomen naar een villa in Barendrecht waar ze zijn ondervraagd. Zijn ouders en broer zijn overgebracht naar het Haagseveer.

De hoop is op het snelle doorstoten van de geallieerde troepen. In de Ardennen is het tij gekeerd en zijn de geallieerden weer aan de winnende hand. Er zijn enorme verliezen geleden aan beide kanten. De reusachtige Duitse tijgertanks kwamen zonder brandstof te staan en de geallieerde luchtmacht kon weer opstijgen. Amerikaanse divisies heroveren dorp na dorp. Op 16 januari ontmoeten soldaten van het Noordelijke Amerikaanse leger en soldaten van het Zuidelijke Amerikaanse leger elkaar in de vernietigde Belgische stad Houffalize.

Het veroorzaakt altijd gemengde gevoelens bij Rose wanneer haar met vreugde wordt meegedeeld dat de Duitsers een klap is toegediend. Maar nu kan ze het nauwelijks verdragen wanneer vol geestdrift wordt verteld dat er in de Ardennen aan Duitse kant meer slachtoffers vallen dan bij de geallieerden.

Op 27 januari, aan het eind van de zaterdagochtend, ziet Hans door de sneeuw vier Duitse soldaten over het kerkplein lopen.

'Ze komen naar ons toe!'

'Ik doe wel open,' zegt Rose tegen Lena.

Ze zoeken de Pfarrer.

'Hij is bezig met zijn preek en kan niet worden gestoord.'

Daar hebben ze niets mee te maken, alhoewel ze even verrast lijken door het vlekkeloze Duits en de strenge toon waarop ze worden toegesproken.

Rose kijkt naar hun besneeuwde petten, sommige adelaars gaan schuil achter de vlokken. Ze denkt aan haar broer in de sneeuw. Hij zal wel een helm dragen, als hij nog leeft. Ze ziet voor zich hoe hij voor iedereen altijd zwierig zijn hoed afnam.

Rose gaat naar Gerhard die achter zijn bureau zit, verzonken in zijn werk. Het ruikt er naar de soep die Gretchen hem traditiegetrouw heeft gebracht.

'Röschen, zeg Mutti dat de soep weer onovertroffen was.'

'Er staan Duitsers op de stoep. Ze willen je meenemen voor verhoor.'

'Laat ze maar hier komen,' reageert Gerhard rustig.

Wanneer de militairen de studeerkamer binnenstappen, zegt een van hen: 'Wij hebben opdracht u mee te nemen voor verhoor.'

'Dat kan niet want ik moet mijn preek afmaken en morgen tweemaal een kerkdienst leiden.'

Gerhard is opgestaan en geeft de mannen een hand.

Ze herhalen dat hij mee moet.

Kalm en beslist zegt hij: 'De mensen in Nieuw-Beijerland waar ik morgenochtend word verwacht en in Klaaswaal waar ik om drie uur moet voorgaan, hebben het zwaar. Sommigen hebben doden te betreuren, ze lijden kou, honger en zitten in angst. Meer dan ooit hebben ze bemoediging en troost nodig.' Dan voegt hij eraan toe, op een toon waar een waarschuwing in doorklinkt: 'Ze zijn aan de grens van de wanhoop en dat maakt hen steeds opstandiger.'

Rose is verrast door Gerhards onverwachte raffinement.

'Daarna zal ik me melden voor verhoor.'

Tot Roses verbazing stemmen de soldaten ermee in. Hij moet zich maandag om twee uur op het politiebureau in Barendrecht vervoegen.

De volgende dag vriest het hard, de ruiten zijn overdekt met ijsbloemen, af en toe dwarrelt er sneeuw uit de grijze lucht en de wegen zijn spiegelglad.

Gerhard gaat met de fiets, het togakoffertje onder de snelbinders, deze keer zonder *Trouw* erin, maar wel met een paar kerkbladen op zijn borst onder zijn demi, tegen de ijzige wind.

Rose is niet alleen bezorgd vanwege het verhoor maar ook omdat de fiets pittobanden heeft en daar is eigenlijk niet mee te fietsen over wegen van ijs. De uren kruipen voorbij. Ze vraagt zich af wat de aanleiding is voor het verhoor. *Trouw*? Piet Pot? Heeft iemand iets gezegd? De kinderen van Pot? Zijn vrouw Barbara? Gerhard komt daar veel over de vloer. Telkens loopt ze naar het raam om te kijken of ze Gerhard al ziet. Hans is naar buiten gegaan om de dijk af te kijken.

Een kwartier voordat de dienst in Klaaswaal moet beginnen komt Gerhard thuis, samen met Hans, zijn gezicht en handen ondanks de muts en de dubbele handschoenen rood van de kou. Hij denkt heel wat blauwe plekken te hebben want hij is wel twintig keer gevallen, niet alleen door de gladde weg, ook door de sneeuwstorm waar hij in belandde. Maar hij heeft het volbracht en is blij dat hij op tijd is.

Het is Rose niet gelukt om een taxi te regelen voor de volgende dag maar ze vindt een vrachtwagen die Gerhard op rekening van de kerkenraad naar Barendrecht kan brengen. Rose gaat mee.

Ze moet wachten in de gang van het politiebureau terwijl Gerhard wordt verhoord. Na een uur deelt een militair haar mee dat ze weg kan, want dat haar man naar het Haagseveer gaat voor verder verhoor.

'Dan ga ik mee.'

'Onmogelijk.'

'We brengen hem met de wagen,' zegt ze.

'Hij gaat onder gewapende begeleiding.'

32

Januari 1945

Gerhard komt die avond niet thuis en ze ontvangen geen bericht.

Rose kan niet slapen in het grote koude bed. De laatste keer dat ze zonder Gerhard sliep was in Hamburg, toen ze Rose II uitzwaaide naar Brazilië. Waar zou hij zijn? Op een harde brits in een cel? Alleen? Met anderen? Gelukkig heeft hij zijn Godsvertrouwen, zijn goede moed en opgeruimde hart.

'Hoe het ook gaat liefste, ik leg alles in Gods hand,' had hij gezegd in de vrachtwagen op weg naar Barendrecht.

'Maar je moet God wel helpen door voorzichtig te zijn,' had ze hem op het hart gedrukt. 'Beloof me dat je alles ontkent.'

Rose zou meteen naar het Haagseveer willen, maar ze mag de Barendrechtse brug niet over. Vanuit het politiebureau had ze zich door de vrachtwagen laten afzetten bij haar vriendin Bep die onder aan de Molendijk woont en afgesproken dat zij naar het Haagseveer zou gaan om poolshoogte te nemen, mocht Gerhard niet terugkomen.

De volgende dag, 30 januari, is het ijzig koud en het sneeuwt. Het is onmogelijk dat Bep door dit weer naar Rotterdam fietst. Als Rose aan het eind van de ochtend nog niets heeft gehoord kan ze het thuis niet uithouden en gaat ze naar Bep. Terwijl ze door de sneeuw op weg is naar de Molendijk ziet ze een Duitse legerwagen voorbijrijden. Even springt haar hart op, ze komen Gerhard terugbrengen. Maar ze leven niet in een sprookje en mochten ze Gerhard vrijlaten dan zou hij zelf maar moeten zien hoe hij thuiskwam.

Bep is minder rustig dan gewoonlijk. Ze lijkt bezorgd maar reageert zoals altijd kordaat. Ze zal langsgaan bij de Ortskommandant voor een Passierschein. Morgen zal ze haar taken op school delegeren en in alle vroegte met de fiets naar Rotterdam vertrekken. Later op de dag zal Rose haar vriendin een koffertje kleren brengen voor Gerhard.

Als Rose weer terug wandelt naar de pastorie besluit ze binnenkort ook te gaan praten met Jaap Koster. Van Gerhard weet ze dat Jaap iemand kent die werkt in het Haagseveer. Ze heeft haar zwager Wim geschreven, al verwacht ze daar niet veel van want ook toen Han vastzat kon een advocaat niks uitrichten. Onverdraaglijk vindt ze het dat ze de brug niet over mag. Nooit heeft ze dieper beseft wat vrijheid is.

Ze moet sterker zijn dan ooit. De kinderen wil ze niets laten merken van haar angst. Albertje is nog wel te sussen met de belofte dat alles goedkomt en dat papa snel weer terug is, maar Margreth heeft erg gehuild en is bang dat ze papa gaan doodschieten. Hans is ook bang en ongerust. Rose voelt zich gesteund door haar moeder. Gretchen besteedt extra veel aandacht aan de kinderen, doet spelletjes, vertelt verhalen.

Behalve van Gerhard weten ze ook niks van haar broer Hans. Alleen dat het Ardennenoffensief is afgelopen en uiteindelijk gewonnen door de geallieerden. Tiny heeft geprobeerd contact te krijgen met de vrouw van Hans' compagnon in Fürth maar tevergeefs. Berichten gewagen van steeds hogere aantallen gesneuvelden en gewonden aan beide kanten. Er zijn massa's Duitse soldaten krijgsgevangen gemaakt. Laat hij daarbij zitten, smeekt Rose in stilte. Deze laatste wanhoopspoging van Hitler heeft niet alleen vele tienduizenden slachtoffers gekost maar ook steden en dorpen volledig vernietigd.

Intussen stoten de geallieerden door en zijn de Russen al in Polen.

'De Moffen worden in de tang genomen, mevrouw Hugenholtz,' zegt de bakker waar ze nog even langsgaat voor een brood, triomfantelijk.

Aan het eind van de middag staat Bep op de stoep.

'Maar ik zou naar jou toe komen!'

'Waar kunnen we even met ons tweeën...'

Roses hart gaat tekeer. Ze heeft Bep nog nooit zo gespannen gezien. Grote God, laat Gerhard niet dood zijn! Rose gaat haar voor naar de studeerkamer en doet daar de deur achter hen dicht. Ze gaan zitten tegenover Gerhards bureau waarop de papieren van zijn laatste preek nog liggen.

'Er is een inval geweest bij Koster.'

Rose verstijft. 'Hebben ze Jaap opgepakt?'

'Ik geloof het niet maar wel een paar anderen, de zwager van Jaap Koster en ook burgemeester De Zeeuw. Ze zijn eerst meegenomen naar de openbare school en geblinddoekt tegen de muur gezet. Mensen die het zagen dachten dat ze gefusilleerd zouden worden maar ze zijn met een wagen afgevoerd. Niemand weet waarheen.'

Rose geeft Bep het koffertje met kleren, een pak boterhammen, wat geld om een bewaker te paaien en een heel klein opgevouwen briefje. Terwijl ze het schreef, met minuscule lettertjes, haar woorden zorgvuldig kiezend, dacht ze aan de gelukzalige tijden van hun eerste briefwisseling.

De volgende middag is Bep er weer. Ze heeft het koffertje in haar hand. De angst slaat Rose om het hart.

'Gerhard zit inderdaad in het Haagseveer. Hij mag geen bezoek en geen eten ontvangen. Wel kleren. Hij wordt verdacht van illegale activiteiten.'

'Maar,' en Rose wijst naar de koffer.

'Ik mocht hem nu niet afgeven. De juiste persoon was er niet. Hij zit in cel 41, met meerdere mensen.'

Ze moeten iets zien te regelen met een bewaker.

Nadat Rose afscheid heeft genomen van Bep haast ze zich meteen naar café Koster. Jaap gaat haar net als de vorige keer voor naar de keuken waar hij thee voor haar zet en tegenover haar aan tafel gaat zitten.

'Het is een serieuze zaak. Vermoedelijk verraad of loslippigheid.'

De zonen van burgemeester De Zeeuw, die op een andere plek

waren dan hun vader, zijn op tijd ingelicht door hun zus. Jaap Koster vertelt Rose de naam van een bewaker en de tijden en dagen waarop hij daar waarschijnlijk is. 'Maar met de allergrootste behoedzaamheid want hij zet zijn leven op het spel.' Het heeft geen zin dat Rose achter een advocaat aan gaat, hij zal zien wat hij kan doen.

Twee dagen later haalt Bep weer een Passierschein bij de Ortskommandant. De vrouw bij wie hij in huis is, de coupeuse waar Rose kleding maakt, had Bep uitgenodigd om samen met hem bij haar te komen dineren. Dat had ze vriendelijk afgehouden wegens drukte, maar ze beseft dat ze hem te vriend moet houden.

Het lukt Bep de bewuste bewaker te spreken. Hij zal het koffertje geven met de kleren en de verboden boterhammen, het briefje en een stompje potlood.

Lieve Gerhard, dieper dan ooit hou ik van je. In gedachten lig ik in je armen in jouw cel. Maak je geen zorgen, hier alles unter Kontrolle. *Het gaat goed met de kinderen met Mutti en mij.*

Ze zegt niets over hoe ellendig ze zich voelt 's nachts en hoe angstig de kinderen zijn, en niet dat er weer granaten overvlogen en vlak bij hun huis tot ontploffing kwamen.

In de pastorie moeten de dingen zoveel mogelijk volgens de vertrouwde patronen verlopen en daarom vraagt Rose aan Hans na afloop van het middagmaal uit de Bijbel te lezen. Zelf doet ze het gebed. Ze herinnert zich hoe haar vader bad voor het Duitse leger, voor zijn broer in Rusland. Ze hoort het zangerige gebed in het Hebreeuws door haar moeder, haar broer, oom Nathan op Wangeroog, voor hun ooms en neven aan het westelijke front. Smeekbeden die hen met elkaar verbonden maar ze hadden Erich en oom Friedrich er niet mee kunnen redden.

'Almachtige eeuwige God, die alles ziet, onze angsten en bezorgdheid, wilt U zijn bij onze vader en hem snel weer bij ons terugbrengen.' Daarna noemt ze de namen van de anderen die zijn meegenomen.

Margreth komt thuis met het bericht dat Leen Luyendijk is opgepakt, de broer van haar vriendin Corry. 'Ze weten niet waar hij is. Ze zijn bang dat ze hem doodschieten.'

Margreth kruipt bij haar moeder op schoot. Rose stelt haar gerust.

'Wat doen ze dan met hem en papa?'

'Ze gaan vragen stellen of ze foute dingen hebben gedaan. Maar ze hebben niks verkeerds gedaan.'

'*Trouw* rondbrengen mag niet en onderduikers verstoppen ook niet.'

'Ze zijn heus wel zo slim om daar hun mond over te houden. Binnenkort komt hij weer terug, net als papa en de burgemeester.'

'En de familie Pot.'

'Ja, en dan gaan we feestvieren.'

De doffe plof van een afschot. Margreth veert op. Hans komt binnenrennen. 'Granaten!'

Albertje die op de grond een kanon zit te bouwen met zijn meccano kijkt nu ook geschrokken. Opnieuw klinkt het geluid van een afschot.

'Laten we naar de schuilkelder bij de kerk gaan,' stelt Hans voor.

Margreth rent al naar hun eigen kelder. Hans gaat oma en Lena halen.

'Maar niet naar buiten gaan,' roept Rose.

Even later komt hij terug met Lena en zijn grootmoeder, die altijd rustig blijft en grapt: 'Is het weer tijd om verstoppertje te spelen?'

In de kelder gaan ze op de matrassen zitten. Het is een raar idee dat ze nu moeten schuilen voor geallieerd vuur. De beschietingen vanuit Willemstad zijn meestal een reactie op de Duitse.

'Als het huis instort hebben we genoeg te eten,' constateert Hans zakelijk.

De planken staan vol potten jam en ingemaakte groenten. Margreth begint te huilen en om haar vader te roepen. Rose trekt haar tegen zich aan en sust: 'Het huis stort niet in.'

'Sssst!' sist Hans.

Ze luisteren met ingehouden adem. Er klinkt weer zo'n doffe plof, gevolgd door een dreigende stilte. Rose voelt hoe haar dochter trilt. Kort daarna dreunt de inslag, maar niet op hun dak, waarna ze altijd even opgelucht ademhalen.

'Laten we zingen,' oppert Rose en ze zet een Duits kinderlied in.

'Es klappert die Mühle am rauschenden Bach.'

Gretchen valt haar meteen bij.

'*Klip klap.*'

'We moeten andere versjes zingen,' zegt Margreth.

'Zeg maar welk.'

Margreth zet in uit volle borst: '*Heer, ontferm U over ons, Open Uwe vaderarmen.*'

Ze zingen allemaal mee, behalve Gretchen die liever iets leukers zou zingen.

'*Stort Uw zegen over ons,*
Neem ons op in Uw erbarmen!
Eeuwig blijft Uw trouw bestaan
Laat ons niet verloren gaan.'

33

Februari 1945

Afstand brengt dichterbij, dat had Rose ervaren aan het begin van hun liefde en dat gebeurt nu weer. Voortdurend is Gerhard in haar gedachten.

Bep heeft het koffertje kunnen afgeven maar sindsdien hebben ze niks meer gehoord. Vol spanning wachten ze op bericht. Van de familie ontvangen ze evenmin een levensteken. Er komen geen brieven meer met een rood kruis erop, niet uit New York en ook niet uit Palestina, ze weten dus niet hoe het met Kurt gaat en of hij nog in leven is. Wel horen ze dat in het nog niet bevrijde Noord-Italië zwaar wordt gevochten. Hoe ze met Hans in contact kunnen komen, mocht hij nog leven, weten ze niet.

Er wordt niet meer over gepraat maar Rose noemt de namen van hun dierbaren tijdens het gebed aan tafel, zoals Gerhard deed. 'We bidden U voor papa, voor Onkel Hans, voor tante Mathilde en Onkel Nathaniël, tante Hanna, Onkel Willy, tante Rose, Erwin, Selma, Manfred, Günther, Dagobert, Rosette, Mozes, de kleine Henri Nathan, Sofia, de familie Limburg en alle anderen.'

Haar moeder heeft de foto's weer tevoorschijn gehaald en er branden vaak twee oliepitjes bij.

Als Rose en Gretchen op een grauwe middag zitten te handwerken terwijl de kinderen hun opdrachten maken voor school, komt Lena de kamer in.

'Een jongeman.'

Rose haast zich naar de deur. Voor haar staat een jongen van een jaar of veertien, een blauwe muts over zijn oren in dezelfde kleur als zijn ogen. Op gedempte toon vertelt hij dat zijn vader ook in het Haagseveer zit.

'Kom binnen.'

'Ik heb iets voor u,' zegt hij als ze in de studeerkamer zijn, en hij haalt een heel klein opgevouwen briefje tevoorschijn. Roses blik schiet over het stoere handschrift, in miniatuurlettertjes, met potlood op een margarinepapiertje.

Liefste Rose, was zo blij met je briefje. Maak je geen zorgen over mij. Fijn dat we kunnen corresponderen via deze beste mensen. Weet je wie ik hier tegenkwam? De familie Pot. Ze maken het goed. Zoon Jaap is al vrij zoals je weet. Ik hoop dat het werk in de gemeente doorgaat. Haal elke dag melk en als je geld nodig hebt ga naar de Boerenleenbank. Doe geen moeite voor een advocaat, deze zaken komen niet voor het gerecht. Graag zeep en wat schone boordjes. Als het kan een handdoek, nu gebruik ik een dweil. Een kus voor jou mijn liefste, voor Hans, Margreth, Albertje, Mutti.

'Mijn vader zit in een cel naast die van de dominee.'

'Alleen?'

'Met hun zestienen.'

'Zijn er bedden?'

'Strozakken. Hele dunne.'

'Weet je of de dominee al verhoord is?'

Dat weet de jongen niet maar hij zal proberen erachter te komen.

'De dominee heeft een dienst gehouden in een cel van de gevangenis, zei mijn vader. Stiekem. Als u wilt kan ik een briefje van u meenemen wanneer ik er weer heen ga. Zo klein mogelijk want we worden gefouilleerd.'

'Neem je niet te veel risico?'

'Er zijn een paar Nederlandse bewakers die te vertrouwen zijn maar je moet geen mof tegenkomen.'

Rose gaat aan Gerhards bureau zitten, knipt een klein stukje papier van een groot vel en schrijft: *Liefste Gerhard, ik schrijf je aan jouw bureau, alles gaat goed hier, maak je geen zorgen. Kan de SS'er die in dezelfde kerk trouwde als wij misschien iets betekenen? Onthoud wat ik je op het hart drukte en weet dat ik meer dan ooit van je houd. Deine Rose.*

Ze vouwt het papiertje heel klein op en geeft het aan de jongeman.

'Voorzichtig. Hopelijk is je vader snel vrij.'

'Ik bind het in een stukje stof en stop het in mijn sok.'

Er volgen dagen vol spanning waarin er geen bericht komt, maar naar de kinderen toe, die steeds vaker klagen dat papa zo lang wegblijft, is ze rustig.

Wanneer Rose langsgaat bij de familie De Zeeuw om te vragen of ze al iets hebben gehoord over de burgemeester, treft ze mevrouw De Zeeuw met dochter Jeanne aan terwijl ze dikke truien en sokken aan het breien zijn voor hun mannen. De burgemeester zit ook opgesloten in Rotterdam, op de Noordsingel. Hij mag geen bezoek ontvangen maar via een Nederlandse bewaker hebben ze bericht gekregen dat hij het goed maakt en nog niet is verhoord. Van Jeannes verloofde weten ze niets. 'Waarschijnlijk is hij als slaaf afgevoerd naar Duitsland.'

Jeanne vertelt dat ze haar broers net op tijd had kunnen waarschuwen.

'Ze houden zich ergens schuil maar zullen binnenkort wel weer opduiken.'

Onderweg naar huis loopt Rose binnen bij de boerderij van de familie Luyendijk waar het nog ruikt naar de in karnemelk geprakte aardappelen. Ze hebben geen bericht van Leen. 'Maar hij is een taaie.'

Ook bij hén in de pastorie komen veel mensen langs om te horen of er nieuws is van de dominee.

Geronk van een motor.

Rose kijkt op van haar handwerk.

Boer Arie den Hartigh stopt voor de deur, gehuld in een lange leren jas. Hij woont aan de Schenkeldijk in een gigantische boerderij waar pauwen rond paraderen en waar Margreth wel eens gaat spelen nadat ze is opgehaald met een koets.

Rose laat hem binnen. In de kamer haalt hij met een brede beweging een zij spek onder de leren jas vandaan en legt die op tafel.

'Ik ben in Rotterdam geweest.'

Hans en Margreth kijken met grote ogen naar de reusachtige man en naar de zij spek.

'Ik hoorde dat er weer gevangenen uit het Haagseveer waren gefusilleerd.'

Roses adem stokt.

'Ik ben gaan kijken of de dominee erbij lag.'

Het spek heeft hij als troost meegenomen, schiet door Rose heen.

'Dat was niet het geval.'

Ze haalt weer adem maar denkt aan de onschuldigen die ze wel hebben vermoord.

'Ze lagen op een hoop.'

'Gaan jullie maar naar Großmutter. Alles is goed met papa.'

Dit hoeven de kinderen niet te horen, zegt ze tegen Den Hartigh.

'Het is te hopen dat de dominee gauw vrijkomt. De moffen worden grimmiger, bij elke daad van verzet halen ze tien gevangen verzetsstrijders uit hun cel en schieten ze dood. De lijken laten ze expres liggen ter afschrikking. Een kat in het nauw, u weet het.'

Het is een kwelling voor Rose dat ze niet naar het Haagseveer kan, zelf met de officieren praten, het liefst met die Bremense SS'er. Maar ze mag die brug echt niet over, zelfs Jaap Koster geeft haar geen hoop.

De Duitse zaak staat er slecht voor. Churchill, Stalin en Roosevelt hebben in Jalta de koppen al bij elkaar gestoken over hoe het verder moet na de oorlog.

Gerhard zit nog steeds gevangen maar het gemeentewerk gaat door. De kerkenraad neemt taken over en Rose helpt mee door vaker op huisbezoek te gaan. Hun vriend, dominee Rijnsburger, komt preken waardoor hij vier keer op één dag de preekstoel beklimt.

Na afloop drinkt hij koffie in de pastorie. Ze praten over Gerhard, de kans dat hij vrijkomt. Rose vertelt over haar zorg om haar familie en vraagt of hij weleens bericht ontvangt van de Joodse mensen die in zijn gemeente Oud-Beijerland woonden.

'Gemeenteleden hebben navraag gedaan maar niemand kon antwoord geven.'

'En de Joodse kinderen die in Mijnsheerenland waren ondergebracht?'

'We hebben niets meer van hen vernomen.' Rose dringt aan. Hij zwijgt. Hij weet het niet. 'Werkkampen zeggen ze.'

Wat moeten die kinderen in werkkampen?

De volgende dag staat Han onverwacht op de stoep. Rose is blij en bang tegelijk. Hij zal toch geen vreselijk bericht...

Hij had een vergeefse poging gedaan zijn broer te bezoeken, maar ondanks zijn rol van zielzorger kreeg hij geen toegang. 'In elk geval moet Gerhard eerst worden verhoord.'

Rose herkent in Han veel van Gerhard. Niet alleen uiterlijk, de gelaatstrekken, de donkere ogen, de handen, maar ook zijn wezen is verwant. Hij gaat na zijn acht maanden Vught gewoon door met het verzetswerk en hij heeft weer onderduikers. Han is op een bepaalde manier extremer dan zijn broer en tegelijk minder argeloos.

Ze nodigt hem uit naar de studeerkamer waar ze even alleen met hem kan praten. Zijn blik glijdt over de boeken in de boekenkast waar hij altijd met ontroering naar kijkt. Er staan veel boeken van zijn vader tussen. Rose vraagt of hij iets weet over het lot van de mensen die zijn verdwenen.

'Het is heel erg,' antwoordt Han en hij schudt met zijn hoofd.

Rose dringt aan dat ze wil weten wat hij weet.

Na een korte stilte vervolgt hij: 'Er zijn getuigenverklaringen van ontsnapten uit concentratiekampen. Er heeft een groot verhaal in *Het Parool* gestaan. De meeste mensen geloven het niet maar in Vught heb ik gezien waartoe ze in staat zijn. Soms is het puur sadisme, vaak ook domheid, gebrek aan voorstellingsvermogen. Ze kunnen zich niet in een ander verplaatsen. Veel mensen draaien als radertjes mee zonder zich af te vragen in welke machine en waartoe. Als ze maar mee mogen doen, als ze maar aan de kant van de overwinnaar staan.'

Hij stelt zijn antwoord uit, merkt ze, wat ze niet kent van Han.

'Ik wil de waarheid weten.'

'Mensen worden er opgesloten en vermoord. Soms in gaskamers.'

Ze voelt hoe haar hart in haar keel bonst. Met grote afstand kijkt ze naar zichzelf en ziet tegelijkertijd de gezichten van al die dierbaren door elkaar heen buitelen.

Dan zegt ze: 'Hoe kun je pacifist blijven?'

'Als niemand had meegewerkt, als de treinen vanaf het allereerste begin hadden gestaakt, evenals de kantoorklerken, als iedereen geweigerd had ook maar iets voor de Duitsers te doen...'

'Maar als zo'n nazi je vrouw en de onderduikers wil doodschieten en je hebt een pistool?'

'Ik heb geen pistool.'

'Als ik er een had zou ik het wel weten.'

Wanneer Han weg is vraagt haar moeder: '*Liebes Kind*, wat is er, je bent bleek.'

Ze is misselijk en heeft hoofdpijn.

'Niks Mutti, een beetje moe.'

Om de kinderen op te vrolijken en om zichzelf af te leiden, besluit Rose samen met haar moeder snoepjes te maken van suikerbieten. Ze spoelen de aarde van de knoestige blanke knollen, schillen ze, snijden ze in stukken en raspen die aan de keukentafel. Ze denkt aan de grote tafel in de keuken van Villa Rosa waar ze met hun allen omheen zaten om koekjes te maken; hamansoren voor Poerim, of taarten als de hele familie weer bij elkaar was. Weggejaagd, ingepikt. Wat is de mens een monsterlijk soort.

Wanneer ze klaar zijn met raspen gooien ze de pulp in een pan met water waarna lang moet worden geroerd. Ook Margreth en Albertje helpen mee. Het duurt uren voordat de stukjes biet geleidelijk veranderen in stroop.

Wanneer de zoete geur tot in elke hoek van het huis is doorgedrongen, komt Hans de keuken in. 'Moffen voor de deur.'

Rose doet haar schort af en loopt naar de kamer waar ze door het raam een Duitse legerauto ziet staan. De bel gaat.

Als ze opendoet kijkt ze in het gezicht van twee militairen. Adelaars erboven, één op een deftige, de andere op een simpele pet.

'*Einkwartierung*,' zegt de man in het belangrijkste uniform, zonder te groeten en met een stugge uitdrukking op zijn gezicht.

'Met wie heb ik de eer?' vraagt Rose.

De man noemt zijn naam met nadrukkelijk *Offizier* ervoor.

'*Wieviel Personen?*'

'Ik en mijn oppasser.'

Rose blijft ijzig kalm. Wie weet kunnen ze iets doen voor Gerhard.

Nadat ze de officier naar de salon heeft begeleid, moppert hij: '*Kalt hier.*'

'Als u een boom omzaagt kunnen we de kachel stoken,' reageert ze met een uitgestreken gezicht.

De oppasser kan in de kamer van Margreth, want die slaapt de laatste tijd bij haar broers omdat ze dan minder bang is. Er wordt eten en drank uit de wagen gehaald. De officier loopt achter de blikken en kisten aan naar de keuken.

'*Riecht gut*,' zegt de oppasser. Hij heet August, heeft een rond hoofd en kijkt goedmoedig uit zijn ogen. Gretchen groet kortaf en deelt mee dat de stroop klaar is.

Terwijl de oppasser de geroofde waar uitstalt op tafel, haalt Rose een doek over het stenen aanrecht waarna Gretchen er met een pollepel een sliert goudkleurige stroop overheen gooit, die vervolgens door Hans razendsnel in stukjes wordt gehakt. Als de brokjes zijn afgekoeld gaan ze in een trommel.

De oppasser wil proeven.

'Nee, dat is voor de kleintjes,' zegt Gretchen.

Hij kijkt kinderlijk beteuterd.

'Is alles nu binnen?' vraagt de officier.

'De fietsen staan nog in de wagen.'

Rose ziet de blik van Hans, die zich altijd erg opwindt wanneer hij een 'mof op een gejatte fiets' ziet.

'Waar kunnen we die stallen?'

'In de bijkeuken.'

De officier wil eerst inspecteren en loopt achter Rose aan de grote bijkeuken in waar op een tafel teilen staan voor de was. Zijn blik blijft even hangen aan de schietschijf met pijltjes erin.

'Een fiets!' roep hij verontwaardigd. 'Die had ingeleverd moeten zijn.'

'Mijn fiets en die van mijn zoon zijn keurig volgens de regels afgepakt. Mijn man heeft toestemming deze te gebruiken voor zijn werk.'

'Wat voor werk?'

'Pfarrer.'

'Mmm. Waar is hij?'

'In de gevangenis. Opgepakt, zomaar terwijl hij dag en nacht bezig is anderen te helpen.'

'Sabotage zeker.'

'Als u het troosten van zieken, stervenden, mensen die bang zijn, sabotage wilt noemen, *Herr Leutnant*.'

'Ich bin kein Leutnant, ich binn Offizier.'

Hans grinnikt ingehouden.

'Hier komen schares mensen langs de deur, uitgehongerd, kinderen die hun ouders kwijt zijn.'

'Dat was niet onze bedoeling. De Nederlanders hadden niet dwars moeten liggen. We beschouwden het Nederlandse volk als broedervolk.'

'Een broer loop je niet onder de voet. Nederland heeft niet gevraagd ingelijfd te worden.'

'Willen jullie je dan liever laten overweldigen door de bolsjewieken!? Jullie zullen nog knarsetanden van spijt.'

Rose merkt dat ze steeds bozer wordt maar denkt aan Gerhard, haar kinderen, Mutti en zegt beheerst: 'Hier kunnen de fietsen staan.'

'Waar heeft u zo goed Duits geleerd?'

'In Keulen waar ik ben geboren.'

'U bent Duitse! Hoe kunt u dan zo praten? Keulen die schitterende stad, *vernichtet, ausradiert*, met de grond gelijk gemaakt door die misdadige Engelsen.'

'De Duitsers gaven het voorbeeld door het prachtige Rotterdam in puin te leggen.'

'Er was van tevoren gewaarschuwd maar de Nederlanders waren koppig.'

'De Duitsers hebben het sein van overgave genegeerd.'

'Ook mijn geliefde Dresden is te grazen genomen, door die barbaarse Amerikanen. Gelukkig staat de oude binnenstad nog overeind. Groots, barok, een voorbeeld van perfectie, maar die cultuurloze yankees begrijpen nergens wat van. Wat een spijt zullen ze hier hebben dat ze zich niet hebben laten leiden door een edel–'

'Ik moet naar de kinderen,' kapt Rose hem af.

'Mijn vrouw en kinderen leven in voortdurende angst.'

Terug in de warme zoetgeurende keuken zegt de officier: 'Ik blijf hier. Dit is de enige plek met een leefbare temperatuur.'

Hij geeft de oppasser bevel een fles wijn te ontkurken en een glas voor hem in te schenken. De oppasser krijgt niks aangeboden, net zomin als Rose en Gretchen.

'Ik zou zelf wel van die snoepjes willen maken,' zegt de oppasser bedeesd. 'Dan maak ik ze ook voor u, Herr Offizier.'

'Slecht voor de tanden. Maar vooruit, leer hem hoe je dat spul maakt.'

De officier blijkt tandarts te zijn en ontfermt zich de komende tijd in de praktijk van tandarts Hüpscher over de gebitten van de Duitse militairen die hier gelegerd zijn.

'*Gut*, als je snoep maakt kun je weinig kwaad doen,' reageert Gretchen. 'Maar pas nadat wij klaar zijn met avondeten.'

Terwijl Gretchen soep bereidt, drinkt de officier het ene glas na het andere waarna hij achter de oppasser aan naar de school wankelt waar hun maaltijd wacht.

Later op de avond gaat de oppasser aan de slag, schilt bieten, raspt ze, doet de pulp in de pan en begint te roeren.

Wanneer Rose naar bed gaat, de officier al door moeheid, drank en mistroostigheid is geveld en snurkend slaapt in de salon, is August nog aan het roeren.

De volgende ochtend hangt hij op dezelfde stoel, in diepe slaap. De houten lepel in zijn hand zit vast in een klomp tot steen geworden stroop.

34

Februari 1945

Rose is wakker, ze draait zich telkens van de ene zij op de andere. Beneden in de salon ligt die nazi op zijn riante divan en klaagt over de kou, de misdadige Engelsen en de Nederlandse saboteurs, terwijl haar Gerhard moet slapen op een dunne strozak achter slot en grendel en schrijft dat alles goed gaat.

Als ze na een tijd eindelijk in slaap valt, droomt ze dat ze stoeten mensen voorbij ziet trekken die willen praten maar niet kunnen. Ze happen naar lucht, sperren hun ogen open. Rose wil iets tegen hen zeggen, ze wil iets doen. Er komen geen woorden uit haar mond, ze kan niet bewegen.

Ellendig wordt ze wakker, maar ze is opgelucht als tot haar doordringt dat het een droom was.

Ze legt haar hand op het kussen van Gerhard dat nog op dezelfde plek ligt in haar ledikant, ze drukt het tegen zich aan, op zoek naar Gerhards geur. Ze zou zich willen laten meesleuren door haar verdriet maar dat mag niet, kan niet, ze moet sterk zijn, voor de kinderen, haar moeder, voor Gerhard, dat had ze hem beloofd. Voor zichzelf.

Als ze Gerhard zouden vermoorden, ook dan zou ze door moeten. Maar hij is niet dood! Gode zij dank. Ze verlangt zo naar een berichtje van hem, al zijn het maar een paar woorden. Vijftien jaar geleden is het alweer dat ze hunkerde naar zijn brieven en euforisch was als er weer een in de bus lag, uitpuilend van zoete woorden. Nooit had ze gedacht dat ze nog meer zou kunnen uitkijken naar zijn post dan toen. Een gelukzalige tijd was dat, maar kort daarvoor, tijdens de oorlogsjaren, hadden ze eveneens angsten gekend, om haar vader, haar neven en haar ooms.

Ook in die eerste verliefde jaren had het kwaad om zich heen gegrepen en zagen mensen als Theo Goldschmidt en haar zwager Han dat er nog vreselijker dingen werden voorbereid. De meeste mensen, onder wie zijzelf, wilden het niet zien, draaiden rond in de kleine cirkel van hun eigen leventje. Weinigen namen verantwoordelijkheid, waarschuwden, zoals Einstein, Thomas Mann, Han. Gerhard ook, met zijn prediking en gebroken geweertjes, maar in mindere mate omdat hij onderschatte tot welke gruwelen de mens in staat is.

Bep heeft weer een koffertje met schone kleren in het Haagseveer afgegeven maar omdat ze geen bekende bewaker zag, was ze naar buiten gegaan en had ze het voedselpakket met briefje uit de koffer gehaald. Gelukkig maar, want ze had de koffer moeten openen. De kleren waren eruit gehaald en zouden aan gedetineerde Hugenholtz worden gegeven. In elk geval zat Gerhard daar nog, in cel 41.

Twee dagen later meldt Lena dat 'die jongeman' weer op de stoep staat. Rose vraagt aan Hans de nazi af te leiden voor het geval hij naar de studeerkamer wil. Hij beweegt zich door het huis alsof het van hem is.

'Je ziet er opgewekt uit,' zegt Rose als ze de deur van de studeerkamer achter hen heeft gesloten.

Hij neemt de blauwe muts van zijn hoofd. 'Mijn vader is vrij.'

Rose geeft hem een kus op beide wangen die rood zijn van de kou. 'Wat ben ik blij voor je en wat ben jij dapper geweest.'

Hij geeft haar weer zo'n heel klein opgevouwen briefje van margarinepapier. Rose vouwt het haastig open en leest: *'Liebes Röschen, wat verlang ik naar bericht van je. Alles goed hier. Geen zorgen om mij. Dank voor de kleren. Gisteren wat brood gekregen via een bekende. Ben nog niet verhoord. Ik heb gepreekt in een andere cel, stiekem, voor zo'n 30 mensen. Aardige celgenoten, echte Oranjeklanten. Hoopvol nieuws over de fronten, België geheel bevrijd. Het kan niet lang meer duren!*

Voel me gesterkt door het gebed van de gemeente en denk aan Petrus die in de gevangenis zat maar voor wie werd gebeden. Handelingen 12. Verder klinkt telkens psalm 50 vers 15 in mijn hoofd. Kon je maar komen, lieveling, maar neem geen risico. Ik hoop snel thuis te zijn. Ook ik houd meer van je dan ooit. Innige kussen, je Gerhard.

Dag lieve Hans, dag lieve Margreth, dag schattig Albertje, dag lieve oma, veel kussen van papa uit de Rotterdamse petoet.

'Nu kijkt u ook blij,' zegt de jongen. 'Helaas kan ik geen briefjes van de dominee meer brengen maar als iemand anders gaat, er zijn een paar bewakers die meewerken.'

Heel zacht noemt hij twee namen. Een is de kennis van Jaap Koster. 'De meeste Nederlandse bewakers knijpen een oogje dicht, zelfs de NSB'ers, maar ze moeten uitkijken dat ze niet worden betrapt door de moffen van de Sicherheitsdienst. Het bangste is iedereen voor de Grüne Polizei. Die komen af en toe in de ochtend langs en halen mensen uit een cel die dan meestal worden doodgeschoten.'

Roses opluchting maakt weer plaats voor zorg en woede. Gerhard wil haar geruststellen zoals zij hem en zo houden ze elkaar dus voor de gek.

Nadat ze de jongen naar de deur heeft begeleid gaat ze terug naar de studeerkamer om het briefje nogmaals te lezen en om in de Bijbel die op het bureau ligt de teksten op te zoeken waarnaar Gerhard verwijst.

Ze leest hoe Petrus na het gebed van de gemeente uit de ketenen wordt bevrijd door een engel, en hoe zijn verschijning zijn vrienden verbijstert. Dan leest ze de regels van de psalm: 'Roep mij aan in de dag van benauwdheid; Ik zal u eruit helpen en u zult Mij eren.'

Wanneer Rose even later in de keuken is en de officier zoals gewoonlijk troost zoekt bij de wijn en het fornuis, terwijl Gretchen onverstoorbaar bezig is, vraagt Rose of hij misschien iemand kent die werkt in het Haagseveer.

'*Wieso?*'

'Die zou een goed woordje kunnen doen voor mijn man die onterecht gevangen zit en zo hier zijn plichten verzaakt.' Ze denkt dat het woord plicht hem aan zal spreken.

'Als uw man is opgepakt zal hij vast wat op zijn kerfstok hebben en als dat niet zo is komen ze er in het Haagseveer wel achter. Daar hebben ze hun mensen voor.'

Rose zwijgt. Ze zou hem graag de keuken uit zetten, het huis uit. Wat een waanzin dat zo'n stelletje zomaar je woning binnendringt en je nog dankbaar mag zijn dat ze jou er niet uit gooien.

'U mist uw man hè?' zegt hij terwijl hij uitdagend en doordringend naar haar kijkt. 'Het is ook niks dat zo'n *schöne Frau* alleen is. Ja u bent knap, aantrekkelijk, mooie lichte ogen. Jammer dat uw haar zo donker is. Maar u hebt correcte gelaatstrekken en uw huid is blank als porselein. Mag ik u een glas wijn aanbieden?'

Geërgerd schudt Rose haar hoofd.

'Helaas voor u *ist meine Tochter verheiratet*,' zegt Gretchen, 'met een man die net zo rechtschapen is als zij.'

Op dat moment komt Margreth binnen die weer huiswerk heeft opgehaald in de consistorie. De school wordt nog steeds bevolkt door de Duitsers en de officier gaat elke dag eten in haar tot eetkamer omgebouwde klaslokaal.

'De tanden van het kind staan te ver naar voren. Die kan ik wel rechtzetten.'

Margreth kijkt verschrikt van de officier naar haar moeder.

'Ze heeft prachtige tanden, daar hoeft niks aan te gebeuren,' zegt Rose terwijl ze een arm om haar dochter heen slaat.

'Ga je schoolwerk maar doen in de kamer, bij Hans,' zegt ze tegen Margreth.

Ze wil de kinderen zoveel mogelijk de dronkenmanspraat van de officier besparen.

Gretchen heeft een bos erwten uit de bijkeuken gehaald die nog in de peulen aan de takken zitten, legt die op tafel en gaat schuin tegenover de officier zitten om de erwten te doppen. Rose helpt haar nadat ze de luiken heeft dichtgedaan. De aangetaste erwten gooien ze in een bak bij de lege peulen.

'En, hebben de jongens die u moet behandelen nog een beetje moed?' vraagt Gretchen terwijl ze zich op de erwten blijft concentreren.

'*Nein!* De meesten willen naar huis. Wat een ontgoocheling. Het was zo groots begonnen. Vol geloof was iedereen, overlopend van energie om een nieuwe betere wereld te creëren. Maar we stuitten op blindheid, ook in Nederland. Wat zullen de mensen een spijt hebben wanneer de rode horden hier de boel komen vernielen.'

'Er valt weinig meer kapot te maken,' zegt Rose.

Hij hoort het niet.

'Het individu betekent niets voor hen.'

'Voor de nazi's wel?'

'Ja, het zuivere, edele individu dat onderdeel is van een groter geheel, als van een gezond, sterk lichaam.'

'Zijn zwakkeren dan geen individuen?'

'Ze tasten de sterken en gezonden aan zoals een rotte kies de omgeving besmet en dus getrokken moet worden. Net als de Joodse meute die als een kankergezwel moet worden uitgesneden.'

Hij neemt een slok, zijn gezicht betrekt en hij vervolgt op plechtige toon: 'Maar ik ben bang dat er uitzaaiingen zijn die weer zullen gaan woekeren en dat de hele operatie dus voor niks is geweest.'

Rose kijkt naar haar moeder die onverstoorbaar verder gaat met doppen.

Als Rose de volgende dag het huis verlaat om een koffertje met kleren die dienen als dekmantel voor de boterhammen, gekookte eieren, appels en een briefje, naar Bep te brengen, staat de officier op het kerkplein omhoog te kijken.

'Gaat u op reis?' vraagt hij als hij Rose ziet.

'Ja, naar de Molendijk, op bezoek bij een vriendin.'

'Waarom die koffer dan?'

Hij kijkt haar achterdochtig aan. Als hij haar nu vraagt de koffer open te maken wat moet ze dan doen?

'U keek naar de mooie hemel?'

'Wat je mooi noemt.'

Rose kijkt omhoog en ziet een lange reeks witte condenssporen aan de blauwe lucht.

'Die misdadige Engelsen zijn weer op weg.'

Ze hoort het zoemen van vliegtuigen die hoog overvliegen. Bommenwerpers.

'Waar zouden die misdadigers heen gaan?'

'Misschien wel naar Dresden,' ontvalt Rose.

Hij kijkt haar met een vernietigende blik aan.

'*Entschuldigung* Herr Offizier, ik plaagde u maar.'

In stevig tempo loopt Rose door naar de Molendijk. Rose vindt het altijd prettig om bij Bep te zijn. Ze straalt rust uit, is nuchter en krachtdadig. Ze zal met de fiets naar Rotterdam gaan want Jaap Koster had gehoord dat de bevriende bewaker vandaag dienst heeft.

Voor spertijd is Bep terug. Het is gelukt om de kleren met het eten af te geven en het daarin verborgen briefje waarin Rose er weer op aandringt dat Gerhard moet proberen in contact te komen met de man uit Bremen die hem eerder verhoorde. Tot Roses grote vreugde heeft Bep een briefje van Gerhard mee teruggenomen.

Mijn stoere Schätzchen, zo blij met je briefje en alle heerlijkheden! Geen zorgen om mij. Nog niet verhoord maar dat kan niet lang meer duren. De Bremense man zal me deze keer niet ondervragen, waarschijnlijk een zekere Scholl. Die kan dus over het een en ander beslissen. Er zat een advocaat bij ons in de cel, mr. Polak, een Rotterdammer. Hij is net vrij en zal zien wat hij kan doen. Veel vriendschap, van medegevangenen, maar ook van politie en bewakers. Overdag wordt er gekaart, verhalen uitgewisseld. Een halfuur luchten op een kleine binnenplaats. Om acht uur onder de wol met het licht uit. Dan gaan we liederen zingen en er zijn er een stel bij die grappen kunnen opdissen. Afgelopen nacht kwamen er elf Delftenaren binnen. Vier bij ons in de cel. Eerst dachten we dat er een vrouw bij was in een lange jurk. Het bleek een pater. Een bovenste beste man, jong, zeer opgewekt. Heb hem gevraagd morgen samen de dienst te doen. Dat was nog te snel voor hem maar hij zal er wel bij zijn. Hij gaat de biecht afnemen in wat ze de badkamer noemen. Ik verlang zo naar het weerzien met mijn liefste vrouw, kinderen, Mutti en ik wil graag weer aan het werk.

Wanneer Rose op 14 februari thuiskomt, nadat ze een paar huisbezoeken heeft afgelegd, en het geweldige nieuws heeft gehoord dat Leen Luyendijk uit de trein naar Duitsland is gesprongen en zich nu ergens in Rotterdam heeft verstopt, komt Gretchen haar met een ernstig gezicht tegemoet.

'De Offizier is buiten zinnen.'

'Wat is er aan de hand?'

'Dresden is gebombardeerd.'

Rose schrikt en denkt aan wat ze twee dagen geleden zei.

'Waar is hij?'

'Op zijn vaste plek. Hij wil bellen.'

Rose loopt naar de keuken. Het geraas komt haar tegemoet, afgewisseld met kort gemompel van de oppasser.

'Herr Offizier, wat verschrikkelijk.'

'U heeft uw zin! Dresden bestaat niet meer.'

'Hoe kunt u dat zeggen? Ik vind dit *fürchterlich*. Het is een van de mooiste steden.'

'De allermooiste! Nu laten ze hun ware aard zien. Misdadigers zijn het.'

'Was het een zwaar bombardement?'

'Zwaar, zwaar? De Apocalyps!'

Theo Goldschmidt had haar vaak over Dresden verteld, die betoverende barokstad met koperen daken die goud opgloeiden bij het op- en ondergaan van de zon. Dresden met haar paleizen, kerken en bruggen weerspiegeld door de Elbe.

'Ik wil bellen. *Meine Frau, meine Kinder!*'

Ze ziet de wanhoop in zijn ogen en heeft ineens met hem te doen.

'Herr Offizier als u me het nummer geeft, bel ik met de centrale.'

Vloekend en tierend loopt hij met Rose mee naar de studeerkamer. Rose belt de telefoniste die zal proberen verbinding te maken. Er klinken klikken en piepjes.

De officier ijsbeert door de kamer, kijkt telkens gespannen naar Rose die de hoorn tegen haar oor houdt. 'Nee?'

Als door een schorpioen gebeten kijkt hij om, vloekt.

'U heeft het drie keer geprobeerd?' vraagt Rose aan de telefoniste. Ze bedankt en hangt de hoorn op de haak.

'Er is geen verbinding.'

'Ziet u, *alles Kaputt*. De mooiste stad van de wereld en we dachten nog dat ze daar respect voor zouden hebben, maar de Engelsen hebben voor niets en niemand respect, dat weten we zo langzamerhand. En de Amerikanen zijn een stel afstammelingen van misdadigers en mislukkelingen. Waarom Dresden? Er lagen geen legers, alleen vluchtelingen, weggerend voor de naderende bolsjewieken. Veilig waanden ze zich in die historische stad.'

Hij blijft rondjes lopen en met zijn armen zwaaien.

'Uit pure vernielzucht! Afgunst! De mooiste stad van Duitsland, het Florence aan de Elbe. Beesten zijn het, dat is te veel eer, cultuurloze criminelen. We zijn terug in de oertijd, het stenen tijdperk!'

Met grote stappen loopt hij naar de deur en beent naar de keuken.

'August, open een fles!'

Hij valt neer op zijn vaste stoel, slaat zijn glas in één teug achterover en schenkt het meteen weer vol. Hij staart in de verte.

'Alles ist verloren.'

35

20 februari 1945

Het centrum van Dresden is weggevaagd, met paleizen en kerken, cafés waar strijkjes speelden, huizen met gezinnen zoals zij, mensen die hoopten dat de oorlog snel voorbij zou zijn. Het was een tapijtbombardement en nu woeden er vuurstormen.

Er was geen luchtafweer omdat Dresden zich geen zorgen maakte en zelfs een geheim verbond veronderstelde tussen Engeland en Duitsland dat ze Dresden en Oxford zouden sparen. Dresden was een Rode Kruisstad en zat vol vluchtelingen. Er werden geen fabrieken geraakt, geen militaire installaties, de bommen troffen louter kunstschatten en burgers. Bruggen sloegen aan stukken, de koperen daken kronkelden nog even op voordat ze in de vlammen lekten. Theo Goldschmidt vertelde dat de stad in zijn barokke schoonheid hem net zo gelukkig maakte als Heidelberg.

Wanneer ze aan de vakanties dacht die ze met Gerhard en de kinderen zou vieren in haar vaderland, zag ze altijd een bezoek aan die steden voor zich: Keulen, Hamburg, Heidelberg en Dresden. Alleen Heidelberg staat nog overeind, voor zover ze weet, maar voor hoelang?

En ze denkt aan die jongens daarboven in de nachtelijke lucht, die toen ze klein waren net als Hans en Albert speelden met vliegtuigjes van papier, metaal en uiteindelijk zelf mochten opstijgen in een levensecht vliegtuig en hoe opwindend en gewichtig ze dat gevonden zullen hebben, ook om op een zeker moment door een druk op de knop de bomluiken te openen omdat ze daartoe nu eenmaal een officiële opdracht hadden gekregen. Wat de gevolgen waren in die abstracte diepte onder hen zal misschien niet altijd tot hen doorgedrongen zijn.

Net zomin beseffen de dorpsgenoten die vol triomf uitroepen: 'Verdiende loon' en 'Wraak voor Rotterdam' wat er werkelijk gebeurt, hoeveel beste, onschuldige mensen, vrienden van Nederlanders op afgrijselijke wijze het leven hebben verloren. Wat blijft de mensheid kortzichtig en gevaarlijk, denkt Rose telkens weer. Radertjes zoals Han zei, die zelf niet denken.

Er wordt gesproken over tienduizenden doden. Veel mensen waren in een groot waterbassin gesprongen waar ze niet meer uit bleken te kunnen toen het water door de vuurzee kokend heet werd. De hel, alleen met dat verschil dat je verlost werd door de dood.

Bij de officier heeft razernij plaatsgemaakt voor apathie. Zijn ogen staan dof. Af en toe mompelt hij nog: '*Wir sollen England vernichten! Wir sollen Amerika vernichten!*'

August, die niet uit Dresden komt maar uit een boerendorpje, omringt hem met extra zorg, draagt koffie aan, schenkt wijn in, poetst zijn laarzen tweemaal per dag en probeert hem moed in te spreken: 'Misschien valt het mee.'

'Het valt niet mee, domkop!'

Telkens herhaalt de officier hoe grandioos het allemaal begon, de verbondenheid die ze voelden, hoe ze een ideale wereld zouden scheppen.

'*Ich will nach meine Frau, meine Kinder.*'

'Hoeveel kinderen heeft u?' vraagt Rose.

'Drie dochters, knappe gezonde dochters die trots waren op hun vader. De oudste zou gaan trouwen met een officier. Misschien zijn ze allemaal dood.'

'Woont u in de binnenstad?'

Hij knikt. 'Op een plek die niet meer bestaat.'

Hij gaat de deur uit zonder pet en loopt minder rechtop dan toen hij binnenkwam.

Duitsland capituleert niet maar vecht aan vele fronten met soldaten die steeds ouder worden en steeds jonger. Zouden de Duitsers nu nog zwaardere represailles nemen, in het Haagseveer? Rose hoopt en bidt dat Gerhard ter harte neemt wat ze hem in het laatste briefje nogmaals in bedekte bewoordingen schreef, dat hij niet de hem zo heilige waarheid moet spreken.

Wanneer Rose 's avonds aan tafel zit voor de broodmaaltijd, ziet ze dat Bep komt aanlopen over het Kerkplein. Ze rent naar de deur.

Helaas geen nieuws van Gerhard maar wel ander nieuws: mevrouw Pot is thuis en haar zoon Henk. 'Ze zijn gisteren ontslagen uit het Haagseveer.'

De volgende ochtend gaat Rose bij hen langs met zelfgemaakte jam en een zak gedroogde appeltjes. Rose schrikt, zo mager zijn ze geworden. In de kamer zijn nog steeds de sporen van de huiszoeking te zien, papieren liggen wanordelijk over de grond verspreid, laden zijn uit kasten getrokken.

'En Piet?'

Mevrouw Pot is er niet gerust op. 'Hij is keihard verhoord. Wij ook, maar hij erger. Hij is geslagen, geschopt. Wij hebben alleen een paar klappen gekregen en zijn uitgescholden.'

'Daar houden ze van, met luide stem commanderen en schelden,' zegt Henk, en hij imiteert: 'Opstaan, wassen, *schnell*! Vooruit!'

'Van die lummels die in het gewone leven niks hebben in te brengen,' zegt zijn moeder. De Nederlandse bewakers waren meestal schappelijk, er zaten aardige bij die hielpen.

Henk had de dominee een paar keer gezien bij het luchten. 'Altijd optimistisch. De gevangenen steunen elkaar. Maar ook uit cel 41, de cel van de dominee, hebben ze mannen weggehaald en vermoord.'

'Kort geleden?' vraagt Rose zonder haar schrik te laten merken.

Henk knikt. 'Die schoften van de Grüne Polizei.'

'Maar de dominee heeft meer kans om vrij te komen dan Piet,' troost mevrouw Pot. 'Piet zit in een eenpersoonscel, soms met een ander erbij. Daar krijg je nog minder eten en word je nog harder aangepakt. De dominee heeft daar maar kort gezeten.'

'In een aparte cel?'

Ze knikt.

Als Rose naar huis loopt maalt het door haar hoofd, een aparte cel, zwaar verhoor, slaan, schoppen, beledigen. Lieve lieve Gerhard, dat zou hij niet verdragen. Of zou de vechtersbaas van vroeger uit Axel weer in hem wakker worden? Terugslaan moest je al helemaal niet doen. Ze zou naar Bep willen om haar hart uit te storten want haar moeder heeft al zorgen genoeg, maar ze besluit naar huis te gaan, naar de kinderen. Je weet maar nooit in wat voor stemming de officier is.

Wanneer er de volgende dag weer geen bericht komt kan ze het thuis niet uithouden en gaat Rose aan het eind van de middag naar Bep. Ze vindt het vervelend om haar te belasten maar ze zal toch vragen of ze zo snel mogelijk weer een bezoek kan brengen aan het Haagseveer om eten te brengen maar vooral om te horen hoe de zaak ervoor staat.

Rose loopt onder een grijze hemel waar miezerige regen uit valt en kijkt naar de eenmansgaten waar mensen in kunnen springen bij een beschieting. Dat je moet wegduiken, niet voor een wild dier maar voor je soortgenoten. Niets griezeliger dan de mens.

Ze loopt om het huis en doet de achterdeur open, die toegang geeft tot de keuken. Alles in dit huis ademt rust en orde.

'Hoeoe!' roept ze. 'Bep!' om haar niet te laten schrikken.

Ze loopt de gang in. Blijft staan, aan de grond genageld.

'Gerhard!'

'Rose!'

Hij staat aan het andere eind van de lange gang. Bep heeft net de voordeur opengedaan.

Ze lopen naar elkaar toe. Wat is hij mager. Ze omhelzen elkaar. Haar hoofd in zijn hals, haar wang tegen zijn wang.

'Ons gebed is verhoord.'

'Ik was zo bang.'

Tranen in haar ogen.

'O, Gerhard wat...'

Ze kan niet praten.

'... ben ik gelukkig.'

'Ik ook, mijn liefste,' zegt Gerhard. 'Ik wilde je niet laten schrikken, daarom ging ik naar Bep, zodat zij het je kon gaan vertellen.'

Hij pakt haar bij haar schouders, duwt haar iets naar achteren om haar aan te kijken. 'Dat ik je weer kan zien.'

Hij legt zijn handen om haar gezicht, geeft haar een kus op haar mond, haar wangen, haar voorhoofd.

'Aan kan raken.'

Dan drukt hij haar opnieuw tegen zich aan.

Bep heeft intussen thee voor hen ingeschonken.

Verdwaasd zit Rose erbij.

Het verhoor twee dagen geleden was goed gegaan.

'Vanochtend kwam een Duitser van de SD de cel in. "Spullen pakken en *mitkommen*."'

'Vanochtend al?'

'Ik ben Rotterdam nog in geweest om boodschappen te doen.'

'Boodschappen?'

'Ja, wat dingetjes.'

Hij haalt iets uit zijn tas en geeft het aan Bep. Uit het krantenpapier komt een broche tevoorschijn.

'Het is bescheiden, maar als dank voor het vele dat je deed.'

Als de thee op is gaan ze gauw naar de kinderen en Mutti. Stevig gearmd lopen ze naar huis over de Molendijk, door een wereld die minder grijs lijkt. Rose kan niet praten, zo gelukkig is ze, en weer verbaast ze zich erover hoe de emoties op en neer gaan van diep verdriet, angst, tot uitbundige vreugde en dat die ook naast elkaar kunnen bestaan en tegelijkertijd.

'Dominee!'

Mensen komen hun huizen uit, feliciteren hen, lopen weer naar binnen, keren terug met eieren. Sommigen met twee, met vier, anderen met tien, in tassen, een doosje, een mand. Gerhard moet lachen.

Als ze de pastorie naderen gaat de voordeur open en stormen de kinderen naar buiten, zonder jas.

'Papaaa!'

Gretchen verschijnt met een glunderend gezicht in de deuropening. De kinderen vliegen hun vader om de hals. Rose merkt dat Gerhard hen niet zoals gewoonlijk optilt, daarvoor is hij te veel verzwakt. Zelfs Gretchen veegt een vreugdetraan weg.

In de kamer maakt Gerhard zijn tas open en deelt in krantenpapier verpakte cadeautjes uit. Hij wilde niet met lege handen thuiskomen en heeft in de noodwinkeltjes die zijn verrezen op de puinhopen van Rotterdam wat 'kleinigheden' gekocht, een kettinkje voor Margreth, bouwplaten van vliegtuigjes voor de jongens, een sjaal voor Gretchen en een hanger voor Rose. Geen dure dingen, daar had hij het geld niet voor, maar smaakvol. Hij heeft een glazen beschilderd plaatje gevonden voor aan de muur met de regel uit psalm 40 waaruit hij zoveel kracht heeft geput: 'Maar de Here denkt aan mij.'

Gretchen gaat een dikke omelet bakken, een gedeelte van de eieren legt ze in de kalk zodat ze langer goed blijven.

De vertrouwde stem van Gerhard spreekt aan tafel het gebed uit, een gebed van diepe dank en een smeekbede om deze kostbare vrijheid ook aan anderen terug te geven. Behalve voor de familieleden bidt hij voor zijn celgenoten.

'Hebben jullie Piet Pot al gezien?'

'Nee. Wel zijn vrouw en Henk. Piet is toch nog...'

'Gisteren kwam hij me groeten in de cel: "Dominee, ik ben vrij!"'

Het is een pak van Roses hart. Die goede man.

Gerhard vertelt over de gevangenis, over zijn celmakkers, een notaris, een burgemeester, een priester, een zwarthandelaar, een marechaussee. Hoe ze met de kippen op stok moesten, met hun zestienen tegen elkaar aan, en dan zachtjes zongen: 'En dat we Oranjeklanten zijn dat willen we we-e-ten, daarom zitten we en daarom zitten we, en dat we Oranjeklanten zijn dat willen we we-e-ten, en daarom zitten we in 't Haagseveer', en 'Blonde Mientje heeft een hart van prikkeldraad'.

Hij vertelt hoe ze weleens met z'n allen een sigaret deelden, hoe op de wc werd doorgegeven dat er de volgende ochtend kerkdienst zou zijn, dat de priester zo'n beste, opgewekte kerel was die hem net als Rose op het hart drukte bij een verhoor niets toe te geven. 'Liegen dat het gedrukt staat.' Dat een bewaker behalve eten en briefjes hosties binnensmokkelde.

'Het was dus niet zo erg?' vraagt Margreth.

'Dat de deur op slot zat en ik niet naar jullie kon was héél erg.'

Na het eten gaat Hans naar de familie Pot, maar hij is snel terug.

'Hij is er niet. Ze weten nergens van.'

'Dan zal hij morgen wel komen.'

Rose ligt in Gerhards armen.

'We moeten je weer een beetje vetmesten.'

'Jij hebt gelukkig je rondingen nog. Wat heb ik ernaar verlangd je weer vast te houden, hoe aardig mijn vijftien slaapkamergenoten ook waren.' Hij kust haar. 'Mijn lieve Roosje, weer heb je me erdoorheen gesleept.'

'Je kon je mond dus houden.'

'Ja. Ik werd door twee landwachters afgeleverd bij de verhoorkamer. Toen de deur openging, sloegen ze hun hakken tegen elkaar en zeiden "*Heil Hitler.*" Achter een tafel zaten twee Duitsers van de SD en een typiste. Ze keken nors en een van hen snauwde: "Zeg maar meteen wat u doet want we weten alles." Dat overviel me, zouden ze inderdaad alles weten? Maar ik zei: "Ik weet niet waarover u het heeft. Ik preek, ga op ziekenbezoek." "En u verspreidt illegale krantjes." "Daar heb ik geen tijd voor." "Anderen hebben het verteld." Ik vroeg me af wie dat geweest konden zijn maar zei: "Dan weten ze meer dan ik." "En u hebt onderduikadressen geregeld." "Ook daar heb ik geen tijd voor. Ik heb alleen mijn Duitse schoonmoeder in huis." Daar keken ze even van op. Toen vertelde ik over mijn grote liefde, ons huwelijk in Bremen in dezelfde kerk als de SS'er. En ik heb nog maar even gezegd dat mijn zwager met de Wehrmacht in de Ardennen had gevochten. Ze luisterden met aandacht en leken in verwarring maar toen drukten ze me onverhoeds een *Trouw* onder de neus. "Wat is dat?" vroeg ik. Ineens ging het me makkelijk af, het liegen. "Dat weet u beter dan wij." "Ik zie dit voor het eerst." "Er staan beledigende dingen in." Toen vroegen ze: "Wat vindt u van de Führer?" Nou moet ik voorzichtig zijn, hield ik me voor. Heel rustig heb ik gezegd: "Het spijt me, maar de Führer houdt ons land bezet dus hij is onze vijand." "Deze krant ondermijnt het Duitse gezag en alleen Duitsland kan Europa redden." Ik zei niks. "U bent op een dwaalweg en we waarschuwen u. Voor deze keer laten we u gaan, naar uw mooie Duitse vrouw." Volgens mij waardeerden ze mijn eerlijkheid. Toen ik opstond zei hij: "Maar vertelt u voordat u vertrekt nog even van wie u die blaadjes kreeg." Toen zei ik terwijl ik de man recht in zijn ogen keek: "Zou u uw vrienden verraden?" Hij zweeg terwijl ook hij me strak aankeek en schreeuwde: "*Verschwinden!*"'

'O, Gerhard!'

'Ik heb hem toch ergens geraakt.'

Hij streelt haar wang.

'Wat is het hier stil. Daar hoorde je voortdurend het gescheld en gegrauw van de Duitsers en soms de hartenkreten van een gevangene uit een andere cel die het niet langer volhield.' Vanwege de kinderen had hij zich vanavond aan tafel ingehouden. Er bestond werkelijk een grote verbondenheid tussen de gevangenen en er werd veel gelachen, zoals vaak in gespannen situaties, maar er was tegelijk angst en verdriet.

'Er zijn heel wat dappere kerels weggehaald die even later zonder pardon "de kogel kregen", zoals ze dat noemden. Twee uit onze cel.'

Rose voelt dat Gerhard even niet verder kan praten.

'Ik heb met ze gebeden en ze gezegend. Dat stonden ze ons nog toe.'

De volgende dag wordt met spanning uitgekeken naar Piet Pot. De familie is in grote opwinding over het bericht van de dominee, maar ook die dag verschijnt hij niet.

's Avonds komt de domper. Via Jaap Koster horen ze dat Piet Pot is overgebracht naar het Oranjehotel, de gevangenis van Scheveningen.

'Ze hebben hem dus voor de gek gehouden,' reageert Gerhard geschokt.

Gerhard wil weer aan het werk maar de dokter vindt dat hij eerst moet aansterken. Hij speelt met de kinderen, luistert naar hun verhalen en vertelt over de gevangenis. Af en toe maakt hij een praatje met de officier. Hij heeft medelijden met hem.

Wanneer Gerhard net de deur uit is voor een wandeling, gaat de bel. Het is de jongen die briefjes uit en naar de gevangenis smokkelde.

'Wat een verrassing!' roept Rose uit.

'Ik heb iets voor u.'

'Kom, dan maak ik warme chocolademelk voor je.'

Rose gaat hem voor naar de keuken waar niemand is. Als ze samen aan de tafel zitten geeft de jongen Rose een klein donkerblauw doosje.

'Een cadeautje van mijn ouders.'

'Waar heb ik dat aan verdiend?'

'Omdat de dominee vrij is en omdat hij mijn vader en andere mensen zo heeft gesteund in de gevangenis.'

Rose maakt het doosje open. Op een stukje watten ligt een ring. Ze pakt hem verbaasd op. Een rozet van donkerrode granaatjes gevat in goud.

'Maar dit is veel te gek!'

'Nee, mijn ouders zijn de dominee erg dankbaar. En u bent ook altijd zo aardig geweest. De dominee heeft verteld dat u Rose heet. Toen zei mijn moeder dat deze ring bij u past. Hij komt van het oorijzer van mijn oma.'

Rose is verbluft. 'Deze ring zal voor altijd verbonden zijn met het gelukkigste moment van mijn leven en met jou.'

4 maart zal Gerhard eindelijk weer voorgaan, maar als de dienst op het punt staat te beginnen komt Gerhard de kerk in, niet vergezeld door ouderlingen en diakenen maar door de gemeentesecretaris. Het orgelspel stopt.

'Helaas, iedereen moet de kerk verlaten,' zegt Gerhard. 'De Schansbrug zal zo meteen door de Duitsers worden opgeblazen. Dat veroorzaakt instortingsgevaar in de omgeving.'

De kinderen vinden het een spannende wending van de zondagochtend en willen net als de meeste kerkgangers gaan kijken. Wanneer Gerhard zijn toga heeft uitgetrokken lopen ze met hun allen naar de plek waar zich al een grote menigte heeft verzameld. Duitse soldaten houden de mensen op afstand als er een schel fluitje klinkt, kort daarna gevolgd door een enorme knal. Stenen en dakpannen vliegen door de lucht, mensen slaken kreten, gillen, deinzen achteruit, maar de brug staat nog overeind. Er zijn meerdere fluitjes en explosies nodig voordat de brug ineenzijgt. De opwinding die Rose zag op de gezichten van haar neven bij het opblazen van de vuurtoren van Wangeroog, ziet ze nu op die van haar zonen.

Als de militairen een teken geven dat ze klaar zijn, verdringt iedereen zich bij de ravage. Een deel van de brug is in de havensloot gezakt, in het wegdek zit een groot gat en overal liggen gebroken dakpannen.

De week daarna gaat de dienst wél door, in een tjokvolle kerk. Gerhard preekt over Mattheüs 24 vers 13: *Wie volhoudt tot het einde zal zalig worden.* Hij herdenkt de mensen die gelovend in de goede krachten het leven hebben verloren en vertelt over de gelatenheid waarmee ze de dood tegemoet gingen. Hij bidt voor hen die in het kwaad leven, gevangenen van sadisme, eerzucht, hebzucht, verblinding, voor wie elke overwinning een nieuwe nederlaag is, dat hun de ogen geopend worden.

Dat het einde nog niet is aangebroken begrijpen ze de volgende dag als hun een vreselijk bericht bereikt. Er zijn veertig mannen, uit het Oranjehotel en het Haagseveer, gefusilleerd in Rotterdam; twintig op het Hofplein en twintig aan het eind van de Pleinweg. De lichamen bleven de hele dag liggen. Het was een represaillemaatregel voor aanslagen van het verzet op onder anderen SS-hoofdman Rauter. Deze aanslag was overigens het resultaat van een vergissing, want het verzet dacht een vrachtwagen buit te maken voor vervoer. De zwaargewonde Rauter overleefde doordat hij zich voor dood hield. De volgende dag waren er op diezelfde plek op de Veluwe 117 gevangenen doodgeschoten. Vervolgens namen de Duitsers ook op andere plekken in het land wraak, en nu dus in Rotterdam.

Piet Pot was er niet bij.

Een paar dagen later horen ze dat Piet Pot is overgebracht naar Kamp Amersfoort.

Rose kijkt naar Gerhard die roerloos in zijn stoel zit.

36

Maart 1945

Behalve dat Gerhard weer preekt, huisbezoeken aflegt, verenigingen leidt, gaat hij langs bij café Koster voor het laatste nieuws en bezorgt hij *Trouw* op de hem bekende adressen. Zijn gevangenisverblijf heeft hem er nog meer in gesterkt dat het verzetswerk door moet gaan.

Wanneer Gerhard met de catechisanten de kerktoren beklimt om op de kaart te kijken naar de stand van zaken aan de fronten, gaat Rose mee, samen met Hans en Albert die reuzenstappen moet nemen de hoge treden op.

De zolder geurt nog naar gedroogde tabaksbladeren en de kaart hangt er zoals ze hem een paar maanden geleden achterlieten, maar met de vlaggetjes moet flink worden geschoven.

In België kunnen alle zwarte vlaggen vervangen worden door witte. Om beurten mogen de jongens een vlaggetje plaatsen. 'Zet jij maar een witte vlag in Roermond en in Venlo,' zegt Gerhard tegen een van de jongens, die allemaal aandachtig staan te kijken. Het zuiden van Nederland is vrij en de witte vlaggen moeten al aan de andere kant van de Duitse grens worden geprikt. De geallieerden zijn de Saar over, de Moezel en de Rijn.

Rose kijkt toe hoe Hans een witte vlag zet in Keulen en ziet achter de kaart haar stad oprijzen in al haar glorie, haar geboortehuis aan de statige Teutoburger Straße, de Dom, de machtige Rijn. Ze ziet weer hoe ze daar liep met haar vader, door de brede bruisende straten, door de grote tentoonstellingszalen met Van Goghs, en hoe ze daar later wandelde met Gerhard, vol trots op haar schitterende stad.

Keulen gebombardeerd

Ze hoeven Keulen niet in te nemen, vertellen de berichten, want het bestaat nauwelijks meer. Onontkoombaar gaan haar gedachten naar tante Hanna.

In steden en dorpen die nog wél overeind staan, hangen de mensen tafelkleden en lakens uit de ramen en smeken ze de Duitse officieren hun woonplaats niet te verdedigen. Dat lezen ze in *De Vliegende*

Hollander, het krantje dat neerdwarrelt uit Engelse vliegtuigen.

Aan de andere kant van de kaart rukken de rode vlaggetjes op. De Russen zijn heel Polen al doorgemarcheerd.

Het Rode Leger is de Oder over en in Boedapest kan het zwart door rood worden vervangen, evenals sinds gisteren, 29 maart, in Dantzig. Het rood golft ook al over de grens met Oostenrijk. Hitler had aan het oostfront, dat inmiddels meer gat is dan front, veel mannen weggehaald voor het Ardennenoffensief, terwijl de meeste Duitsers liever de geallieerden binnenlieten en alle troepen inzetten tegen de bolsjewieken. In het oosten zijn de mensen massaal op de vlucht geslagen.

'Jullie zien, de Duitsers, nazi's,' verbetert Gerhard zichzelf vanwege Rose, 'zijn reddeloos.'

'De moffen zitten in de tang,' roept een catechisant met felle blik terwijl hij zijn handen met gespreide vingers dreigend naar elkaar toe brengt en tegen elkaar drukt.

Ook op eilanden in verre zeeën en oceanen, het Filippijnse Corregidor, het Japanse Iwo Jima, moeten steeds meer witte vlaggen worden neergezet. Tussen exotische planten en dieren landen de geallieerde troepen die er hun wapentuig neerzetten. Overal wordt gevochten en het onderkruipsel mens vaart zelfs geruisloos in de diepte, door het veelkleurige universum van de vissen, in zijn boten met buiken vol springstof, gluiperige wapens waarmee de grootste schepen stiekem worden lekgeschoten.

'En waar vecht Onkel Hans?' vraagt Albert.

Gerhard wisselt een blik met Rose en wijst dan naar een plek tussen België en Duitsland. 'Maar de strijd is nu voorbij.'

'Daar heeft hij de moffen stevig te grazen genomen,' zegt een van de jongens. 'Een stoere oom heb jij.'

'Waar is Onkel Hans nu?'

Rose heeft meerdere brieven gestuurd naar Fürth maar die bleven zonder antwoord. Ook telefonisch kreeg ze geen contact. Gerhard had de officier gevraagd of hij wist wat er met de Duitse krijgsgevangenen gebeurt. Die zag dat somber in.

'Hopelijk is Onkel Hans op weg naar huis.'

'En hoe is de situatie in Italië?' vraagt Rose, om de aandacht af te leiden.

'De witte vlaggen kunnen iets naar boven worden opgeschoven. In het noorden wordt nog flink gevochten.' Ook van Kurt en uit Jeruzalem bereikt hen al tijden geen bericht.

De situatie voor Duitsland is hopeloos. Niet alleen de Duitse bevolking, ook mensen uit de staf van Hitler geloven er niet meer in. Maar veel van die ongelovigen laat de Führer meteen ophangen of onthoofden.

Hitler heeft het '*Nerobefehl*' gegeven vertelt de officier, die nog steeds op zijn vaste plek zit bij het fornuis. Voordat de geallieerden komen moeten de Duitsers alles vernielen. Alle militaire, verkeers-, pers-, industrie- en verzorgingsinstallaties en al het andere waarvan de vijand gebruik zou kunnen maken.

'Maar de Duitsers zelf dan?'

'"Als het Duitse volk niet sterk en opofferingsgezind genoeg meer is om zijn eigen bloed voor zijn bestaan in te zetten, moet het ondergaan en door een andere, sterkere macht worden vernietigd," heeft de Führer gezegd. Hij is heroïsch en consequent. Het sterkste volk moet winnen en het is gebleken dat dat niet het Duitse is. Laat de Roden nu maar komen en alles verwoesten wat het zwakkere maar edeler volk heeft opgebouwd. Degenen die na deze strijd overblijven, zijn toch slechts de minderwaardigen want de goeden zijn gesneuveld.'

In de hele wereld gaat het vechten door. Ook in de buurt blijven de bommen vallen. De geallieerden die de Duitse V2's, opgesteld in het Haagse Bos, wilden uitschakelen, gooien hun bommen per ongeluk op Nederlandse burgers in het Bezuidenhout. Per abuis komt er een V1 die eigenlijk voor Antwerpen was bedoeld op Rotterdam terecht en vallen er in Blijdorp vele doden.

Voortdurend hoort Rose het gebrom van vliegtuigen die met hun verwoestende lading op weg zijn naar haar vaderland. De Amerikanen gooien weer bommen op Hamburg, de Britten op Bremen. Ook Berlijn blijft doelwit.

Rose schaamt zich wanneer ze Duitse militairen luid schreeuwend dorpsgenoten ziet opjagen die stevig moeten doorlopen met een schop over de schouder waarmee ze nog meer eenmansputjes moeten graven. Er suizen steeds meer granaten vanuit Willemstad af op Klaaswaal en steeds vaker rennen ze met zijn allen naar de kelder, Margreth altijd voorop terwijl ze de anderen aanspoort haar te volgen.

'Großmutter, kom!'

Zelfs Albertje vecht. Op een dag komt hij thuis met een grote leverworst.

'Waar heb je die vandaan?'

'Van de moffen gekregen.'

Hij had samen met andere jongens van de christelijke school gevochten tegen de openbaren. De Duitsers die ingekwartierd zitten bij dokter Kranenburg hadden staan kijken. Ze vonden dat hij het dapperste streed en een beloning verdiende. Hij had met zijn houten zwaard een openbare van de dijk gemept.

De Duitsers krijgen het benauwd en blazen de ene brug na de andere op om de naderende doortocht van de geallieerden in de Hoeksche Waard te bemoeilijken.

Elke dag kijkt Rose in de brievenbus, hopend op een levensteken van welk familielid ook maar. Lange tijd hoort ze niets, tot haar hart een slag overslaat wanneer ze op een van de brieven een rood kruis ziet. Het adres van de envelop is getypt maar op het vodje papier dat ze eruit haalt herkent ze in één oogopslag het handschrift van haar broer.

Haar blik vliegt over het papier.

Liebe Mutti, liebe Rose, Gerhard, Hans, Margreth und Albert.

Hoop alles goed met jullie. Ik heb de hel van de Ardennen overleefd. Kunnen ontsnappen over de Rijn bij Worms. Daarna weer onder de wapens. Nu krijgsgevangen, eerst bij de Fransen, nu bij de Amerikanen, die minder erg zijn. Van een door prikkeldraad afgezet veldje bij Parijs, waar we sliepen in de open lucht, nu in Marseille. De Ami's, zoals de Amerikanen worden genoemd, hebben ontdekt dat ik cadeautjes kan maken voor hun vrouwen en meisjes. Heb soort werkplaatsje waar ik van afval sieraden en sieradenkistjes fabriceer. Van hieruit worden we verscheept naar New York. Geen zorgen. We zien elkaar terug! Viele liebe Küsse.

Onder aan de brief staat een tekeningetje van een afgebroken brug begroeid met bloemenstruiken. Ze stormt de trap op naar boven.

'Mutti!'

Gretchen zit aan haar tafel te schrijven.

'Goed nieuws!'

Haar moeder kijkt op, vragend, verwachtingsvol. Rose geeft het briefje aan haar moeder. Met één oogopslag herkent ze het handschrift van haar zoon.

'Hans!'

Het is lang geleden dat ze haar moeder zo heeft zien stralen. Gretchens blik schiet over de tekst. Dan staat ze op.

Ze slaan de armen om elkaar heen.

'Ik was zo bang dat mijn redding zijn dood zou worden.'

De doffe plof van een afschot.

Margreth roept: 'Bommen! Naar de kelder!'

Een tweede afschot klinkt. Rose en Gretchen gaan de trappen af naar de kinderen. Gerhard is op huisbezoek.

'Dat zijn geen bommen,' zegt Hans, 'maar granaten.'

Ze installeren zich op de matrassen, Margreth kruipt tegen haar moeder aan en wil zingen.

'Sssst,' zegt Hans, 'luisteren.'

Af en toe horen ze het geluid van een afschot dat na een gespannen stilte wordt gevolgd door een ontploffing.

'Er is een brief van Onkel Hans,' fluistert Rose.

De ogen van de kinderen lichten op.

'Waar is hij?'

Een oorverdovende klap. De muren sidderen. Margreth begint te huilen.

'Het is vlakbij,' zegt Hans.

'Waar is papa?' vraagt Albert.

Ze blijven nog even roerloos zitten met ingehouden adem. Het blijft stil.

'Ik ga kijken!' Hans rent de kelder uit, de trap op.

Even later gaat Rose naar buiten, met Margreth en Albert. Gretchen blijft zoals altijd binnen.

Er zijn veel mensen in de Voorstraat. Hans komt al weer terug hollen en roept opgewonden: 'Bij Mobach!'

Rose schrikt. Ze ziet de oploop ter hoogte van de gereformeerde kerk. De granaat heeft het dak geraakt van de consistorie, een apart gebouw dat tegen de kerk aan staat en waar de familie Mobach huist. Een deel van het dak is ingestort.

'Ze waren thuis,' vertelt de overbuurvrouw. 'Er zijn al mensen naar binnen gegaan.'

Kort daarna verschijnen dominee Mobach en zijn vrouw, allebei met een huilend kind op de arm. De twee grootste kinderen kijken met een verwilderde blik. Ze zijn allemaal bleek en bedekt met gruis.

'We waren zoals gewoonlijk bij een beschieting met een pan over ons hoofd onder de tafel gekropen,' zegt dominee Mobach. De zware tafel waaraan de kerkenraad vergadert.

'Toen het aanhield bedacht ik dat het beter was onder de bedden te gaan liggen, omdat matrassen meer tegenhouden. We lagen er net toen de klap viel.'

Hans wil naar binnen om te kijken. Rose vergezelt hem. Planken en balken staan schuin over de aan stukken geslagen tafel waar de granaat zich dwars doorheen heeft geboord. Het tapijt is met ijzeren splinters aan de grond vastgenageld.

De familie Mobach gaat mee naar de pastorie. Wanneer Gerhard thuiskomt is hij blij verrast zijn vrienden te zien, totdat hij hoort wat er is gebeurd.

Henk, de oudste van de vier kinderen, een jaar ouder dan Margreth, komt voorlopig bij hen in huis. Hij slaapt bij Hans, Albert en Margreth, die nog steeds niet alleen wil slapen en wier kamer nog door August wordt bewoond. Om te bekomen van de schrik bereidt Gretchen een grote pan erwtensoep met als toetje gevulde appels uit de oven. Aan tafel vertelt Gerhard, die op een boerderij in een schuilkelder was beland, over de maaltijden in de gevangenis, waarvan je vaak nauwelijks kon proeven wat het was; bonensmurrie, waterige soep en hoe zijn celgenoten, ook de burgemeester, de notaris en de priester, met hun vinger het laatste restje van het weinige, vieze voedsel uit het blikje likten. Borden kregen ze niet.

Henk vindt het boeiende verhalen, hij moet lachen om de grappen die de dominee vertelt maar hij blijft schrikachtig. Bij het minste of geringste geluid wil hij schuilen.

’s Nachts hoort Rose haastige voetstappen op de trap. Door het koude huis daalt ook zij af naar de kelder waar de melodie van ‘Vaste rots van mijn behoud’ haar al tegemoetkomt. Als ze de deur opendoet zitten daar Henk en Margreth in het schijnsel van een oliepitje uit volle borst te zingen: ‘*Niet de tranen die ik pleng, schoon ik ganse nachten ween, kunnen redden, Gij alleen.*’

37

Mei 1945

De officier neemt afscheid en wenst de familie het beste. Rose kijkt hem na terwijl hij achter August aan sjokt naar de legerauto, de puinhopen of zijn einde tegemoet. Maar de meeste Duitse militairen blijven in het dorp.

Af en toe juichen ze, als Gerhard thuiskomt met een goed bericht. 'Zutphen en Deventer zijn bevrijd!'

'De Canadezen zijn de IJssel over!'

Assen wordt veroverd, Zwolle, Leeuwarden en na een zware strijd ook Groningen. De positieve berichten volgen elkaar in rap tempo op.

De Britten zijn in Arnhem. Waarom komen ze niet naar ons, vraagt iedereen zich af. Bijna heel Nederland viert feest maar hier in het westen niet en er sterven mensen van de honger. De laatste broden worden uitgedeeld, wegens brandstofgebrek sluiten de centrale keukens. Er blijven uitgemergelde mensen uit de grote steden, vooral uit Rotterdam, langs de deuren trekken, op zoek naar voedsel. Behalve dat Rose eieren geeft en aardappelen, heeft ze zakjes bonen en erwten gemaakt om uit te kunnen delen.

Telkens golven geruchten door het dorp dat de bevrijders in aantocht zijn. 'Misschien zijn ze er morgen al.' Maar elke keer blijkt het niet waar te zijn.

Het grote probleem is het water. Wat ooit in de Tachtigjarige Oorlog tegen Spanje Hollands redding was, is nu haar handicap. De geallieerden weten dat de Duitsers, die van de Russen hebben geleerd hoe goed de aanpak werkt van de verschroeide aarde, het hele gebied onder water zullen zetten wanneer ze een aanval op het westen openen. De springstoffen staan klaar om dijken en sluizen aan stukken te breken en het water de vrije loop te geven. Dat zou een kolossale ramp betekenen, waarvan ze nog jarenlang de gevolgen zouden ondervinden. Land, gewassen, bouwwerken zouden worden geruïneerd.

Intussen stoten de geallieerden verder door in Duitsland, nemen Neurenberg in, het Ruhrgebied. In Italië steken ze de Po over en het Rode Leger is de grote aanval begonnen op Berlijn.

25 april komt Gerhard opgewonden thuis: 'De Russen en de geallieerden hebben elkaar bereikt aan de Elbe. Nu kan het echt niet lang meer duren.'

Rose ziet de Elbe in Hamburg voor zich, hoe ze met haar vader uitkeek over die wereldhaven en hoe ze onder de rivier door wandelde door de betegelde tunnel met gebeeldhouwde vissen, opgetogen over haar kunstzinnige, moderne en grootse Duitsland dat na de oorlog weer snel zou herrijzen.

In Italië wordt Mussolini geëxecuteerd, de slag om Delfzijl, de laatste plek waar de Duitsers standhielden, wordt na felle gevechten uiteindelijk gewonnen.

Nog steeds zijn de bevrijders niet bij hen. Wel valt er via bommenwerpers die zo laag overvliegen dat je de piloten met hun lachende koppen kan zien zitten, voedsel uit de hemel.

Aan tafel leest Gerhard een stuk uit Exodus: '*Daar in de woestijn begon het volk zich opnieuw te beklagen. "Had de* HEER *ons maar laten sterven in Egypte," zeiden ze tegen Mozes en Aäron. "U hebt ons alleen maar naar de woestijn gebracht om ons hier allemaal van honger te laten omkomen."* De HEER *zei tegen Mozes: "Ik zal voor jullie brood uit de hemel laten regenen.*

Ook nu moet erop worden toegezien dat het voedsel eerlijk wordt verdeeld.

Iedereen luistert met aandacht. '*Het volk van Israël noemde het voedsel manna.*'

'Het leek op korianderzaad,' weet Gretchen, 'maar dan wit en het smaakte als honingkoek.'

'Hitler is dood!' zegt Gerhard. '"Tot zijn laatste ademtocht vechtend tegen het bolsjewisme." Hij is opgevolgd door Dönitz.' In Italië hebben de Duitsers gecapituleerd.

Er valt niet alleen voedsel maar er vallen ook krantjes uit de lucht. Gerhard heeft een *Vliegende Hollander* bij zich en leest: 'Himmler wil zich overgeven en met Amerika en Engeland vechten tegen de Russen. Hoe hij het lef heeft! Vanzelfsprekend is dit aanbod afgewezen.'

Er komen voedseltransporten naar de hongerprovincies, maar de bevrijders zelf komen niet.

4 mei gonst het weer van de geruchten dat Duitsland op het punt staat te capituleren. Maar overhaast juichen durven ze niet meer.

De volgende dag, vroeg in de ochtend, ziet Rose door het raam Corry Luyendijk aan komen rennen. De kinderen zitten aan de grote tafel hun opdrachten voor school te maken. Daarna kunnen ze naar buiten, het is zaterdag en lekker weer.

Rose gaat naar de deur als er wordt aangebeld.

'De oorlog is voorbij! Duitsland heeft gecapituleerd!'

Rose slaakt een vreugdekreet, ze omhelst Corry. De kinderen, die zijn afgekomen op de uitbundige stemmen, kijken verbaasd.

'Het is vrede!' herhaalt Rose met tranen van vreugde.

Hun ogen worden groot en dan beginnen ze te joelen: 'Vrij, we zijn vrij!' Margreth maakt een sprong van blijdschap. *'Großmutter, wir sind Frei!'*

'Vanochtend om acht uur is de wapenstilstand ingegaan. De Canadezen zullen over een paar dagen hier zijn,' zegt Corry, die gauw verder gaat om ook anderen het nieuws te vertellen.

Gretchen komt aangesneld, wordt omhelsd. Ook Lena krijgt kussen.

'Papaaa!!' Ze rennen naar de studeerkamer waar Gerhard bezig is met zijn preek voor morgen. De deur gaat al open.

'We zijn vrij!'

Hij gooit zijn armen in de lucht en joelt mee. Hij omhelst de kinderen, Rose, Gretchen, Henk Mobach, Lena.

'Trek jullie beste kleren aan.'

Even later draait Margreth rondjes in haar hemelsblauwe jurk met de bloemenkransjes die Rose voor haar maakte en laat de wijde rok hoog opzwieren. Rose en Gretchen verkleden zich, Gerhard haalt zijn oranje strikje weer tevoorschijn, prikt het op zijn jas en gaat de vlag hijsen. Dan gaan ze met z'n allen naar buiten. Alleen Gretchen blijft thuis. Rose weet dat haar moeder niet het risico wil lopen te worden uitgemaakt voor 'rotmof'.

'Laat mij maar een taart bakken.'

Iedereen is op straat, allemaal in hun goeie goed, en met een lach op het gezicht. Iedereen feliciteert elkaar, drukt handen, deelt kussen uit. Daar is de familie Mobach, Henk rent ze tegemoet. Corry Luyendijk roept: 'Misschien komt mijn broer vandaag wel terug!'

Al die mensen die zich niet langer hoeven te verbergen voor hun medemens. Ook burgemeester De Zeeuw zullen ze spoedig wel weer zien.

Ze wandelen naar de Molendijk op weg naar Bep, maar daar komt ze al aan.

De zon straalt aan een onbewolkte lucht, rood-wit-blauw-oranje wappert in de straten, aan de huizen, in de handen, vrolijke stemmen weerklinken, gelach. Veel meisjes hebben oranje strikken in het haar.

Meneer De Man feliciteert hen ingetogen.

'Kijk!' roept Hans. Hij wijst naar de NSB'er die door twee mannen uit zijn huis wordt gehaald en afgevoerd.

'Landverrader!' roepen omstanders.

De NSB'er buigt zijn hoofd nog dieper. Rose heeft medelijden met hem. Hij lijkt nog ieler dan gewoonlijk en draagt een keurig donkerblauw pak. Hij was meer bang en onnozel dan werkelijk slecht, zei Gerhard. Margreth en Albert rennen mee. Even later komen ze vertellen dat hij in het cachot is gestopt achter het gemeentehuis. Vanuit hun tuin kijken ze daarop uit.

'Wat heeft hij dan gedaan?' vraagt Margreth die het ook zielig vindt.

'Hij dacht dat het beter was als Nederland bij Duitsland hoorde.'

Tussen de scheldende mensen herkent Rose een echtpaar dat zich met de honger van anderen flink heeft verrijkt en in ruil voor voedsel heel wat tafelzilver en duur linnengoed heeft verzameld.

Er wordt gedanst en gezongen. 'Overal, overal, waar de meisjes zijn daar is het bal!' De bomen staan vol bloesem. Voor het eerst is het weer werkelijk lente en is mei weer die vreugdevolle maand die ze vroeger was.

Op de Schans is een oploop waar geschreeuw klinkt. Wanneer Rose, Margreth en Albert dichterbij komen zien ze hoe vrouwen bij hun haren worden gepakt die vervolgens heel kort worden afgeknipt. Daarna worden hun hoofden kaalgeschoren. Rose is geschokt, schaamt zich.

'Moffenhoeren!'

Ze zou iets willen roepen, dat ze daarmee moeten ophouden, maar de kans is groot dat ze haar dan uitschelden voor moffin. Dat wil ze niet riskeren met de kinderen erbij.

De vrouwen worden op een kar gehesen. Weer wordt er gescandeerd: 'Moffenhoeren!'

Het gejoel zwelt aan.

'Verraadsters! Sletten!'

Rose herkent tussen de vrouwen op de kar een jonge weduwe die werkelijk verliefd was op een Duitse militair en hoopte dat ze zouden trouwen. Veel mensen die het hardste schelden zijn degenen die tijdens de oorlog alleen maar aan zichzelf dachten.

Er klinken schoten. Met een schok draait iedereen zich om. Jaap Koster en zijn mannen op een jeep. Ze schieten in de lucht. 'Stop daarmee!'

De menigte deinst terug, sommigen rennen weg.

Jaap Koster en de andere verzetsmannen dragen blauwe overalls en hebben een oranje band om hun arm.

'Het is niet aan jullie vonnissen te vellen.'

De omstanders kijken beduusd. Iedereen heeft ontzag voor Jaap Koster. Hij springt uit de jeep, helpt de vrouwen van de kar en laat hen gaan. Schichtig rennen ze weg, sommigen met een vestje over het hoofd.

's Avonds is er vuurwerk. Het hele dorp kijkt hoe de kleuren uitbarsten tegen de donkere hemel. Er klinkt geknetter en daverende explosies maar ze hoeven niet meer weg te duiken in mangaten of kelders. Met glanzende ogen staan ze onder de sterrenhemel. Gerhard heeft zijn arm om Rose heen geslagen, Margreth en Albert staan dicht tegen hen aan, Hans is bij zijn vrienden. Ze kijken naar de vuurpijlen die omhoogschieten en veranderen in bloemen die aan de hemel opengaan. Mensen slaken kreten van bewondering, klappen in hun handen.

Het blijft feest de volgende dagen en iedereen is in gespannen afwachting van de Canadezen. Er wordt gezongen voor het gemeentehuis, gedirigeerd door meester Fröger die op de trap staat. Plechtig klinkt het uit de monden van de samengedromde schare:

Wilt heden nu treden voor God den Heere,
Hem boven al loven van herten seer.

De Duitse soldaten die zich nog op straat vertonen weten zich geen houding te geven.

Uw vroomheyt brengt den vijant tot verstoring
Al waer sijn rijk nog eens so sterk bewalt.

Het Wilhelmus schalt weer door het dorp.

Beide muziekverenigingen spelen, Prinses Juliana wat vromer getint, Na Lang Streven wereldser. De mensen dansen op straat, vreugdevuren worden ontstoken, op een weiland worden spelletjes gespeeld, ringsteken, zaklopen, waar Gerhard en Rose enthousiast aan meedoen. Er is een dankdienst samen met de gereformeerde dominee Mobach in de kerk die uit zijn voegen barst.

Maar er vallen ook nog doden. In Mijnsheerenland wordt op 6 mei iemand doodgeschoten door de Duitsers. Op 7 mei wordt Catharina Traas door Duitsers na een heftige woordenwisseling gedood met een salvo van kogels door de dichte deur. Haar boerderij in de Nieuw-Beijerlandse polder was het gastvrije onderkomen voor onderduikers. Kort geleden had ze nog gezegd: 'Of ik de oorlog overleef is niet belangrijk, als mijn kinderen maar weer in vrijheid kunnen leven.'

Op 9 mei zullen de Canadezen dan werkelijk hun intocht maken. Jongens van de landbouwschool brengen manden langs bij de huizen, waar de mensen bloemen in moeten doen om uit te gooien over hun bevrijders wanneer die beneden langs de Molendijk Klaaswaal in komen. In de loop van de middag worden ze verwacht.

Met zijn allen gaan ze de tuin in die in volle bloei staat. Alle bloemen mogen worden afgeplukt en iedereen helpt mee.

'Ik pluk de rode tulpen!' roept Albert.

Rose plukt een armvol blauwe akeleien waar ze zo van houdt. Er zullen weer nieuwe bloemen gaan bloeien, de natuur is niet te stuiten, maar deze zijn voor de bevrijders. Met een uitpuilende mand gaan ze gezamenlijk naar de Molendijk.

'Hoe laat komen de Canadezen?'

'Wanneer?'

'Het kan niet lang meer duren.'

'Waar zijn ze nu?'

Niemand weet het.

'Waar komen ze vandaan?'

'Uit de hemel.'

'We hebben zo lang gewacht, een paar uur kan er ook nog wel bij.'

'Daar zijn ze!!'

Iedereen herhaalt het: 'Daar zijn ze! Daar zijn de tanks!'

In de verte naderen de zware gevaartes, groen als het jonge blad van de bomen. 'Dat zijn geen tanks, dat zijn Bren Carriers,' zegt Hans. De menigte begint te juichen, met vlaggetjes te zwaaien.

'Leve onze bevrijders!'

Gestaag komen ze dichterbij. De eerste bloemen vliegen door de lucht. Daar komen ze aanrollen, de zware voertuigen met mannen erop die zwaaien en soms een kushand werpen. Ze hebben camouflagetakken rond hun helm als lauwerkransen. Heel wat van die jonge jongens zijn gesneuveld, denkt Rose bij zichzelf, in een land waarvan ze tot voor kort misschien niet eens hadden gehoord. Ze komen uit dorpen net zo groot als Klaaswaal, aan de andere kant van de wereld.

De mensen jubelen steeds harder, zwaaien steeds wilder met vlaggetjes, zakdoeken. Iedereen graait in de manden, werpt bloemen over de soldaten. Sommige blijven liggen op de tanks, in de twijgen rond de helmen van de militairen, een bloesemtak bungelt aan een loop.

Er rennen mannen en vrouwen de dijk af waar ze uitgestoken

handen pakken die hen de tanks op helpen. De Canadezen delen chocoladerepen uit en pakjes sigaretten.

Als de laatste Bren Carrier voorbij is en de manden leeg zijn, verspreiden de mensen zich weer. In de drukte zijn ze Gerhard kwijtgeraakt die door iedereen werd aangeklampt. Hans trekt er met zijn vrienden op uit.

Aan het eind van de middag is Gerhard nog steeds niet opgedoken, maar zorgen hoeft Rose zich niet meer te maken. Halverwege de maaltijd komt hij binnen, uiterst vrolijk en met rode blossen op zijn wangen.

'Ik zat in het café!'

Hij was in café Schelling beland op de Schans, waar hij nooit een voet zette, en had daar gezongen met de Canadezen. Uit volle borst heft hij aan: '*It's a long way to Tipperary, It's a long way to go.*'

'Er werd gedanst, zelfs op de tafels.'

En ja, hij was zijn blauwe knoop even vergeten en had een jenevertje gedronken.

38

Lente-zomer 1945

De feeststemming blijft nog een tijd hangen. Dagenlang worden er 's morgens vaderlandse liederen gezongen voor het gemeentehuis en vrolijke melodieën begeleid door beide muziekkorpsen. De Canadezen voetballen tegen voetbalclub Klaaswaal, gaan op de foto met Koster en zijn mannen en flirten met de meisjes. Het is lente en een nieuwe zomer wacht. De Duitsers zijn afgedropen, de mangaten volgegooid met aarde en de kleur oranje wordt veel gedragen.

Maar ook zwart.

Vanuit het raam ziet Rose door de Voorstraat langzaam de donkere rouwstoet aankomen. Piet Pot wordt begraven. Zijn lichaam is vanuit Kamp Amersfoort naar Klaaswaal overgebracht.

Gerhard leidt de rouwdienst.

In een overvolle kerk vertelt hij over Piet Pot, hoe dapper hij was en tegelijk bescheiden. In de gevangenis was hij sereen en had hij gezegd dat hij, wat de gevolgen voor hem ook zouden zijn, niet anders had kunnen en willen doen dan wat zijn geloof hem leerde en zijn hart hem ingaf.

Gerhard noemt ook zijn jonge collega Fokkema die net als Piet Pot deelnam aan het verzet, moest onderduiken, werd verraden en afgevoerd naar Bergen-Belsen. Hij heeft de bevrijders nog gezien maar kort daarna is hij aan dysenterie bezweken. Mede door de moed van deze mannen zijn we nu vrij, zegt Gerhard. Ook aan hen zijn ze verplicht die vrijheid te koesteren en te werken aan een wereld waarin het kwaad niet meer de vrije loop krijgt.

Ze zingen psalm 139, 'Gij die mij ziet zoals ik ben, dieper dan ik mijzelf ooit ken.' Die psalm roerde Rose vroeger al, in de synagoge. Het is een sterk verlangen ten diepste gekend en gezien te worden. Ze zingt mee en denkt aan al die mensen die ze dacht te kennen, haar vader, de leiders van haar land, haar vriendin Lotte die zich bekeerde tot het nazisme. Miljoenen mensen hadden de Führer voor een verlosser aangezien. Ze denkt dat ze Gerhard kent. Maar haar ten diepste kennen doet hij niet. Ze wil hem niet zeggen dat ze het nog steeds moeilijk vindt in Jezus te geloven als de Zoon van God. Ze zou er hem te veel verdriet mee doen.

Jaap Koster heeft officieel de leiding in Klaaswaal als hoofd van de KBS, de Binnenlandse Strijdkrachten afdeling Klaaswaal. Kapotgeschoten bouwwerken, straten, elektrische leidingen, tramrails moeten worden hersteld, het geïnundeerde land loopt langzaam leeg, maar in plaats van sappige weiden verschijnt een moddervlakte met mijnen en granaten die zorgvuldig moeten worden opgeruimd. In geulen die nog vol water staan, komen vissen bloot te liggen. Veel mensen gaan ze rapen. Hans verrast de familie met een grote drooggevallen snoek, maar hij moet zijn moeder beloven dat nooit meer te doen want het land is nog niet mijnenvrij.

De school waar het een stinkende bende geworden was is grondig schoongemaakt, maar hoe stevig er ook is geschrobd, de kinderen komen met luizen thuis. Twee keer per dag behandelt Rose haar drietal met de luizenkam. Er blijken drastischer maatregelen nodig: alle leerlingen moeten zich opstellen in de gymzaal waar soldaten DDT over hun hoofd strooien. Even later hebben de kinderen schurft, maar daar is een zalfje tegen.

Hans, Margreth en Albert gaan met plezier naar school, het is een weelde 's avonds zorgeloos op straat te kunnen lopen, ook met haar moeder, en weer licht te zien branden in de huizen. Onwaarschijnlijk stil is het zonder het brommen van bommenwerpers, en ontspannen nu ze niet meer beducht hoeven te zijn voor afschot en explosie.

Rose kijkt naar haar kinderen, Gerhard, haar moeder. Ze zijn er allemaal doorheen gekomen. Maar de anderen?

Ze vertelt haar moeder dat ze contact heeft opgenomen met het Rode Kruis, hun de namen heeft doorgegeven en het adres van de pastorie. Elke dag wanneer Rose de brievenbus leegt, houdt ze rekening met een bericht. Maar ze hoopt op gewone post uit Keulen, Delmenhorst, Voorburg, Eygelshoven, Mutzschen.

Een maand na de bevrijding vindt ze een envelop met een rood kruis. Haastig maakt ze hem open.

Hierbij delen wij u...

Haar ogen schieten langs de voorgedrukte officiële tekst naar de namen.

Rosette Engelander Leeuwarden geboren 18 juni 1901 Bremen – overleden 19 augustus 1942 Auschwitz

Mozes Engelander geboren 14 december 1900 Amsterdam – overleden 30 september 1942 Auschwitz

Henri Nathan Engelander geboren 25 maart 1931 Voorburg – overleden 19 augustus 1942 Auschwitz

Sofia Klara Jacobs geboren 8 februari 1925 Nordenham – overleden 30 september 1942 Auschwitz

Ze trilt, haar hart gaat tekeer. Het is dus echt waar.

Ze had nog hoop, tegen beter weten in.

Rosette!

Henri Nathan, een jaar ouder dan Hans.

Sofia zeventien.

Haar moeder, hoe vertelt ze het haar moeder?

Gerhard is niet thuis. Haar moeder was opgewekt aan het werk gegaan in de moestuin. Maar als Gretchen haar aan ziet komen, begrijpt ze meteen dat er iets is.

'Laten we naar binnen, even zitten.'

'Vertel het me maar,' zegt ze rustig.

'Rosette en...'

Gretchen steekt haar hand uit naar het briefje. Rose legt een arm om de schouder van haar moeder terwijl ze het leest. Na een lange stilte zegt ze: 'Gelukkig dat mijn broer op tijd is overleden.'

Wanneer ze met het hele gezin een bezoek brengen aan 'De puinhoop aan de Maas' verbaast Rose zich erover hoe keurig de straten erbij liggen tussen de ruïnes, over al die noodwinkels die gebouwd zijn op het puin, tussen de karkassen van de huizen, en over de schijnbare vanzelfsprekendheid waarmee de mensen doorgaan met hun leven. Ze drinken limonade bij een café waar ze dat vroeger deden en dat nadat het werd weggebombardeerd als houten keet weer is herrezen.

Een paar weken later komt Gerhard met een ernstig gezicht de kamer in. Rose wisselt een blik met haar moeder als ze de envelop ziet met het rode kruis. Angstig maakt ze hem open.

Weer schiet haar blik over de officiële woorden naar de namen.

Erwin Levy geboren Carolinensiel 22 juni 1896 – overleden 11 juni 1943 Sobibor

Selma Levy-Simon geboren 10 februari 1897 Setterich – overleden 11 juni 1943 Sobibor

Dagobert Levy geboren 16 februari 1930 Nordenham – overleden 11 juni 1943 Sobibor

Günther Levy geboren 29 september 1923 Nordenham – overleden 16 juli 1943 Sobibor

Weer die kramp om haar hart.

Ze hebben dus niet lang meer geleefd na hun vertrek uit Vught met het kindertransport. Vanuit Westerbork zijn ze meteen... ja, daar zullen ze meteen op een trein zijn gezet, in een wagon gepropt, een veewagen. Met hun jongste zoon. Met andere verdoemden. Afgesnauwd als uitvaagsel, zoals ze zag bij de razzia in Amsterdam. Dagen zullen ze gereden hebben, zonder te weten hoe het land eruitzag. Door een spleet zal er misschien licht naar binnen zijn gevallen, op het gezicht van Selma en van hun zoontje Dagobert. Erwin zal zijn vrouw en kind geruststellend hebben toegesproken. Hij zal gehoopt hebben op een werkkamp. Naar Katwijk wilden ze.

Dertien was Dagobert, een jaar jonger dan Hans nu. Gerhard slaat zijn arm om haar heen.

Ze ziet weer voor zich hoe ze met Erwin danste op zijn bruiloft. Bevrijd waren ze, de oorlog was voorbij. 'Volgend jaar op Wangeroog.'

Niet veel later ontvangen ze een envelop uit Eygelshoven.

Laat het Manfred zijn. Als hij het heeft overleefd moet hij bij hen komen wonen.

Het blijkt een brief van zijn beste vriend die een kaart had ontvangen die Manfred uit de trein had gegooid, met daarop 'Laatste groet.' Dat was al een paar jaar geleden.

Heeft u misschien iets van hem gehoord? schrijft de vriend.

Rose is niet in staat het de kinderen te vertellen. Soms vragen ze wanneer iedereen terugkomt en het vaakst vragen ze naar Onkel Hans. 'Het is nu toch vrede?'

Rose wil een vrolijke moeder zijn. Vaak is ze dat ook echt. Ze schaamt zich bijna dat haar kinderen spelen, van de zomer genieten, een toekomst hebben, verliefd zullen worden, kinderen krijgen, een normaal leven leiden. Begenadigd zijn ze en dat moeten ze elke dag beseffen.

Ook Gretchen behoudt naast haar verdriet de lichtheid, vertelt verhalen, bakt honingkoek. Van tante Mathilde weten ze nog niks, van Onkel Nathaniël niet, Onkel Willy en zijn Rosa, van tante Hanna, Hans.

Wel komt er post uit New York van Theo Goldschmidt, met het droeve bericht dat tante Clara is overleden, vredig, in haar slaap. Hij was erbij, samen met zijn moeder, tante Lea.

'Een benijdenswaardige dood,' zegt Gretchen nadat ze lange tijd zwijgend bij het raam heeft gezeten. Theo en tante Lea willen alles weten, of er bericht is van de anderen en de omtrek van hun voeten want ze hadden gelezen dat er in Nederland nauwelijks aan schoenen was te komen. Margreth liep inderdaad al tijden op houten kleppers. Een tijdje later dragen ze alle zes glanzend nieuwe Amerikaanse schoenen.

Uit Palestina arriveren kisten met groene sinaasappels die geleidelijk oranje kleuren, uit Brazilië komt een pakket met lekkernijen en een emotionele brief van Rose II die nog steeds niets van haar moeder heeft gehoord.

De pastorie blijft een zoete inval. Met vrienden uit het dorp en uit de omstreken zitten ze in de serre of in de tuin. Wim rijdt voor met de auto en Han en Esther komen logeren. Ze praten over wat niet eerder werd verteld, over de moordacties en martelpraktijken in Vught. En Han weet dat de man die hem en de onderduikers heeft verraden daar keurig zijn 'kopgeld' voor heeft ontvangen. Met dezelfde vechtlust als na de Eerste Wereldoorlog zal hij zich inzetten voor een betere wereld. 'De mens moet in staat zijn de oorlog uit te bannen.'

Op een zonnige middag als ze met het gezin theedrinken in de tuin, komt Lena meedelen dat er iemand op de stoep staat.

'Een officier. Hij spreekt Duits maar heeft een Engels uniform aan.'

Rose gaat naar de deur. Razendsnel neemt ze hem op.

'Tante Rose!' zegt hij geëmotioneerd.

De donkere ogen met de fonkeling, het zwarte haar. Hij doet zijn pet af.

'Kurt!'

Hij lijkt op zijn vader Harry. Dan omhelzen ze elkaar.

De laatste keer dat ze hem zag was tijdens de huwelijksreis in Hildesheim, toen hij met zijn zusje voor hen gezongen had. Kort daarna had zijn vader die klap verkocht aan een nazi.

'Wat doe jíj hier? Kom verder. Wat ben ik gelukkig je te zien.'

Ze gaat hem voor naar de tuin.

'Tante Gretchen!'

Het doet Rose goed haar moeder weer zo uitgelaten te zien.

'Wat lijkt u op mijn Großmutter!' zegt Kurt.

'Dit is onze neef,' zegt Rose tegen de kinderen, 'kleinzoon van tante Röschen. Van Villa Rosa op Wangeroog, weten jullie wel.'

De kinderen kijken met grote ogen. Het bruin van zijn uniform staat goed bij zijn gebronsde huid.

'Ik ben gestationeerd in Haarlem. We moeten Duitse krijgsgevangenen bewaken.'

'Je hoort dus bij het Engelse leger?'

'Ja,' zegt hij en vervolgt ironisch theatraal: '*His Majesty's Armed Forces.*'

Hans, die met zijn vrienden zou gaan spelen, blijft zitten en kijkt met ontzag naar dit nieuwe familielid in het uniform van een Engelse officier.

'Maar wij horen bij een apart onderdeel.'

Hij wijst op zijn bovenarm. Daar prijkt een gele davidsster op een blauw-witgestreepte ondergrond. Jewish Brigade Group, staat er op een gele strook boven het insigne.

'Behalve mijnen ruimen moeten de Duitsers de synagogen die ze vernield hebben schoonmaken en ontdoen van puin.'

'Maar hoe komen jullie hier terecht? Het laatste wat we van je vader hoorden was dat je naar Italië zou gaan.'

'Ik zal alles vertellen maar eerst wil ik weten hoe het met de anderen is. Weet u iets van Erwin?'

Zijn gezicht weerspiegelt het hunne. Er verschijnt een diepe frons en in zijn ogen een uitdrukking van pijn die overgaat in woede.

'De kinderen ook? In Sobibor? Dus vergast!'

Rose schrikt van dat woord met iedereen erbij.

'En Onkel Hans? Waar is Onkel Hans?'

Rose, Gretchen en Gerhard wisselen een blik.

'Dat ligt ingewikkeld.'

'Leeft hij?'

'Dat hopen we. Hij is krijgsgevangen bij de Amerikanen.'

Nu is het Kurt die zijn ogen openspert. Ze leggen hem uit hoe het zo is gekomen.

'Doordat haar persoonsbewijs vervalst was is mijn moeder van hele tot halve Jodin gemaakt,' zegt Rose. 'De kaarten werden zo goed bijgehouden dat Hans nu in plaats van half, kwart Jood werd en dus Arisch genoeg voor de Wehrmacht.'

'Maar goed dat hij niet in Italië vocht,' zegt Kurt. 'We wilden zoveel mogelijk nazi's uit de weg ruimen en iedereen in een Duits uniform was voor ons een nazi.'

Gloedvol vertelt hij, met beweeglijke handen.

'In Palestina arriveerden steeds meer Joden met hun gruwelverhalen. De Arabieren kwamen in opstand tegen de Britten en de Joodse immigranten. Veel Joden sloten zich aan bij de Hagana, een paramilitaire organisatie die de Joden moest beschermen tegen aanvallen van Arabische Palestijnen. De Engelsen werden huiverig en probeerden die stroom immigranten en de aankoop van steeds meer land te beperken.

Toen de oorlog uitbrak wilden we meevechten. Er werd toestemming gevraagd om een aparte Joodse eenheid op te richten, zoals er ook een Zuid-Afrikaanse en een Indische eenheid was. Dat werd geweigerd omdat de Engelsen bang waren dat we in opstand zouden komen tegen de Britse heerschappij in Palestina. We mochten wel toetreden tot het Britse leger. Veel Joodse soldaten vochten al mee in Griekenland.

Wat een moment was dat! In Europa werden we verdelgd als ongedierte, en nu kregen we uniformen, echte wapens. We waren trots en geëmotioneerd dat we werden getraind door een van de beste legers van de wereld, met meer dan vierhonderd jaar ervaring!'

Rose kijkt naar Gerhard die zo graag alle legers zou willen afschaffen.

'Duizenden gaven zich op als vrijwilliger. Toen we hoorden wat de nazi's uitspookten in concentratiekampen waren we helemaal niet meer te houden en toen verhalen over de uitroeiing van de Hongaarse Joden doordrongen tot in de werkkamer van Churchill hield hij een historische speech waarin hij zei dat dat ras dat het meest door de nazi's was geteisterd, het recht moest hebben als eigen eenheid mee te vechten in de allerlaatste slag die het regime omver zou werpen. We kregen onze eigen vlag.'

Hij wijst weer op zijn arm.

'Honderdduizenden, miljoenen Joden hebben zich naar de ondergang laten voeren, wij zouden laten zien dat Joden wel degelijk kunnen vechten.'

Rose kijkt naar haar neef, zijn gebaren, zijn vuur. Wat zou tante Röschen trots zijn geweest op haar kleinzoon.

'We kwamen aan in Taranto en van daar gingen we naar Fiuggi, vlak bij Rome waar we nog een laatste training kregen. De training was hard en grondig maar niemand was zo hartstochtelijk als wij. Toen het stortregende zei de Engelse officier: "Het is zulk beestenweer, jullie kunnen op je kont blijven zitten."

"Op je kont zitten? Noodweer! Jij bent een Brit! Jouw familie wordt niet vertrapt en uitgerookt. Wij gaan trainen!" En daar gingen we door de regen en de modder, urenlang. *That was the spirit.*

We zagen het glorieuze Rome dat in juni al was bevrijd en toen we langs de antieke Romeinse ruïnes liepen werd er gegrapt dat het wel jammer was dat hier zoveel kapot was gegooid. We bezochten kindervluchtelingenkampen. We vierden feest, elke soldaat danste met een kind op zijn schouders.

Maar toen gingen we dan eindelijk naar het echte front. Bij de rivier de Senio, onderdeel van de Gotenlinie, wisten we: aan de overkant is de vijand, aan de overkant zijn de nazi's, de moordenaars van onze dierbaren. Niemand was bang. We waren gelukkig, euforisch zelfs dat wij namens al die machteloze slachtoffers konden terugvechten.

Ineens was het echt, ineens zaten we midden in de oorlog. We roken hem, voelden hem, hoorden hem. Explosies, rook, vuur, kogels vlogen ons om de oren. Er sneuvelden vrienden maar we wilden en moesten door. Ons leven telde niet. Naast mij trapte een jongen op een mijn en verloor een voet. "Ga door!" riep hij. "Neem wraak!"

Wat een moment was dat toen een eenheid van ons met de eerste Duitse krijgsgevangenen kwam aanzetten. We hebben ze flink wat klappen gegeven.

Maar de grootste schok kregen we na de oorlog, toen we in de kampen kwamen. Daar zagen we pas wat er was gebeurd.'

Hij is even stil.

'Sommige mensen die dood leken, skeletten met lege blik, konden we terugbrengen naar het leven. De emoties die het bij hen opriep toen ze de davidsster zagen op de mouw van een militair. Ze wilden hem aanraken en keken naar ons alsof we de Messias waren. Maar waar moesten al die mensen heen? Ze hoorden nergens bij. Terug naar Polen? Dat was één groot Jodenkerkhof. Ook in andere landen zouden ze niks meer vinden, geen familie, geen vrienden, geen synagoge, geen rabbi's. Wij smokkelden ze naar Palestina, vooral weeskinderen, vanuit havens in Zuid-Italië en Zuid-Frankrijk. De Engelsen merkten het en plaatsten ons over naar het westen, bang als ze waren dat hun positie in Palestina ondermijnd zou worden.

En daarom ben ik hier. Hier kunnen ze ons beter in de gaten houden. Maar er ontglipt hun veel, want we gaan gewoon door.'

Rose kijkt naar Gerhard die aandachtig luistert zonder iets te zeggen.

Nadat ze een tijdje gepraat hebben over de oorlogsjaren in Klaaswaal, zegt Gretchen: 'Zo, oorlogsheld, en wat zijn de plannen nu?'

Er breekt een mysterieuze glimlach door op zijn gezicht. De uitdrukking in zijn ogen verandert, evenals zijn stem.

'Behalve de echte oorlog,' zegt hij langzaam en met nadruk, 'heb ik de ware liefde leren kennen.'

'Waar? Een Joodse?'

'Een ravissante Italiaanse, in Perugia, tijdens een voetbalwedstrijd. Als ik klaar ben met mijn taken hier ga ik terug naar Italië. We willen trouwen, op huwelijksreis naar Sorrento en dan neem ik haar mee naar Palestina. Ik heb persoonlijk aan de paus toestemming gevraagd.'

'Je bent al net zo'n fantast als Röschen,' zegt Gretchen.

'Het is echt waar tante Gretchen! Er was een grote samenkomst van de geallieerde troepen met paus Pius XII in Noord-Italië. De Joodse Brigade werd apart genoemd. Dit is het moment, dacht ik. Ik ben naar de Heilige Vader toe gestapt en heb hem gevraagd hoe dat moest, ik als Jood trouwen met mijn grote liefde, een katholieke vrouw. Dat komt wel goed, zei hij, samen met de opperrabbijn zouden ze er wel uitkomen.'

Kurt kan niet blijven want hij moet terug naar de Duitse krijgsgevangenen.

'En als Onkel Hans opduikt, stuur hem maar naar mij. Dan kan hij helpen schoonmaken.'

39

1945-1952

De zomer loopt ten einde als Rose tussen de andere post meteen de envelop ziet met Duitse postzegels erop.

En het handschrift van haar broer!

Haastig scheurt ze hem open. Haar blik schiet over het papier. *Liebe Mutti, Rose, Gerhard, Hans, Margreth, Albert, ich hoffe alles ist gut mit Euch. Volgens plan zijn we in Marseille scheep gegaan naar New York maar toen het vrijheidsbeeld in zicht kwam werd bekend dat het vrede was. We hebben niet eens een voet aan wal gezet maar hebben rechtsomkeert gemaakt omdat de regels voor krijgsgevangenen intussen waren veranderd. Helaas heb ik Theo en de tantes dus niet kunnen ontmoeten. Inmiddels zit ik in een kamp in Heilbronn waar ik weer cadeautjes maak voor de liefjes van Amerikaanse soldaten. Dat bleek niet geheel ongevaarlijk want ik heb een metaalsplinter in mijn oog gekregen. Inmiddels ben ik geopereerd en het komt helemaal goed. Een weerzien zit er voorlopig niet in want al laten ze me waarschijnlijk binnenkort vrij, ik ben niet welkom in Nederland omdat ik in vijandelijke krijgsdienst ben geweest.*

Tiny komt vertellen dat ze zo snel mogelijk naar Duitsland gaat en dat ze zowel in Nederland als in Duitsland zal vechten totdat alles is uitgelegd en rechtgezet.

Ze ontvangen nóg een goed bericht: dat Gretchens jongste broer, Willy, in leven is. Vanwege het IJzeren Kruis dat hij verdiende met moedig gedrag in de Eerste Wereldoorlog, was hij in plaats van naar Auschwitz naar het mildere Theresienstadt gedeporteerd. Maar het was nog steeds een helse plek waar zijn beminde Rosa is doodgegaan. Willy is terug in Mutzschen bij Leipzig dat tegenwoordig onder Russisch bewind staat. Zijn riante huis en modezaak zijn geconfisqueerd en hij woont nu in een zeer bescheiden huisje. Hij heeft twee kippen en moet elke week twee eieren inleveren op het gemeentehuis. Maar hij klaagt niet, hij leeft, met aan zijn zijde een toegewijde vriendin, de verpleegster van het Rode Kruis die voor hem zorgde nadat het kamp bevrijd was.

Rose heeft het druk in de gemeente en met het gezin maar 's middags gaat ze altijd een tijdje bij haar moeder zitten handwerken. Als het mooi weer is in de serre en anders in de woonkamer met uitzicht op het kerkplein waar ze de kinderen zien spelen. Ze praten over Hans, wat een godswonder het is dat hij nog leeft nu ze steeds meer te weten komen over de huiveringwekkende veldslagen in de Ardennen en de massa's doden. Wat heeft hij gezien, gehoord? Kan hij nog meedoen aan een gewoon leven? Ze hebben het over Kurt, over Onkel Willy, maar over de familieleden van wie ze niks hebben gehoord praten ze niet.

Elke keer als Rose de post uit de brievenbus haalt, houdt ze rekening met een bericht van een van hen.

En als ze op een dag weer het bekende rode kruis ziet op een envelop, opent ze hem met angst.

Mathilde Heger Leeuwarden geboren 2 januari 1881 Delmenhorst – overleden 1941 Minsk

Nathaniël Heger geboren 21 mei 1876 Delmenhorst – overleden 1941 Minsk

Weer die vreselijke taak het te moeten vertellen aan haar moeder. Al die jaren dat ze vol spanning uitzagen naar bericht van hen waren ze al dood.

Eerst werden de mensen uit hun omgeving weggehaald door een onschuldig lijkende verhuizing, vertelde Han, om ze vervolgens uit het zicht van bekenden te kunnen afvoeren naar vernietigingskampen.

Niet lang daarna valt er weer een klap.

Er komt een brief uit Brazilië van Rose II waarin ze schrijft dat haar moeder is omgekomen bij het bombardement van Keulen door de

Royal Air Force in de nacht van 30 op 31 mei 1942. Gretchens jongste zusje.

Rose II schrijft dat ze het nog steeds niet kan bevatten en dat ze precies die dag, toen ze haar dochters ophaalde bij het slangenmuseum, was flauwgevallen. Ze was naar het ziekenhuis gebracht, waar ze opnieuw flauwviel. De artsen hadden niets lichamelijks kunnen ontdekken. Op datzelfde moment waren de bommen op Keulen afgeworpen.

'In elk geval is Hanna niet omgekomen in een kamp,' zegt Gretchen die met een lege blik naar buiten staart.

Er is ook weerzien. De familie die heeft overleefd in uithoeken van de wereld komt nu naar Nederland, per vliegtuig of per boot. Dagobert en Richard, de zonen van tante Röschen, bezoeken hen met hun vrouwen, om te vieren dat ze al weer ruim vijfentwintig jaar getrouwd zijn en daar willen ze graag hun bruidsmeisje bij hebben.

Het eerste wat Richard zegt als Gretchen hem tegemoet loopt in de gang is: *'Tante Gretchen kennen Sie noch ein guter Witz?'*

Ze zien er welvarend uit, het gaat hun voor de wind. Hun broer Harry heeft woord gehouden en een hotel gesticht in Tel Aviv. Nee, geen Villa Rosa, 'daar is er maar één van'.

Er wordt niet gesproken over verloren paradijzen. Er wordt niet gesproken over de doden. Louter over de levenden, over het hier en nu en de toekomst. Zelfs over het derde bruidspaar dat ontbreekt en het derde bruidsmeisje wordt niets gezegd.

Rose merkt dat zij evenmin in staat is erover te beginnen. In zijn tafelgebed memoreert Gerhard hen wel, 'al die geliefden die we zo missen en die we voor altijd meedragen in ons hart'.

Daar zijn gebeden voor, denkt Rose bij zichzelf.

Haar neven hebben cadeaus meegenomen, wijnen van de Karmel, oosterse specerijen, olijfolie. Bij het afscheid zeggen ze niet zoals vroeger aan het eind van de seidermaaltijd: 'Volgend jaar op Wangeroog,' maar: 'Volgend jaar in Jeruzalem.'

Wie had ooit kunnen bevroeden, denkt Rose, dat Jeruzalem de stad zou zijn waar familie woont en dat kleine eiland voor eeuwig hun verloren paradijs.

Ook Rose II reist naar hen toe, in het gezelschap van Albrecht en hun dochters, met de Alhena die in de oorlog door de Duitsers is gebruikt als barrièrebreker maar nu weer heen en weer vaart tussen Zuid-Amerika en Rotterdam. In de krant konden ze volgen in welke haven de Alhena had aangelegd en hoeveel dagen ze nog van elkaar verwijderd waren.

Wim heeft Rose opgehaald met de auto en zal straks de hele familie naar de pastorie brengen waar ze een maand blijven logeren.

Met een grote groep mensen staan ze te wachten op de plek waar de boot zal aanleggen. Zoals altijd waait het stevig en ruikt het naar kolen en zee. Rose heeft een sjaal als tulband om haar hoofd geknoopt. Ze kijken naar het woud van scheepsmasten en hijskranen. Duizend meter kade werd hier vernield maar overal wordt gewerkt aan de wederopbouw.

Rose vertelt Wim hoe ze haar nicht uitzwaaide in Hamburg en over de luxueuze Cap Arcona, die haar naar Brazilië heeft gebracht. Het is dramatisch afgelopen met dat schip. Een dag voor de Duitse capitulatie werd het in de Lübecker Bocht gebombardeerd door de Royal Air Force toen het vele duizenden overlevenden van concentratiekamp Neuengamme in veiligheid zou brengen. De meeste opvarenden vonden zo na hun redding alsnog de dood.

Ze wordt onderbroken door gejuich. Mensen kijken allemaal dezelfde kant op, wuiven.

Traag en reusachtig komt de Alhena de Rotterdamse haven binnen. Het tij is gekeerd, de tijd van uitzwaaien voorbij. Het is een tijd om te verwelkomen.

Roses hart springt op als ze na lang turen, in de menigte op het dek haar nicht herkent, het zwarte haar boven een witte jas, een dochtertje aan de hand. Albrecht aan haar zij, een kleiner dochtertje op de arm.

Wanneer ze haar nicht omhelst, lijkt de tijd met alle verschrikkingen tussen deze omhelzing en die in 1939 in de haven van Hamburg even weg te vallen. Rose II is gebruind door de Braziliaanse zon, net als Albrecht en de ronde gezichtjes van de dochtertjes met de vrolijke pijpenkrullen.

De nichten zitten vaak samen in de serre waar Rose II zich weer kan wanen in de serre van Wangeroog; diezelfde doorzichtige rolgordijnen, de rieten meubels, de weelderige planten en 'haar liefste nicht, haar zusje'. Net als vroeger slaat ze vaak spontaan haar armen om Rose heen en zegt hoe gelukkig ze is weer samen te zijn. Rose voelt zich na alles wat er is gebeurd nog sterker met haar verbonden. Af en toe huilt haar nicht als ze het over haar moeder hebben. 'Ik verwijt mezelf elke dag dat ik er bij haar niet meer op heb aangedrongen naar Brazilië te komen.'

'Je hébt aangedrongen.'

'Al die jaren heb ik me erop verheugd mijn moeder bij ons in São Paulo te laten ervaren hoe mooi het leven ook kan zijn.'

Als iemand dat begrijpt is het Rose.

'En je vader? Nog contact gehad?'

Er gaat toch weer een steek door haar heen, constateert Rose met verbazing.

Ze schudt haar hoofd. '*Nichts*. Ik weet niet of hij nog leeft.'

Kerst 1948 is een zeer bijzondere *Weihnachten* want Hans is erbij, die na de stroom brieven en documenten waarmee Tiny de Nederlandse instanties had bestookt, onlangs toestemming kreeg terug te keren naar Nederland. En er is een extra kerstkindje, de eenjarige Yvonne, dochtertje van Hans en Tiny, die de grote donkere ogen van haar vader heeft en van oma Gretchen. Hans is charmant als altijd, ziet er goed uit, elegant in het pak, maar wat heeft hij gezien, gehoord, gevoeld? 'De hel' schreef hij, maar nu maakt hij weer grappen.

Rose kijkt naar zijn gepoetste schoenen. Ze had gelezen dat de tenen van de soldaten in de Ardennen vaak bevroren en los in hun sokken zaten. Dan had je nog geluk want velen die niet door het vuur sneuvelden vroren helemáál dood.

Uit de pakketten die Hans onder de kerstboom heeft gelegd komen zelfgemaakte geschenken; voor Tiny een ketting met een hanger waarvoor hij de rand van een dollar gebruikte, voor Rose een juwelenkistje met heel veel vakjes, gemaakt van verschillende kleuren hout en versierd met knopen van Amerikaanse uniformen.

'Wat vond u het ergste?' vraagt Hans aan zijn oom.
'Dat ik mijn gewonde paard heb moeten doodmaken.'

Rose is altijd blij als ze een brief vindt van Theo uit New York maar deze keer heeft hij droevig nieuws. Hij schrijft dat zijn moeder, hun tante Lea, gestorven is, in haar slaap. Alleen de jongste broer van Gretchen is nog in leven, Onkel Willy, maar hij kan niet komen omdat er nu een grens loopt tussen Oost- en West-Duitsland.

Wanneer Rose terugschrijft om Theo te condoleren, vertelt ze dat de krachten van haar moeder afnemen, en dat ze zich zorgen maakt. Haar moeder is steeds sneller moe, kortademig soms.

Niet lang daarna ontvangt ze weer een brief van Theo.

Meine liebe Rose,

Dank voor je brief vol wijze en troostrijke woorden. Ja, wat een geluk dat wij onze moeders zo lang bij ons hebben kunnen houden.

Sinds je me vertelde dat de krachten van je moeder afnemen, en doordat mijn eigen moeder er niet meer is, gaat er veel door me heen. In het aangezicht van de dood wordt alles helderder, vallen maskers af, komt het erop aan. Ik had beloofd hetgeen ik je nu ga schrijven altijd geheim te houden, maar ik heb besloten die belofte te breken.

In de oorlog toen de situatie kritiek was voor je moeder, heb ik briefcontact gehad met je vader die zich erge zorgen maakte om jullie en iets wilde doen. Hij heeft een belangrijke rol gespeeld bij de vervalsing van het document van je moeder. Op het gemeentehuis van Delmenhorst heeft hij de leugen verteld dat je moeder de vrucht was van een buitenechtelijke relatie met een Arische man. Dit moest ik verzwijgen om hem niet in gevaar te brengen en om jullie besluit het contact met hem te verbreken te respecteren. Ik denk dat het je moeder goed zal doen dit te horen. En jou, lieve Rose, want ik weet hoeveel je van hem hebt gehouden. Maar hij ook van jou. Ik weet niet of je vader nog leeft. Op mijn brieven die ik hem na de oorlog schreef kreeg ik geen antwoord, maar ze zijn niet teruggestuurd. Graag had ik het je mondeling verteld maar het is moeilijk om naar Nederland te komen vanwege mijn werk in het ziekenhuis.

Je weet, als het aan mij had gelegen was ons leven anders gelopen.

Je je immer liefhebbende Theo

Lange tijd zit Rose roerloos met de brief in haar hand.

Dan herleest ze hem, en nog eens.

Hij had dus wel aan hen gedacht. Hij had gevaar gelopen, levensgevaar. Haar hart bonst. Bewegingloos zit ze op de stoel. Blijdschap en pijn vermengen zich. Blijdschap omdat hij hen niet had uitgewist, omdat hij dus wel van haar moeder hield. Pijn omdat hij was weggegaan, de pijn die ze niet meer wilde voelen. Hij had brieven gestuurd en ze had niet geantwoord. Ze stond achter haar moeder. En die vervalsing van Koster dan? Zou Gerhard het weten?

Ze loopt naar de kamer van haar moeder die in bed ligt, waar ze steeds minder vaak uit komt. Het is haar hart, zei de dokter. Rose gaat naast haar zitten en vertelt wat Theo haar geschreven heeft.

Gretchen is stil. Rose ziet aan haar gezicht dat het indruk maakt. Ze is zielsblij dat haar moeder dit nog meemaakt.

Dan zegt Gretchen: 'Dus dankzij je vader heb je je moeder nog.'

Gerhard reageert emotioneel wanneer ze het hem vertelt: 'Zie je, wrok is nooit goed. Het is zo jammer, voor jóú. Misschien kan het nog, misschien leeft hij nog.' Hij wist wel dat haar vader geen slecht mens was anders had hij niet zo'n dochter kunnen hebben. Hoe het precies met die vervalsing is gegaan weet hij niet. Daar heeft Koster uit veiligheidsredenen niets over gezegd.

Gretchen wordt steeds brozer, maar haar geest blijft sterk als altijd. Rose vindt het erg om haar moeder zo te zien verzwakken. Af en toe maken ze een wandeling door de tuin. *'Guck mal Rose, die Radieschen.'* Maar ook dat valt haar steeds zwaarder. Rose zit vaak bij haar op de kamer. Dan praten ze wat, of Rose leest gedichten voor die Gretchen zelf geschreven heeft. Ze brengt smakelijke gezonde hapjes en drankjes. Haar moeder is rustig, niet angstig en ze klaagt nooit. Zelfs nu is het Gretchen die Rose en de anderen opbeurt. Haar broer Hans is erg bezorgd en soms is hij in tranen.

'Maar Mutti, misschien zijn er nog nieuwe medicijnen. We moeten een specialist zoeken.'

'Lieve jongen, het is mooi geweest.'

Wanneer het ernaar uitziet dat het einde nadert en Rose met Margreth en Tiny om het bed van Gretchen staan, zegt ze met een lachje: 'Jullie lijken net *drei Traurweiden.*' Drie treurwilgen.

Die avond slaapt ze rustig in.

Rose is diep verdrietig. Haar hele leven is ze hier bang voor geweest. Maar ze is dankbaar dat haar moeder aan de verschrikkingen is ontkomen en deze zachte zoete dood gestorven is.

Ze zet bloemen neer en steekt de kaarsen aan in de kandelaars van haar moeder.

Es brennt die Kerze auf meinem Tisch
für meine Mutter die ganze Nacht.
für meine Mutter.

Weer klinken die dichtregels in haar hoofd.

Mijn hart brandt onder het schouderblad
de hele nacht
voor mijn moeder.

Gerhard leidt de huisdienst rond de open kist. Rose beheerst haar emoties, ook voor de kinderen en omdat haar moeder haar dat voorleefde. Haar broer Hans is ontredderd. Het kost hem de grootste moeite het kaddisj voor de rouwenden te bidden. Zijn stem trilt. 'Gij Heer die in den hoge woont, geef onverstoorde rust in de hoogste hemelen, die welke Gij voorbehoudt aan de goeden en zuiveren van hart, geef die rust aan de ziel van haar die ons verliet, en in wier gedachtenis om erbarmen wordt gebeden.'

Daarna barst hij in snikken uit.

Op het kerkhof moet hij weer erg huilen. '*Hans benimm dich,*' zegt Rose zacht, en geeft hem een duwtje.

Rose ruimt de kamer van haar moeder op. Soms huilt ze even stilletjes, wanneer ze haar kleren uitzoekt. Ze ruikt de geur van haar moeder. De boeken zal ze bij de hare zetten. Naast verdriet voelt Rose dankbaarheid dat haar moeder al die jaren bij hen is geweest, dat ze is bemind door hen allemaal, dat ze het ondanks alles goed hebben gehad en dat ze ook nog heeft gehoord dat Carl haar niet vergeten was maar zijn leven voor haar op het spel heeft gezet. 'Ik zal voor jullie sterven,' wat had ze dat een pathetische kreet gevonden na zijn vertrek.

Ze zoekt naar een foto van haar moeder die ze in de huiskamer kan zetten. Ze bladert in de schriften waarin haar moeder vroeger gedichten schreef. Er zit een schrift bij waarin ze kladversies maakte van brieven.

Rose leest een brief aan tante Mathilde. *Heb het heel goed hier in dit warme gezin. Rose lijdt nog steeds onder het vertrek van haar vader en heeft medelijden met me, terwijl ik haar op het hart druk dat dat niet nodig is. Ze is zo principieel en rechtschapen dat ik haar nooit heb durven vertellen dat ze al geboren was voordat de echtelijke zegen was uitgesproken.*

Met bonzend hart leest Rose verder.

Ach, liebe Schwester we konden het weten toen we ons lieten verleiden door deze charmante, al te charmante mannen, dat het niet voor de eeuwigheid zou zijn al hebben we daar toen wel even in willen geloven.

In verwarring gaat ze zitten op de stoel van haar moeder, getroost om te lezen dat haar moeder vrede had met het vertrek van haar man, geschokt dat ze dus een 'onecht kind' is.

Zelfs haar eigen moeder kende ze niet volledig.

Behalve aan haar moeder blijft Rose ook aan haar vader denken. Moet ze proberen hem te zoeken? Duizenden bommen vielen op Hamburg, dagenlang raasden er vuurstormen door de stad. Maar misschien wás hij niet in Hamburg en ze hebben geen overlijdensbericht ontvangen. Hij heeft gevaar gelopen om Gretchen te redden. Als hij bij hen was gebleven was het makkelijker geweest. 'Hij was zwak', 'Voor vergeven is moed nodig', al die uitspraken en gedachten gaan door haar hoofd. Wat zou ze Gerhard gelukkig maken.

Ze was altijd solidair gebleven met haar moeder, die haar nooit verboden heeft contact te hebben met haar vader.

Wanneer er een brief van Rose II komt uit Brazilië waarin ze schrijft dat ze geen vrede vindt met de dood van haar moeder en hoopt dat een bezoek aan Keulen haar misschien zal helpen en dat ze die reis graag met haar nicht zou maken, is dat de verlossing: samen met Rose II zal ze naar Keulen gaan, en naar Hamburg.

Rose wacht haar nicht op in Rotterdam waar ze weer aankomt met de Alhena.

Ze dragen allebei een jas die naar de laatste mode vanuit de taille wijd uitloopt tot net over de knie, Rose een hemelsblauwe, Rose II een bordeauxrode. Beiden hebben ze hun zwarte haar op zolder. Samen stappen ze op de trein naar Keulen. Ze praten onafgebroken en komen na vele uren aan in een bouwput.

Het station dat er stond is weg maar er verrijst een nieuw. Zo is het met de hele stad. Overal wordt gebouwd, getimmerd en geschilderd. Rose II, die nog nooit een gebombardeerde stad heeft gezien, is sprakeloos, maar ook Rose is er stil van. De afwisselende gevels van de huizen die zij aan zij stonden in de Neustraße, zijn vervangen door rechthoekige strakke blokken. Al die winkels waar ze hun boodschappen deden zijn weg. Het Wallraf-Richartz-Museum: weg. Van haar school geen spoor, het ziekenhuis is als zovele ziekenhuizen platgegooid.

Ze hadden gehoord dat negentig procent van Keulen was vernietigd, weggevaagd, maar het werkelijk zien is anders. Het is hun stad niet meer maar toch moet het Keulen zijn want wonderbaarlijk en ontroerend staat de Dom er nog, ook al is hij zwaar beschadigd. Hij is gespaard gebleven, niet wegens kunsthistorisch besef van de geallieerden maar omdat de piloten van de bommenwerpers de Dom nodig hadden als oriëntatiepunt.

Sommige straten lijken weer normaal, met herbouwde huizen, langs andere liggen hoge bermen van puin waarop konijnen rondspringen.

Als op een andere planeet zoeken ze hun weg naar de plek waar tante Hanna waarschijnlijk het leven verloor. Het huizenblok waar ze met haar zusters woonde is met de grond gelijk gemaakt.

De wind waait waar hun kamers waren, waar de gedekte tafels stonden. De beelden in Roses herinnering zijn scherp, van de lachende gezichten, het kristal, de kunstig opgediende gerechten. Rose ziet dat haar nicht om zich heen kijkt alsof ze nog muren zoekt, de hal, de voordeur. Ze kijken naar de grond, naar het gruis en puin. Als ze elkaar niet hadden zouden ze denken dat ze gek geworden waren. Het enige wat ongewijzigd is gebleven is het stratenplan.

De Teutoburger Straße is niet ontzien en Roses geboortehuis, dat schitterende pand met de gebeeldhouwde voorgevel waar ze is opgegroeid, is weg. Het was zo beschadigd dat het moest worden afgebroken en nu wordt het vervangen door een bouwwerk zonder ziel.

'Mensen verdienen de aarde niet,' schampert Rose II.

Ze willen zo snel mogelijk weg. In een trein die weer op rechtgebogen rails gehesen is, gaan ze naar de andere in puin gegooide wereldstad.

Ook in Hamburg vinden ze het bekende station niet terug en daar wordt eveneens druk gebouwd aan een nieuw. De mensen kijken verbazingwekkend opgewekt uit hun ogen. Ze zijn energiek aan het werk, vol overtuiging dat er een nieuwe, mooie tijd gaat aanbreken. Rose heeft dat eerder meegemaakt. Zeker wisten ze dat de oorlog een eind gemaakt had aan alle andere oorlogen. Al die kapotgeschoten mensen, armoede en angst. Ze zouden bouwen aan een betere wereld. Toen dansten ze de charleston, nu de boogiewoogie.

Het Alsterpaviljoen waar ze samen aan de sekt gingen, is platgegooid en wordt weer opgebouwd.

Hamburg, waar ze dacht dat het gezin herenigd werd, in 1921, waar ze in 1929 kaarten schreef naar Gerhard.

Ze vinden hun weg naar de wijk, naar de straat maar het nummer vinden ze niet. Dat huis is weg, evenals de huizen ernaast. Ze vragen het aan die enkele voorbijganger die ze tegenkomen. Niemand weet iets.

Bij huizen die er nog wél staan bellen ze aan. De bewoners weten niks. Sommigen beginnen erover hoe hels het was, operatie Gomorra. '*Toen liet de Heer het zwavel en vuur regenen uit de hemel op de mensen,*' Rose hoort Gerhard die passage uit Genesis weer voorlezen.

'We zaten in de schuilkelder, het huis boven ons stortte in,' vertelt een vrouw schijnbaar onbewogen. 'We moesten naar buiten vanwege ontploffingsgevaar. Op straat zat een rij mensen als verkoold hout tegen een muur waar ze beschutting hadden gezocht. Later werden ze geïdentificeerd door middel van hun sieraden. Er vlogen meer dan zevenhonderd bommenwerpers over ons heen.'

Ze blijven informeren totdat ze via via bij een oude man terechtkomen die weet dat mevrouw Lehmkuhl bij het bombardement is gedood.

'Of meneer nog leeft weten we niet.'

Mevrouw Lehmkuhl...

De volgende dag zijn ze voor het eerst in het prachtige neorenaissancistische stadhuis dat de achtergrond vormde voor de laatste beelden die Rose zag van haar vader. Evenals de Alsterarkaden is het gespaard gebleven.

Doorgedrongen tot het archief gaat Rose met haar vinger langs de namen, de data, de jaartallen. Voor de zekerheid is ze begonnen bij 1943.

Ze is zich bewust van het moment. Ze zoekt haar vader. De man die ze uit haar leven had gewist. De man die haar lange tijd het liefste was, die haar verwekte, de eerste foto van haar maakte, op wiens schouders ze zat zodat ze als een reuzin door het huis liep en langs de Rijn. Met die ogen waarmee hij zo aandachtig naar haar keek.

Ze zijn al in dit jaar beland. Haar nicht staat naast haar en zoekt mee.

'Hier is hij.'

Overleden op 2 september 1952.

Een maand geleden.

Als een stomp tegen haar borst.

Dat het haar zo zou raken had ze niet verwacht. Ze is stil.

Ze had hem willen terugzien, ze had hem willen zeggen hoeveel ze van hem heeft gehouden. Ze had hem willen bekennen hoe vaak ze aan hem heeft gedacht. Ze had Gerhard aan hem willen voorstellen, zijn drie kleinkinderen, twee met dezelfde groene ogen als hij. Ze had hem de boeken en bundels willen laten zien die hij haar gaf, die ze altijd had gekoesterd en die haar zoveel troost hebben gegeven.

'Dan moest het zo zijn,' zegt ze rustig.

Voordat ze terugkeren naar Nederland brengen ze een bezoek aan Delmenhorst dat er nog bij ligt zoals in de gelukkige tijden, maar in het huis van tante Mathilde worden ze vijandig ontvangen.

'We weten niks. Ze moesten weg. Het waren Joden.'

Rose voelt woede. Hoezo moesten ze weg? En hoezo wonen deze mensen hier? Maar ze beheerst zich.

'Heeft u het huis gekocht?' vraagt Rose II.

'*Natürlich*,' antwoordt de vrouw bits.

'Van wie?'

Haar gezicht verraadt kille woede als ze meedeelt dat het allemaal uitstekend geregeld is.

'Weet u wat er met hen is gebeurd? Ze zijn vermoord.'

'Er is veel hetze en propaganda. Het spijt me, ik heb geen tijd meer,' snauwt de vrouw terwijl ze de deur dichtdoet.

Rose trilt. Haar nicht wil opnieuw aanbellen maar Rose houdt haar tegen. Het heeft geen zin.

Gearmd wandelen ze naar het kerkhof. Het ligt er net zo bij als de laatste keer dat Rose er was. Dezelfde bomen werpen er hun schaduw. Er is niemand, de weg kunnen ze dromen.

Ze staan stil bij het graf van hun grootmoeder Rosette en hun grootvader Levi Nathan. Ze leggen er een steentje op. Voor de zerk op de grond ziet Rose een schelp. Ze pakt hem, houdt hem in de palm van haar hand. Samen kijken ze ernaar, zonder iets te zeggen.

'Volgend jaar op Wangeroog.'

Dan legt Rose hem tussen de steentjes op de rand, boven de uitgebeitelde roos.

40

1957-1992

Als eerste kleinkind zou ik naar de moeder van mijn moeder worden genoemd, maar Roos, Roosje, is een typisch Joodse naam zei mijn vader en het antisemitisme zou altijd weer de kop opsteken. Ook Rosette is een echte Joodse naam. Toen mijn ouders, met mij nog in mijn moeders buik, een toneelstuk zagen van García Lorca, *Doña Rosita*, werd besloten dat ik zo zou heten.

Oma Rose droeg mij de kerk in voor de doop terwijl ik de doopjurk droeg waarin mijn grootvader en mijn moeder waren gedoopt.

Er kwamen zusjes en een broertje. Oom Hans trouwde en kreeg kinderen van wie de oudste naar Gerhard werd genoemd. Ten slotte trouwde ook Albert die twee dochters kreeg.

Al toen ik heel klein was voelde ik me serieus genomen door mijn oma. Ze kon goed luisteren, meeslepend vertellen met oog voor detail. Je kon met haar lachen en ze zag er altijd elegant uit. Het was fijn om bij haar en opa te logeren, 's ochtends bij hen in het grote ledikant te kruipen onder hun trouwtekst, te eten aan de stijlvol gedekte tafel met de kristallen messenleggers, de kaarsen, het blauw-witte Duitse servies.

Ze was mijn Duitse oma met een Duits accent, die woorden gebruikte als *potztausend* en altijd *bevor* bleef zeggen in plaats van 'voordat', die regelmatig een Duits liedje zong of een Duits gedicht opzei waar mijn vader, die ook veel poëzie uit zijn hoofd kende, haar vaak toe uitdaagde. Bij mijn oma vierden we Duitse *Heiligabend* rond een grote boom met lametta en zilveren ballen waar kleurige kartonnen borden onder stonden beladen met noten, Lebkuchen, mandarijnen.

Rose en Rosita

Mijn grootvader bleef haar 'mijn lieve Rose' noemen. Vaak sloeg hij een arm om haar heen, pakte haar hand. Graag vertelden ze over hun eerste ontmoeting die ik als een film voor me zag. Ze gingen terug naar Heidelberg en lieten zich fotograferen bij de aanlegplek van de boot.

Opa, die vaak zei dat hij honderd wilde worden, werd ziek en stierf op zijn negenenzeventigste.

Ik was twaalf en weet nog dat ik me van ellende in het gordijn wikkelde en heel lang zo in het donker bleef staan. Daarna zat ik lang bij mijn moeder op schoot terwijl ik daar eigenlijk te oud voor was. Toen ik me erbij moest neerleggen dat opa niet meer terugkwam hoopte ik voor oma, die nog maar drieënzestig was, dat ze een nieuwe man zou vinden. Maar in haar leven bestond maar één grote liefde.

Kort daarna, op mijn dertiende, kreeg ik een hersenbloeding en belandde voor een halfjaar in het ziekenhuis. De dag waarop ik thuiskwam zat oma aan mijn bed. Ze gaf me een klein blauw doosje. Daar kwam de ring uit die ik pas op mijn achttiende zou krijgen.

Oma ging naar Bremen, zag haar vriendinnen terug, die ook bij haar in Nederland kwamen logeren.

Op een dag in 1970 ontving ze uit Israël een kaart met een gouden rand. Mijn oma werd verwacht op het vijftigjarig huwelijk van Richard en Sibylla, en Dagobert en Mina. Zoals het voor haar neven vanzelfsprekend was dat ze kwam, was het voor mijn oma vanzelfsprekend dat ze ging.

De dag voordat mijn grootmoeder zou vliegen keek ze samen met mijn ouders naar het nieuws waarop dramatische beelden werden getoond van een neergestort vliegtuig van Swissair dat op weg naar Tel Aviv was opgeblazen. Het poststuk met de bom was eigenlijk voor een El Al-toestel bestemd, dat op hetzelfde uur zou vliegen als het vliegtuig van mijn oma, maar was wegens vertraging met de Zwitserse maatschappij meegegaan. Oma Rose bleef doodkalm, vertelde mijn moeder, en ze peinsde er niet over haar vlucht te annuleren. 'Het zal niet twee keer achter elkaar gebeuren,' zei ze nuchter.

Over de oorlog praatte ze niet, ook niet over al die vermoorde familieleden. Behalve over de reis naar Heidelberg sprak ze over andere reizen, uitstapjes rond Bremen en Keulen, Worpswede met de kunstenaars, de tentoonstellingen die ze bezocht in de jaren twintig.

De laatste jaren van haar leven woonde oma in De Amandelhof in Zeist. Toen ze zevenentachtig werd was ze te zwak om dat huis nog uit te gaan. Maar ze bleef een dame en helder van geest. Ze kreeg regelmatig bezoek en beleefde plezier aan het gezelschap van haar boeken, zowel de tastbare als degene die ze in haar hoofd had opgeslagen.

Toen ze een keer de deur van de wc niet kon open krijgen was oma het afscheid van de wereld van Jeanne d'Arc gaan declameren uit Schillers *Die Jungfrau von Orleans*, nadat ze eerst tevergeefs had geroepen en met haar stok tegen de deur had gebonkt. Een verzorgster die haar uiteindelijk hoorde dacht dat er iemand gek was geworden, vertelde oma droogjes.

Feilloos en vol gevoel declameerde ze de woorden van de heilige heldin waarvan de laatste regels klonken:

Wie wird mir – Leichte Wolken heben mich –
Der schwere Panzer wird zum Flügelkleide.

Hinauf – hinauf – Die Erde flieht zurück –
Kurz ist der Schmerz und ewig ist die Freude!

Toen mijn moeder en ik op een middag samen bij oma Rose op bezoek gingen en we vroegen hoe het ging, zei ze: 'Erg moe.'

'Hoe komt u zo moe?'

'Dit weekend was ik in Hamburg.'

Mijn moeder en ik keken elkaar even aan.

Zo verward hadden we haar nog nooit meegemaakt.

'Wat deed u daar?' vroeg ik.

Heel rustig antwoordde ze: 'Ik heb mijn vader opgezocht.'

Eerst had ze hem zien lopen, vertelde ze, en later had ze bij hem aangebeld.

'Hij zei "*Gutentag gnädige Frau.*" "U hoeft me geen gnädige Frau te noemen hoor. De eerste foto van mij is gemaakt door u." Hij keek me verbijsterd aan. "Rose!" Toen zijn we elkaar in de armen gevallen.'

'Heeft u hem vergeven?' vroeg mijn moeder.

'Natuurlijk, hij is toch mijn vader?'

Op de middag van 27 oktober 1992 zat ik naast het bed van mijn grootmoeder. Ze sliep. De artsen zeiden dat het einde naderde maar ze wisten niet hoe lang het nog zou duren.

De klok die er al in Keulen stond, tikte en af en toe sloeg hij. Aan de muren hingen foto's, prenten die bij mijn oma hoorden, haar decor, waarvan ik de betekenis niet kende. Gezichten, van familie, vrienden, een huis, een tuin, een strand.

Oma ging steeds langzamer en dieper ademen. Ik pakte haar mooi gevormde hand met de blanke papierdun geworden huid en streelde haar over haar hoofd.

De vrouwelijke dominee met wie ze bevriend was geraakt, kwam binnen en zong 'De Heer is mijn herder'.

Oma Rose ademde nog een paar keer diep.

En toen niet meer.

Op de dag van haar begrafenis was het stralend weer en de zon liet de rode rozen waarmee de kist was overdekt opvlammen.

Ze werd begraven naast haar Gerhard. We stonden in een kring rond het graf. De dominee sprak de tekst uit Ruth: 'Waar u gaat zal ik gaan; uw volk is mijn volk, uw God is mijn God, waar u sterft zal ook ik sterven en daar zal ik begraven worden.'

Intussen zijn al die beelden waarmee haar huis was aangekleed voor mij tot leven gekomen, de zes zusjes, de borden die haar vader meebracht van de Wereldtentoonstelling in Parijs, haar neven, nichten, de foto van de Engelse oorlogsfotograaf en die foto van de jonge Rose met haar familie op het strand van Wangeroog.

Mijn vader had gelijk toen hij aangaf dat die vrijer niet bij me paste maar daar moest ik zélf achter komen, zoals mijn grootmoeder ook vond.

Mijn vader had eveneens gelijk toen hij me aanspoorde me in oma te verdiepen. Helaas begreep ik dat te laat. Niet alleen kon ik niet meer met háár praten maar ook niet met mijn vader, omdat hij in 2002 gestorven is.

Wat betreur ik het dat ik niet doorvroeg waarom hij me dit advies gaf. Nadat mijn vader in 1952 mijn moeder had leren kennen, zat hij in haar ouderlijk huis regelmatig tussen al die uitgewaaierde familieleden. Zelf was hij twaalf toen de oorlog uitbrak. Ook hij was erdoor getekend en koesterde behalve een grote liefde voor de letteren een ware hartstocht voor geschiedenis. Hij zal de ooms en tantes – Onkel Hans over het Ardennenoffensief – het hemd van het lijf hebben gevraagd. Vaak citeerde hij Grillparzer wanneer het over oma ging: *Ein Menschenleben ach, es ist so wenig. Ein Menschenschicksal ach, es ist so viel.*

Wat ben ik dichtbij geweest, al die jaren, bij mijn oma, bij mijn vader, maar de kansen om over die bewogen periode te praten heb ik niet gegrepen.

Het is niet anders.

Zonder hen heb ik de zoektocht ondernomen. Wat ze me zo hadden kunnen vertellen heb ik via andere wegen moeten opsporen en bij elkaar sprokkelen.

Tijdens mijn ontdekkingsreis was ik vaak verbluft, ontroerd, dat mijn evenwichtige, rust uitstralende oma dit allemaal heeft meegemaakt, dat ze moest meedeinen met zulke extreme wisselingen van het lot. Nooit klaagde ze of had ze een slecht humeur. Natuurlijk, aan de ene kant is het leven haar gunstig gezind geweest, had het zoveel erger kunnen zijn, maar haar geliefde vader liep weg, ooms, tantes, neven, nichten met wie ze innig had opgetrokken waren gesneuveld of vermoord. Haar Duitsland werd met cultuur, goede manieren en al onder haar ogen vernield. Haar dichters, componisten, filosofen, bruggenbouwers platgewalst, haar grootse steden veranderd in smeulende hopen puin.

Nog meer bewondering heb ik voor haar dat ze in deze stormen overeind bleef, haar taken volbracht en dat ze ook later nooit iemand wilde belasten met haar zorgen of verdriet.

Het is schokkend te ontdekken dat je denkt iemand te kennen terwijl je zo ontzettend veel niet weet, dat zelfs mijn moeder nooit geweten heeft dat haar moeder in het Joodse geloof werd opgevoed. Mijn oma maakte keuzes en daaraan bleef ze trouw.

De generaties trekken met elkaar op, maar wat blijft het vaak aan de oppervlakte, wat laten we een kansen liggen om verhalen te horen, van en over mensen, tijden voorafgaande aan de onze. Het was meer dan een voorrecht het levensverhaal van mijn grootmoeder op te schrijven. Ik voel me verrijkt doordat ik haar zoveel beter heb leren kennen en doordat ze me heeft laten rondkijken in die waanzinnige, bewogen eerste helft van de vorige eeuw.

Sinds mijn dertiende draag ik haar ring. Nu pas, nu mijn ogen zijn geopend voor al die facetten, kan ik de ring op zijn volle waarde schatten. Ik zag de rozet, de roos, de naam die ik van haar kreeg. Het rood van de liefde, glinsterend als de granaatappels uit het Hooglied. Maar ook het rood van bloed. Voor het eerst associeer ik de naam van de steen ook met die andere betekenis, van explosieve projectielen, en zie ik hoe Rose haar kinderen geruststelde in de kelder van de pastorie.

Nu pas ken ik het verhaal van het jongetje dat hem aan mijn oma gaf en weet ik dat de ring verbonden is met een van de gelukkigste momenten van haar leven.

Nog dierbaarder is het om haar ring te dragen en haar naam.

Verantwoording

Voor dit boek heb ik veel gelezen, gedrukte maar ook geschreven teksten. Het homiletisch memorandum van mijn opa, waarin hij niet alleen noteerde waar en over welke tekst hij preekte, maar bovendien korte dagboeknotities schreef. De vele liefdesbrieven die mijn grootouders elkaar schreven, die een paar jaar geleden tevoorschijn kwamen uit het antieke kistje, waarin ik las dat ze was opgevoed in het Joodse geloof. Er zaten ook enkele brieven van haar vader tussen. Ik heb samen met mijn moeder stapels fotoboeken bekeken en eindeloos geluisterd naar haar verhalen. Ook van haar broer, mijn oom Hans, heb ik veel gehoord. Yvonne, de dochter van Onkel Hans, die ik zelf ook heb gekend, vertelde mij over haar vader. Hij sprak weinig over de oorlog maar zat wel vaak 's nachts rechtop in bed omdat hij zich weer aan het front waande. 'Mensen zien beelden, horen de verhalen, maar de geluiden van de oorlog, de stank, zijn niet in beelden en woorden te vangen.' Dat heeft ze haar vader vele malen horen zeggen en ook dat het zo vreselijk was geweest gewonde paarden dood te moeten maken.

Ik heb veel mensen en plekken bezocht die een rol hebben gespeeld in het leven van mijn grootmoeder.

Met mijn moeder reisde ik naar Wangeroog, waar ook zij nog nooit was geweest. We wandelden over het strand en zaten in dezelfde rieten stoelen die er in 1920 stonden. Villa Rosa bestond alleen nog op ansichtkaarten en in de herinnering van sommige mensen die we daar spraken, van wie er een over de familie zei: '*Das waren gute Juden.*' We waren onder de indruk van de verstilde sfeer op het eiland waar nog steeds geen auto's komen.

We bezochten Bremen en werden binnengelaten in het huis aan de Kornstraße waar nu studenten wonen. Met mijn moeder bracht ik ook een bezoek aan dominee Groscurth, kleinzoon van de dominee die het huwelijk van Rose en Gerhard had ingezegend. Toen mijn moeder en ik hun huis binnenkwamen speelde dominee Groscurth het Wilhelmus op de vleugel.

Zijn vrouw Christiane, die met haar familie had moeten vluchten uit het oosten van Duitsland en die tijdens de oorlog zowel haar broer van twintig als haar vader verloren had die geen nazi's waren, voelde zich nog steeds schuldig.

'Maar u kon er toch niks aan doen?'

'Het waren Duitsers.'

Tijdens mijn fietstocht naar Delphi reed ik door Keulen naar de Teutoburger Straße en stapte af voor het huis dat in de plaats was gekomen van het huis waar mijn oma werd geboren en dat bij het bombardement was verwoest. Ik fietste over de Alte Brücke in Heidelberg, over de Filosofenweg en over de Gotenlinie waar Kurt gevochten heeft.

Met mijn neef Gerard Hugenholtz, zoon van mijn moeders broer Hans, reisde ik naar Delmenhorst, waar we het kerkhof bezochten, het graf van onze betovergrootouders Nathan en Rosette met een stenen roos in de zerk. Het was korte tijd daarvoor zwaar beschadigd door neonazi's maar inmiddels gerestaureerd. We vierden de seidermaaltijd in Delmenhorst waar de familie dat had gedaan. Nu met veel Russische Joden en met een negentigjarige man die met zijn ouders op tijd naar Amerika was gevlucht en voor het eerst terugkwam. We bezochten Henry Heger, kleinzoon van Nathaniël Heger, die samen met zijn vrouw Mathilde werd vermoord in Minsk, en zoon van de jong gestorven nazi Heinrich. Henry, een erg aardige man van in de tachtig, bleek al jaren bezig met onderzoek naar zijn vader.

In Hamburg liepen we door de Elbetunnel, onder de Alsterarkaden, en zaten we in het Alsterpaviljoen, het voormalige 'Jodenaquarium' dat in de oorlog werd verwoest maar weer werd opgebouwd. We bezochten de plek waar het huis van onze overgrootvader Carl had gestaan dat bij operatie Gomorra was platgegooid.

In Israël ontmoette ik Rosalie en Sibylla, inmiddels in de negentig, kleindochters van tante Röschen. Haarscherp herinnerden ze zich hoe ze klappen hadden gekregen op Wangeroog en ook de vlucht uit Duitsland stond hun helder voor de geest. Nog steeds hoorde Rosalie de dreun van de marcherende laarzen en nog steeds voelde ze zich schuldig dat ze tijdens de reis naar Palestina om een flesje limonade had gebedeld. Ze mochten nauwelijks geld meenemen en ze vertelde dat iedereen altijd heimwee had. Voor de gelegenheid dronken we koffie uit kopjes van Villa Rosa.

In Israël ging ik ook op bezoek bij Dan, een kleinzoon van tante Röschen. Ik vertelde dat ik net terugkwam van een bezoek aan de Westbank en Gaza en aangeslagen was door de situatie daar, de muur, de wachttorens. Danny zei dat hij tijdens de 'Zesdaagse Oorlog' had meegeholpen Gaza te veroveren. Aan de muur hing een foto van zijn dochter in uniform naast Yitzhak Rabin.

Met de Stichting Sobibor maakte ik een reis naar Sobibor. Het was indrukwekkend om samen met anderen die daar familie of vrienden zijn kwijtgeraakt de tocht te ondernemen. Er werden veel verhalen gedeeld maar het werd steeds stiller in de bus toen we dichter bij die plek kwamen en door het zwijgende, onschuldige bos reden met de vele vogels. Ineens zagen we spoorrails glanzen in de zon. Huiveringwekkend, evenals het moment waarop onze bus met een schok tot stilstand kwam en je je realiseerde dat op diezelfde plek de trein na drie etmalen eindelijk zijn doel bereikt had.

Beelden van Erwins leven trokken voorbij, Villa Rosa op Wangeroog, de bruiloft. Het was bijzonder de namen te noemen van Erwin, Selma en de drie zonen. Langzaam zijn ze voor mij uit de vergetelheid teruggekomen en nu nemen ze een plaats in tussen de andere familieleden.

Samen met mijn moeder, oom Hans en neef Gerard was ik erbij toen er *Stolpersteine* werden gelegd in Eygelshoven voor het huis waar Erwin met zijn gezin had gewoond. We waren ook bij de overhandiging van een Joods gebedenboek dat van Erwin was geweest aan een familielid uit Israël. Het boek heeft nu een plek in Yad Vashem.

Daarna bezochten we Vught. We liepen door de barakken en lazen de namen van Erwin, Selma en Dagobert op de herinneringszuil.

Ik mailde met Verena in São Paulo, dochter van Rose II, en met Michael, zoon van Kurt in Canada met wie de correspondentie in het Italiaans kon. In het NIOD vond ik veel bijzonder materiaal, zoals een uitvoerig verslag van de pater die samen met mijn opa in de cel zat van het Haagseveer en een foto van verzetsheld Piet Pot. Ook zag ik in oude telefoonboeken die daar ter inzage liggen, de naam van de familie Limburg, waar mijn overgrootmoeder Gretchen op kamers was. In het telefoonboek van 1943 is Dr. H. Limburg niet meer opgenomen. De hele familie is vermoord in Auschwitz.

Met rabbijn Tamarah Benima heb ik twee sabbatvieringen meegemaakt, een liberale waar zij voorging, en een orthodoxe. Bovendien heeft zij vragen van mij beantwoord over het jodendom.

Mijn moeder en ik maakten een tocht door haar geboortedorp. Toen we de kerk bezochten hoorde we dat tijdens de restauratie in 1992 de envelop was teruggevonden die mijn opa in januari 1945 over de gewelven had gegooid. Ik stond even op de kansel die mijn opa zo vaak beklom en mijn moeder nam me mee naar de achterste bank, waar ze altijd zat met haar moeder. Nu zaten wij daar een tijdje naast elkaar zonder iets te zeggen.

Met mijn moeder heb ik een dienst bijgewoond in de kerk van Klaaswaal. Voor de ingang ontmoetten we Corry Luyendijk. Ook al lagen er zeventig jaar tussen, toch herkenden Corry en Margreth elkaar meteen.

Onlangs bezochten we Bep Mather, inmiddels 97 jaar oud maar nog zeer helder, die ons vertelde over de oorlog en over hoeveel Rose voor haar had betekend.

Ik heb archieven en musea bezocht in Duitsland en in Nederland.

Speciale dank voor mijn neef Gerard die mij niet alleen op meerdere reizen heeft begeleid maar mij ook zeer heeft bijgestaan met zijn uitgebreid genealogisch onderzoek.

Over Jaap Koster begreep ik dat hij gebukt ging onder alles wat hij in de oorlog had meegemaakt en eronder leed dat er na de oorlog geen definitieve vrede kwam. Zijn leven eindigde toen hij in december 1974, zonder dat iemand daar getuige van was, verdronk in het Hollands Diep.